闲情偶寄

[清]李渔 著

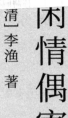

世间奇事无多，常事为多，
物理易尽，人情难尽。

苏州新闻出版集团

古吴轩出版社

图书在版编目（CIP）数据

闲情偶寄 /（清）李渔著. -- 苏州：古吴轩出版社，
2023.8
ISBN 978-7-5546-2082-3

Ⅰ. ①闲… Ⅱ. ①李… Ⅲ. ①《闲情偶寄》 Ⅳ.
①I207.62

中国国家版本馆CIP数据核字（2023）第115661号

责任编辑：顾　熙
见习编辑：张　君
策　　划：村　上　牛宏岩
装帧设计：侯茗轩

书　　名：闲情偶寄
著　　者：[清] 李　渔
出版发行：苏州新闻出版集团
　　　　　古吴轩出版社
　　　　　地址：苏州市八达街118号苏州新闻大厦30F
　　　　　电话：0512-65233679　　邮编：215123
出 版 人：王乐飞
印　　刷：唐山市铭诚印刷有限公司
开　　本：880mm×1230mm　1/32
印　　张：13
字　　数：291千字
版　　次：2023年8月第1版
印　　次：2023年8月第1次印刷
书　　号：ISBN 978-7-5546-2082-3
定　　价：52.00元

如有印装质量问题，请与印刷厂联系。022-69236860

序

　　《周礼》①一书，本言王道，乃上自井田②军国之大，下至酒浆屝屦③之细，无不纤悉具备，位置得宜，故曰：王道本乎人情。然王莽④一用之于汉而败，王安石⑤再用之于宋而又败者，其故何哉？盖以莽与安石，皆不近人情之人，用《周礼》固败，不用《周礼》亦败。《周礼》不幸为两人所用，用《周礼》之过，而非《周礼》之过也。苏明允⑥曰："凡事之不近人

---

① 《周礼》：儒家经典之一。搜集周王室官制和战国时各国制度，添附儒家政治理想，增减排比而成的汇编。

② 井田：道渠纵横，将田亩分隔成"井"字，故称"井田"。

③ 屦（jù）：麻、葛等制成的单底鞋。

④ 王莽（前45—后23）：新王朝建立者。汉元帝皇后之侄。公元8—23年在位。西汉末，以外戚掌握政权，成帝时封新都侯。初始元年（8）称帝，改国号为"新"，年号"始建国"。

⑤ 王安石（1021—1086）：北宋政治家、思想家、文学家。字介甫，号半山。熙宁二年（1069），为参知政事，次年拜相。陆续推行均输、青苗、农田水利、免役、市易、方田均税以及置将、保甲、保马等新法，史称"王安石变法"。

⑥ 苏明允：苏洵（1009—1066），北宋文学家。字明允，早年发愤为学。与其子苏轼、苏辙合称"三苏"，俱被列入"唐宋八大家"。其《辨奸论》一文，指斥王安石必以奸误国，清代李绂、蔡上翔等疑系他人假托，今人则多以为确出其手。有《嘉祐集》。

情者，鲜不为大奸慝①。"古今来大勋业、真文章，总不出人情之外；其在人情之外者，非鬼神荒忽虚诞之事，则诪张伪幻②狯猏之辞③，其切于男女饮食日用平常者，盖已希矣。余读李子笠翁《闲情偶寄》而深有感也。昔陶元亮④作《闲情赋》，其间为领、为带、为席、为履、为黛、为泽、为影、为烛、为扇、为桐，缠绵婉娈，聊一寄其闲情，而万虑之存，八表之憩，即于此可类推焉。今李子《偶寄》一书，事在耳目之内，思出风云之表，前人所欲发而未竟发者，李子尽发之；今人所欲言而不能言者，李子尽言之；其言近，其旨远，其取情多而用物闳。潎潎⑤乎，纚纚乎，汶者读之旷，僿⑥者读之通，悲者读之愉，拙者读之巧，愁者读之忭⑦且舞，病者读之霍然兴。此非李子《偶寄》之书，而天下雅人韵士家弦户诵之书也。吾知此书出将不胫而走，百济之使维舟而求，鸡林之贾辇金而购矣。而世之腐儒，

① 奸慝（tè）：指邪恶的人。
② 诪（zhōu）张伪幻：欺诳诈骗，迷惑人们。
③ 狯猏（kuài xù）之辞：指胡编乱造的鬼话。
④ 陶元亮：陶渊明（365或372或376—427），一名潜，字元亮，浔阳柴桑（今江西九江市西南）人。曾任江州祭酒、镇军参军、彭泽令等，后去职归隐，绝意仕途。长于诗文辞赋。有《陶渊明集》。
⑤ 潎潎：清澈貌。
⑥ 僿（sài）：原意为不诚恳，此处指闭塞不通。
⑦ 忭（biàn）：喜乐。

犹谓李子不为经国之大业，而为破道之小言者。余应之曰：唯唯否否。昔谢文靖①高卧东山，系天下苍生之望，而游必携妓，墅则围棋。谢玄②破贼，桓冲初忧之，郗超曰："玄必能破贼。吾尝共事桓公府，履屐间皆得其用，是以知之。"白香山③道风雅量，为世所钦，而谢好、陈结、紫绡、菱角④，惊破《霓裳羽衣》之曲；罢刑部侍郎时，得臧获⑤之习管磬弦歌者指百以归。苏文忠⑥秉心刚正，不立异，不诡随，而琴操、朝云、螺头、鹊尾，有每闻清歌辄唤奈何之致。韩昌黎⑦开云驱鳄，师表朝廷，而每当宾客之会，辄出二侍女合弹琵琶筝。故古今来能建大勋业、作真文章者，必有超世绝俗之情，磊落嵚崎⑧之韵，如文靖

---

① 谢文靖：谢安（320—385），东晋陈郡阳夏（今河南太康）人，字安石。年四十余始出仕，孝武帝时，位至宰相。

② 谢玄（343—388）：东晋名将。字幼度，陈郡阳夏（今河南太康）人。谢安之侄。谢安为宰相，任他为建武将军、兖州刺史、领广陵相，组织北府兵，以御前秦。

③ 白香山：白居易（772—846），唐诗人。字乐天，晚年号香山居士。早年家境贫困，颇历艰辛。有《白氏长庆集》。

④ 谢好、陈结、紫绡、菱角：都为追随白居易的歌姬。

⑤ 臧获：古代奴婢的贱称。

⑥ 苏文忠：苏轼（1037—1101）。北宋文学家、书画家。字子瞻，号东坡居士。为"唐宋八大家"之一。南宋时追谥文忠。

⑦ 韩昌黎：韩愈（768—824）。唐代文学家、哲学家。字退之。自谓郡望昌黎，世称韩昌黎。

⑧ 磊落嵚（qīn）崎：比喻品格卓异超群，襟怀坦荡光明。

诸公是也。今李子以雅淡之才、巧妙之思，经营惨淡，缔造周详，即经国之大业，何遽①不在是，而岂破道之小言也哉？往余年少驰骋，自命江左风流，选妓填词，吹箫跕②屣，曾以一曲之狂歌，回两行之红粉，而今老矣，不复为矣！独是冥心高寄，千载相关，深恶王莽、王安石之不近人情，而独爱陶元亮之闲情作赋，读李子之书，又未免见猎心喜也。王右军③云："年在桑榆，正赖丝竹陶写。"余虽颓然自放，倘遇洞房绮疏，交鼓絙瑟④，宫商迭奏，竹肉⑤竞陈，犹当支颐⑥郭袖，倾耳而听之。

时康熙辛亥立秋日建邺弟余怀无怀氏撰

---

① 何遽（jù）：怎么。
② 跕（tiē）：拖着鞋走路。
③ 王右军：王羲之（303—361）。东晋书法家。字逸少，出身贵族。官至右军将军、会稽内史，人称王右军。
④ 交鼓絙（gēng）瑟：击鼓弹瑟。语出《九歌·东君》："絙瑟兮交鼓。"
⑤ 竹肉：指管乐与歌喉。
⑥ 支颐：手支腮帮子静听或沉思。

目录

四期三戒

一期点缀太平

　　圣主当阳，力崇文教。庙堂^①既陈诗赋，草野合奏风谣^②，所谓上行而下效也。武士之戈矛，文人之笔墨，乃治乱均需之物：乱则以之削平反侧，治则以之点缀太平。方今海甸^③澄清，太平有象，正文人点缀之秋也。故于暇日抽毫，以代康衢^④鼓腹^⑤。所言八事^⑥无一事不新，所著万言无一言稍故者，以鼎新之盛世，应有一二未睹之事、未闻之言以扩耳目，犹之美厦告成，非残朱剩碧所能涂饰榱^⑦楹^⑧者也。草莽微臣，敢辞粉藻之力！

① 庙堂：指君主与宰辅大臣议政之处，此处指朝廷。
② 风谣：民谣。
③ 海甸：天子治下的海内土地。
④ 康衢：四通八达的大路。
⑤ 鼓腹：指鼓腹而歌。
⑥ 八事：指作者这本书中《词曲》《演习》《声容》《居室》《器玩》《饮馔》《种植》《颐养》八部所论之事。
⑦ 榱（cuī）：椽子。
⑧ 楹：厅堂的前柱。

一期崇尚俭朴

创立新制，最忌导人以奢。奢则贫者难行，而使富贵之家日流于侈，是败坏风俗之书，非扶持名教之书也。是集惟《演习》《声容①》二种为显者陶情之事，欲俭不能，然亦节去靡费之半；其余如《居室》《器玩》《饮馔》《种植》《颐养》诸部，皆寓节俭于制度之中，黜②奢靡于绳墨之外，富有天下者可行，贫无卓锥③者亦可行。盖缘身处极贫之地，知物力之最艰，谬谓天下之贫皆同于我，我所不欲，勿施于人，故不觉其言之似吝也。然靡荡世风，或反因之有裨④。

---

① 声容：声，指唱曲。容，指表演动作。

② 黜：贬斥；废除。

③ 贫无卓锥：穷得没有立锥之地。

④ 有裨：有益。

一期规正风俗

　　风俗之靡，日甚一日。究其日甚之故，则以喜新而尚异也。新异不诡[1]于法，但须新之有道，异之有方。有道有方，总期不失情理之正。以索隐[2]行怪之俗，而责[3]其全返中庸，必不得之数也。不若以有道之新易无道之新，以有方之异变无方之异，庶彼乐于从事，而吾点缀太平之念为不虚矣。是集所载，皆极新极异之谈，然无一不轨于正道；其可告无罪于世者，此耳！

---

① 诡：怪异。
② 索隐：探求隐微奥秘的道理。
③ 责：责求；要求。

一期警惕人心

风俗之靡，犹于人心之坏，正俗必先正心。然近日人情喜读闲书，畏听庄论。有心劝世者，正告则不足，旁引曲譬①则有余。是集也，纯以劝惩为心，而又不标劝惩之目。名曰《闲情偶寄》者，虑人目为庄论而避之也。劝惩之语，下半居多，前数帙俱谈风雅。正论不载于始而丽②于终者，冀人由雅及庄，渐入渐深，而不觉其可畏也。劝惩之意，绝不明言，或假草木昆虫之微，或借活命养生之大以寓之者，即所谓正告不足，旁引曲譬则有余也。实具婆心，非同客语，正人奇士，当共谅之。

---

① 旁引曲譬：委婉曲折地引证、举例、打比方。
② 丽：附着。

一戒剿窃陈言

　　不佞①半世操觚②，不攘③他人一字。空疏自愧者有之，诞妄贻讥者有之，至于剿窠袭臼④，嚼前人唾余而谬谓舌花新发者，则不特自信其无，而海内名贤亦尽知其不屑有也。然从前杂刻，新则新矣，犹是一岁一生之草，非百年一伐之木。草之青也可爱，枯则可焚；木即不堪为栋为梁，然欲刈⑤而薪之，则人有不忍于心者矣。故知是集也者，其初出则为乍生之草，即其既陈既腐，犹可比于不忍为薪之木，以其可斫⑥可雕而适于用也。以较邺架⑦名编则不足，以角奚囊⑧旧著则有余。阅是编者，请由始迄终验其是新是旧，如觅得一语为他书所现载，人口所既言者，则作者非他，即武库之穿窬⑨、词场之大盗也。

---

① 不佞：犹不才，用作自称的谦词。

② 操觚：指作文。觚，木简。

③ 攘（rǎng）：偷盗；窃取。

④ 剿窠袭臼：袭用旧规，落入俗套。

⑤ 刈（yì）：割。多用于草或谷类。

⑥ 斫（zhuó）：削。

⑦ 邺架：指用专门书架保存珍贵书籍。典出《邺侯家传》。

⑧ 奚囊：指诗囊。据唐李商隐《李贺小传》，诗人李贺每早骑驴外出，小奚奴背一破旧锦囊随其后，得句即投囊中。

⑨ 穿窬（yú）：指偷窃行为。

一戒网罗旧集

　　数十年来，述作①名家皆有著书捷径。以只字片言之少，可酿为连篇累牍②之繁；如有连篇累牍之繁，即可变为汗牛充栋③之富。何也？以其制作新言缀于简首，随集古今名论附而益之。如说天文，即纂④天文所有诸往事及前人所作诸词赋以实之，地理亦然，人物、鸟兽、草木诸类尽然！作而兼之以述，有事半功倍之能，真良法也！鄙见则谓著则成著，述则成述，不应首鼠二端⑤。宁捉襟肘以露贫，不借丧马以彰富。有则还吾故有，无则安其本无。不载旧本之一言，以补新书之偶缺；不借前人之只字，以证后事之不经。观者于诸项之中，幸勿事事求全，言言责备。此新耳目之书，非备考核之书也。

---

① 述作：述，阐述前人成说；作，创作。此处泛指著作。

② 连篇累牍：形容文辞冗长。牍，书版。累牍，犹言累纸。

③ 汗牛充栋：形容书籍之多。语出柳宗元《陆文通先生墓表》。

④ 纂（zuǎn）：编纂；编辑。

⑤ 首鼠二端：首鼠两端，瞻前顾后、迟疑不决的意思。

一戒支离补凑

有怪此书立法未备者，谓既有心作古，当使物物尽有成规，胡一类之中止言数事？予应之曰：医贵专门，忌其杂也，杂则有验有不验矣；史贵能缺，"夏五""郭公"之不增一字、不正其讹者，以示能缺；缺斯可信，备则开天下后世之疑矣。使如子言而求诸事皆备，一物不遗，则支离补凑之病见，人将疑其可疑，而并疑其可信。是故良法不行于世，皆求全一念误之也。予以一人而僭①陈八事，由词曲、演习以及种植、颐养。虽曰多能鄙事，贱者之常，然犹自病其太杂，终不得比于专门之医，奈何欲举星相、医卜、堪舆②、日者③之事，而并责之一人乎？其人否否而退。八事之中，事事立法者止有六种，至《饮馔》《种植》二部之所言者，不尽是法，多以评论间之，宁以"支离"二字立论，不敢以之立法者，恐误天下之人也。然自谓立论之长，犹胜于立法。请质之海内名公，果能免于支离之诮否？

湖上笠翁李渔识

---

① 僭：僭越。这里是自谦，有不自量力、越超所能的意思。
② 堪舆：风水。迷信的一种。也指相宅、相墓之法。
③ 日者：占候卜筮的人。

卷一

词曲部

结构第一

　　填词①一道，文人之末技②也，然能抑而为此，犹觉愈于驰马试剑，纵酒呼卢③。孔子有言："不有博弈者乎？为之犹贤乎已。"博弈虽戏具，犹贤于"饱食终日，无所用心"；填词虽小道，不又贤于博弈乎？吾谓技无大小，贵在能精；才乏纤洪④，利于善用。能精善用，虽寸长尺短亦可成名。否则才夸八斗，胸号五车，为文仅称点鬼之谈，著书惟供覆瓿⑤之用，虽多亦奚以为？填词一道，非特文人工此者足以成名，即前代帝王，亦有以本朝词曲擅长，遂能不泯⑥其国事者。

---

① 填词：即"作词"。词调各有一定的句式字数、声韵和节拍；作词者按词调的规定，填入字句，使合音节，谓之"填词"。这里专指戏曲创作。

② 末技：雕虫小技。

③ 呼卢：赌博。卢，古时樗蒲戏一掷五子皆黑的名称，是为最胜采。故参赌者在掷骰子时，往往连声呼卢，以祈求优胜。

④ 纤洪：细小与巨大。

⑤ 覆瓿：比喻著作没有价值，只能用来盖盛酱的瓦罐。

⑥ 泯：灭；尽。

请历言之：高则诚①、王实甫②诸人，元之名士也，舍填词一无表见。使两人不撰《琵琶》《西厢》，则沿至今日，谁复知其姓字？是则诚、实甫之传，《琵琶》《西厢》传之也。汤若士③，明之才人也，诗、文、尺牍，尽有可观，而其脍炙人口④者，不在尺牍、诗文，而在《还魂》一剧。使若士不草《还魂》，则当日之若士，已虽有而若无，况后代乎？是若士之传，《还魂》传之也。此人以填词而得名者也。历朝文字之盛，其名各有所归，"汉史""唐诗""宋文""元曲"，此世人口头语也。《汉书》《史记》，千古不磨，尚矣。唐则诗人济济，宋有文士跄跄⑤，宜其鼎足文坛，为三代后之三代也。元有天下，非特政刑礼乐一无可宗，即语言文学之末，图书翰墨⑥之微，亦少概见。使非崇尚词曲，得《琵琶》《西厢》以及《元人百种》⑦诸书传于后代，则当日之元，亦与五代、金、辽同其泯灭，焉

---

① 高则诚（约1301—约1370）：元末明初戏曲作家。名明，号菜根道人，人称东嘉先生。作有南戏《琵琶记》。另有南戏《闵子骞单衣记》，已佚。诗文集《柔克斋集》，有清代辑本。

② 王实甫：元戏曲作家。生平事迹不详。所作杂剧今知有十四种，另存散曲数首。

③ 汤若士：汤显祖（1550—1616），明戏曲作家、文学家。字义仍，号海若、若士、清远道人。作有传奇《紫箫记》《紫钗记》《还魂记》（即《牡丹亭》）、《南柯记》《邯郸记》五种，后四种合称"临川四梦"。

④ 脍炙人口：美味人人都爱吃，比喻好的诗文或事物，人人都称赞。脍，细切的鱼或肉，引申为细切鱼肉。

⑤ 跄跄：形容人才众多。

⑥ 翰墨：犹笔墨。指文辞。

⑦ 《元人百种》：指明臧懋循（晋叔）所编的元杂剧剧本集《元曲选》，其中共选杂剧一百种，少数为明初人作品。

能附三朝骥①尾，而挂学士文人之齿颊哉？此帝王国事以填词而得名者也。由是观之，填词非末技，乃与史传诗文同源而异派者也。

近日雅慕此道，刻欲追踪元人、配飨②若士者尽多，而究竟作者寥寥，未闻绝唱。其故维何③？止因词曲一道，但有前书堪读，并无成法可宗。暗室无灯，有眼皆同瞽目④，无怪乎觅途不得，问津⑤无人，半途而废者居多，差毫厘而谬千里者，亦复不少也。尝怪天地之间有一种文字，即有一种文字之法脉准绳，载之于书者，不异耳提面命⑥，独于填词制曲之事，非但略而未详，亦且置之不道。揣摩其故，殆⑦有三焉：一则为此理甚难，非可言传，止堪意会。想入云霄之际，作者神魂飞越，如在梦中，不至终篇，不能返魂收魄。谈真则易，说梦为难，非不欲传，不能传也。若是，则诚异诚难，诚为不可道矣。吾谓此等至理，皆言最上一乘⑧，非填之学节节皆如是也，岂可为精者难言，而粗者亦置弗道乎？一则为填词之理变幻不常，言当如

① 骥（jì）：千里马。
② 配飨：亦作"配享"。袝祭。古代专指帝王宗庙及孔子庙的袝祀，后来通指在其他祠庙中的袝祭。
③ 维何：是什么。
④ 瞽（gǔ）目：瞎眼。
⑤ 问津：津，渡口。询问渡口。后用为探求途径或尝试的意思。
⑥ 耳提面命：形容教诲殷勤恳切。
⑦ 殆：大概。
⑧ 乘：佛教的教派或教法。

是，又有不当如是者。如填生旦①之词贵于庄雅，制净丑②之曲务带诙谐，此理之常也。乃忽遇风流放佚之生旦，反觉庄雅为非，作迂腐不情之净丑，转以诙谐为忌。诸如此类者，悉难胶柱③。恐以一定之陈言，误泥古拘方之作者，是以宁为阙疑④，不生蛇足。若是，则此种变幻之理，不独词曲为然，帖括⑤诗文皆若是也。岂有执死法为文而能见赏于人、相传于后者乎？一则为从来名士以诗赋见重者十之九，以词曲相传者犹不及什一，盖千百人一见者也。凡有能此者，悉皆剖腹藏珠⑥，务求自秘，谓此法无人授我，我岂独肯传人。使家家制曲，户户填词，则无论《白雪》盈车，《阳春》遍世，淘金选玉者未必不使后来居上，而觉糠秕⑦在前。且使周郎渐出，顾曲者多，攻出瑕疵，令前人无可藏拙，是自为后羿而教出无数逢蒙，环执干戈而害我

---

① 生旦：生，戏曲脚色行当。扮演净、丑以外的男性人物。宋元南戏及明清传奇都有这行脚色，一般扮演青壮年男子，常是剧中的主要人物。旦，戏曲脚色行当。扮演女性人物。宋杂剧已有"装旦"，元杂剧中旦行脚色很多，如正旦、小旦等，其中正旦是同正末并重的两个主要脚色之一。

② 净丑：净，俗称"花脸""花面"。戏曲脚色行当。一般认为是从宋杂剧副净发展而来。大多扮演性格粗狂豪放或阴险狡诈以及相貌特异的男性人物。丑，戏曲脚色行当。宋元南戏已有这一行脚色。扮演的人物种类繁多，有的语言幽默、行动滑稽、心地善良，有的奸诈刁恶、悭吝卑鄙。

③ 胶柱：比喻墨守成规，不能变通。

④ 阙疑：谓有疑而暂置不论，不作主观判断。

⑤ 帖括：科举考试文体。唐代考试制度，明经科以"帖经"试士。明清八股文有仿于唐之帖括者，亦称之。

⑥ 剖腹藏珠：比喻为了爱惜物品，自伤身体，轻重倒置。

⑦ 糠秕（bǐ）：米糠和瘪谷。比喻微末无用的人或物。

也，不如仍仿前人，缄口①不提之为是。吾揣摩不传之故，虽三者并列，窃恐此意居多。以我论之：文章者，天下之公器②，非我之所能私；是非者，千古之定评，岂人之所能倒？不若出我所有，公之于人，收天下后世之名贤，悉为同调。胜我者，我师之，仍不失为起予之高足；类我者，我友之，亦不愧为攻玉之他山。持此为心，遂不觉以生平底里，和盘托出，并前人已传之书，亦为取长弃短，别出瑕瑜③，使人知所从违，而不为诵读所误。知我，罪我，怜我，杀我，悉听世人，不复能顾其后矣。但恐我所言者，自以为是而未必果是；人所趋者，我以为非而未必尽非。但矢④一字之公，可谢千秋之罚。噫，元人可作，当必贳⑤予。

填词首重音律，而予独先结构者，以音律有书可考，其理彰明较著。自《中原音韵》一出，则阴阳平仄画有塍区⑥，如舟行水中，车推岸上，稍知率由者，虽欲故犯而不能矣。《啸余》《九宫》二谱一出，则葫芦有样，粉本⑦昭然。前人呼制曲为填词，填者，布也，犹棋枰⑧之中画有定格，见一格，布一子，止

---

① 缄（jiān）口：闭口不言。
② 公器：指天下人共有的事物。
③ 瑕瑜：瑕，玉上的斑点；瑜，玉的光彩。比喻人或事物的缺点和优点。
④ 矢：射中，得到。
⑤ 贳（shì）：赦免。
⑥ 塍（chéng）区：比喻界限。塍，田畦，田间的界路。
⑦ 粉本：古代中国画施粉上样的稿本，多为白描形式。这里指可依照其进行填词创作的曲谱。
⑧ 棋枰（píng）：棋盘。

有黑白之分，从无出入之弊，彼用韵而我叶①之，彼不用韵而我纵横流荡之。至于引商刻羽，戛玉敲金，虽曰神而明之，匪可言喻，亦由勉强而臻②自然，盖遵守成法之化境也。至于"结构"二字，则在引商刻羽之先，拈韵抽毫③之始。如造物之赋形，当其精血初凝，胞胎未就，先为制定全形，使点血而具五官百骸之势。倘先无成局，而由顶及踵，逐段滋生，则人之一身，当有无数断续之痕，而血气为之中阻矣。工师之建宅亦然：基址初平，间架未立，先筹何处建厅，何方开户，栋需何木，梁用何材，必俟成局了然，始可挥斤运斧。倘造成一架而后再筹一架，则便于前者，不便于后，势必改而就之，未成先毁，犹之筑舍道旁，兼数宅之匠资，不足供一厅一堂之用矣。故作传奇④者，不宜卒急⑤拈毫，袖手于前，始能疾书于后。有奇事，方有奇文，未有命题不佳，而能出其锦心、扬为绣口者也。尝读时髦⑥所撰，惜其惨淡经营，用心良苦，而不得被管弦、副优孟者，非审音协律之难，而结构全部规模之未善也。

词采似属可缓，而亦置音律之前者，以有才技之分也。文词稍胜者即号才人，音律极精者终为艺士。师旷⑦止能审乐，不

---

① 叶（xié）：通"协"。叶韵，押韵。

② 臻：达到。

③ 拈韵抽毫：指开始进入创作过程。拈韵，选韵。抽毫，动笔。

④ 传奇：明清以唱南曲为主的戏曲形式。是宋元南戏的进一步发展。结构大致与南戏的相同，但更完整，曲调更丰富，兼用一些北曲。

⑤ 卒急：急促。

⑥ 时髦：这里被人视为杰出的当今剧作家。

⑦ 师旷：春秋时晋国乐师。目盲，善弹琴，精于辨音。

能作乐；龟年[1]但能度词，不能制词。使与作乐制词者同堂，吾知必居末席矣。事有极细而亦不可不严者，此类是也。

戒讽刺

武人之刀，文士之笔，皆杀人之具也。刀能杀人，人尽知之；笔能杀人，人则未尽知也。然笔能杀人，犹有或知之者；至笔之杀人较刀之杀人，其快其凶更加百倍，则未有能知之而明言以戒世者。予请深言其故。何以知之？知之于刑人之际。杀之与剐，同是一死，而轻重别焉者。以杀止一刀，为时不久，头落而事毕矣；剐必数十百刀，为时必经数刻，死而不死，痛而复痛，求为头落事毕而不可得者，只在久与暂之分耳。然则笔之杀人，其为痛也，岂止数刻而已哉！窃怪传奇一书，昔人以代木铎[2]，因愚夫愚妇识字知书者少，劝使为善，诫使勿恶，其道无由，故设此种文词，借优人说法[3]，与大众齐听。谓善者如此收场，不善者如此结果，使人知所趋避，是药人寿世之方，救苦弭灾[4]之具也。后世刻薄之流，以此意倒行逆施，借此文报仇泄怨。心之所喜者，处以生旦之位，意之所怒者，变以净丑

---

① 龟年：李龟年，唐代宫廷乐师。

② 木铎（duó）：铎，铃。木舌的铃。古代施行政教、传布命令时用以振鸣惊众。

③ 说法：原指佛教高僧宣讲佛家教义真谛，此处指教化宣传。

④ 弭（mǐ）灾：消除灾害。

之形，且举千百年未闻之丑行，幻设而加于一人之身，使梨园①习而传之，几为定案，虽有孝子慈孙，不能改也。噫，岂千古文章，止为杀人而设？一生诵读，徒备行凶造孽之需乎？苍颉②造字而鬼夜哭，造物之心，未必非逆料至此也。凡作传奇者，先要涤去此种肺肠，务存忠厚之心，勿为残毒之事。以之报恩则可，以之报怨则不可；以之劝善惩恶则可，以之欺善作恶则不可。

人谓《琵琶》一书，为讥王四而设。因其不孝于亲，故加以入赘豪门，致亲饿死之事。何以知之？因"琵琶"二字，有四"王"字冒于其上，则其寓意可知也。噫，此非君子之言，齐东野人之语也。凡作传世之文者，必先有可以传世之心，而后鬼神效灵，予以生花之笔③，撰为倒峡之词④，使人人赞美，百世流芬。传非文字之传，一念之正气使传也。"五经""四书"、《左》《国》《史》《汉》诸书，与大地山河同其不朽，试问当年作者有一不肖之人、轻薄之子厕于其间乎？但观《琵琶》得传至今，则高则诚之为人，必有善行可予，是以天寿其名，使不与身俱没，岂残忍刻薄之徒哉！即使当日与王四有隙，故

---

① 梨园：唐玄宗时教练宫廷歌舞艺人的地方。后人称戏曲界为梨园行，称戏曲从业人员为梨园弟子。

② 苍颉：传为黄帝史官，汉字创造者。

③ 生花之笔：《开元天宝遗事》说李白少时曾梦笔头生花，此后诗文越作越好。

④ 倒峡之词：倒峡，比喻文章气势磅礴，如江水倾峡而出。杜甫《醉歌行》："词源倒流三峡水，笔阵横扫千人军。"

以不孝加之，然则彼与蔡邕①未必有隙，何以有隙之人，止暗寓其姓，不明叱其名，而以未必有隙之人，反蒙李代桃僵②之实乎？此显而易见之事，从无一人辩之。创为是说者，其不学无术可知矣。

予向梓传奇，尝埒誓词于首，其略云：加生旦以美名，原非市恩③于有托；抹净丑以花面，亦属调笑于无心；凡以点缀词场，使不岑寂④而已。但虑七情以内，无境不生，六合之中，何所不有。幻设一事，即有一事之偶同；乔⑤命一名，即有一名之巧合。焉知不以无基之楼阁，认为有样之葫芦？是用沥血鸣神，剖心告世⑥，倘有一毫所指，甘为三世之喑⑦，即漏显诛，难逋⑧阴罚。此种血忱⑨，业已沁入梨枣，印政⑩寰中⑪久矣。而好事之家，犹有不尽相谅者，每观一剧，必问所指何人。噫，如其尽有所指，则誓词之设，已经二十余年，上帝有赫，实式临

---

① 蔡邕（132—192）：东汉文学家、书法家。字伯喈。通经史、音律、天文，善辞章。散文长于碑记，工整典雅，多用偶句。工篆、隶，尤以隶书著称。

② 李代桃僵：比喻代人受过或互相顶替。

③ 市恩：讨好。以私惠取悦他人。

④ 岑寂：寂静。

⑤ 乔：做作；装假。

⑥ 沥血鸣神，剖心告世：指将自己的心迹告白于世人和神灵。沥血，滴血以示竭诚。

⑦ 喑（yīn）：哑。

⑧ 逋：逃亡。

⑨ 血忱：丹心；赤诚。

⑩ 印政：印证。

⑪ 寰（huán）中：指天地四方，即天下。

之，胡不降之以罚？兹以身后之事，且置勿论，论其现在者：年将六十，即旦夕就木^①，不为夭矣。向忧伯道^②之忧，今且五其男，二其女，孕而未诞、诞而待孕者，尚不一其人，虽尽属景升豚犬，然得此以慰桑榆^③，不忧穷民之无告矣。年虽迈而筋力未衰，涉水登山，少年场往往追予弗及；貌虽癯^④而精血未耗，寻花觅柳，儿女事犹然自觉情长。所患在贫，贫也，非病也；所少在贵，贵岂人人可幸致乎？是造物之悯予，亦云至矣。非悯其才，非悯其德，悯其方寸^⑤之无他也。生平所著之书，虽无裨于人心世道，若止论等身，几与曹交食粟之躯等其高下。使其间稍伏机心^⑥，略藏匕首^⑦，造物且诛之夺之不暇，肯容自作孽者老而不死，犹得佯狂^⑧自肆于笔墨之林哉？

吾于发端之始，即以讽刺戒人，且若嚣嚣^⑨自鸣得意者，非敢故作夜郎^⑩，窃恐词人不究立言初意，谬信"琵琶王四"之说，因谬成真。谁无恩怨？谁乏牢骚？悉以填词泄愤，是此一书

---

① 就木：入棺。谓死亡。

② 伯道：邓攸（？—326），晋平阳襄陵（今山西临汾市东南）人，字伯道。南逃时曾携一子一侄，途中不能两全，乃弃子全侄，后世传为美谈。

③ 桑榆：古时住宅旁常植桑榆，向晚时阳光在桑榆之间，因以"桑榆"作日暮和人生晚年的代称。

④ 癯（qú）：体瘦。

⑤ 方寸：指心。

⑥ 机心：指深沉权变的心机。

⑦ 匕首：这里指别有用心，动机不良。

⑧ 佯（yáng）狂：假装疯癫。

⑨ 嚣嚣：自得貌。

⑩ 夜郎：汉代西南方的小国。后称妄自尊大者为夜郎自大。

者，非阐明词学之书，乃教人行险播恶之书也。上帝讨无礼，予其首诛乎？现身说法，盖为此耳。

立主脑①

古人作文一篇，定有一篇之主脑。主脑非他，即作者立言之本意也。传奇亦然。一本戏中，有无数人名，究竟俱属陪宾，原其初心，止为一人而设。即此一人之身，自始至终，离合悲欢，中具无限情由，无穷关目②，究竟俱属衍文③，原其初心，又止为一事而设。此一人一事，即作传奇之主脑也。然必此一人一事果然奇特，实在可传而后传之，则不愧传奇之目，而其人其事与作者姓名皆千古矣。如一部《琵琶》，止为蔡伯喈一人，而蔡伯喈一人又止为"重婚牛府"一事，其余枝节皆从此一事而生。二亲之遭凶，五娘之尽孝，拐儿之骗财匿书，张大公之疏财仗义，皆由于此。是"重婚牛府"四字，即作《琵琶记》之主脑也。一部《西厢》，止为张君瑞一人，而张君瑞一人，又止为"白马解围"一事，其余枝节皆从此一事而生。夫人之许婚，张生之望配，红娘之勇于作合，莺莺之敢于失身，与郑恒之力争原配而不得，皆由于此。是"白马解围"

---

① 主脑：通常是指作者创作的主要动机或立意，相当于主题。这里特指剧作者演绎一段人生离合悲欢故事的创作动机和主要人物、主要情节。

② 关目：此处泛指情节发生、发展的阶段及情节安排。

③ 衍文：校勘学术语。古书抄写、刊印中误增的字。此处指起铺垫和陪衬作用的文字。

四字，即作《西厢记》之主脑也。余剧皆然，不能悉指。后人作传奇，但知为一人而作，不知为一事而作。尽此一人所行之事，逐节铺陈，有如散金碎玉，以作零出①则可，谓之全本，则为断线之珠，无梁之屋。作者茫然无绪，观者寂然无声，无怪乎有识梨园，望之而却走也。此语未经提破，故犯者孔多②，而今而后，吾知鲜矣。

脱窠臼③

"人惟求旧，物惟求新。"新也者，天下事物之美称也。而文章一道，较之他物，尤加倍焉。戛戛乎陈言务去④，求新之谓也。至于填词一道，较之诗赋古文，又加倍焉。非特前人所作，于今为旧，即出我一人之手，今之视昨，亦有间焉。昨已见而今未见也，知未见之为新，即知已见之为旧矣。古人呼剧本为"传奇"者，因其事甚奇特，未经人见而传之，是以得名，可见非奇不传。"新"即"奇"之别名也。若此等情节业已见之戏场，则千人共见，万人共见，绝无奇矣，焉用传？是以填词之家，务解"传奇"二字。欲为此剧，先问古今院本⑤中，曾

① 零出：折子戏。
② 孔多：很多。
③ 窠臼（kē jiù）：陈旧的格调。
④ 戛（jiá）戛乎陈言务去：出韩愈《答李翊书》："惟陈言之务去，戛戛乎其难哉！"戛戛，困难貌。陈言，陈旧的言辞。
⑤ 院本：戏曲术语。金元时行院演剧所用的脚本，此处代指杂剧剧本。

有此等情节与否，如其未有，则急急传之，否则枉费辛勤，徒作效颦①之妇。东施之貌未必丑于西施，止为效颦于人，遂蒙千古之诮。使当日逆料至此，即劝之捧心，知不屑矣。吾谓填词之难，莫难于洗涤窠臼，而填词之陋，亦莫陋于盗袭窠臼。吾观近日之新剧，非新剧也，皆老僧碎补之衲衣，医士合成之汤药。取众剧之所有，彼割一段，此割一段，合而成之，即是一种"传奇"。但有耳所未闻之姓名，从无目不经见之事实。语云"千金之裘，非一狐之腋②"，以此赞时人新剧，可谓定评。但不知前人所作，又从何处集来？岂《西厢》以前，别有跳墙之张珙？《琵琶》以上，另有剪发之赵五娘乎？若是，则何以原本不传，而传其抄本也？窠臼不脱，难语填词，凡我同心，急宜参酌。

密针线

编戏有如缝衣，其初则以完全者剪碎，其后又以剪碎者凑成。剪碎易，凑成难，凑成之工，全在针线紧密。一节偶疏，全篇之破绽出矣。每编一折，必须前顾数折，后顾数折。顾前者，欲其照映；顾后者，便于埋伏。照映埋伏，不止照映一人、埋伏一事，凡是此剧中有名之人、关涉之事，与前此后此所说之话，节节俱要想到。宁使想到而不用，勿使有用而

---

① 颦：皱眉。
② 腋：腋下的皮毛。

忽之。

吾观今日之传奇，事事皆逊元人，独于埋伏照映处，胜彼一筹。非今人之太工，以元人所长全不在此也。若以针线论，元曲之最疏者，莫过于《琵琶》。无论大关节目背谬甚多，如子中状元三载，而家人不知；身赘相府，享尽荣华，不能自遣一仆，而附家报于路人；赵五娘千里寻夫，只身无伴，未审果能全节与否，其谁证之？诸如此类，皆背理妨伦之甚者。

再取小节论之，如五娘之剪发，乃作者自为之，当日必无其事。以有疏财仗义之张大公在，受人之托，必能终人之事，未有坐视不顾，而致其剪发者也。然不剪发，不足以见五娘之孝。以我作《琵琶》，《剪发》一折亦必不能少，但须回护张大公，使之自留地步。吾读《剪发》之曲，并无一字照管大公，且若有心讥刺者。据五娘云，"前日婆婆没了，亏大公周济。如今公公又死，无钱资送，不好再去求他，只得剪发"云云。若是，则剪发一事乃自愿为之，非时势迫之使然也，奈何曲中云："非奴苦要孝名传，只为上山擒虎易，开口告人难。"此二语虽属恒言①，人人可道，独不宜出五娘之口。彼自不肯告人，何以言其难也？观此二语，不似怼怨大公之词乎？然此犹属背后私言，或可免于照顾。迨②其哭倒在地，大公见之，许送钱米相

---

① 恒言：常言。
② 迨（dài）：等到。

资，以备衣衾①棺椁，则感之颂之，当有不啻②口出者矣，奈何曲中又云："只恐奴身死也，兀自③没人埋，谁还你恩债？"试问公死而埋者何人？姑死而埋者何人？对埋殓公姑之人而自言暴露④，将置大公于何地乎？且大公之相资，尚义也，非图利也，"谁还恩债"一语，不几抹倒大公，将一片热肠付之冷水乎？此等词曲，幸而出自元人，若出我辈，则群口讪之，不识置身何地矣。予非敢于仇古，既为词曲立言，必使人知取法，若扭于世俗之见，谓事事当法元人，吾恐未得其瑜，先有其瑕。人或非之，即举元人借口，乌知圣人千虑，必有一失；圣人之事，犹有不可尽法者，况其他乎？《琵琶》之可法者原多，请举所长以盖短。如《中秋赏月》一折，同一月也，出于牛氏之口者，言言欢悦；出于伯喈之口者，字字凄凉。一座两情，两情一事，此其针线之最密者。瑕不掩瑜，何妨并举其略。然传奇一事也，其中义理分为三项：曲也，白也，穿插联络之关目也。元人所长者止居其一，曲是也，白与关目皆其所短。吾于元人，但守其词中绳墨⑤而已矣。

---

① 衾（qīn）：覆盖或衬垫尸体的单被。
② 不啻（chì）：不止；不仅。
③ 兀自：尚；还。
④ 暴露：此处指尸骸无人掩埋。
⑤ 绳墨：木匠画直线用的工具，比喻规矩或法度。

减头绪

头绪繁多，传奇之大病也。《荆》《刘》《拜》《杀》[①]之得传于后，止为一线到底，并无旁见侧出之情。三尺童子观演此剧，皆能了了于心，便便于口，以其始终无二事，贯串只一人也。后来作者不讲根源，单筹枝节，谓多一人可增一人之事。事多则关目亦多，令观场者如入山阴道中，人人应接不暇。殊不知戏场脚色，止此数人，便换千百个姓名，也只此数人装扮，止在上场之勤不勤，不在姓名之换不换。与其忽张忽李，令人莫识从来，何如只扮数人，使之频上频下，易其事而不易其人，使观者各畅怀来，如逢故物[②]之为愈乎？作传奇者，能以"头绪忌繁"四字，刻刻关心，则思路不分，文情专一，其为词也，如孤桐劲竹，直上无枝，虽难保其必传，然已有《荆》《刘》《拜》《杀》之势矣。

戒荒唐

昔人云："画鬼魅易，画狗马难。"以鬼魅无形，画之不

---

① 《荆》《刘》《拜》《杀》：元末明初流行的四部著名南戏剧本，分别是：《荆钗记》《白兔记》（原名《刘知远》）、《拜月亭》《杀狗记》。
② 故物：这里指故人、熟悉的人。

似，难于稽考^①；狗马为人所习见，一笔稍乖，是人得以指摘。可见事涉荒唐，即文人藏拙之具也。而近日传奇，独工于为此。噫，活人见鬼，其兆不祥，矧^②有吉事之家，动出魑魅魍魉^③为寿乎？移风易俗，当自此始。

吾谓剧本非他，即三代以后之《韶》《濩》^④也。殷俗尚鬼，犹不闻以怪诞不经之事被诸声乐，奏于庙堂，矧辟谬崇真之盛世乎？王道本乎人情，凡作传奇，只当求于耳目之前，不当索诸闻见之外。无论词曲，古今文字皆然。凡说人情物理者，千古相传；凡涉荒唐怪异者，当日即朽。"五经""四书"、《左》《国》《史》《汉》，以及唐宋诸大家，何一不说人情？何一不关物理？及今家传户颂，有怪其平易而废之者乎？《齐谐》，志怪之书也，当日仅存其名，后世未见其实。此非平易可久、怪诞不传之明验欤？

人谓家常日用之事，已被前人做尽，穷微极隐，纤芥无遗，非好奇也，求为平而不可得也。予曰：不然。世间奇事无多，常事为多，物理易尽，人情难尽。有一日之君臣父子，即有一日之忠孝节义。性之所发，愈出愈奇，尽有前人未作之事，留之以待后人，后人猛发之心，较之胜于先辈者。即就妇人女子言之，女德莫过于贞，妇愆^⑤无甚于妒。古来贞女守节之事，自剪

---

① 稽考：查考。

② 矧（shěn）：况且。

③ 魑魅魍魉（chī mèi wǎng liǎng）：传说中的妖魔鬼怪。

④ 《韶》《濩（huò）》：传为虞舜和商汤时的乐舞。

⑤ 愆（qiān）：过失；罪咎。

发、断臂、刺面、毁身，以至刎颈而止矣。近日矢贞之妇，竟有刲①肠剖腹，自涂肝脑于贵人之庭以鸣不屈者；又有不持利器，谈笑而终其身，若老衲高僧之坐化者。岂非五伦以内，自有变化不穷之事乎？古来妒妇制夫之条，自罚跪、戒眠、捧灯、戴水，以至扑臀而止矣。近日妒悍之流，竟有锁门绝食，迁怒于人，使族党避祸难前，坐视其死而莫之救者；又有鞭扑不加，囹圄②不设，宽仁大度，若有刑措③之风，而其夫摄于不怒之威，自遣其妾而归化者。岂非闺阃④以内，便有日异月新之事乎？此类繁多，不能枚举。此言前人未见之事，后人见之，可备填词制曲之用者也。即前人已见之事，尽有摹写未尽之情、描画不全之态。若能设身处地，伐隐攻微，彼泉下之人，自能效灵于我，授以生花之笔，假以蕴绣之肠⑤，制为杂剧，使人但赏极新极艳之词，而竟忘其为极腐极陈之事者。此为最上一乘，予有志焉，而未之逮也。

---

① 刲（kuī）：割取。

② 囹圄（líng yǔ）：牢狱。

③ 刑措：谓没有人犯法，刑罚搁置不用。措，搁置。

④ 闺阃（kǔn）：妇女卧室，亦借指妇女。

⑤ 蕴绣之肠：酝酿和创构奇思妙想的优秀作品的心肠。肠，指心肠。

审虚实

传奇所用之事，或古或今，有虚有实，随人拈取。古者，书籍所载，古人现成之事也；今者，耳目传闻，当时仅见之事也；实者，就事敷陈，不假造作，有根有据之谓也；虚者，空中楼阁，随意构成，无影无形之谓也。人谓古事多实，近事多虚。予曰：不然。传奇无实，大半皆寓言耳。欲劝人为孝，则举一孝子出名，但有一行可纪，则不必尽有其事。凡属孝亲所应有者，悉取而加之，亦犹纣之不善，不如是之甚也，一居下流①，天下之恶皆归焉。其余表忠表节，与种种劝人为善之剧，率同于此。若谓古事皆实，则《西厢》《琵琶》推为曲中之祖，莺莺果嫁君瑞乎？蔡邕之饿莩其亲②，五娘之干蛊③其夫，见于何书？果有实据乎？孟子云："尽信书，不如无书。"盖指《武成》而言也。经史且然，矧杂剧乎？

凡阅传奇而必考其事从何来、人居何地者，皆说梦之痴人，可以不答也。然作者秉笔，又不宜尽作是观。若纪目前之事，无所考究，则非特事迹可以幻生，并其人之姓名亦可以凭空捏造，是谓虚则虚到底也。若用往事为题，以一古人出名，则满场脚色皆用古人，捏一姓名不得；其人所行之事，又必本于载

---

① 下流：犹下游。引申为众恶所归的地位。

② 饿莩（piǎo）其亲：让亲人成为饿莩。饿莩，同"饿殍"，饿死的人。

③ 干蛊：担当应做之事。语出《易·蛊》"干父之蛊"。

籍①，班班可考，创一事实不得。非用古人姓字为难，使与满场脚色同时共事之为难也；非查古人事实为难，使与本等情由贯串合一之为难也。予既谓传奇无实，大半寓言，何以又云姓名事实必须有本？要知古人填古事易，今人填古事难。古人填古事，犹之今人填今事，非其不虑人考，无可考也。传至于今，则其人其事，观者烂熟于胸中，欺之不得，罔之不能，所以必求可据，是谓实则实到底也。若用一二古人作主，因无陪客，幻设姓名以代之，则虚不似虚，实不成实，词家之丑态也，切忌犯之。

---

① 载籍：书籍。

词采第二

曲与诗余①，同是一种文字。古今刻本中，诗余能佳而曲不能尽佳者，诗余可选而曲不可选也。诗余最短，每篇不过数十字，作者虽多，入选者不多，弃短取长，是以但见其美。曲文最长，每折必须数曲，每部必须数十折，非八斗长才，不能始终如一。微疵偶见者有之，瑕瑜并陈者有之，尚有踊跃于前懈弛于后，不得已而为狗尾貂续②者亦有之。演者观者既存此曲，只得取其所长，恕其所短，首尾并录。无一部而删去数折、止存数折，一出而抹去数曲、止存数曲之理。此戏曲不能尽佳，有为数折可取而挈带全篇，一曲可取而挈带全折，使瓦缶③与金石齐鸣者，职④是故也。予谓既工此道，当如画士之传真⑤，闺女之刺绣，一笔稍差便虑神情不似，一针偶缺即防花鸟变形。使全部传奇之曲，得似诗余选本，如《花间》《草堂》诸集，首首有可珍之句，句句有可宝之字，则不愧填词之名，无论必传，即传之

---

① 诗余：词。
② 狗尾貂续：本指官爵太滥。古代近侍官员以貂尾为冠饰，任官滥，貂尾不足，用狗尾代之。后泛指以坏续好，前后不相称。多指文艺作品。
③ 瓦缶（fǒu）：古代陶土制的打击乐器。
④ 职：唯；只。
⑤ 传真：画家摹写人、物形貌。

千万年，亦非徼幸而得者矣。吾于古曲之中，取其全本不懈、多瑜鲜瑕者，惟《西厢》能之。《琵琶》则如汉高用兵，胜败不一，其得一胜而王者，命也，非战之力也。《荆》《刘》《拜》《杀》之传，则全赖音律。文章一道，置之不论可矣。

贵显浅

曲文之词采，与诗文之词采非但不同，且要判然①相反。何也？诗文之词采，贵典雅而贱粗俗，宜蕴藉②而忌分明。词曲不然，话则本之街谈巷议，事则取其直说明言。凡读传奇而有令人费解，或初阅不见其佳，深思而后得其意之所在者，便非绝妙好词，不问而知为今曲，非元曲也。元人非不读书，而所制之曲，绝无一毫书本气，以其有书而不用，非当用而无书也，后人之曲则满纸皆书矣。元人非不深心，而所填之词，皆觉过于浅近，以其深而出之以浅，非借浅以文其不深也，后人之词则心口皆深矣。无论其他，即汤若士《还魂》一剧，世以配飨元人，宜也。问其精华所在，则以《惊梦》《寻梦》二折对。予谓二折虽佳，犹是今曲，非元曲也。《惊梦》首句云："袅晴丝，吹来闲庭院，摇漾春如线。"以游丝一缕，逗起情丝，发端一语，即费如许深心，可谓惨淡经营矣。然听歌《牡丹亭》者，百人之中有一二人解出此意否？若谓制曲初心并不在此，不过

① 判然：显然；分明貌。
② 蕴藉：含蓄而不显露。

因所见以起兴①，则瞥见游丝，不妨直说，何须曲而又曲，由晴丝而说及春，由春与晴丝而悟其如线也？若云作此原有深心，则恐索解人不易得矣。索解人既不易得，又何必奏之歌筵，俾②雅人俗子同闻而共见乎？其余"停半晌，整花钿③，没揣菱花④，偷人半面"及"良辰美景奈何天，赏心乐事谁家院""遍青山，啼红了杜鹃"等语，字字俱费经营，字字皆欠明爽。此等妙语，止可作文字观，不得作传奇观。至如末幅"似虫儿般蠢动，把风情扇"，与"恨不得肉儿般团成片也，逗的个日下胭脂雨上鲜"，《寻梦》曲云"明放着白日青天，猛教人抓不到梦魂前""是这答儿⑤压黄金钏匾"，此等曲，则去元人不远矣。而予最赏心者，不专在《惊梦》《寻梦》二折，谓其心花笔蕊，散见于前后各折之中。《诊祟》曲云："看你春归何处归，春睡何曾睡，气丝儿，怎度的长天日。""梦去知他实实谁，病来只送得个虚虚的你。做行云，先渴倒在巫阳会。""又不是困人天气，中酒心期，魆魆的⑥常如醉。""承尊觑，何时何日，来看这女颜回？"《忆女》曲云："地老天昏，没处把老娘安顿。""你怎撇得下万里无儿白发亲。""赏春香还是你旧罗裙。"《玩真》曲云："如愁欲语，只少口气儿呵。""叫的你喷嚏似天花唾。

---

① 起兴：古代作诗方法之一，指触景生情，因事寄兴。

② 俾（bǐ）：使。

③ 花钿：古时妇人脸上的一种花饰。用金、银制成花形。

④ 菱花：指菱花镜。古代以铜为镜，映日则发光影如菱花，因名"菱花镜"。

⑤ 这答儿：这儿，这个地方。

⑥ 魆（xū）魆的：神思恍惚的样子。

动凌波①，盈盈欲下，不见影儿那②。"此等曲，则纯乎元人，置之《百种》前后，几不能辨，以其意深词浅，全无一毫书本气也。

若论填词家宜用之书，则无论经传子史以及诗赋古文，无一不当熟读，即道家佛氏、九流③百工④之书，下至孩童所习《千字文》《百家姓》，无一不在所用之中。至于形之笔端，落于纸上，则宜洗濯殆尽。亦偶有用着成语之处，点出旧事之时，妙在信手拈来，无心巧合，竟似古人寻我，并非我觅古人。此等造诣，非可言传，只宜多购元曲，寝食其中，自能为其所化。而元曲之最佳者，不单在《西厢》《琵琶》二剧，而在《元人百种》之中。《百种》亦不能尽佳，十有一二可列高、王之上，其不致家弦户诵，出与二剧争雄者，以其是杂剧而非全本，多北曲⑤而少南音⑥，又止可被诸管弦，不便奏之场上。今时所重，皆在彼而不在此，即欲不为纨扇之捐，其可得乎？

重机趣

"机趣"二字，填词家必不可少。机者，传奇之精神；

---

① 凌波：形容像行走于水波之上的轻盈步态。
② 那：通"挪"，移动。
③ 九流：先秦学术流派，即儒、道、阴阳、法、名、墨、纵横、杂、农九家。
④ 百工：各种工匠。
⑤ 北曲：金元时北方戏曲、散曲所用各种曲调的统称。
⑥ 南音：亦称"南曲"。曲艺曲种。

趣者，传奇之风致。少此二物，则如泥人土马，有生形而无生气。因作者逐句凑成，遂使观场者逐段记忆，稍不留心，则看到第二曲，不记头一曲是何等情形，看到第二折，不知第三折要作何勾当。是心口徒劳，耳目俱涩，何必以此自苦，而复苦百千万亿之人哉？故填词之中，勿使有断续痕，勿使有道学气。所谓无断续痕者，非止一出接一出，一人顶一人，务使承上接下，血脉相连，即于情事截然绝不相关之处，亦有连环细笋①伏于其中，看到后来方知其妙，如藕于未切之时，先长暗丝以待，丝于络成之后，才知作茧之精，此言机之不可少也。所谓无道学气者，非但风流跌宕之曲、花前月下之情，当以板腐②为戒，即谈忠孝节义与说悲苦哀怨之情，亦当抑圣为狂，寓哭于笑，如王阳明③之讲道学，则得词中三昧④矣。阳明登坛讲学，反复辨说"良知"二字，一愚人讯之曰："请问'良知'这件东西，还是白的？还是黑的？"阳明曰："也不白，也不黑，只是一点带赤的，便是良知了。"照此法填词，则离合悲欢，嘻笑怒骂，无一语一字不带机趣而行矣。

予又谓填词种子，要在性中带来，性中无此，做杀不佳。人问：性之有无，何从辨识？予曰：不难，观其说话行文，即

---

① 笋：通"榫"，榫头。

② 板腐：古板迂腐。

③ 王阳明：王守仁（1472—1529），明理学家、教育家。字伯安，曾经筑室故乡阳明洞中，世称"阳明先生"，余姚（今属浙江）人。他提出了"致良知"之说，提倡"知行合一""知行并进"。

④ 三昧：事物的诀要或精义。

知之矣。说话不迂腐，十句之中，定有一二句超脱，行文不板实，一篇之内，但有一二段空灵，此即可以填词之人也。不则另寻别计，不当以有用精神，费之无益之地。噫，"性中带来"一语，事事皆然，不独填词一节。凡作诗文书画、饮酒斗棋与百工技艺之事，无一不具凤根①，无一不本天授。强而后能者，毕竟是半路出家，止可冒斋饭吃，不能成佛作祖也。

戒浮泛

词贵显浅之说，前已道之详矣。然一味显浅而不知分别，则将日流粗俗，求为文人之笔而不可得矣。元曲多犯此病，乃矫艰深隐晦之弊而过焉者也。极粗极俗之语，未尝不入填词，但宜从脚色起见。如在花面②口中，则惟恐不粗不俗，一涉生旦之曲，便宜斟酌其词。无论生为衣冠仕宦，旦为小姐夫人，出言吐词当有隽雅舂容③之度。即使生为仆从，旦作梅香④，亦须择言而发，不与净丑同声。以生旦有生旦之体，净丑有净丑之腔故也。元人不察，多混用之。观《幽闺记》之陀满兴福，乃小生脚色，初屈后伸之人也。其《避兵》曲云："遥观巡捕卒，都是棒和枪。"此花面口吻，非小生曲也。均是常谈俗语，有当用于

---

① 凤根：先天的禀赋、素质。
② 花面：亦称"花脸"，戏剧脚色行当中"净"的俗称。
③ 舂容：形容声音宏大响亮。
④ 梅香：旧时多用为婢女的名字，因以为婢女的代称。

此者，有当用于彼者。又有极粗极俗之语，止更一二字，或增减一二字，便成绝新绝雅之文者。神而明之，只在一熟。当存其说，以俟其人。

填词义理无穷，说何人，肖何人，议某事，切某事，文章头绪之最繁者，莫填词若矣。予谓总其大纲，则不出"情景"二字。景书所睹，情发欲言，情自中生，景由外得，二者难易之分，判如霄壤。以情乃一人之情，说张三要像张三，难通融于李四。景乃众人之景，写春夏尽是春夏，止分别于秋冬。

善填词者，当为所难，勿趋其易。批点传奇者，每遇游山玩水、赏月观花等曲，见其止书所见，不及中情者，有十分佳处，只好算得五分，以风云月露之词，工者尽多，不从此剧始也。善咏物者，妙在即景生情。如前所云《琵琶·赏月》四曲，同一月也，牛氏有牛氏之月，伯喈有伯喈之月。所言者月，所寓者心。牛氏所说之月可移一句于伯喈，伯喈所说之月可挪一字于牛氏乎？夫妻二人之语，犹不可挪移混用，况他人乎？人谓此等妙曲，工者有几，强人以所不能，是塞填词之路也。予曰：不然。作文之事，贵于专一。专则生巧，散乃入愚；专则易于奏工，散者难于责效。百工居肆①，欲其专也；众楚群咻②，喻其散也。舍情言景，不过图其省力，殊不知眼前景物繁多，当从何处说起？咏花既愁遗鸟，赋月又想兼风。若使逐件铺张，则虑事多曲少；欲以数言包括，又防事短情长。展转推

---

① 肆：手工业作坊。

② 咻：喧扰。

敲，已费心思几许，何如只就本人生发，自有欲为之事，自有待说之情，念不旁分，妙理自出。如发科发甲之人，窗下作文，每日止能一篇二篇，场中遂至七篇。窗下之一篇二篇未必尽好，而场中之七篇，反能尽发所长，而夺千人之帜者，以其念不旁分，舍本题之外，并无别题可做，只得走此一条路也。吾欲填词家舍景言情，非责人以难，正欲其舍难就易耳。

忌填塞

填塞之病有三：多引古事，迭用人名，直书成句。其所以致病之由亦有三：借典核①以明博雅，假脂粉以见风姿，取现成以免思索。而总此三病与致病之由之故，则在一语。一语维何？曰：从未经人道破；一经道破，则俗语云"说破不值半文钱"，再犯此病者鲜矣。古来填词之家，未尝不引古事，未尝不用人名，未尝不书现成之句，而所引所用与所书者，则有别焉：其事不取幽深，其人不搜隐僻，其句则采街谈巷议。即有时偶涉诗书，亦系耳根听熟之语，舌端调惯之文，虽出诗书，实与街谈巷议无别者。总而言之，传奇不比文章。文章做与读书人看，故不怪其深；戏文做与读书人与不读书人同看，又与不读书之妇人小儿同看，故贵浅不贵深。使文章之设，亦为与读书人、不读书人及妇人小儿同看，则古来圣贤所作之经传，

---

① 典核：确实而有根据。此处指曲文、对白准确地引经据典。

亦只浅而不深，如今世之为小说矣。人曰：文人之作传奇与著书无别，假此以见其才也，浅则才于何见？予曰：能于浅处见才，方是文章高手。施耐庵之《水浒》，王实甫之《西厢》，世人尽作戏文小说看，金圣叹[①]特标其名曰"五才子书""六才子书"者，其意何居？盖愤天下之小视其道，不知为古今来绝大文章，故作此等惊人语以标其目。噫，知言哉！

[①] 金圣叹：金人瑞（1608—1661），明末清初文学批评家。明亡后改名人瑞，字圣叹，吴县（今江苏苏州）人。少有才名，博通经史，旁涉小说词曲及释道诸典，亦工诗文，尤好衡文评书。将《离骚》《庄子》《史记》、杜甫诗集、《水浒》与《西厢记》称为天下"六才子书"。

音律第三

　　作文之最乐者，莫如填词，其最苦者，亦莫如填词。填词之乐，详后《宾白》之第二幅，上天入地，作佛成仙，无一不随意到，较之南面①百城，洵②有过焉者矣。至说其苦，亦有千态万状，拟之悲伤疾痛、桎梏③幽囚诸逆境，殆有甚焉者。请详言之。他种文字，随人长短，听我张弛，总无限定之资格④。今置散体弗论，而论其分股、限字与调声叶律者。分股则帖括时文是已。先破后承，始开终结，内分八股，股股相对，绳墨不为不严矣；然其股法、句法，长短由人，未尝限之以数，虽严而不谓之严也。限字则四六排偶之文是已。语有一定之字，字有一定之声，对必同心，意难合掌，矩度⑤不为不肃矣；然止限以数，未定以位，止限以声，未拘以格，上四下六可，上六下四亦未尝不可，仄平平仄可，平仄仄平亦未尝不可，虽肃而实未尝肃也。调声叶律，又兼分股限字之文，则诗中之近体是已。起句五言，则句句五言，起句七言，则句句七言，起句用某韵，则

---

① 南面：古代以坐北面南为尊位。帝王之位南向，故称居帝位为"南面"。

② 洵：诚然；实在。

③ 桎梏：脚镣手铐，古代用来拘系罪人手脚的刑具。比喻束缚、压制。

④ 资格：格式，规格。

⑤ 矩度：规矩法度。

以下俱用某韵，起句第二字用平声，则下句第二字定用仄声，第三、第四又复颠倒用之，前人立法亦云苟且密矣。然起句五言，句句五言，起句七言，句句七言，便有成法可守，想入五言一路，则七言之句不来矣；起句用某韵，以下俱用某韵，起句第二字用平声，下句第二字定用仄声，则拈得平声之韵，上去入三声之韵，皆可置之不问矣；守定平仄、仄平二语，再无变更，自一首以至千百首皆出一辙①，保无朝更夕改之令阻人适从矣。是其苟犹未甚，密犹未至也。至于填词一道，则句之长短，字之多寡，声之平上去入，韵之清浊阴阳，皆有一定不移之格。长者短一线不能，少者增一字不得，又复忽长忽短，时少时多，令人把握不定。当平者平，用一仄字不得；当阴者阴，换一阳字不能。调得平仄成文，又虑阴阳反复；分得阴阳清楚，又与声韵乖张。令人搅断肺肠，烦苦欲绝。此等苛法，尽勾磨人。作者处此，但能布置得宜，安顿极妥，便是千幸万幸之事，尚能计其词品之低昂，文情之工拙乎？予襁褓②识字，总角成篇，于诗书六艺③之文，虽未精穷其义，然皆浅涉一过。总诸体百家而论之，觉文字之难，未有过于填词者，予童而习之，于今老矣，尚未窥见一斑。只以管窥蛙见④之识，谬语同心；虚赤帜于词坛，以待将来。作者能于此种艰难文字显出奇能，字字在声音律法之

① 一辙：一种办法。

② 襁褓：泛指背负或包裹小儿所用的东西。

③ 六艺：六经，六部儒家经典，即《诗》《书》《礼》《乐》《易》《春秋》。

④ 管窥蛙见：形容见识浅窄，自谦之语。管窥，从管中看物，比喻所见者小。蛙见，井底之蛙的见识。

中，言言无资格拘挛①之苦，如莲花生在火上，仙叟弈于橘中，始为盘根错节之才，八面玲珑之笔，寿名千古，衾影何惭②！而千古上下之题品文艺者，看到传奇一种，当易心换眼，别置典刑。要知此种文字作之可怜，出之不易，其楮墨③笔砚非同己物，有如假自他人，耳目心思效用不能，到处为人掣肘④，非若诗赋古文，容其得意疾书，不受神牵鬼制者。七分佳处，便可许作十分，若到十分，即可敌他种文字之二十分矣。予非左袒⑤词家，实欲主持公道，如其不信，但请作者同拈一题，先作文一篇或诗一首，再作填词一曲，试其孰难孰易，谁拙谁工，即知予言之不谬矣。然难易自知，工拙必须人辨。

　　词曲中音律之坏，坏于《南西厢》。凡有作者，当以之为戒，不当取之为法。非止音律，文艺亦然。请详言之。填词除杂剧不论，止论全本，其文字之佳，音律之妙，未有过于《北西厢》者。自南本一出，遂变极佳者为极不佳，极妙者为极不妙。推其初意，亦有可原，不过因北本为词曲之豪，人人赞羡，但可被之管弦，不便奏诸场上，但宜于弋阳⑥、四平⑦等俗优，不便强施于昆调，以系北曲而非南曲也。兹请先言其故。

---

① 拘挛：拘束；束缚。

② 衾影何惭：指不做亏心事，独处时内心不感到惭愧，比喻为人行为光明，问心无愧。

③ 楮（chǔ）墨：纸和墨，借指书、画或诗文。

④ 掣（chè）肘：比喻从旁牵制。此处指受到戏曲格律的束缚与牵制。

⑤ 左袒：偏袒一方。

⑥ 弋阳：指弋阳腔。戏曲声腔。元末形成于江西弋阳一带。联曲体结构。

⑦ 四平：指四平腔。戏曲声腔。明万历年间由传入徽州（治今安徽歙县）一带的江西弋阳腔稍变而成。曲调比较活泼，速度较快，有帮腔。

北曲一折，止隶一人，虽有数人在场，其曲止出一口，从无互歌迭咏之事。弋阳、四平等腔，字多音少，一泄而尽，又有一人启口，数人接腔者，名为一人，实出众口，故演《北西厢》甚易。昆调悠长，一字可抵数字，每唱一曲，又必一人始之，一人终之，无可助一臂者，以长江大河之全曲，而专责一人，即有铜喉铁齿，其能胜此重任乎？此北本虽佳，吴音不能奏也。作《南西厢》者，意在补此缺陷，遂割裂其词，增添其白，易北为南，撰成此剧，亦可谓善用古人，喜传佳事者矣。然自予论之，此人之于作者，可谓功之首而罪之魁矣。所谓功之首者，非得此人，则俗优竞演，雅调无闻，作者苦心，虽传实没。所谓罪之魁者，千金狐腋，剪作鸿毛，一片精金，点成顽铁。若是者何？以其有用古之心而无其具也。

今之观演此剧者，但知关目动人，词曲悦耳，亦曾细尝其味，深绎其词乎？使读书作古之人，取《西厢》南本一阅，句栉字比[①]，未有不废卷掩鼻，而怪秽气[②]熏人者也。若曰：词曲情文不浃[③]，以其就北本增删，割彼凑此，自难贴合，虽有才力无所施也。然则宾白之文，皆由己作，并未依傍原本，何以有才不用，有力不施，而为俗口鄙恶之谈，以秽听者之耳乎？且曲文之中，尽有不就原本增删，或自填一折以补原本之缺略，自撰一曲以作诸曲之过文者，此则束缚无人，操纵由

---

① 句栉（zhì）字比：一句句梳理，一字字比较，形容认真校核。

② 秽（huì）气：肮脏难闻的气味。

③ 不浃：不周全。

我，何以有才不用，有力不施，亦作勉强支吾之句，以混观者之目乎？使王实甫复生，看演此剧，非狂叫怒骂，索改本而付之祝融①，即痛哭流涕，对原本而悲其不幸矣。嘻！续《西厢》者之才，去作《西厢》者，止争一间，观者群加非议，谓《惊梦》以后诸曲，有如狗尾续貂。以彼之才，较之作《南西厢》者，岂特奴婢之于郎主，直帝王之视乞丐！乃今之观者，彼施责备，而此独包容，已不可解；且令家尸②户祝③，居然配飨《琵琶》，非特实甫呼冤，且使则诚号屈矣！予生平最恶弋阳、四平等剧，见则趋而避之，但闻其搬演《西厢》，则乐观恐后。何也？以其腔调虽恶，而曲文未改，仍是完全不破之《西厢》，非改头换面、折手跛足之《西厢》也。南本则聋聩、喑哑、驼背、折腰诸恶状，无一不备于身矣。此但责其文词，未究音律。从来词曲之旨，首严宫调④，次及声音⑤，

---

① 祝融：传说中楚国君主的祖先。后世祀为火神。
② 尸：古代代替死者受祭的活人。
③ 祝：祭祀时司告鬼神的人。
④ 宫调：中国古代称宫、商、角、变徵、徵、羽、变宫为七声，以其中任何一声为主，即可构成一种调式。凡以宫声为主的调式称"宫"（即宫调式），而以其他各声为主则称"调"，统称"宫调"。此处所说的宫调是指曲牌分类。每一宫调都有若干音律风格和调性大致相同的曲牌。元末以前，一折戏中通常只许用同一宫调中的曲牌，不可混用属于别的宫调的曲牌，而且同一宫调的曲牌之间前后都有一定的次序。
⑤ 声音：指文字的平仄、阴阳、清浊及押韵等。

次及字格①。九宫②十三调③，南曲之门户也。小出可以不拘，其成套大曲，则分门别户，各有依归，非但彼此不可通融，次第亦难紊乱。此剧只因改北成南，遂变尽词场格局：或因前曲与前曲字句相同，后曲与后曲体段不合，遂向别宫别调随取一曲以联络之，此宫调之不能尽合也；或彼曲与此曲牌名巧凑，其中但有一二句字数不符，如其可增可减，即增减就之，否则任其多寡，以解补凑不来之厄，此字格之不能尽符也；至于平仄阴阳与逐句所叶之韵，较此二者其难十倍，诛④之将不胜诛，此声音之不能尽叶也。词家所重在此三者，而三者之弊，未尝缺一，能使天下相传，久而不废，岂非咄咄怪事⑤乎？更可异者，近日词人因其熟于梨园之口，习于观者之目，谓此曲第一当行⑥，可以取法，用作曲谱；所填之词，凡有不合成律者，他人执而讯之，则曰："我用《南西厢》某折作对子，如何得错！"噫，玷⑦《西厢》名目者此人，坏词场矩度者此人，误天下后世之苍生者，亦此人也。此等情弊，予不急为拈出，则《南西厢》之流毒，当至

① 字格：指曲牌所规定的字数、句式。
② 九宫：戏曲、音乐名词。中国古代南北曲常用的曲牌，大都属于仙吕宫、南吕宫、中吕宫、黄钟宫、正宫、大石调、双调、商调和越调九个宫调，故通称"九宫"或"南北九宫"。
③ 十三调：戏曲、音乐名词。南曲曲牌分属仙吕宫、羽调、黄钟宫、商调、正宫、大石调、中吕宫、般涉调、道宫、南吕宫、越调、小石调、双调十三个宫调，通称为"十三调"。
④ 诛：责备。
⑤ 咄咄怪事：指使人惊讶的怪事。
⑥ 当行：内行；精通某一行的业务。
⑦ 玷：污损。

何年何代而已乎！

　　向在都门，魏贞庵相国取崔郑合葬墓志铭示予，命予作《北西厢》翻本，以正从前之谬。予谢不敏，谓天下已传之书，无论是非可否，悉宜听之，不当奋其死力与较短长。较之而非，举世起而非我；即较之而是，举世亦起而非我。何也？贵远贱近，慕古薄今，天下之通情也。谁肯以千古不朽之名人，抑之使出时流下？彼文足以传世，业有明征；我力足以降人，尚无实据。以无据敌有征，其败可立见也。时龚芝麓先生亦在座，与贞庵相国均以予言为然。向有一人欲改《北西厢》，又有一人欲续《水浒传》，同商于余。余曰："《西厢》非不可改，《水浒》非不可续，然无奈二书已传，万口交赞，其高踞词坛之座位，业如泰山之稳、磐石①之固，欲遽叱之使起而让席于余，此万不可得之数也。无论所改之《西厢》，所续之《水浒》，未必可继后尘，即使高出前人数倍，吾知举世之人不约而同，皆以'续貂蛇足'四字，为新作之定评矣。"二人唯唯而去。此予由衷之言，向以诚人，而今不以之绳己，动数前人之过者，其意何居？曰：存其是也。放郑声②者，非仇郑声，存雅乐也；辟异端者，非仇异端，存正道也；予之力斥《南西厢》，非仇《南西厢》，欲存《北西厢》之本来面目也。若谓前人尽不可议，前

① 磐（pán）石：厚而大的石头。
② 放郑声：禁绝郑声。郑声，亦称"郑卫之音"。春秋战国时郑、卫两国的民间音乐。因《诗经》的《郑风》《卫风》为"刺淫"之作，遂以郑卫之音与之附会，而有"郑声淫"之说。故后亦用作淫靡之乐的代称。

书尽不可毁，则杨朱、墨翟①亦是前人，郑声未必无底本，有之亦是前书，何以古圣贤放之辟之，不遗余力哉？予又谓《北西厢》不可改，《南西厢》则不可不翻。何也？世人喜观此剧，非故嗜痂②，因此剧之外别无善本，欲睹崔张旧事，舍此无由。地乏朱砂，赤土为佳，《南西厢》之得以浪传，职是故也。使得一人焉，起而痛反其失，别出新裁，创为南本，师实甫之意，而不必更袭其词，祖汉卿之心，而不独仅续其后，若与《北西厢》角胜争雄，则可谓难之又难，若止与《南西厢》赌长较短，则犹恐屑而不屑。予虽乏才，请当斯任，救饥有暇，当即捉毫。

《南西厢》翻本既不可无，予又因此及彼，而有志于《北琵琶》一剧。蔡中郎夫妇之传，既以《琵琶》得名，则"琵琶"二字乃一篇之主，而当年作者何以仅标其名，不见捉弄其实？使赵五娘描容之后，果然身背琵琶，往别张大公，弹出北曲哀声一大套，使观者听者涕泗横流，岂非《琵琶记》中一大畅事？而当年见不及此者，岂元人各有所长，工南词者不善制北曲耶？使王实甫作《琵琶》，吾知与千载后之李笠翁必有同心矣。予虽乏才，亦不敢不当斯任。向填一折付优人，补则诚原本之不逮③，兹已附入四卷之末，尚思扩为全本，以备词人采择，

①　杨朱、墨翟：杨朱，战国初魏国人。先秦经籍中又称他为"杨子""阳子居"或"阳生"。墨翟，即墨子（约前468—前376），春秋战国之际思想家、政治家，墨家的创始人。

②　嗜痂：喜欢吃病人身上疮痂，后以此形容人的怪癖嗜好。

③　不逮（dài）：不足之处。

如其可用，谱为弦索①新声，若是，则《南西厢》《北琵琶》二书可以并行。虽不敢望追踪前哲，并辔②时贤，但能保与自手所填诸曲（如已经行世之前后八种，及已填未刻之内外八种）合而较之，必有浅深疏密之分矣。然著此二书，必须杜门③累月，窃恐饥来驱人，势不由我。安得雨珠雨粟之天，为数十口家人筹生计乎？伤哉，贫也！

恪守词韵

一出用一韵到底，半字不容出入，此为定格。旧曲韵杂出入无常者，因其法制未备，原无成格可守，不足怪也。既有《中原音韵》一书，则犹畛④域画定，寸步不容越矣。常见文人制曲，一折之中，定有一二出韵之字，非曰明知故犯，以偶得好句不在韵中，而又不肯割爱，故勉强入之，以快一时之目者也。杭有才人沈孚中⑤者，所制《绾春园》《息宰河》二剧，不施浮采，纯用白描，大是元人后劲。予初阅时，不忍释卷，及考其声韵，则一无定轨，不惟偶犯数字，竟以寒山、桓欢二韵，合为一处用之，又有以支思、齐微、鱼模三韵并用者，甚至以真

---

① 弦索：原指乐器上的弦。金元以来用为弦乐器如琵琶、三弦等的泛称。明清戏曲论著中有用以为北曲的代称，更多的是指北曲的清唱。

② 并辔：犹言并驾齐驱。

③ 杜门：关门。

④ 畛（zhěn）：界限；区分。

⑤ 沈孚中：沈嵊，字孚中，钱塘（今属浙江）人，明末戏曲作家。

文、庚青、侵寻三韵，不论开口闭口，同作一韵用者。长于用才而短于择术，致使佳调不传，殊可痛惜！夫作诗填词同一理也。未有沈休文①诗韵以前，大同小异之韵，或可叶入诗中。既有此书，即三百篇之风人复作，亦当俯就范围。李白诗仙，杜甫诗圣，其才岂出沈约下？未闻以才思纵横而跃出韵外，况其他乎？设有一诗于此，言言中的，字字惊人，而以一东、二冬并叶，或三江、七阳互施，吾知司选政者，必加摈黜②，岂有以才高句美而破格收之者乎？词家绳墨，只在《谱》《韵》二书，合谱合韵，方可言才，不则八斗难克升合③，五车不敌片纸，虽多虽富，亦奚以为？

凛遵曲谱④

曲谱者，填词之粉本，犹妇人刺绣之花样也，描一朵，刺一朵，画一叶，绣一叶，拙者不可稍减，巧者亦不能略增。然花样无定式，尽可日异月新；曲谱则愈旧愈佳，稍稍趋新，则以毫厘之差而成千里之谬。情事新奇百出，文章变化无穷，总不出谱

---

① 沈休文：沈约（441—513），南朝梁文学家。字休文，吴兴武康（今浙江德清）人。因与谢朓、王融诸人之作，皆注重声律，时号"永明体"。与周颙等创"四声八病"之说，要求作诗区别、调和四声，避免八病，对古体诗向律诗的转变起了重要作用。

② 摈（bìn）黜：摈弃，不选。

③ 升合：比喻极微小的量。此处指才力较小者，与八斗才相对。

④ 曲谱：记录曲牌体式、唱法的书。

内刊成之定格。是束缚文人而使有才不得自展者，曲谱是也；私厚词人而使有才得以独展者，亦曲谱是也。使曲无定谱，亦可日异月新，则凡属淹通①文艺者，皆可填词，何元人、我辈之足重哉？"依样画葫芦"一语，竟似为填词而发。妙在依样之中，别出好歹，稍有一线之出入，则葫芦体样不圆，非近于方，则类乎匾矣。葫芦岂易画者哉！明朝三百年，善画葫芦者，止有汤临川一人，而犹有病其声韵偶乖、字句多寡之不合者。甚矣，画葫芦之难，而一定之成样不可擅改也。

曲谱无新，曲牌名有新。盖词人好奇嗜巧，而又不得展其伎俩，无可奈何，故以二曲三曲合为一曲，熔铸成名，如《金索挂梧桐》《倾杯赏芙蓉》《倚马待风云》之类是也。此皆老于词学、文人善歌者能之；不则上调不接下调，徒受歌者揶揄。然音调虽协，亦须文理贯通，始可串离使合。如【金络索】【梧桐树】是两曲，串为一曲，而名曰【金索挂梧桐】，以金索挂树，是情理所有之事也。【倾杯序】【玉芙蓉】是两曲，串为一曲，而名曰【倾杯赏芙蓉】，倾杯酒而赏芙蓉，虽系捏成，犹口头语也。【驻马听】【一江风】【驻云飞】是三曲，串为一曲，而名曰【倚马待风云】，倚马而待风云之会，此语即入诗文中，亦自成句。凡此皆系有伦有脊②之言，虽巧而不厌其巧。竟有只顾串合，不询文义之通塞，事理之有无，生扭数字作曲名者，殊失顾名思义之体，反不若前人不列名目，只以"犯"字加

---

① 淹通：渊博而通达。
② 有伦有脊：有道理。

之。如本曲【江儿水】而串入二别曲，则曰【二犯江儿水】；本曲【集贤宾】而串入三别曲，则曰【三犯集贤宾】。又有以"摊破"①二字概之者，如本曲【簇御林】、本曲【地锦花】而串入别曲，则曰【摊破簇御林】【摊破地锦花】之类，何等浑然，何等藏拙。更有以十数曲串为一曲而标以总名，如【六犯清音】【七贤过关】【九回肠】【十二峰】之类，更觉浑雅。予谓串旧作新，终是填词末着。只求文字好，音律正，即牌名旧杀，终觉新奇可喜。如以极新极美之名，而填以庸腐乖张之曲，谁其好之？善恶在实，不在名也。

鱼模②当分

词曲韵书，止靠《中原音韵》一种，此系北韵，非南韵也。十年之前，武林③陈次升④先生欲补此缺陷，作《南词音韵》一书，工垂成而复辍，殊为可惜。予谓南韵深渺，卒难成书。填词之家即将《中原音韵》一书，就平上去三音之中，抽出入声字，另为一声，私置案头，亦可暂备南词之用。然此

① 摊破：唐宋曲子词术语。指乐曲节拍的变动所引起的句法和协韵的变化。此处指集曲的一种方式，即由本曲串入他曲。
② 鱼模：周德清所编《中原音韵》中的韵目。该书共分十九个韵部，其中鱼（以"ü"为音节尾音的一组字）和模（以"u"为音节尾音的一组字）合成一个韵部，叫鱼模。
③ 武林：旧对杭州的别称，以武林山得名。
④ 陈次升：清初词曲家。

犹可缓。更有急于此者，则鱼模一韵，断宜分别为二。鱼之与模，相去甚远，不知周德清当日何故比而同之，岂仿沈休文诗韵之例，以元、繁、孙三韵，合为十三元之一韵，必欲于纯中示杂，以存"大音希声①"之一线耶？无论一曲数音，听到歇脚处，觉其散漫无归，即我辈置之案头，自作文字读，亦觉字句聱牙②，声韵逆耳。倘有词学专家，欲其文字与声音媲美者，当令鱼自鱼而模自模，两不相混，斯为极妥。即不能全出皆分，或每曲各为一韵，如前曲用鱼，则用鱼韵到底，后曲用模，则用模韵到底，犹之一诗一韵，后不同前，亦简便可行之法也。自愚见推之，作诗用韵，亦当仿此。另钞元字一韵，区别为三，拈得十三元者，首句用元，则用元韵到底，凡涉繁、孙二韵者勿用。拈得繁、孙者亦然。出韵则犯诗家之忌，未有以用韵太严而反来指谪者也。

廉监宜避

侵寻、监咸、廉纤③三韵，同属闭口之音，而侵寻一韵，较之监咸、廉纤，独觉稍异。每至收音处，侵寻闭口，而其音犹带清亮，至监咸、廉纤二韵，则微有不同。此二韵者，以作

---

① 大音希声：指最大最美的声音是无声之音。大音希声是体道的声音，是音乐的最高境界，它隐含着最高层次的美是超音绝象的思想。

② 聱（áo）牙：形容文词艰涩难读。

③ 侵寻、监咸、廉纤：分别为周德清《中原音韵》中的第十七至十九韵部。

急板小曲则可，若填悠扬大套之词，则宜避之。《西厢》"不念《法华经》，不理《梁王忏》"一折用之者，以出惠明口中，声口恰相合耳。此二韵宜避者，不止单为声音，以其一韵之中，可用者不过数字，余皆险僻艰生，备而不用者也。若惠明曲中之"揝①"字、"搀"字、"燂②"字、"䞐"字、"馅"字、"蘸"字、"丢③"字，惟惠明可用，亦惟才大如天之王实甫能用，以第二人作《西厢》，即不敢用此险韵矣。初学填词者不知，每于一折开手处，误用此韵，致累全篇无好句；又有作不终篇，弃去此韵而另作者，失计妨时。故用韵不可不择。

拗句难好

音律之难，不难于铿锵顺口之文，而难于倔强聱牙之句。铿锵顺口者，如此字声韵不合，随取一字换之，纵横顺逆，皆可成文，何难一时数曲。至于倔强聱牙之句，即不拘音律，任意挥写，尚难见才，况有清浊阴阳，及明用韵，暗用韵，又断断不宜用韵之成格，死死限在其中乎？词名之最易填者，如【皂罗袍】【醉扶归】【解三酲】【步步娇】【园林好】【江儿水】等曲，韵脚虽多，字句虽有长短，然读者顺口，作者自能随笔。

---

① 揝（zuàn）：同"攥"，握住。

② 燂（xún）：烧烤。

③ 丢（diū）：抛掷。

即有一二句宜作拗体①，亦如诗内之古风②，无才者处此，亦能勉力见才。至如【小桃红】【下山虎】等曲，则有最难下笔之句矣。《幽闺记》【小桃红】之中段云："轻轻将袖儿掀，露春纤，盏儿拈，低娇面也。"每句只三字，末字叶韵，而每句之第二字，又断该用平，不可犯仄。此等处，似难而尚未尽难。其【下山虎】云："大人家体面，委实多般，有眼何曾见！懒能向前，弄盏传杯，怎般脑膜。这里新人忒杀虔③，待推怎地展？主婚人，不见怜，配合夫妻，事事非偶然。好恶姻缘总在天。"只须"懒能向前""待推怎地展""事非偶然"之三句，便能搅断词肠。"懒能向前""事非偶然"二句，每句四字，两平两仄，末字叶韵。"待推怎地展"一句五字，末字叶韵，五字之中，平居其一，仄居其四。此等拗句，如何措手？南曲中此类极多，其难有十倍于此者，若逐个牌名援引，则不胜其繁，而观者厌矣；不引一二处定其难易，人又未必尽晓；兹只随拈旧诗一句，颠倒声韵以喻之。如"云淡风轻近午天"，此等句法自然容易见好，若变为"风轻云淡近午天"，则虽有好句，不夺目矣。况"风轻云淡近午天"七字之中，未必言言合律，或是阴阳相左④，或是平仄尚乖，必须再易数字，始能合拍。或改为"风轻云淡午近

---

① 拗体：律诗、绝句每句平仄都有规定，不合规定谓之"失黏"，不依常格而加以变换者为"拗体"。

② 古风：古体诗，诗体名，为近体诗形成以前，除楚辞体外各种诗体的通称。每篇句数不拘。不求对仗，平仄和用韵也较自由。

③ 虔：恭敬。

④ 相左：相违反；相互不一致。

天"，或又改为"风轻午近云淡天"，此等句法，揆^①之音律则或谐矣，若以文理绳之，尚得名为词曲乎？海内观者，肯曰此句为音律所限，自难求工，姑为体贴人情之善念而恕之乎？曰：不能也。既曰不能，则作者将删去此句而不作乎？抑自创一格而畅我所欲言乎？曰：亦不能也。然则攻此道者，亦甚难矣！变难成易，其道何居？曰：有一方便法门，词人或有行之者，未必尽有知之者。行之者偶然合拍，如路逢故人，出之不意，非我知其在路而往投之也。凡作倔强聱牙之句，不合自造新言，只当引用成语。成语在人口头，即稍更数字，略变声音，念来亦觉顺口。新造之句，一字聱牙，非止念不顺口，且令人不解其意。今亦随拈一二句试之。如"柴米油盐酱醋茶"，口头语也，试变为"油盐柴米酱醋茶"，或再变为"酱醋油盐柴米茶"，未有不明其义、不辨其声者。"东边日出西边雨，道是无情却有情"，口头语也，试将上句变为"日出东边西边雨"，下句变为"道是有情却无情"，亦未有不明其义、不辨其声者。若使新造之言而作此等拗句，则几与海外方言无别，必经重译^②而后知之矣。即取前引《幽闺》之二句，定其工拙。"懒能向前""事非偶然"二句，皆拗体也。"懒能向前"一句，系作者新构，此句便觉生涩，读不顺口。"事非偶然"一句，系家常俗语，此句便觉自然，读之溜亮^③，岂非用成语易工，作新句难好之验乎？予作传奇数十

---

① 揆（kuí）：度量；揣度。
② 重译：辗转翻译。
③ 溜亮：明朗流畅。

种，所谓"三折肱①为良医"，此折肱语也。因觅知音，尽倾肝膈。孔子云："益者三友：友直，友谅，友多闻。"多闻，吾不敢居，谨自呼为直谅②。

合韵易重

句末一字之当叶者，名为韵脚。一曲之中，有几韵脚，前后各别，不可犯重。此理谁不知之？谁其犯之？所不尽知而易犯者，惟有"合前"数句。兹请先言合前之故。同一牌名而为数曲者，止于首只列名其后，在南曲则曰"前腔"，在北曲则曰"幺篇"，犹诗题之有其二、其三、其四也。末后数语，在前后各别者，有前后相同，不复另作，名为"合前"者。此虽词人躲懒法，然付之优人，实有二便：初学之时，少读数句新词，省费几番记忆，一便也；登场之际，前曲各人分唱，合前之曲必通场合唱，既省精神，又不寂寞，二便也。然合前之韵脚最易犯重。何也？大凡③作首曲，则知查韵，用过之字不肯复用，迨做到第二、三曲，则止图省力，但做前词，不顾后语，置合前数句于度外，谓前曲已有，不必费心，而乌知此数句之韵脚在前曲则语语各别，凑入此曲，焉知不有偶合者乎？故作前腔之曲，而有合前之句者，必将末后数句之韵脚紧记在心，不可复用；作完之

---

① 肱：胳膊从肩到肘的部分。亦泛指手臂。
② 直谅：正直诚信。
③ 大凡：大抵。表示总括一般的情形。

后，又必再查，始能不犯此病。此就韵脚而言也。韵脚犯重，犹是小病，更有大于此者，则在词意与人不相合。何也？合前之曲既使同唱，则此数句之词意必有同情。如生旦净丑四人在场，生旦之意如是，净丑之意亦如是，即可谓之同情，即可使之同唱；若生旦如是，净丑未尽如是，则两情不一，已无同唱之理；况有生旦如是，净丑必不如是，则岂有相反之曲而同唱者乎？此等关窍[1]，若不经人道破，则填词之家既顾阴阳平仄，又调角徵宫商，心绪万端，岂能复筹及此？予作是编，其于词学之精微，则万不得一，如此等粗浅之论，则可谓知无不言，言无不尽者矣。后来作者，当锡[2]予一字，命曰"词奴"，以其为千古词人，尝效纪纲[3]奔走之力也。

慎用上声[4]

平上去入四声，惟上声一音最别[5]。用之词曲，较他音独低；用之宾白，又较他音独高。填词者每用此声，最宜斟酌。此声利于幽静之词，不利于发扬之曲；即幽静之词，亦宜偶用、间用，切忌一句之中连用二、三、四字。盖曲到上声字，不求低而

---

① 关窍：机窍。文中指较重要却容易被忽视的地方。
② 锡：赐。
③ 纪纲：为统领仆隶之人，后亦泛指仆人。
④ 上声：古代汉语四声之一。又指现代汉语普通话和方言的一种调类。调值各地往往不一。
⑤ 最别：最为特殊。

自低，不低则此字唱不出口。如十数字高而忽有一字之低，亦觉抑扬有致；若重复数字皆低，则不特无音，且无曲矣。至于发扬之曲，每到吃紧①关头，即当用阴字，而易以阳字尚不发调，况为上声之极细者乎？予尝谓物有雌雄，字亦有雌雄。平去入三声以及阴字，乃字与声之雄飞者也；上声及阳字，乃字与声之雌伏者也。此理不明，难于制曲。初学填词者，每犯抑扬倒置之病，其故何居？正为上声之字入曲低，而入白反高耳。词人之能度曲②者，世间颇少。其握管捻髭③之际，大约口内吟哦，皆同说话，每逢此字，即作高声；且上声之字出口最亮，入耳极清，因其高而且清，清而且亮，自然得意疾书。孰知唱曲之道与此相反，念来高者，唱出反低，此文人妙曲利于案头，而不利于场上之通病也。非笠翁为千古痴人，不分一毫人我，不留一点渣滓者，孰肯尽出家私底蕴，以博慷慨好义之虚名乎？

少填入韵

入声韵脚，宜于北而不宜于南。以韵脚一字之音，较他字更须明亮，北曲止有三声，有平上去而无入，用入声字作韵脚，与用他声无异也。南曲四声俱备，遇入声之字，定宜唱作入声，稍类三音，即同北调矣。以北音唱南曲可乎？予每以入

---

① 吃紧：要紧。
② 度曲：按曲谱歌唱。
③ 捻髭（zī）：捻弄髭须，多形容沉思吟哦之状。

韵作南词，随口念来，皆似北调，是以知之。若填北曲，则莫妙于此，一用入声，即是天然北调。然入声韵脚，最易见才，而又最难藏拙。工于入韵，即是词坛祭酒。以入韵之字，雅驯自然者少，粗俗倔强者多。填词老手，用惯此等字样，始能点铁成金。浅乎此者，运用不来，熔铸不出，非失之太生，则失之太鄙。但以《西厢》《琵琶》二剧较其短长。作《西厢》者，工于北调，用入韵是其所长。如《闹会》曲中"二月春雷响殿角""早成就了幽期密约""内性儿聪明，冠世才学；扭捏着身子，百般做作"。"角"字，"约"字，"学"字，"作"字，何等雅驯！何等自然！《琵琶》工于南曲，用入韵是其所短。如《描容》曲中"两处堪悲，万愁怎摸？"。愁是何物，而可摸乎？入声韵脚宜北不宜南之论，盖为初学者设，久于此道而得三昧者，则左之右之，无不宜之矣。

别解务头①

填词者必讲"务头"，然"务头"二字，千古难明。《啸余谱》中载《务头》一卷，前后胪列②，岂止万言，究竟"务头"二字，未经说明，不知何物。止于卷尾开列诸旧曲，以为体样，言某曲中第几句是务头，其间阴阳不可混用，去上、上去等

---

① 务头：戏曲、说唱艺术用语。原为宋元时演艺界代替"喝采"一词的行话。历代戏曲论著中的解释各有不同。一般认为是作品中精彩、警辟或动听之处。
② 胪列：罗列；列举。

字，不可混施。若迹此求之，则除却此句之外，其平仄阴阳，皆可混用混施而不论矣。又云某句是务头，可施俊语于其上。若是，则一曲之中，止该用一俊语，其余字句皆可潦草涂鸦，而不必计其工拙矣。予谓立言之人，与当权秉轴①者无异。政令之出，关乎从违，断断可从，而后使民从之，稍背于此者，即在当违之列。凿凿能信，始可发令，措词又须言之极明，论之极畅，使人一目了然。今单提某句为务头，谓阴阳平仄，断宜加严，俊语可施于上。此言未尝不是，其如举一废百，当从者寡，当违者众，是我欲加严，而天下之法律反从此而宽矣。况又嗫嚅②其词，吞多吐少，何所取义而称为"务头"，绝无一字之诠释。然则"葫芦提③"三字，何以服天下？吾恐狐疑者读之，愈重其狐疑，明了者观之，顿丧其明了，非立言之善策也。予谓"务头"二字，既然不得其解，只当以不解解之。曲中有务头，犹棋中有眼，有此则活，无此则死。进不可战，退不可守者，无眼之棋，死棋也；看不动情，唱不发调者，无务头之曲，死曲也。一曲有一曲之务头，一句有一句之务头。字不聱牙，音不泛调，一曲中得此一句，即使全曲皆灵，一句中得此一二字，即使全句皆健者，务头也。由此推之，则不特曲有务头，诗词歌赋以及举子业，无一不有务头矣。人亦照谱按格，发舒性灵，求为一代之传书而已矣，岂得为谜语欺人者所惑，而阻塞词源，使不得顺流而下乎？

---

① 秉轴：比喻执掌政要。
② 嗫嚅（niè rú）：要说话而又顿住的样子。
③ 葫芦提：犹言糊里糊涂。宋元时口语，元曲中常用。

宾白第四

自来作传奇者，止重填词，视宾白为末着，常有《白雪》《阳春》其调，而《巴人》《下里》其言者，予窃怪之。原其所以轻此之故，殆有说焉。元以填词擅长，名人所作，北曲多而南曲少。北曲之介白①者，每折不过数言，即抹去宾白而止阅填词，亦皆一气呵成，无有断续，似并此数言亦可略而不备者。由是观之，则初时止有填词，其介白之文，未必不系后来添设。在元人，则以当时所重不在于此，是以轻之。后来之人，又谓元人尚在不重，我辈工此何为？遂不觉日轻一日，而竟置此道于不讲也。予则不然。尝谓曲之有白，就文字论之，则犹经文之于传注②；就物理论之，则如栋梁之于榱桷③；就人身论之，则如肢体之于血脉，非但不可相无，且觉稍有不称，即因此贱彼，竟作无用观者。故知宾白一道，当与曲文等视，有最得意之曲文，即当有最得意之宾白，但使笔酣墨饱，其势自能相生。常有因得一句好白，而引起无限曲情，又有因填一首好词，而生出无穷话

---

① 介白：亦称"科白"。古典戏曲剧本中指角色的表演动作和道白。

② 传注：经文的注释解说。

③ 榱桷（jué）：屋椽。

柄^①者。是文与文自相触发，我止乐观厥^②成，无所容其思议。此系作文恒情，不得幽渺^③其说，而作化境观也。

声务铿锵

宾白之学，首务铿锵。一句聱牙，俾听者耳中生棘；数言清亮，使观者倦处生神。世人但以"音韵"二字用之曲中，不知宾白之文，更宜调声协律。世人但知四六之句平间仄，仄间平，非可混施迭用，不知散体之文亦复如是。"平仄仄平平仄仄，仄平平仄仄平平"二语，乃千古作文之通诀^④，无一语一字可废声音者也。如上句末一字用平，则下句末一字定宜用仄，连用二平，则声带喑哑，不能耸听。下句末一字用仄，则接此一句之上句，其末一字定宜用平，连用二仄，则音类咆哮，不能悦耳。此言通篇之大较，非逐句逐字皆然也。能以作四六平仄之法，用于宾白之中，则字字铿锵，人人乐听，有"金声掷地^⑤"之评矣。

声务铿锵之法，不出平仄、仄平二语是已。然有时连用数平，或连用数仄，明知声欠铿锵，而限于情事，欲改平为仄、改仄为平，而决无平声、仄声之字可代者。此则千古词人未穷其秘，予以探骊觅珠^⑥之苦，入万丈深潭者，既久而后得之，以告

---

① 话柄：此处指话题。

② 厥（jué）：其。

③ 幽渺：精微深妙。

④ 通诀：通常的口诀。

⑤ 金声掷地：指掷地作金石之声。形容语言文字铿锵有力。

⑥ 探骊觅珠：比喻行文能切中命题的要害。

同心。虽示无私，然未免可惜。字有四声，平上去入是也。平居其一，仄居其三，是上去入三声皆丽于仄。而不知上之为声，虽与去入无异，而实可介于平仄之间，以其别有一种声音，较之于平则略高，比之去入则又略低。古人造字审音，使居平仄之介，明明是一过文，由平至仄，从此始也。譬如四方声音，到处各别，吴有吴音，越有越语，相去不啻天渊，而一至接壤之处，则吴越①之音相半，吴人听之觉其同，越人听之亦不觉其异。晋、楚、燕、秦以至黔、蜀，在在②皆然。此即声音之过文，犹上声介于平去入之间也。作宾白者，欲求声韵铿锵，而限于情事，求一可代之字而不得者，即当用此法以济其穷。如两句三句皆平，或两句三句皆仄，求一可代之字而不得，即用一上声之字介乎其间，以之代平可，以之代去入亦可。如两句三句皆平，间一上声之字，则其声是仄，不必言矣。即两句三句皆去声、入声，而间一上声之字，则其字明明是仄而却似平，令人听之不知其为连用数仄者。此理可解而不可解，此法可传而实不当传，一传之后，则遍地金声，求一瓦缶之鸣而不可得矣。

语求肖似

文字之最豪宕、最风雅，作之最健人脾胃者，莫过填词一种。若无此种，几于闷杀才人，困死豪杰。予生忧患之中，处落魄之境，自幼至长，自长至老，总无一刻舒眉，惟于制曲填词之顷，非但郁借以舒，愠①为之解，且尝僭作两间②最乐之人，觉富贵荣华，其受用不过如此，未有真境之为所欲为，能出幻境纵横之上者。我欲做官，则顷刻之间便臻荣贵；我欲致仕③，则转盼④之际又入山林；我欲作人间才子，即为杜甫、李白之后身；我欲娶绝代佳人，即作王嫱、西施之元配；我欲成仙作佛，则西天⑤蓬岛⑥即在砚池笔架之前；我欲尽孝输忠，则君治亲年，可跻尧、舜、彭箓⑦之上。非若他种文字，欲作寓言，必须远引曲譬，酝藉包含，十分牢骚，还须留住六七分，八斗才学，止可使出二三升，稍欠和平，略施纵送，即谓失风人之旨，犯佻达⑧之嫌，求为家弦户诵者难矣。填词一家，则惟恐其蓄而不言，言之不尽。是则是矣，须知畅所欲言亦非易事。言者，心之声也，欲代此一人立言，先宜代此一人立心，若非梦往神游，何谓设身处地？无论立心端正者，我当设身处地，代生端正之想；即遇立心邪辟者，我亦当舍经⑨从权⑩，暂为邪辟之思。务使心曲隐微，

---

① 愠（yùn）：含怒；怨恨。
② 两间：天地之间。
③ 致仕：辞官。
④ 转盼：犹转眼，喻时间短促。
⑤ 西天：信奉佛教净土宗者，称《阿弥陀经》所说的西方极乐世界。
⑥ 蓬岛：蓬莱仙岛。
⑦ 彭箓（jiān）：彭祖，传说故事人物。姓箓名铿，颛顼玄孙，生于夏代，至殷末时已七百六十七岁（一说八百余岁）。
⑧ 佻（tiāo）达：轻薄；戏谑。
⑨ 经：常道；规范。
⑩ 权：权宜；变通。

随口唾出，说一人，肖一人，勿使雷同，弗使浮泛，若《水浒传》之叙事，吴道子[①]之写生，斯称此道中之绝技。果能若此，即欲不传，其可得乎？

词别繁减

传奇中宾白之繁，实自予始。海内知我者与罪我者半。知我者曰：从来宾白作说话观，随口出之即是，笠翁宾白当文章做，字字俱费推敲。从来宾白只要纸上分明，不顾口中顺逆，常有观刻本极其透彻，奏之场上便觉糊涂者，岂一人之耳目，有聪明聋聩之分乎？因作者只顾挥毫，并未设身处地，既以口代优人，复以耳当听者，心口相维，询其好说不好说，中听不中听，此其所以判然之故也。笠翁手则握笔，口却登场，全以身代梨园，复以神魂四绕，考其关目，试其声音，好则直书，否则搁笔，此其所以观听咸宜也。罪我者曰：填词既曰"填词"，即当以词为主；宾白既名"宾白"，明言白乃其宾，奈何反主作客，而犯树大于根之弊乎？笠翁曰：始作俑者[②]，实实为予，责之诚是也。但其敢于若是，与其不得不若是者，则均有说焉。请先白其不得不若是者。前人宾白之少，非有一定当少之成格。盖

---

① 吴道子：唐代画家。阳翟（今河南禹州）人。擅画佛道人物，笔迹磊落，势状雄峻，生动而有立体感。
② 始作俑者：最早用俑殉葬的人。俑，古代用以代替活人殉葬的木偶或陶偶。后借指带头做某种坏事的人。

彼只以填词自任，留余地以待优人，谓引商刻羽我为政，饰听美观彼为政，我以约略数言，示之以意，彼自能增益成文。如今世之演《琵琶》《西厢》《荆》《刘》《拜》《杀》等曲，曲则仍之，其间宾白、科诨①等事，有几处合于原本，以寥寥数言塞责者乎？且作新与演旧有别。《琵琶》《西厢》《荆》《刘》《拜》《杀》等曲，家弦户诵已久，童叟男妇皆能备悉情由，即使一句宾白不道，止唱曲文，观者亦能默会，是其宾白繁减可不问也。至于新演一剧，其间情事，观者茫然；词曲一道，止能传声，不能传情。欲观者悉其颠末②，洞其幽微，单靠宾白一着。予非不图省力，亦留余地以待优人。但优人之中，智愚不等，能保其增益成文者悉如作者之意，毫无赘疣蛇足③于其间乎？与其留余地以待增，不若留余地以待减，减之不当，犹存作者深心之半，犹病不服药之得中医④也。此予不得不若是之故也。至其敢于若是者，则谓千古文章，总无定格，有创始之人，即有守成不变之人；有守成不变之人，即有大仍其意，小变其形，自成一家而不顾天下非笑之人。古来文字之正变为奇，奇翻为正者，不知凡几，吾不具论，止以多寡增益之数论之。《左传》《国语》，纪事之书也，每一事不过数行，每一语不过数字，初时未病其少；迨班固之作《汉书》，司马迁之为《史记》，亦纪事之书也，遂益数行

---

① 科诨：戏曲术语。"插科打诨"的略称。指戏曲里各种使观众发笑的穿插。科多指动作，诨多指语言。
② 颠末：本末；始末。
③ 赘疣蛇足：比喻多余无用的东西。
④ 中医：这里指中等医术的医生。

为数十百行，数字为数十百字，岂有病其过多，而废《史记》《汉书》于不读者乎？此言少之可变为多也。诗之为道，当日但有古风，古风之体，多则数十百句，少亦十数句，初时亦未病其多；迨近体一出，则约数十百句为八句；绝句一出，又敛八句为四句，岂有病其渐少，而选诗之家止载古风，删近体绝句于不录者乎？此言多之可变为少也。总之，文字短长，视其人之笔性。笔性遒劲者，不能强之使长；笔性纵肆者，不能缩之使短。文患不能长，又患其可以不长而必欲使之长。如其能长而又使人不可删逸，则虽为宾白中之古风《史》《汉》，亦何患哉？予则乌能当此，但为糠秕之导，以俟后来居上之人。

予之宾白，虽有微长，然初作之时，竿头未进[1]，常有当俭不俭，因留余幅以俟剪裁，遂不觉流为散漫者。自今观之，皆吴下阿蒙[2]手笔也。如其天假以年，得于所传十种之外，别有新词，则能保为犬夜鸡晨，鸣乎其所当鸣，默乎其所不得不默者矣。

字分南北

北曲有北音之字，南曲有南音之字，如南音自呼为"我"，呼人为"你"，北音呼人为"您"，自呼为"俺"为"咱"之类是也。世人但知曲内宜分，乌知白随曲转，不应两

① 竿头未进：此处指创作尚未达到很高的境界。
② 吴下阿蒙：三国时吴国吕蒙少年时不读书，后努力向学。鲁肃称赞其"非复吴下阿蒙"。后因以喻人学识尚浅。此处为作者谦词。

截。此一折之曲为南，则此一折之白悉用南音之字；此一折之曲为北，则此一折之白悉用北音之字。时人传奇多有混用者，即能间施于净丑，不知加严于生旦；止能分用于男子，不知区别于妇人。以北字近于粗豪，易入刚劲之口，南音悉多娇媚，便施窈窕之人。殊不知声音驳杂，俗语呼为"两头蛮①"，说话且然，况登场演剧乎？此论为全套南曲、全套北曲者言之，南北相间，如《新水令》《步步娇》之类，则在所不拘。

文贵洁净

白不厌多之说，前论极详，而此复言洁净。洁净者，简省之别名也。洁则忌多，减始能净，二说不无相悖乎？曰：不然。多而不觉其多者，多即是洁；少而尚病其多者，少亦近芜。予所谓多，谓不可删逸之多，非唱沙作米、强凫变鹤之多也。作宾白者，意则期多，字惟求少，爱虽难割，嗜亦宜专。每作一段，即自删一段，万不可删者始存，稍有可削者即去。此言逐出初填之际，全稿未脱之先，所谓慎之于始也。然我辈作文，常有人以为非，而自认作是者；又有初信为是，而后悔其非者。文章出自己手，无一非佳，诗赋论其初成，无语不妙，迨易日经时之后，取而观之，则妍媸②好丑之间，非特人能辨别，我

---

① 两头蛮：指南腔北调之人。因其语音中夹杂南音与北音，因此既不为南方人，也不为北方人所认同。

② 妍媸：美好和丑恶。

亦自解雌黄①矣。此论虽说填词，实各种诗文之通病，古今才士之恒情也。凡作传奇，当于开笔之初，以至脱稿之后，隔日一删，逾月一改，始能淘沙得金，无瑕瑜互见之失矣。此说予能言之不能行之者，则人与我中分其咎。予终岁饥驱，杜门日少，每有所作，率多草草成篇，章名急就②，非不欲删，非不欲改，无可删可改之时也。每成一剧，才落毫端，即为坊人攫③去，下半犹未脱稿，上半业已灾梨④；非止灾梨，彼伶工之捷足者，又复灾其肺肠，灾其唇舌，遂使一成不改，终为痼疾⑤难医。予非不务洁净，天实使之，谓之何哉！

意取尖新

"纤巧"二字，行文之大忌也，处处皆然，而独不戒于传奇一种。传奇之为道也，愈纤愈密，愈巧愈精。词人忌在老实，"老实"二字，即纤巧之仇家敌国也。然"纤巧"二字，为文人鄙贱已久，言之似不中听，易以"尖新"二字，则似变瑕成瑜。其实尖新即是纤巧，犹之暮四朝三，未尝稍异。同一话

---

① 雌黄：古人称改审文字为雌黄。又意为驳正、议论是非。
② 章名急就：汉代史游编撰的启蒙读物，叫《急就章》，又叫《急就篇》。后借指匆促中完成的文章或工作。
③ 攫（jué）：夺取。
④ 灾梨：古时刻书常要用梨木，因此刻书便可说是梨木之灾，故称灾梨。从下文"灾其肺肠，灾其唇舌"之语看，"灾梨"语寓双关，有自谦之意。
⑤ 痼（gù）疾：指经久难治愈的病。

也，以尖新出之，则令人眉扬目展，有如闻所未闻；以老实出之，则令人意懒心灰，有如听所不必听。白有尖新之文，文有尖新之句，句有尖新之字，则列之案头，不观则已，观则欲罢不能；奏之场上，不听则已，听则求归不得。尤物[1]足以移人，"尖新"二字，即文中之尤物也。

少用方言

填词中方言之多，莫过于《西厢》一种，其余今词古曲，在在有之。非止词曲，即"四书"之中，《孟子》一书亦有方言，天下不知而予独知之，予读《孟子》五十余年不知，而今知之，请先毕其说。

儿时读"自反而缩，虽褐宽博，吾不惴焉"[2]，观朱注云："褐，贱者之服；宽博，宽大之衣。"心甚惑之。因生南方，南方衣褐者寡，间有服者，强半富贵之家，名虽褐而实则绒也。因讯蒙师[3]，谓褐乃贵人之衣，胡云贱者之服？既云贱矣，则当从约，短一尺，省一尺购办之资，少一寸，免一寸缝纫之力，胡不窄小其制而反宽大其形，是何以故？师默然不答，再询，则顾左右而言他。具此狐疑，数十年未解。及近游秦塞，见其土著之

---

① 尤物：多指美貌的女子和珍贵物品。
② 自反而缩，虽褐宽博，吾不惴焉：语出《孟子·公孙丑上》。缩，直。褐，兽毛或粗麻制成的衣服，古时贫贱人所服。此处指穿着宽大粗劣衣服的卑贱者。惴，恐惧，此处为恐吓之意。
③ 蒙师：启蒙老师。

民，人人衣褐，无论丝罗罕觏①，即见一二衣布者，亦类空谷足音。因地寒不毛，止以牧养自活，织牛羊之毛以为衣，又皆粗而不密，其形似毯，诚哉其为贱者之服，非若南方贵人之衣也！又见其宽则倍身，长复扫地。即而讯之，则曰："此衣之外，不复有他，衫裳襦②裤，总以一物代之，日则披之当服，夜则拥以为衾，非宽不能周遭其身，非长不能尽履其足。《鲁论》'必有寝衣，长一身有半'，即是类也。"予始幡然大悟曰："太史公③著书，必游名山大川，其斯之谓欤！"盖古来圣贤多生西北，所见皆然，故方言随口而出。朱文公南人④也，彼乌知之？故但释字义，不求甚解，使千古疑团，至今未破，非予远游绝塞⑤，亲觏其人，乌知斯言之不谬哉？由是观之，"四书"之文犹不可尽法，况《西厢》之为词曲乎？

　　凡作传奇，不宜频用方言，令人不解。近日填词家，见花面登场，悉作姑苏口吻⑥，遂以此为成律，每作净丑之白，即用方言，不知此等声音，止能通于吴越，过此以往，则听者茫然。传奇天下之书，岂仅为吴越而设？至于他处方言，虽云入曲者少，亦视填词者所生之地。如汤若士生于江右⑦，即当规避

---

① 罕觏（gòu）：罕见。
② 襦：短衣；短袄。
③ 太史公：司马迁（约前145或前135—？），西汉史学家、文学家、思想家。字子长，夏阳（今陕西韩城南）人。
④ 朱文公南人：朱熹死后谥曰"文"，故后人称朱文公。他祖居徽州婺源县（今属江西），定居建阳（今属福建），均属南方。
⑤ 绝塞：极远的边塞。
⑥ 姑苏口吻：指苏州方言。姑苏为苏州市的别称。
⑦ 江右：古地区名。泛指长江下游以西地区。后亦称今江西省为江右。

江右之方言，粲花主人吴石渠①生于阳羡②，即当规避阳羡之方言。盖生此一方，未免为一方所囿。有明是方言，而我不知其为方言，及入他境，对人言之而人不解，始知其为方言者。诸如此类，易地皆然。欲作传奇，不可不存桑弧蓬矢之志③。

时防漏孔④

一部传奇之宾白，自始自终，奚啻⑤千言万语。多言多失，保无前是后非，有呼不应，自相矛盾之病乎？如《玉簪记》之陈妙常，道姑也，非尼僧也，其白云"姑娘在禅堂打坐"，其曲云"从今孽债染缁衣⑥"，"禅堂""缁衣"皆尼僧字面，而用入道家，有是理乎？诸如此类者，不能枚举。总之，文字短少者易为检点，长大者难于照顾。吾于古今文字中，取其最长最大，而寻不出纤毫渗漏者，惟《水浒传》一书。设以他人为此，几同笊篱⑦贮水，珠箔⑧遮风，出者多而进者少，岂止三十六个漏孔而已哉！

---

① 吴石渠：吴炳（1595—1648），明末戏曲作家。字石渠，号粲花主人。宜兴（今属江苏）人。作有传奇《绿牡丹》《西园记》《疗妒羹》《画中人》《情邮记》五种，合称《粲花别墅五种》，均存。

② 阳羡：古县名。秦置。治今江苏宜兴市。

③ 桑弧蓬矢之志：四方之志。这里指让自己的戏曲作品流传于全国四方的志向。桑弧，桑木做的弓。蓬矢，蓬梗做的箭。

④ 漏孔：漏洞，破绽。

⑤ 奚啻：何止。

⑥ 缁衣：僧尼之服。

⑦ 笊（zhào）篱：用竹篾、柳条、铁丝等编成的一种长柄杓形用具，能漏水，用来在油、汤里捞东西。

⑧ 珠箔：珠帘。

科诨第五

插科打诨，填词之末技也，然欲雅俗同欢，智愚共赏，则当全在此处留神。文字佳，情节佳，而科诨不佳，非特俗人怕看，即雅人韵士，亦有瞌睡之时。作传奇者，全要善驱睡魔，睡魔一至，则后乎此者虽有《钧天》①之乐，《霓裳羽衣》之舞，皆付之不见不闻，如对泥人作揖，土佛谈经矣。予尝以此告优人，谓戏文好处，全在下半本，只消三两个瞌睡，便隔断一部神情，瞌睡醒时，上文下文已不接续，即使抖起精神再看，只好断章取义，作零出观。若是，则科诨非科诨，乃看戏之人参汤也。养精益神，使人不倦，全在于此，可作小道观乎？

戒淫亵

戏文中花面插科，动及淫邪之事，有房中道不出口之话，公然道之戏场者。无论雅人塞耳，正士低头，惟恐恶声之污听，且防男女同观，共闻亵语②，未必不开窥窃之门，郑声宜放，正为此也。不知科诨之设，止为发笑，人间戏语尽多，何

---

① 《钧天》：神话中天上的音乐《钧天广乐》的简称。
② 亵语：秽语。

必专谈欲事？即谈欲事，亦有"善戏谑^①兮，不为虐^②兮"之法，何必以口代笔，画出一幅春意图，始为善谈欲事者哉？人问：善谈欲事，当用何法？请言一二以概之。予曰：如说口头俗语，人尽知之者，则说半句，留半句，或说一句，留一句，令人自思。则欲事不挂齿颊，而与说出相同，此一法也。如讲最亵之话虑人触耳者，则借他事喻之，言虽在此，意实在彼，人尽了然，则欲事未入耳中，实与听见无异，此又一法也。得此二法，则无处不可类推矣。

忌俗恶

科诨之妙，在于近俗，而所忌者，又在于太俗。不俗则类腐儒之谈，太俗即非文人之笔。吾于近剧中，取其俗而不俗者，《还魂》而外，则有《粲花五种》，皆文人最妙之笔也。《粲花五种》之长，不仅在此，才锋笔藻，可继《还魂》，其稍逊一筹者，则在气与力之间耳。《还魂》气长，《粲花》稍促；《还魂》力足，《粲花》略亏。虽然，汤若士之"四梦"，求其气长力足者，惟《远魂》一种，其余三剧则与《粲花》比肩^③。使粲花主人及今犹在，奋其全力，另制一种新词，则词坛赤帜，岂仅为若士一人所攫哉？所恨予生也晚，不及与二老同时。他日追

---

① 戏谑：用诙谐有趣的话开玩笑。
② 虐：无节制。
③ 比肩：比喻地位相等。

及泉台①，定有一番倾倒，必不作妒而欲杀之状，向阎罗天子掉舌，排挤后来人也。

重关系

"科诨"二字，不止为花面而设，通场脚色皆不可少。生旦有生旦之科诨，外②末有外末之科诨，净丑之科诨则其分内事也。然为净丑之科诨易，为生旦外末之科诨难。雅中带俗，又于俗中见雅；活处寓板，即于板处证活。此等虽难，犹是词客优为之事。所难者，要有关系。关系维何？曰：于嘻笑诙谐之处，包含绝大文章；使忠孝节义之心，得此愈显。如老莱子③之舞斑衣，简雍之说淫具，东方朔④之笑彭祖面长，此皆古人中之善于插科打诨者也。作传奇者，苟能取法于此，是科诨非科诨，乃引人入道之方便法门耳。

---

① 泉台：犹泉下。指墓穴。

② 外：戏曲脚色行当。元代戏曲中有外末、外旦、外净等，大致是指末、旦、净等行当的次要脚色。明清以来，"外"逐渐成为专演老年男子的脚色。表演上基本与生、末相同。一般戴白满须，所以亦称"老外"。

③ 老莱子：春秋末年楚国隐士。相传隐居于蒙山之阳，年七十，常穿五色彩衣为婴儿状，以娱父母。

④ 东方朔（前154—前93）：西汉文学家，字曼倩。

贵自然

科诨虽不可少，然非有意为之。如必欲于某折之中，插入某科诨一段，或预设某科诨一段，插入某折之中，则是觅妓追欢，寻人卖笑，其为笑也不真，其为乐也亦甚苦矣。妙在水到渠成，天机自露。"我本无心说笑话，谁知笑话逼人来"，斯为科诨之妙境耳。如前所云简雍说淫具，东方朔笑彭祖。即取二事论之。蜀先主①时，天旱禁酒，有吏向一人家索出酿酒之具，论者欲置之法。雍与先主游，见男女各行道上，雍谓先主曰："彼欲行淫，请缚之。"先主曰："何以知其行淫？"雍曰："各有其具，与欲酿未酿者同，是以知之。"先主大笑，而释蓄酿具者。汉武帝时，有善相者②，谓人中长一寸，寿当百岁。东方朔大笑，有司奏以不敬。帝责之，朔曰："臣非笑陛下，乃笑彭祖耳。人中一寸则百岁，彭祖岁八百，其人中不几八寸乎？人中八寸，则面几长一丈矣，是以笑之。"此二事，可谓绝妙之诙谐，戏场有此，岂非绝妙之科诨？然当时必亲见男女同行，因而说及淫具；必亲听人中一寸寿当百岁之说，始及彭祖面长，是以可笑，是以能悟人主。如其未见未闻，突然引此为喻，则怒之不暇，笑从何来？笑既不得，悟从何有？此即贵自然，不贵勉强

---

① 蜀先主：指刘备。

② 相者：指以相术供职或为业的人。

之明证也。吾看演《南西厢》，见法聪口中所说科诨，迂奇诞妄，不知何处生来，真令人欲逃欲呕，而观者听者绝无厌倦之色，岂文章一道，俗则争取，雅则共弃乎？

格局第六

传奇格局，有一定而不可移者，有可仍可改，听人自为政者。开场用末，冲场①用生；开场数语，包括通篇，冲场一出，蕴酿全部，此一定不可移者。开手宜静不宜喧，终场忌冷不忌热，生旦合为夫妇，外与老旦非充父母即作翁姑，此常格也。然遇情事变更，势难仍旧，不得不通融兑换而用之，诸如此类，皆其可仍可改，听人为政者也。近日传奇，一味趋新，无论可变者变，即断断当仍者，亦加改窜，以示新奇。予谓文字之新奇，在中藏，不在外貌，在精液，不在渣滓，犹之诗赋古文以及时艺②，其中人才辈出，一人胜似一人，一作奇于一作，然止别其词华，未闻异其资格。有以古风之局而为近律者乎？有以时艺之体而作古文者乎？绳墨不改，斧斤自若，而工师之奇巧出焉。行文之道，亦若是焉。

---

① 冲场：戏曲名词。谓传奇剧本的第二折。
② 时艺：指八股文。

家门①

开场数语，谓之"家门"。虽云为字不多，然非结构已完、胸有成竹者，不能措手。即使规模已定，犹虑做到其间，势有阻挠，不得顺流而下，未免小有更张，是以此折最难下笔。如机锋②锐利，一往而前，所谓信手拈来，头头是道，则从此折做起，不则姑缺首篇，以俟终场补入。犹塑佛者不即开光③，画龙者点睛有待，非故迟之，欲俟全像告成，其身向左则目宜左视，其身向右则目宜右观，俯仰低徊，皆从身转，非可预为计也。此是词家讨便宜法，开手即以告人，使后来作者未经捉笔，先省一番无益之劳，知笠翁为此道功臣，凡其所言，皆真切可行之事，非大言欺世者比也。

未说家门，先有一上场小曲，如《西江月》《蝶恋花》之类，总无成格，听人拈取。此曲向来不切本题，止是劝人对酒忘忧、逢场作戏诸套语。予谓词曲中开场一折，即古文之冒头，时文之破题④，务使开门见山，不当借帽覆顶。即将本传中立言

---

① 家门：戏曲术语。南戏和传奇演出开始时常用格式是由一个副末脚色上场，说明作者的创作意图和剧情大意。

② 机锋：泛指话语里尖锐的锋芒。

③ 开光：佛教仪式之一。佛像塑成后，择吉日致礼供奉，名"开光"，亦称"开眼"。

④ 破题：古代应科举考试所作诗赋和经义，起首数语须说破题目要义，称为"破题"。当时也用以称一般诗赋的开头部分。明清八股文起首的两句破题，成为一种固定的程式。

大意，包括成文，与后所说家门一词相为表里。前是暗说，后是明说，暗说似破题，明说似承题①，如此立格，始为有根有据之文。场中阅卷，看至第二、三行而始觉其好者，即是可取可弃之文；开卷之初，能将试官眼睛一把拿住，不放转移，始为必售之技。吾愿才人举笔，尽作是观，不止填词而已也。

元词开场，止有冒头数语，谓之"正名②"，又曰"楔子③"，多则四句，少则二句，似为简捷。然不登场则已，既用副末上场，脚才点地，遂尔抽身，亦觉张皇失次④。增出家门一段，甚为有理。然家门之前，另有一词，今之梨园皆略去前词，只就家门说起，止图省力，埋没作者一段深心。大凡说话作文，同是一理，入手之初，不宜太远，亦正不宜太近。文章所忌者，开口骂题，便说几句闲文，才归正传，亦未尝不可，胡遽惜字如金，而作此卤莽灭裂⑤之状也？作者万勿因其不读而作省文。至于末后四句，非止全该，又宜别俗。元人楔子，太近老实，不足法也。

---

① 承题：八股文第二段，继破题之后，进一步阐述文章的主旨。
② 正名：戏曲术语。元杂剧剧本结尾处总括全剧情节的对句。一联或两联。李渔在这里将剧本开头数语称为"正名"。
③ 楔（xiē）子：元杂剧的体制一般为一本四折，四折以外所增加的独立小段即称"楔子"。一般用在最前面，作为剧情的开端。
④ 张皇失次：慌慌张张，没有章法。
⑤ 卤莽灭裂：形容做事草率苟且，粗鲁莽撞。

冲场

开场第二折，谓之"冲场"。冲场者，人未上而我先上也。必用一悠长引子[①]。引子唱完，继以诗词及四六排语[②]，谓之"定场白"，言其未说之先，人不知所演何剧，耳目摇摇[③]，得此数语，方知下落，始未定而今方定也。此折之一引一词，较之前折家门一曲，犹难措手。务以寥寥数言，道尽本人一腔心事，又且蕴酿全部精神，犹家门之括尽无遗也。同属包括之词，则分难易于其间者，以家门可以明说，而冲场引子及定场诗词全用暗射，无一字可以明言故也。非特一本戏文之节目全于此处埋根，而作此一本戏文之好歹，亦即于此时定价。何也？开手笔机飞舞，墨势淋漓，有自由自得之妙，则把握在手，破竹之势已成，不忧此后不成完璧。如此时此际文情艰涩，勉强支吾，则朝气昏昏，到晚终无晴色，不如不作之为愈也。然则开手锐利者宁有几人？不几阻抑后辈，而塞填词之路乎？曰：不然。有养机使动之法在：如入手艰涩，姑置勿填，以避烦苦之势；自寻乐境，养动生机，俟襟怀略展之后，仍复拈毫，有兴即填，否则又置，如是者数四，未有不忽撞天机者。若因好句不来，遂以俚词

---

① 引子：戏曲中重要脚色登场时所用的第一个曲子。大多介绍剧中的规定情境。传奇的引子都用曲牌。南曲有一些曲牌专作此用，统称为引子。

② 四六排语：指骈体文句。

③ 耳目摇摇：指心神不定，尚未专注地进入欣赏阶段。摇摇，形容心神不安。

塞责，则走入荒芜一路，求辟草昧①而致文明，不可得矣。

出脚色

本传中有名脚色，不宜出之太迟。如生为一家，旦为一家，生之父母随生而出，旦之父母随旦而出，以其为一部之主，余皆客也。虽不定在一出二出，然不得出四五折之后。太迟则先有他脚色上场，观者反认为主，及见后来人，势必反认为客矣。即净丑脚色之关乎全部者，亦不宜出之太迟。善观场者，止于前数出所见，记其人之姓名；十出以后，皆是枝外生枝，节中长节，如遇行路之人，非止不问姓字，并形体面目皆可不必认矣。

小收煞

上半部之末出，暂摄②情形，略收锣鼓，名为"小收煞"。宜紧忌宽，宜热忌冷，宜作郑五歇后③，令人揣摩下文，不知此事如何结果。如做把戏者，暗藏一物于盆盎④衣袖之中，做定而令人射覆⑤，此正做定之际，众人射覆之时也。戏法无真假，戏

---

① 草昧：蒙昧；原始未开化的状态。
② 摄：收；结。
③ 郑五歇后：唐人郑綮作诗喜欢用诙谐的歇后语，当时人称之为"郑五歇后体"。此处指剧作上半部末尾应该留有悬念。
④ 盆盎：盆和盎。泛指较大的盛器。
⑤ 射覆：古代游戏。将物件预为隐藏，供人猜度。

文无工拙，只是使人想不到、猜不着，便是好戏法、好戏文。猜破而后出之，则观者索然，作者赧然①，不如藏拙之为妙矣。

大收煞

全本收场，名为"大收煞"。此折之难，在无包括之痕，而有团圆之趣。如一部之内，要紧脚色共有五人，其先东西南北各自分开，到此必须会合。此理谁不知之？但其会合之故，须要自然而然，水到渠成，非由车戽②。最忌无因而至，突如其来，与勉强生情，拉成一处，令观者识其有心如此，与恕其无可奈何者，皆非此道中绝技，因有包括之痕也。骨肉团聚，不过欢笑一场，以此收锣罢鼓，有何趣味？水穷山尽之处，偏宜突起波澜，或先惊而后喜，或始疑而终信，或喜极信极而反致惊疑，务使一折之中，七情俱备，始为到底不懈之笔，愈远愈大之才，所谓有团圆之趣者也。予训儿辈尝云："场中作文，有倒骗主司入彀③之法：开卷之初，当以奇句夺目，使之一见而惊，不敢弃去，此一法也；终篇之际，当以媚语摄魂，使之执卷留连，若难遽别，此一法也。"收场一出，即勾魂摄魄之具，使人看过数日，而犹觉声音在耳、情形在目者，全亏此出撒娇，作"临去秋波那一转"也。

---

① 赧（nǎn）然：因羞愧而脸红的样子。
② 车戽（hù）：用水车汲水。戽，汲水灌田的农具。
③ 入彀（gòu）：合意而被吸引。

填词余论

　　读金圣叹所评《西厢记》，能令千古才人心死。夫人作文传世，欲天下后代知之也，且欲天下后代称许而赞叹之也。殆其文成矣，其书传矣，天下后代既群然知之，复群然称许而赞叹之矣，作者之苦心，不几大慰乎哉？予曰：未甚慰也。誉人而不得其实，其去毁也几希①。但云千古传奇当推《西厢》第一，而不明言其所以为第一之故，是西施之美，不特有目者赞之，盲人亦能赞之矣。自有《西厢》以迄于今，四百余载推《西厢》为填词第一者，不知几千万人，而能历指其所以为第一之故者，独出一金圣叹。是作《西厢》者之心，四百余年未死，而今死矣。不特作《西厢》者心死，凡千古上下操觚立言者之心，无不死矣。人患不为王实甫耳，焉知数百年后，不复有金圣叹其人哉！

　　圣叹之评《西厢》，可谓晰毛辨发，穷幽极微，无复有遗议于其间矣。然以予论之，圣叹所评，乃文人把玩之《西厢》，非优人搬弄之《西厢》也。文字之三昧，圣叹已得之；优人搬弄之三昧，圣叹犹有待焉。如其至今不死，自撰新词几部，由浅及深，自生而熟，则又当自火其书而别出一番诠解。甚矣，此道之难言也。

　　圣叹之评《西厢》，其长在密，其短在拘，拘即密之已甚

---

① 几希：不多，一丁点儿。

者也。无一句一字不逆溯其源，而求命意之所在，是则密矣，然亦知作者于此，有出于有心，有不必尽出于有心者乎？心之所至，笔亦至焉，是人之所能为也；若夫笔之所至，心亦至焉，则人不能尽主之矣。且有心不欲然，而笔使之然，若有鬼物主持其间者，此等文字，尚可谓之有意乎哉？文章一道，实实通神，非欺人语。千古奇文，非人为之，神为之、鬼为之也，人则鬼神所附者耳。

卷二

演习部

选剧第一

填词之设，专为登场；登场之道，盖亦难言之矣。词曲佳而搬演不得其人，歌童好而教率^①不得其法，皆是暴殄天物^②，此等罪过，与裂缯毁璧^③等也。方今贵戚通侯^④，恶谈杂技，单重声音，可谓雅人深致，崇尚得宜者矣。所可惜者：演剧之人美，而所演之剧难称尽美；崇雅之念真，而所崇之雅未必果真。尤可怪者：最有识见之客，亦作矮人观场^⑤，人言此本最佳，而辄随声附和，见单即点，不问情理之有无，以致牛鬼蛇神塞满氍毹^⑥之上。极长词赋之人，偏与文章为难，明知此剧最好，但恐偶违时好，呼名即避，不顾才士之屈伸，遂使锦篇绣帙^⑦，沉埋瓴甓之间。汤若士之《牡丹亭》《邯郸梦》得以盛

---

① 教率：教授引导。

② 暴殄（tiǎn）天物：任意糟蹋物品。

③ 裂缯（zēng）毁璧：毁坏美好的事物。缯，古代丝织品的总称。璧，古玉器名。也有用琉璃制的。平圆形，正中有孔。

④ 通侯：爵名。秦时称"彻侯"，为二十等爵制最高一级。汉沿置，后避武帝讳，改称"通侯"，又改称"列侯"。

⑤ 矮人观场：指自己没有见识而人云亦云。

⑥ 氍毹（qú shū）：毛织的地毯。旧时演戏多用氍毹铺在地上，因此常用"氍毹"或"红氍毹"指舞台。

⑦ 锦篇绣帙：形容优秀作品。帙，包书的套子，用布帛制成。因即谓书一套为一帙。

传于世，吴石渠之《绿牡丹》《画中人》得以偶登于场者，皆才人侥幸之事，非文至必传之常理也。若据时优本念，则愿秦皇复出，尽火文人已刻之书，止存优伶所撰诸抄本，以备家弦户诵而后已。伤哉，文字声音之厄，遂至此乎！吾谓《春秋》之法，责备贤者，当今瓦缶雷鸣，金石绝响，非歌者投胎之误，优师指路之迷，皆顾曲周郎之过也。使要津之上，得一二主持风雅之人，凡见此等无情之剧，或弃而不点，或演不终篇而斥之使罢，上有憎者，下必有甚焉者矣。观者求精，则演者不敢浪习，黄绢色丝之曲，外孙齑①臼之词，不求而自至矣。吾论演习之工而首重选剧者，诚恐剧本不佳，则主人之心血、歌者之精神，皆施于无用之地。使观者口虽赞叹，心实咨嗟②，何如择术务精，使人心口皆羡之为得也。

别古今③

选剧授歌童，当自古本始。古本既熟，然后间以新词，切勿先今而后古。何也？优师教曲，每加工于旧而草草于新。以旧本人人皆习，稍有谬误，即形出短长；新本偶尔一见，即有破绽，观者、听者未必尽晓，其拙尽有可藏。且古本相传至今，历过几许名师，传有衣钵，未当而必归于当，已精而益求其精，

---

① 齑（jī）：切碎的菜或肉。

② 咨嗟：叹息。

③ 古今：指下文提到的古本和新词，分别为传统剧目和新戏。

犹时文中"大学之道"①"学而时习之"②诸篇,名作如林,非敢草草动笔者也。新剧则如巧搭新题,偶有微长,则动主司之目矣。故开手学戏,必宗古本。而古本又必从《琵琶》《荆钗》《幽闺》《寻亲》等曲唱起,盖腔板之正,未有正于此者。此曲善唱,则以后所唱之曲,腔板皆不谬矣。旧曲既熟,必须间以新词。切勿听拘士腐儒③之言,谓新剧不如旧剧,一概弃而不习。盖演古戏,如唱清曲,只可悦知音数人之耳,不能娱满座宾朋之目。听古乐而思卧,听新乐而忘倦。古乐不必《箫韶》,《琵琶》《幽闺》等曲,即今之古乐也。但选旧剧易,选新剧难。教歌习舞之家,主人必多冗事,且恐未必知音,势必委诸门客,询之优师。门客岂尽周郎,大半以优师之耳目为耳目。而优师之中,淹通文墨者少,每见才人所作,辄思避之,以凿枘④不相入也。故延优师者,必择文理稍通之人,使阅新词,方能定其美恶。又必借文人墨客参酌其间,两议佥⑤同,方可授之使习。此为主人多冗,不谙⑥音乐者而言。若系风雅主盟,词坛领袖,则独断有余,何必知而故询。噫,欲使梨园风气丕变⑦维新,必得一二缙绅⑧长者主持公道,俾词之佳者必传,剧之陋者必黜,则

---

① 大学之道:语出《大学》首篇第一句。
② 学而时习之:语出《论语》首篇第一句。
③ 拘士腐儒:指古板保守的人士。
④ 凿枘(ruì):凿,榫卯;枘,榫头。凿枘相应比喻互相投合。
⑤ 佥(qiān):都;皆。
⑥ 谙(ān):精通;熟记。
⑦ 丕变:大变。
⑧ 缙绅:旧时官宦的装束。亦作官宦的代称。

千古才人心死，现在名流，有不以沉香刻木而祀之者乎？

剂冷热

今人之所尚，时优之所习，皆在"热闹"二字；冷静之词，文雅之曲，皆其深恶而痛绝者也。然戏文太冷，词曲太雅，原足令人生倦，此作者自取厌弃，非人有心置之也。然尽有外貌似冷而中藏①极热，文章极雅而情事近俗者，何难稍加润色，播入管弦？乃不问短长，一概以冷落弃之，则难服才人之心矣。予谓传奇无冷热，只怕不合人情。如其离合悲欢，皆为人情所必至，能使人哭，能使人笑，能使人怒发冲冠，能使人惊魂欲绝，即使鼓板不动，场上寂然，而观者叫绝之声，反能震天动地。是以人口代鼓乐，赞叹为战争，较之满场杀伐，钲②鼓雷鸣，而人心不动，反欲掩耳避喧者为何如？岂非冷中之热，胜于热中之冷；俗中之雅，逊于雅中之俗乎哉？

---

① 中藏：内蕴。

② 钲（zhēng）：中国古代乐器。传世春秋晚期南方徐吴等国的钲，自铭为"征城"，是行军乐器。

变调第二

变调者，变古调为新调也。此事甚难，非其人不行，存此说以俟作者。才人所撰诗赋古文，与佳人所制锦绣花样，无不随时更变。变则新，不变则腐；变则活，不变则板。至于传奇一道，尤是新人耳目之事，与玩花赏月同一致也。使今日看此花，明日复看此花，昨夜对此月，今夜复对此月，则不特我厌其旧，而花与月亦自愧其不新矣。故桃陈则李代，月满即哉生。花月无知，亦能自变其调，矧词曲出生人之口，独不能稍变其音，而百岁登场，乃为三万六千日雷同合掌之事乎？吾每观旧剧，一则以喜，一则以惧。喜则喜其音节不乖，耳中免生芒刺；惧则惧其情事太熟，眼角如悬赘疣。学书学画者，贵在仿佛大都①，而细微曲折之间，正不妨增减出入，若止为依样葫芦，则是以纸印纸，虽云一线不差，少天然生动之趣矣。因创二法，以告世之执郢斤者②。

---

① 大都：大略。
② 执郢（yǐng）斤者：此处指擅长撰写或整理改编戏曲作品者。

缩长为短

观场之事，宜晦不宜明。其说有二：优孟衣冠①，原非实事，妙在隐隐跃跃②之间。若于日间搬弄，则太觉分明，演者难施幻巧，十分音容，止作得五分观听，以耳目声音散而不聚故也。且人无论富贵贫贱，日间尽有当行之事，阅之未免妨工。抵暮登场，则主客心安，无妨时失事之虑，古人秉烛夜游，正为此也。然戏之好者必长，又不宜草草完事，势必阐扬志趣，摹拟神情，非达旦③不能告阕④。然求其可以达旦之人，十中不得一二，非迫于来朝之有事，即限于此际之欲眠，往往半部即行，使佳话截然而止。予尝谓好戏若逢贵客，必受腰斩之刑。虽属谑言，然实事也。与其长而不终，无宁短而有尾，故作传奇付优人，必先示以可长可短之法：取其情节可省之数折，另作暗号记之，遇清闲无事之人，则增入全演，否则拔而去之。此法是人皆知，在梨园亦乐于为此。但不知减省之中，又有增益之法，使所省数折，虽去若存，而无断文截角之患者，则在秉笔之人略加之意而已。法于所删之下折，另增数语，点出中间一段情节，如云昨日某人来说某话，我如何答应之类是也；或于所删之

---

① 优孟衣冠：指登台演戏。优孟，春秋时楚国优人，擅长滑稽讽谏。
② 隐隐跃跃：隐隐约约。
③ 达旦：直到第二天早晨。
④ 告阕（què）：告终，结束。

前一折，预为吸起，如云我明日当差某人去干某事之类是也。如此，则数语可当一折，观者虽未及看，实与看过无异，此一法也。予又谓多冗之客，并此最约①者亦难终场，是删与不删等耳。尝见贵介命题，止索杂单②，不用全本，皆为可行即行，不受戏文牵制计也。予谓全本太长，零出太短，酌乎二者之间，当仿《元人百种》之意，而稍稍扩充之，另编十折一本，或十二折一本之新剧，以备应付忙人之用。或即将古书旧戏，用长房妙手，缩而成之。但能沙汰③得宜，一可当百，则寸金丈铁，贵贱攸分，识者重其简贵，未必不弃长取短，另开一种风气，亦未可知也。此等传奇，可以一席两本，如佳客并坐，势不低昂，皆当在命题之列者，则一后一先，皆可为政，是一举两得之法也。有暇即当属草④，请以下里巴人，为白雪阳春之倡。

变旧成新

演新剧如看时文，妙在闻所未闻，见所未见；演旧剧如看古董，妙在身生后世，眼对前朝。然而古董之可爱者，以其体质愈陈愈古，色相愈变愈奇。如铜器玉器之在当年，不过一刮磨光莹之物耳，迨其历年既久，刮磨者浑全无迹，光莹者斑驳成

---

① 约：简要。
② 杂单：指开列折子戏的戏单。
③ 沙汰：淘汰；删减。
④ 属草：打草稿，此处指撰写剧本。

文，是以人人相宝，非宝其本质如常，宝其能新而善变也。使其不异当年，犹然是一刮磨光莹之物，则与今时旋造①者无别，何事什伯其价而购之哉？旧剧之可珍，亦若是也。

今之梨园，购得一新本，则因其新而愈新之，饰怪妆奇，不遗余力；演到旧剧，则千人一辙，万人一辙，不求稍异。观者如听蒙童背书，但赏其熟，求一换耳换目之字而不得，则是古董便为古董，却未尝易色生斑，依然是一刮磨光莹之物，我何不取旋造者观之，犹觉耳目一新，何必定为村学究，听蒙童背书之为乐哉？

然则生斑易色，其理甚难，当用何法以处此？曰：有道焉。仍其体质，变其丰姿，如同一美人，而稍更衣饰，便足令人改观，不俟变形易貌，而始知别一神情也。体质维何？曲文与大段关目是已。丰姿维何？科诨与细微说白是已。曲文与大段关目不可改者，古人既费一片心血，自合常留天地之间，我与何仇，而必欲使之埋没？且时人是古非今，改之徒来讪笑，仍其大体，既慰作者之心，且杜时人之口。科诨与细微说白不可不变者，凡人作事，贵于见景生情，世道迁移，人心非旧，当日有当日之情态，今日有今日之情态，传奇妙在入情，即使作者至今未死，亦当与世迁移，自啮其舌，必不为胶柱鼓瑟之谈，以拂听者之耳。况古人脱稿之初，便觉其新，一经传播，演过数番，即觉听熟之言难于复听，即在当年，亦未必不自厌其繁，而思陈言

---

① 旋造：刚刚制造。

之务去也。我能易以新词，透入世情三昧，虽观旧剧，如阅新篇，岂非作者功臣？使得为鸡皮三少之女[1]，前鱼不泣之男[2]，地下有灵，方颂德歌功之不暇，而忍以矫制[3]责之哉？但须点铁成金[4]，勿令画虎类狗[5]。又须择其可增者增，当改者改，万勿故作知音，强为解事，令观者当场喷饭[6]，而群罪作俑之人，则湖上笠翁不任咎也。此言润泽枯藁[7]，变易陈腐之事。

予尝痛改《南西厢》，如《游殿》《问斋》《逾墙》《惊梦》等科诨，及《玉簪·偷词》《幽闺·旅婚》诸宾白，付伶工搬演，以试旧新，业经词人谬赏，不以点窜为非矣。

尚有拾遗补缺之法，未语同人，兹请并终其说。旧本传奇，每多缺略不全之事，刺谬[8]难解之情。非前人故为破绽，留话柄以贻后人，若唐诗所谓"欲得周郎顾，时时误拂弦"[9]，乃一时照管不到，致生漏孔，所谓"至人千虑，必有一失"。此等空隙，全靠后人泥补，不得听其缺陷，而使千古无全文也。女娲氏[10]炼石补天，天尚可补，况其他乎？但恐不得五色石耳。

---

① 鸡皮三少之女：此处指使旧作呈现新面貌。

② 前鱼不泣之男：此处指旧作不会因新作日增而被冷落。

③ 矫制：犹矫诏。即假托君命，发布诏敕。这里指擅自改动前人之作。

④ 点铁成金：古代方士称能用灵丹将铁点化为金子。后比喻把别人文句略加点窜，顿然改观。

⑤ 画虎类狗：比喻模仿不到家，弄得不伦不类，或好高骛远，一无所成，反贻笑柄。

⑥ 喷饭：形容可笑至极。

⑦ 枯藁：同"枯槁"。干竭。

⑧ 刺谬：违异；完全相反。

⑨ 欲得周郎顾，时时误拂弦：语出唐代李端《听筝》一诗。

⑩ 女娲氏：神话中人类的始祖。

姑举二事以概之。赵五娘于归①两月,即别蔡邕,是一桃天新妇。算至公姑已死,别墓寻夫之日,不及数年,是犹然一冶容诲淫②之少妇也。身背琵琶,独行千里,即能自保无他,能免当时物议乎?张大公重诺轻财,资其困乏,仁人也,义士也。试问衣食名节,二者孰重?衣食不继则周之,名节所关则听之,义士仁人,曾若是乎?此等缺陷,就词人论之,几与天倾西北、地陷东南无异矣,可少补天塞地之人乎?若欲于本传之外,劈空添出一人送赵五娘入京,与之随身作伴,妥则妥矣,犹觉伤筋动骨,太涉更张③。不想本传内现有一人,尽可用之而不用,竟似张大公止图卸肩,不顾赵五娘之去后者。其人为谁?着送钱米助丧之小二是也。《剪发》白云:"你先回去,我少顷就着小二送来。"则是大公非无仆从之人,何以吝而不使?予为略增数语,补此缺略,附刻于后,以政同心。此一事也。

《明珠记》④之《煎茶》,所用为传消递息之人者,塞鸿是也。塞鸿一男子,何以得事嫔妃?使宫禁之内,可用男子煎茶,又得密谈私语,则此事可为,何事不可为乎?此等破绽,妇人小儿皆能指出,而作者绝不经心,观者亦听其疏漏;然明眼人遇之,未尝不哑然一笑,而作无是公⑤看者也。若欲于本家之

---

① 于归:出嫁。

② 冶容诲淫:指女子把自己打扮得美丽动人,容易引起别人非礼之念。

③ 太涉更张:改动太大。

④ 《明珠记》:传奇剧本。明代陆采作。取材于唐代薛调传奇小说《无双传》。

⑤ 无是公:司马相如《子虚赋》中虚构的人物。后以之泛指虚构的人物。

外，凿空①构一妇人，与无双小姐从不谋面，而送进驿内煎茶，使之先通姓名，后说情事，便则便矣，犹觉生枝长节，难免赘瘤②。不知眼前现有一妇，理合使之而不使，非特王仙客至愚，亦觉彼妇太忍。彼妇为谁？无双自幼跟随之婢，仙客现在作妾之人，名为采苹是也。无论仙客觅人将意，计当出此，即就采苹论之，岂有主人一别数年，无由把臂，今在咫尺，不图一见，普天之下有若是之忍人乎？予亦为正此迷谬③，止换宾白，不易填词，与《琵琶》改本并刊于后，以政同心。又一事也。

其余改本尚多，以篇帙浩繁，不能尽附。总之，凡予所改者，皆出万不得已，眼看不过，耳听不过，故为铲削不平，以归至当，非勉强出头，与前人为难者比也。凡属高明，自能谅其心曲。

插科打诨之语，若欲变旧为新，其难易较此奚止④百倍。无论剧剧可增，出出可改，即欲隔日一新，逾月一换，亦诚易事。可惜当世贵人，家蓄名优数辈，不得一诙谐弄笔之人，为种词林萱草⑤，使之刻刻忘忧。若天假笠翁以年，授以黄金一斗，使得自买歌童，自编词曲，口授而身导之，则戏场关目，日日更

---

① 凿空：毫无根据，凭空乱说。

② 赘瘤：比喻多余无用之物。

③ 迷谬：迷惑错谬。

④ 奚止：何止。

⑤ 词林萱草：萱草，古人以为可使人忘忧的一种草。戏曲中的插科打诨可以使人乐而忘忧，故称之为"词林萱草"。

新，毡上①诙谐，时时变相。此种技艺，非特自能夸之，天下人亦共信之。然谋生不给，遑问其他？只好作贫女缝衣，为他人助娇，看他人出阁②而已矣。

《琵琶记·寻夫》改本

【胡捣练】（旦上）辞别去，到荒丘，只愁出路煞生受。画取真容聊借手，逢人将此勉哀求。

鬼神之道，虽则难明；感应之理，未尝不信。奴家昨日，在山上筑坟，偶然力乏，假寐片时。忽然梦见当山土地，带领着无数阴兵，前来助力。又亲口嘱付，着奴家改换衣装，往京寻取夫婿。及至醒来，那坟台果然筑就。可见真有神明，不是空空一梦。只得依了梦中之言，改换做道姑打扮。又编下一套凄凉北调，到途路之间，逢人弹唱，抄化些资粮糊口，也是一条生计。只是一件：我自做媳妇以来，终日与公姑厮守，如今虽死，还有个坟茔③可拜；一旦撇他而去，真个是举目凄然。喜得奴家略晓丹青④，只得借纸笔传神，权当个丁兰刻木，背在肩上行走，只当还与二亲相傍一般。遇着小祥忌日，也好展开祭奠，不枉做媳妇的一点孝心。有理！有理！颜料纸张，俱已备下，只是凭空摹拟，恐怕不肖神情，且待我想象起来。

---

① 毡上：在戏曲舞台上。
② 出阁：指女子出嫁。
③ 坟茔（yíng）：坟墓；坟地。
④ 丹青：绘画艺术。

【三仙桥】一从他每死后，要相逢，不能勾。除非梦里，暂时略聚首。如今该下笔了。（欲画又止介）苦要描，描不就。暗想象，教我未描先泪流。（画介）描不出他苦心头，描不出他饥症候。（又想介）描不出他望孩儿的睁睁两眸。（又画介）只画得他发飕飕，和那衣衫敝垢。画完了，待我细看一看。（看介）呀！像倒极像，只是画得太苦了些，全没些欢容笑口。呀！公婆，公婆，非是媳妇故意如此。休休，若画做好容颜，须不是赵五娘的姑舅。

待我悬挂起来，烧些纸钱，奠些酒饭，然后带出门去便了。

（挂介）嗳！我那公公婆婆呵！媳妇只为往京寻取丈夫，撇你不下，故此图画仪容，以便随身供养。你须是有灵有感，时刻在暗里扶持。待媳妇早见你的孩儿，痛哭一场，说完了心事，然后赶到阴司，与你二人做伴便了。阿呀，我那公婆呵！（哭介）

【前腔】非是奴寻夫远游，只怕我公婆绝后。奴见夫便回，此行安敢久。路途中，奴怎走？望公婆，相保佑！拜完了，如今收拾起身。论起理来，该先别坟茔，然后去别张大公才是。只为要托他照管坟茔，须是先别了他，然后同至坟前，把公婆的骸骨，交付与他便了。（锁门行介）只怕奴去后，冷清清，有谁来祭扫？纵使遇春秋，一陌纸钱怎有？休，休，你生是受冻馁的公婆，死做个绝祭祀的姑舅！

来此已是，大公在家么？（丑上）收拾草鞋行远路，安排包裹送娇娘。呀！五娘子来了。老员外有请！（末上）衰柳寒蝉不可闻，金风败叶正纷纷；长安古道休回首，西出阳关无故人。呀！五娘子，我正要过来送你，你却来了。（旦）因有远行，特来拜别。大公请端坐，受奴家几拜。（末）来到就是了，不劳拜罢。（旦拜，末同拜介）（旦）高厚恩难报，临岐泪满巾。（末）从今无别事，拭目待归人。（末起，旦不起介）（末）五娘子请起。呀！五娘子，你为何跪在地下不肯起来？（旦）奴家有两件大事奉求，要大公亲口许下，方敢起来。（末）孝妇所求，一定是纲常伦理之事，老夫一力担当，快些请起！（旦起介）（末）叫小二看椅子过来，与五娘子坐了讲话。（旦）告坐了。（末）五娘子，你方才说的，是那两件事？（旦）第一件，是怕奴家去后，公婆的坟茔没人照管，求大公不时看顾。每逢令节，代烧一陌纸钱。（末）这是我分内之事，自然照管，何须你嘱付。第二件呢？（旦）第二件，因奴家是个少年女子，远出寻夫，没人作伴，路上怕有嫌疑，求公公大发婆心，把小二借与奴家作伴，到京之日，即便遣人送还。这一件事，关系奴家的名节，断求慨允。（末）五娘子，这件事情，比照管坟茔还大，莫说待你拜求，方才肯许，不是个仗义之人；就是听你讲到此处，方才思念起来，把小二送你，也就不成个张广才了。我昨日思想，不但你只身行走，路上嫌疑；就是到了京中，与你丈夫相见，他问你在途路之中如何宿歇，你把甚么言语答应他？万一男子汉的心肠多疑少信，将你埋葬公婆的大事且不提起，反把"形迹"二字与你讲论起来，如何了得！这也还是小事。他三载不归，未必不在京中别有所娶。我想那房家小，看见前妻走到，还要无中生有，别寻说话，离间你的夫妻，何况是远远寻夫，没人作伴？若把几句恶言加你，岂不是有口难分？还有一说：你丈夫临行之日，把家中事情拜托于我，我若容你独自寻夫，有碍他终身名节，日后把甚么颜面见他？就是死到九泉，也难与你公婆相会。这个主意，我先定下多时了，已曾分付小二，着他伴你同行，不劳分付，放心前去便了。（旦起拜介）这等多谢公公！奴家告别了。（末）且慢些，再请坐下。我且问你：你既要寻夫，那路上的盘费，已曾备下了么？（旦）并不曾有。（末）既然没有，如何去得？（旦指背上琵琶介）这就是奴家的盘费。不瞒公公说，已曾编下一套凄凉北调，谱入丝弦，一路弹唱而行，讨些钱米度日。（丑）这等说来，竟是叫化了。这样生意，我做不惯。不要总承，快寻别个去罢！（末）我自有主意，不消多嘴！五娘子，你前日剪发葬亲，往街坊货卖，倒不曾问得你卖了几贯钱财，可勾用么？（旦）并无人买，全亏大公周济。（末）却又来！头发可以作髢①，尚且卖不出钱财，何况是空空弹唱？万一没人与钱，你还是去的好？转来的好？流落在他乡，不来不去的好？那些长途资斧，我也曾与你备下，不劳费心。也罢，你既费精神，编成一套词曲，不可不使老朽闻之。你就唱来，待我与你发个利市。（旦）这等待奴家献丑。若有不到之处，求大公改政一二。（末）你且唱来。（旦理弦弹唱，末不住掩泪，丑不住哭介）

---

① 髢（bì）：假发。

【北越调斗鹌鹑】静理冰弦，凝神息喘，待诉衷肠，将眉略展。怕的是听者愁听，闻声去远。虽不比杞梁妻，善哭天，也去那哭倒长城的孟姜不远。

【紫花儿序】俺不是好云游，闲离闺阃，也不是背人伦，强抱琵琶，都则为远寻夫，苦历山川。说甚么金莲①窄小，道路迍邅②，鞋穿，便做到骨葬沟渠首向天，保得过面无惭腼。好追随，地下姑嫜③，得全名，死也无冤。

【天净沙】当初始配良缘，备饔飧④，尚有余钱。只为儿夫去远，遇荒罹⑤变，为妻庸，祸及椿萱。

【金蕉叶】他望赈济，心穿眼穿；俺遭抢夺，粮悬命悬。若不是遇高邻，分粮助包馆⑥，怎能勾慰亲心，将灰复燃？

【小桃红】可怜他游丝一缕命空牵，要续愁无线。俺也曾自餍⑦糟糠备亲膳，要救余年，又谁料攀辕卧辙翻成劝？因来灶边，窥奴私咽，一声儿哭倒便归泉。

【调笑令】可怜，葬无钱！亏的是一位恩人，竟做了两次天。他助丧非强由情愿。实指望吉回凶转，因灾致祥无他变，又谁知，后运同前！

【秃厮儿】俺虽是厚面皮，无羞不腼，怎忍得累高邻，鬻

---

① 金莲：指女子缠过的小脚。

② 迍邅（zhūn zhān）：难行貌。

③ 姑嫜：公婆。

④ 饔飧（yōng sūn）：早餐和晚餐。

⑤ 罹（lí）：遭遇；遭受。

⑥ 馆：稠粥。

⑦ 餍（yàn）：吃饱。

产①输田？只得把香云剪下自卖钱，到街坊，哭声喧，谁怜？

【圣药王】俺待要图卸肩，赴九泉，怎忍得亲骸朽露饱飞鸢？欲待把命苟延，较后先，算来无幸可徼天，哭倒在街前。

【麻郎儿】感义士施恩不倦，二天外，又复加天。则为这好仗义的高邻忒煞贤，越显得受恩的浅深无辨。

【幺篇】徒跣②，把罗裙自撚，裹黄泥，去筑坟圈。感山灵，神通昼显，又指去路，劝人赴远。

【络丝娘】因此上，顾不的鞋弓袜浅。讲不起抛头露面。手拨琵琶，原非自遣，要诉出衷肠一片。

【东原乐】暂把丧衣覆，乔将道服穿。为缺资财致使得身容变。休怪俺孝妇啼痕学杜鹃，只为多愁怨，渍染得缞麻③如茜。

【拙鲁速】可怜俺日不停，夜不眠，饥不餐，冷不燃。当日呵，辨不出桃花人面，分不开藕瓣金莲；到如今藕丝花片，落在谁边？自对菱花，错认椿萱④，止为忧煎。才信道家宽出少年。

【尾】千愁万绪提难遍，只好绾缕中一线。听不出眼泪的休解囊，但有酸鼻的仁人，请将钞袋儿展。

（末）做也做得好，弹也弹得好，唱也唱得好，可称三绝。（出银介）这一封银子，就当润喉润笔之资，你请收下。

---

① 鬻（yù）产：变卖家产。
② 跣（xiǎn）：光着脚。
③ 缞（cuī）麻：粗麻布丧服。
④ 椿萱：代称父母。椿，通称香椿。古代传说大椿长寿，后因用以指父亲。萱，又名忘忧。《诗经·卫风·伯兮》："焉得谖（萱）草？言树之背。"背即北堂，古为母亲所居之处，后因以萱（堂）为母亲（居处）的代称。

（旦谢介）（末）小二过来。他方才弹唱的时节，我便为他声音凄楚，情节可怜，故此掉泪。你知道些甚么，也号号咷咷，哭个不了？（丑）不知甚么原故，听到其间，就不知不觉哭将起来，连我也不明白。（末）这等我且问你：方才送他的银子，万一途中不勾，依旧要叫化起来，你还是情愿不情愿？（丑）情愿！情愿！（末）为甚么以前不情愿，如今忽然情愿起来？（丑想介）正是，为甚么原故，忽然改变起来？连我也不明白。（末）好，这叫做：孝心所感，铁人流泪；高僧说法，顽石点头。五娘子，你一片孝心，就从今日效验起了，此去定然遂意。我且问你：你公婆的坟茔，曾去拜别了么？（旦）还不曾去。要屈大公同行，好对着公婆当面拜托。（末）一发见得到！就请同行。叫小二，与五娘子背了琵琶。（丑）自然。莫说琵琶，就是要带马桶，我也情愿挑着走了。（末）五娘子，我还有几句药石之言，要分付你，和你一面行走，一面讲罢。

（旦）既有法言，便求赐教。（行介）

【斗黑蟆】（末）伊夫婿，多应是贵官显爵。伊家去，须当审个好恶。只怕你这般乔打扮，他怎知觉？一贵一贫，怕他将错就错。（合）孤坟寂寞，路途滋味恶。两处堪悲，万愁怎摸！

（末）已到坟前了。蔡大哥！蔡大嫂！你这个孝顺媳妇，待你二人，可谓生事以礼，死葬以礼，祭之以礼，无一事不全的了！如今远出寻夫，特来拜别，将坟墓交托于我。从今以后，我就当你媳妇，逢时化纸，遇节烧钱，你不消虑得。只是保佑他一路平安，早与丈夫相会。他一生行孝的事情，只有你夫妻两口，与我张广才三人知道。你夫妻死了，止剩得我一个在此，万一不能勾见他，这孝妇一片苦心，谁人替他表白？趁我张广才未死，速速保佑他回来。待我见他一面，把你媳妇的好处，细细对他讲一遍，我张广才这个老头儿，就死也瞑目了。唉，我那老友呵！（旦）我那公婆呵！（同放声大哭、丑亦哭介）（末）五娘子！

【忆多娇】我承委托当领诺。这孤坟，我自看守，决不爽约。但愿你途中身安乐。（合）举目萧索，满眼盈盈泪落。

（旦）公婆，你媳妇如今去了！大公，奴家去了！（末）五娘子，你途间保重，早去早回！小二，你好生伏侍五娘子，不要叫他费心。（丑）晓得！

（旦）为寻夫婿别孤坟，（末）只怕儿夫不认真。

（合）流泪眼观流泪眼，断肠人送断肠人。

（旦掩泪同丑先下）（末目送，作哽咽不能出声介）嗳，我、我、我明日死了，那有这等一个孝顺媳妇！可怜！可怜！

（掩泪下）

《明珠记·煎茶》改本

○第一折

【卜算子】（生冠带上）未遇费长房，已缩相思地。咫尺有佳音，可惜人难寄。

下官王仙客，叨授富平县尹。又为长乐驿缺了驿官，上司命我带管三月。近日朝廷差几员内官，带领三十名宫女，去备皇陵打扫之用，今日申牌时分，已到驿中。我想宫女三十名，焉知无双小姐不在其内？要托人探个消息，百计不能。喜得里面要取人伏侍，我把塞鸿扮做煎茶童子，送进去承值，万一遇见小姐，也好传个信儿。塞鸿那里？（丑上）蓝桥今夜好风光，天上群仙降下方。只恐云英难见面，裴航空自捣玄霜。塞鸿伺候。

（生）今日送你进去煎茶，专为打探无双小姐的消息，你须要用心体访。（丑）小人理会得。（生）随着我来。（行介）你若见了小姐呵！

【玉交枝】道我因他憔悴，虽则是断机缘，心儿未灰，痴情还想成婚配。便今世，不共鸳帏①，私心愿将来世期，倒不如将生换死求连理。（合）料伊行，冰心未移，料伊行，柔肠更痴。

说话之间，已至馆驿前了。（丑）管门的公公在么？（净上）走马近来辞帝阙②，奉差前去扫皇陵。甚么人？到此何干？（生）带管驿事富平县尹，送煎茶人役伺候。（净）着他进来。（丑进见介）（净看怒介）这是个男子，你为甚么送他进来呢？（生）是个幼年童子。（净）看他这个模样，也不是个幼年童子了。好不不通道理的县官！就是上司官员，带着家眷从此经过，也没有取男子服事之理，何况是皇宫内院的嫔妃，肯容男子见面？叫孩子们，快打出去，着他换妇人进来。这样不通道理，还叫他做官！（骂下）（生）这怎么处？

【前腔】精神徒费。不收留，翻加峻威，道是男儿怎入裙

①帏：帐幕；帐子。
②帝阙：宫门。

105

钗队。叹宾鸿，有翼难飞！（丑）老爷，你偌大一位县官，怕差遣妇人不动？拨几个民间妇女进去就是了，愁他怎的！（生）塞鸿，你那里知道。民间妇人尽有，只是我做官的人，怎好把心事托他。幽情怎教民妇知，说来徒使旁人议。（合前）且自回衙，少时再作道理。正是：

不如意事常八九，可与人言无二三。

〇第二折

【破阵子】（小旦上）故主恩情难背，思之夜夜魂飞。

奴家采苹，自从抛离故主，寄养侯门，王将军待若亲生，王解元纳为侧室，唱随之礼不缺，伉俪之情颇谐，只是思忆旧恩，放心不下。闻得朝廷拨出宫女三十名，去备皇陵打扫，如今现在驿中。万一小姐也在数内，我和他咫尺之间，不能见面，令人何以为情。仔细想来，好凄惨人也！（泪介）

【黄莺儿】从小便相依。弃中途，履祸危，经年没个音书寄。到如今呵，又不是他东我西，山遥路迷。宫门一入深无底，止不过隔层帏。身儿不近，怎免泪珠垂。

（生上）枉作千般计，空回九转肠；姻缘生割断，最狠是穹苍。（见介）（小旦）相公回来了。你着塞鸿去探消息，端的何如？为甚么面带愁容，不言不语？（生）不要说起！那守门的太监，不收男子，只要妇人。妇人尽有，都是民间之女，怎好托他代传心事，岂不闷杀我也！

【前腔】无计可施为，眼巴巴看落晖。只今宵一过，便无机会。娘子，我便为此烦恼。你为何也带愁容？看你无端皱眉，无因泪垂，莫不是愁他夺取中宫位？那里知道这婚姻事呵！绝端倪。便图来世，那好事也难期。

（小旦）奴家不为别事，中因小姐在咫尺之间，不能见面，故主之情，难于割舍，所以在此伤心。（生）原来如此，这也是人之常情。（小旦）相公，你要传消递息，既苦无人；我要见面谈心，又愁无计。我如今有个两全之法，和你商量。

（生）甚么两全之法？快些讲来。（小旦）他要取妇人承值，何不把奴家送去？只说民间之妇。若还见了小姐，妇人与妇人讲话，没有甚么嫌疑，岂不比塞鸿更强十倍？（生）如此甚妙！只是把个官人娘子扮作民间之妇，未免屈了你些。（小旦）我原以侍妾起家，何屈之有。（生）这等分付门上，唤一乘小轿进来，傍晚出去，黎明进来便了。

羡卿多智更多情，一计能收两泪零。

（小旦）鸡犬尚能怀故主，为人岂可负生成。

〇第三折

（此折改白不改曲。曲照原本，不更一字。）

【长相思】（旦上）念奴娇，归国遥，为忆王孙心转焦，楚江秋色饶。月儿高，烛影摇，为忆秦娥梦转迢。苦呵！汉宫春信消。

街鼓冬冬动戍楼，倚床无寐数更筹；可怜今夜中庭月，一样清光两地愁。奴家自到驿内，看看天色晚来。（内打二鼓介）呀，谯楼上面，已打二鼓了。独眠孤馆，展转凄其，待与姊妹们闲话消遣，怎奈他们心上无事，一个个都去睡了。教奴家独守残灯，怎生睡得去！

【二郎神】良宵杳①，为愁多，睡来还觉。手揽寒衾风料峭。也罢，待我剔起残灯，到阶除下闲步一回，以消长夜。徘徊灯侧，下阶闲步无聊。只见惨淡中庭新月小。画屏间，余香犹袅。漏声高，正三更，驿庭人静寥寥。

那帘儿外面，就是煎茶之所，不免去就着茶炉，饮一杯苦茗则个。正是：有水难浇心火热，无风可解泪冰寒。（暂下）（小旦持扇上）已入重围里，还愁见面遥；故人相对处，打点泪痕抛。奴家自进驿来，办眼偷瞧，不见我家小姐。（内作长叹介）（小旦）呀，如今夜深人静，为何有沉吟叹息之声？不免揭起帘儿，觑他一眼。

【前腔】偷瞧，把朱帘轻揭，金铃声小。呀！那阶除之下，缓步行来的，好似我家小姐。欲待唤他，又恐不是。我且只当不知，坐在这里煎茶，看他出来，有何话说。（旦上）看，一缕茶烟香缭绕。呀！那个煎茶女子，好生面善。青衣执爨②，分明旧识风标。悄语低声问分晓。那煎茶女子，快取茶来！

（小旦）娘娘请坐，待我取来。（送茶，各看，背惊介）（旦）呀！分明是采苹的模样，他为何来在这里？（小旦）竟是我家小姐！待他唤我，我才好认他。（旦）那女子走近前来！你莫非就是采苹么？（小旦）小姐在上，妾身就是。（跪介）（旦抱哭介）（合）天那！何幸得萍水相遭！（旦）你为何来在这里？（小旦）

———————

① 杳：幽暗；深远无踪影。
② 执爨（cuàn）：爨，锅灶。司炊事。

说起话长。今夜之来，是采苹一点孝心，费尽机谋，特地来寻故主。请问小姐，老夫人好么？（旦）还喜得康健。采苹，你晓得王官人的消息么？郎年少，自分离，孤身何处飘飖①？

（小旦）他自分散之后，贼平到京。正要来图婚配，不想我家遭此横祸，他就落魄天涯。近得金吾将军题请得官，现做富平县尹，权知此驿。

【啭林莺】他宦中薄禄权倚靠，知他未遂云霄。（旦）这等说来，他也就在此处了。既然如此，你的近况何如？随着谁人？作何勾当？（小旦）采苹自别夫人小姐，蒙金吾将军收为义女，就嫁与王官人，目今现在一起。（旦）哦，你和他现在一起么？（小旦）是。（旦作醋容介）这等讲来，我倒不如你了！鹪鹩②已占枝头早，孤鸾拘锁，何日得归巢？（小旦）小姐不要多心。奴家虽嫁王郎，议定权为侧室，虚却正夫人的座位，还待着小姐哩！（旦）这等才是。我且问你，檀郎安否？怕相思，瘦损潘安③貌。（小旦）他虽受折磨，却还志气不衰，容颜如旧。志气好，千般折挫，风月未全消。

他一片苦情，恐怕小姐不知，现付明珠一颗，是小姐赠与他的，他时时藏在身旁，不敢遗失。（付珠介）

【前腔】（旦）双珠依旧成对好，我两人还是蓬飘。采苹，

---

① 飘飖（yáo）：漂泊；流落。

② 鹪鹩（jiāo liáo）：鸟纲。体长约十厘米。头部淡棕色，有黄色眉纹。上体连尾带栗棕色，布满黑色细斑。

③ 潘安：潘岳（247—300），西晋文学家，字安仁，荥阳中牟（今属河南）人。安仁姿容甚美，时有潘郎之称，每出行，妇女观者如堵，掷果盈车。后常借以称为妇女所爱慕的美男子。

我今夜要约他一会，你可唤得进来么？（小旦）这个使不得。老公公在外监守，又有军士巡更，那里唤得进来！（旦）莫非是你……（小旦）是我怎么样？哦，采苹知道了，莫非疑我吃醋么？若有此心，天不覆，地不载！小姐，利害所关，他委实进来不得。（旦泪介）嗳！眼前欲见无由到，驿庭咫尺，翻做楚天遥。（小旦）楚天犹小，着不得一腔烦恼。小姐有何心事，只消对采苹说知，待采苹转对他说，也与见面一般。（旦）枉心焦，我芳情自解，怎说与伊曹！

待我修书一封，与你带去便了。（小旦）说得有理，快写起来，一霎时天就明了。（旦写介）

【啄木公子】舒残茧，展兔毫，蚊脚蝇头随意扫。只怕我有万恨千愁，假饶会面难消。我有满腔愁怨，写向鸾笺怎得了？总有丹青别样巧，毕竟衷肠事怎描？只落得泪痕交。

【前腔】书才写，灯再挑，锦袋重封花押巧。书写完了，采苹，你与我传示他，好自支持，休为我长颦眉梢。（小旦）小姐，你与他的姻缘，毕竟如何？可有出宫相会的日子？（旦）为说汉宫人未老，怨粉愁香憔悴倒；寂寞园陵岁月遥，云雨隔蓝桥。

明珠封在书中，叫他依旧收好。（小旦）天色已明，采苹出去了。小姐，你千万保重！若有便信，替我致意老夫人。（各哭介）（小旦）小姐保重，采苹去了。（掩泪下）（旦）呀，采苹，你竟去了！（顿足哭介）

【哭相思尾】从此两下分离音信杳，无由再见亲人了。

（哭倒介）（末上）自不整衣毛，何须夜夜号。咱家一路辛苦，正要睡觉，不知那个宫人啾啾唧唧，一夜哭到天明，不免到里面去看来。呀！为何哭倒在地下？（看介）原来是刘宫人。刘宫人起来！（摸介）呀，不好了！浑身冰冷，只有心口还热。列位宫人快来！（四宫女上）并无奇祸至，何事疾声呼？呀！这是刘家姐姐，为何倒在地下？（末）列位宫人看好，待我去取姜汤上来。（下）（宫女）刘家姐姐，快些苏醒！（末取姜汤上）姜汤在此，快灌下去。（灌醒介）（宫女）刘家姐姐，你为甚么事情，哭得这般狼狈？

【黄莺儿】（旦）只为连日受劬劳①，怯风霜，心胆摇，昨宵不睡挨到晓。（末）为甚么不睡呢？

（旦）思家路遥，思亲寿高，因此蓦然愁绝昏沉倒。谢多娇，相将救取，免死向荒郊。

（末）好不小心！万一有些差池，都是咱家的干系哩！

【前腔】（众）人世水中泡。受皇恩，福怎消，何须苦忆家乡好。慈帏暂抛，相逢不遥，宽心莫把闲愁恼。（内）面汤热了，请列位宫人梳妆上轿。（合）曙光高，马嘶人起，梳洗上星轺。

（宫女）姊妹人人笑语阗②，娘行何事独忧煎？

（旦）只因命带凄惶煞，心上无愁也泪涟。

---

① 劬（qú）劳：劳苦；劳累。
② 阗（tián）：喧闹。

授曲第三

声音之道，幽渺难知。予作一生柳七①，交无数周郎，虽未能如曲子相公②身都通显，然论其生平制作，塞满人间，亦类此君之不可收拾。然究竟于声音之道未尝尽解，所能解者，不过词学之章句，音理之皮毛，比之观场矮人，略高寸许，人赞美而我先之，我憎丑而人和之，举世不察，遂群然许为知音。噫，音岂易知者哉？人问：既不知音，何以制曲？予曰：酿酒之家，不必尽知酒味，然秫③多水少则醇酽④，曲好蘖⑤精则香冽，此理则易谙也；此理既谙，则杜康不难为矣。造弓造矢之人，未必尽娴决拾⑥，然曲而劲者利于矢，直而锐者宜于鹄⑦，此道则易

---

① 柳七：柳永（约987—约1053），北宋词人。原名三变，字景庄。后改名永，字耆卿，排行第七，崇安（今福建武夷山市人）。世称"柳七"。为人放荡不羁，终身潦倒。

② 曲子相公：指和凝（898—955）。五代词人。字成绩。少年时好作短歌艳曲，流传汴、洛，时称"曲子相公"。

③ 秫（shú）：稷。多用以酿酒。亦指黏稻。

④ 醇酽：指美酒或酒味浓厚甘美。

⑤ 蘖（niè）：酒曲，酿酒用的发酵剂。

⑥ 决拾：古代射箭用具。此处引申为射箭。

⑦ 鹄（gǔ）：箭靶的中心。

明也；既明此道，即世为弓人矢人可矣。虽然，山民善跋，水民善涉，术疏则巧者亦拙，业久则粗者亦精；填过数十种新词，悉付优人，听其歌演，近朱者赤，近墨者黑，况为朱墨所从出者乎？粗者自然拂耳，精者自能娱神，是其中菽①麦亦稍辨矣。语云："耕当问奴，织当访婢。"②予虽不敏，亦曲中之老奴，歌中之黠③婢也。请述所知，以备裁择。

解明曲意

唱曲宜有曲情，曲情者，曲中之情节也。解明情节，知其意之所在，则唱出口时，俨然此种神情，问者是问，答者是答，悲者黯然魂消而不致反有喜色，欢者怡然自得而不见稍有瘁容④，且其声音齿颊之间，各种俱有分别，此所谓曲情是也。吾观今世学曲者，始则诵读，继则歌咏，歌咏既成而事毕矣。至于"讲解"二字，非特废而不行，亦且从无此例。有终日唱此曲，终年唱此曲，甚至一生唱此曲，而不知此曲所言何事，所指何人，口唱而心不唱，口中有曲而面上、身上无曲，此所谓无情之曲，与蒙童背书，同一勉强而非自然者也。虽腔板极正，喉舌齿牙极清，终是第二、第三等词曲，非登峰造极⑤之技也。欲唱

---

① 菽（shū）：大豆。

② 耕当问奴，织当访婢：语出《宋书·沈庆之传》。

③ 黠：聪慧；狡猾。

④ 瘁容：忧伤憔悴的面容。

⑤ 登峰造极：比喻修养、造诣达到最高的境地。

好曲者，必先求明师讲明曲义。师或不解，不妨转询文人，得其义而后唱。唱时以精神贯串其中，务求酷肖。若是，则同一唱也，同一曲也，其转腔换字之间，别有一种声口，举目回头之际，另是一副神情，较之时优，自然迥别。变死音为活曲，化歌者为文人，只在"能解"二字，解之时义大矣哉！

调熟字音

调平仄，别阴阳，学歌之首务也。然世上歌童解此二事者，百不得一。不过口传心授，依样葫芦，求其师不甚谬，则习而不察，亦可以混过一生。独有必不可少之一事，较阴阳平仄为稍难，又不得因其难而忽视者，则为"出口""收音"二诀窍。世间有一字，即有一字之头，所谓出口者是也；有一字，即有一字之尾，所谓收音者是也。尾后又有余音，收煞此字，方能了局。譬如吹箫、姓萧诸"箫"字，本音为箫，其出口之字头与收音之字尾，并不是"箫"。若出口作"箫"，收音作"箫"，其中间一段正音并不是"箫"，而反为别一字之音矣。且出口作"箫"，其音一泄而尽，曲之缓者，如何接得下板？故必有一字为之头，以备出口之用，有一字为之尾，以备收音之用，又有一字为余音，以备煞板之用。字头为何？"西"字是也。字尾为何？"天"字是也。尾后余音为何？"乌"字是也。字字皆然，不能枚纪。《弦索辨讹》^①等书载此颇详，阅之自得。要知此等字头、字尾及余音，乃天造地设，自然而然，非后人扭捏而成者也，但观切字之法，即知之矣。《篇海》《字汇》等书，逐字载有注脚，以两字切成一字。其两字者，上一字即为字头，出口者也；下一字即为字尾，收音者也；但不及余音之一字耳。无此上下二字，切不出中间一字，其为天造地设可知。此理不明，如何唱曲？出口一错，即差谬到底，唱此字而讹为彼字，可使知音者听乎？故教曲必先审音。即使不能尽解，亦须讲明此义，使知字有头尾以及余音，则不敢轻易开口，每字必询，久之自能惯熟。"曲有误，周郎顾。"苟明此道，即遇最刻之周郎，亦不能拂情而左顾矣。

字头、字尾及余音，皆为慢曲而设，一字一板或一字数板者，皆不可无。其快板曲，止有正音，不及头尾。

缓音长曲之字，若无头尾，非止不合韵，唱者亦大费精神，但看青衿赞礼之法^②，即知之矣。"拜""兴"二字皆属长音。"拜"字出口以至收音，必俟其人揖毕而跪，跪毕而拜，为时甚久。若止唱一"拜"字到底，则其音一泄而尽，不当歇而不得不歇，失傧相^③之体矣。得其窍者，以"不""爱"二字代之。"不"乃"拜"之头，"爱"乃"拜"之尾，中间恰好是一

① 《弦索辨讹》：一部研究戏曲演唱格律的专著，明代沈宠绥著。
② 青衿赞礼之法：指司仪主持仪式唱导时的行腔声调。青衿，古时学子穿的青领子衣服。因以指读书人。赞礼，官名，即赞礼郎。始于汉，宋时称太祝。明清太常寺均设赞礼郎，掌祀典赞导之事。此处指司仪人的唱礼。
③ 傧（bīn）相：古时称替主人接引宾客和赞礼的人。

"拜"字。以一字而延数晷①，则气力不足；分为三字，即有余矣。"兴"字亦然，以"希""因"二字代之。赞礼且然，况于唱曲？婉譬曲喻，以至于此，总出一片苦心。审乐诸公，定须怜我。

字头、字尾及余音，皆须隐而不现，使听者闻之，但有其音，并无其字，始称善用头尾者；一有字迹，则沾泥带水，有不如无矣。

字忌模糊

学唱之人，勿论巧拙，只看有口无口；听曲之人，慢讲精粗，先问有字无字。字从口出，有字即有口。如出口不分明，有字若无字，是说话有口，唱曲无口，与哑人何异哉？哑人亦能唱曲，听其呼号之声即可见矣。常有唱完一曲，听者止闻其声，辨不出一字者，令人闷杀。此非唱曲之料，选材者任其咎，非本优之罪也。舌本②生成，似难强造，然于开口学曲之初，先能净其齿颊，使出口之际，字字分明，然后使工腔板，此回天大力，无异点铁成金，然百中遇一，不能多也。

---

① 晷（guǐ）：日影，引申为时光。
② 舌本：舌根，指人的发音器官和先天条件。

曲严分合

同场之曲，定宜同场，独唱之曲，还须独唱，词意分明，不可犯也。常有数人登场，每人一只之曲，而众口同声以出之者，在授曲之人，原有浅深二意：浅者虑其冷静，故以发越①见长；深者示不参差，欲以翕如②见好。尝见《琵琶·赏月》一折，自"长空万里"以至"几处寒衣织未成"，俱作合唱之曲，谛听其声，如出一口，无高低断续之痕者，虽曰良工心苦，然作者深心，于兹埋没。此折之妙，全在共对月光，各谈心事，曲既分唱，身段即可分做，是清淡之内原有波澜。若混作同场，则无所见其情，亦无可施其态矣。惟"峭寒生"二曲可以同唱，首四曲定该分唱，况有"合前"数句振起神情，原不虑其太冷。他剧类此者甚多，举一可以概百。戏场之曲，虽属一人而可以同唱者，惟《行路》《出师》等剧，不问词理异同，皆可使众声合一。场面似闹，曲声亦宜闹，静之则相反矣。

锣鼓忌杂

戏场锣鼓，筋节所关，当敲不敲，不当敲而敲，与宜重而

① 发越：激扬。
② 翕（xī）如：谓奏乐盛貌。

轻，宜轻反重者，均足令戏文减价。此中亦具至理，非老于优孟者不知。最忌在要紧关头，忽然打断。如说白未了之际，曲调初起之时，横敲乱打，盖却声音，使听白者少听数句，以致前后情事不连，审音者未闻起调，不知以后所唱何曲。打断曲文，罪犹可恕，抹杀宾白，情理难容。予观场每见此等，故为揭出。又有一出戏文将了，止余数句宾白未完，而此未完之数句，又系关键所在，乃戏房锣鼓早已催促收场，使说与不说同者，殊可痛恨。故疾徐轻重之间，不可不急讲也。场上之人将要说白，见锣鼓未歇，宜少停以待之，不则过难专委^①，曲、白、锣鼓，均分其咎矣。

吹合宜低

丝、竹、肉^②三音，向皆孤行独立，未有合用之者，合之自近年始。三籁齐鸣，天人合一，亦金声玉振^③之遗意也，未尝不佳；但须以肉为主，而丝竹副之，使不出自然者，亦渐近自然，始有主行客随之妙。迩来^④戏房吹合之声，皆高于场上之曲，反以丝竹为主，而曲声和之，是座客非为听歌而来，乃

---

① 过难专委：难于将过错单方面归罪于鼓师或演员。
② 丝、竹、肉：丝，指琴瑟类弦乐器；竹，指笙、箫类竹制管乐器；肉，指从口出的歌声。
③ 金声玉振：集众音之大成。
④ 迩来：近来。迩，近。

听鼓乐而至矣。从来名优教曲，总使声与乐齐，箫笛高一字，曲亦高一字，箫笛低一字，曲亦低一字。然相同之中，即有高低轻重之别，以其教曲之初，即以箫笛代口，引之使唱，原系声随箫笛，非以箫笛随声，习久成性，一到场上，不知不觉而以曲随箫笛矣。正之当用何法？曰：家常理曲[①]，不用吹合，止于场上用之，则有吹合亦唱，无吹合亦唱，不靠吹合为主。譬之小儿学行，终日倚墙靠壁，舍此不能举步，一旦去其墙壁，偏使独行，行过一次两次，则虽见墙壁而不靠矣。以予见论之，和箫和笛之时，当比曲低一字，曲声高于吹合，则丝竹之声亦变为肉，寻其附和之痕而不得矣。正音之法，有过此者乎？然此法不宜概行，当视唱曲之人之本领。如一班之中，有一二喉音最亮者，以此法行之，其余中人以下之材，俱照常格。倘不分高下，一例举行，则良法不终，而怪予立言之误矣。

吹合之声，场上可少，教曲学唱之时，必不可少，以其能代师口，而司熔铸变化之权也。何则？不用箫笛，止凭口授，则师唱一遍，徒亦唱一遍，师住口而徒亦住口，聪慧者数遍即熟，资质稍钝者，非数十百遍不能，以师徒之间无一转相授受之人也。自有此物，只须师教数遍，齿牙稍利，即用箫笛引之。随箫随笛之际，若曰无师，则轻重疾徐之间，原有法脉准绳，引人归于胜地；若曰有师，则师口并无一字，已将此曲交付其徒。先

---

① 理曲：练习唱曲。

则人随箫笛，后则箫笛随人，是金蝉脱壳之法也。"庚公之斯，学射于尹公之他；尹公之他，学射于我。"箫笛二物，即曲中之尹公他也。但庚公之斯与子濯孺子，昔未见面，而今同在一堂耳。若是，则吹合之力讵可少哉？予恐此书一出，好事者过听予言，谬视箫笛为可弃，故复补论及此。

教白第四

　　教习歌舞之家，演习声容之辈，咸谓唱曲难，说白易。宾白熟念即是，曲文念熟而后唱，唱必数十遍而始熟，是唱曲与说白之工，难易判如霄壤。时论皆然，予独怪其非是。唱曲难而易，说白易而难，知其难者始易，视为易者必难。盖词曲中之高低抑扬，缓急顿挫，皆有一定不移之格，谱载分明，师传严切①，习之既惯，自然不出范围。至宾白中之高低抑扬，缓急顿挫，则无腔板可按、谱籍可查，止靠曲师口授；而曲师入门之初，亦系暗中摸索，彼既无传于人，何以转授于我？讹以传讹，此说白之理，日晦一日而人不知。人既不知，无怪乎念熟即以为是，而且以为易也。吾观梨园之中，善唱曲者，十中必有二三；工说白者，百中仅可一二。此一二人之工说白，若非本人自通文理，则其所传之师，乃一读书明理之人也。故曲师不可不择。教者通文识字，则学者之受益，东君②之省力，非止一端。苟得其人，必破优伶之格以待之，不则鹤困鸡群，与侪众③无异，孰肯抑而就之乎？然于此中索全人，颇不易得。不如仍苦立

---

① 严切：严格。

② 东君：犹东家。对主人的尊称。

③ 侪（chái）众：普通人。侪，辈，类。

言者，再费几升心血，创为成格以示人。自制曲选词，以至登场演习，无一不作功臣，庶于为人为彻之义，无少缺陷。虽然，成格即设，亦止可为通文达理者道，不识字者闻之，未有不喷饭胡卢①，而怪迂人之多事者也。

高低抑扬

宾白虽系常谈，其中悉具至理，请以寻常讲话喻之。明理人讲话，一句可当十句；不明理人讲话，十句抵不过一句，以其不中肯綮②也。宾白虽系编就之言，说之不得法，其不中肯綮等也。犹之倩③人传语，教之使说，亦与念白相同，善传者以之成事，不善传者以之偾事④，即此理也。此理甚难亦甚易，得其孔窍⑤则易，不得孔窍则难。此等孔窍，天下人不知，予独知之。天下人即能知之，不能言之，而予复能言之，请揭出以示歌者。白有高低抑扬。何者当高而扬？何者当低而抑？曰：若唱曲然。曲文之中，有正字，有衬字⑥。每遇正字，必声高而气长；若遇衬字，则声低气短而疾忙带过。此分别主客之法也。说白之

---

① 胡卢：喉间的笑声。
② 肯綮（qìng）：筋骨结合处。后比喻要害、最关键处。
③ 倩（qìng）：请。
④ 偾（fèn）事：败事。
⑤ 孔窍：门道，窍门。
⑥ 衬字：在曲调规定的字数即正字外，再于句中所增之字。一般只用于补足语气或描摹情态，在歌唱时不占"重拍子"，不能用于句末或停顿处；字数并无规定，但一般不超过正字。

中，亦有正字，亦有衬字，其理同，则其法亦同。一段有一段之主客，一句有一句之主客，主高而扬，客低而抑，此至当不易之理，即最简极便之法也。凡人说话，其理亦然。譬如呼人取茶取酒，其声云："取茶来！""取酒来！"此二句既为茶酒而发，则"茶""酒"二字为正字，其声必高而长，"取"字、"来"字为衬字，其音必低而短。再取旧曲中宾白一段论之。《琵琶·分别》白云："云情雨意，虽可抛两月之夫妻；雪鬓霜鬟，竟不念八旬之父母！功名之念一起，甘旨之心顿忘，是何道理？"首四句之中，前二句是客，宜略轻而稍快，后二句是主，宜略重而稍迟。"功名""甘旨"二句亦然，此句中之主客也。"虽可抛""竟不念"六个字，较之"两月夫妻""八旬父母"，虽非衬字，却与衬字相同，其为轻快，又当稍别。至于"夫妻""父母"之上二"之"字，又为衬中之衬，其为轻快，更宜倍之。是白皆然，此字中之主客也。常见不解事梨园，每于四六句中之"之"字，与上下正文同其轻重疾徐，是谓菽麦不辨，尚可谓之能说白乎？此等皆言宾白，盖场上所说之话也。至于上场诗，定场白，以及长篇大幅叙事之文，定宜高低相错，缓急得宜，切勿作一片高声，或一派细语，俗言"水平调"是也。上场诗四句之中，三句皆高而缓，一句宜低而快。低而快者，大率①宜在第三句，至第四句之高而缓，较首二句更宜倍之。如《浣纱记》定场诗云："少小豪雄侠气闻，飘零仗剑学从军。何年事了拂衣去，

---

① 大率：大抵；大概。

归卧荆①南梦泽②云。""少小"二句宜高而缓，不待言矣。"何年"一句必须轻轻带过，若与前二句相同，则煞尾一句不求低而自低矣。末句一低，则懈而无势，况其下接着通名道姓之语。如"下官姓范名蠡，字少伯"，"下官"二字例应稍低，若末句低而接者又低，则神气索然不振矣。故第三句之稍低而快，势有不得不然者。此理此法，谁能穷究至此？然不如此，则是寻常应付之戏，非孤标特出③之戏也。高低抑扬之法，尽乎此矣。

优师既明此理，则授徒之际，又有一简便可行之法，索性取而予之：但于点脚本时，将宜高宜长之字用朱笔圈之，凡类衬字者不圈。至于衬中之衬，与当急急赶下、断断不宜沾滞④者，亦用朱笔抹以细纹，如流水状，使一一皆能识认。则于念剧之初，便有高低抑扬，不俟登场摹拟。如此教曲，有不妙绝天下，而使百千万亿之人赞美者，吾不信也。

缓急顿挫

缓急顿挫之法，较之高低抑扬，其理愈精，非数言可了。然了之必须数言，辩者愈繁，则听者愈惑，终身不能解矣。优师点脚本授歌童，不过一句一点，求其点不刺谬，一句还一句，不

---

① 荆：楚国的别称。因初建国于荆山（在今湖北西部）一带，故名。
② 梦泽：云梦泽，古泽薮名。
③ 孤标特出：形容境界格调极高，出类拔萃。
④ 沾滞：停留，停顿。

致断者联而联者断，亦云幸矣，尚能询及其他？即以脚本授文人，倩其画文断句，亦不过每句一点，无他法也。而不知场上说白，尽有当断处不断，反至不当断处而忽断；当联处不联，忽至不当联处而反联者。此之谓缓急顿挫。此中微渺，但可意会，不可言传；但能口授，不能以笔舌喻者。不能言而强之使言，只有一法：大约两句三句而止言一事者，当一气赶下，中间断句处勿太迟缓；或一句止言一事，而下句又言别事，或同一事而另分一意者，则当稍断，不可竟连下句。是亦简便可行之法也。此言其粗，非论其精；此言其略，未及其详。精详之理，则终不可言也。

当断当联之处，亦照前法，分别于脚本之中，当断处用朱笔一画，使至此稍顿，余俱连读，则无缓急相左之患矣。

妇人之态，不可明言，宾白中之缓急顿挫，亦不可明言，是二事一致。轻盈袅娜，妇人身上之态也；缓急顿挫，优人口中之态也。予欲使优人之口，变为美人之身，故为讲究至此。欲为戏场尤物者，请从事予言，不则仍其故步。

脱套第五

戏场恶套，情事多端，不能枚纪①。以极鄙极俗之关目，一人作之，千万人效之，以致一定不移，守为成格，殊可怪也。西子捧心，尚不可效，况效东施之颦乎？且戏场关目，全在出奇变相，令人不能悬拟②。若人人如是，事事皆然，则彼未演出而我先知之，忧者不觉其可忧，苦者不觉其为苦，即能令人发笑，亦笑其雷同他剧，不出范围，非有新奇莫测之可喜也。扫除恶习，拔去眼钉，亦高人造福之一事耳。

衣冠恶习

记予幼时观场，凡遇秀才赶考及谒见③当涂④贵人，所衣之服，皆青素圆领，未有着蓝衫者，三十年来始见此服。近则蓝衫与青衫并用，即以之别君子小人。凡以正生、小生及外末脚色而为君子者，照旧衣青圆领，惟以净丑脚色而为小人者，则着蓝

---

① 枚纪：一一记录。
② 悬拟：凭空虚构；揣摩想象。
③ 谒（yè）见：请见；进见。一般用于下对上、幼对长，或用作谦词。
④ 当涂：当道，当权。

衫。此例始于何人，殊不可解。夫青衿，朝廷之名器也。以贤愚而论，则为圣人之徒者始得衣之；以贵贱而论，则备缙绅之选者始得衣之。名宦大贤尽于此出，何所见而为小人之服，必使净丑衣之？此戏场恶习所当首革者也。或仍照旧例，止用青衫而不设蓝衫。若照新例，则君子小人互用，万勿独归花面，而令士子蒙羞也。

近来歌舞之衣，可谓穷奢极侈。富贵娱情之物，不得不然，似难责以俭朴。但有不可解者：妇人之服，贵在轻柔，而近日舞衣，其坚硬有如盔甲。云肩[1]大而且厚，面夹两层之外，又以销金锦缎围之。其下体前后二幅，名曰"遮羞"者，必以硬布裱骨而为之，此战场所用之物，名为"纸甲"者是也，歌台舞榭之上，胡为乎来哉？易以轻软之衣，使得随身环绕，似不容已。至于衣上所绣之物，止宜两种，勿及其他。上体凤鸟，下体云霞，此为定制。盖"霓裳羽衣"四字，业有成宪，非若点缀他衣，可以浑施色相者也。予非能创新，但能复古。

方巾与有带飘巾，同为儒者之服。飘巾儒雅风流，方巾老成[2]持重，以之分别老少，可称得宜。近日梨园，每遇穷愁患难之士，即戴方巾，不知何所取义？至纱帽巾之有飘带者，制原不佳，戴于粗豪公子之首，果觉相称。至于软翅纱帽，极美观瞻，曩时[3]《张生逾墙》等剧往往用之，近皆除去，亦不得其解。

---

① 云肩：旧时妇女披在肩上的装饰物。

② 老成：精明练达。

③ 曩（nǎng）时：往昔；从前。

声音恶习

花面口中，声音宜杂。如作各处乡语，及一切可憎可厌之声，无非为发笑计耳，然亦必须有故而然。如所演之剧，人系吴人，则作吴音，人系越人，则作越音，此从人起见者也。如演剧之地在吴则作吴音，在越则作越音，此从地起见者也。可怪近日之梨园，无论在南在北，在西在东，亦无论剧中之人生于何地，长于何方，凡系花面脚色，即作吴音，岂吴人尽属花面乎？此与净丑着蓝衫，同一覆盆①之事也。使范文正②、韩襄毅③诸公有灵，闻此声，观此剧，未有不抱恨九原④，而思痛革其弊者也。今三吴缙绅之居要路者，欲易此俗，不过启吻⑤之劳；从未有计及此者，度量优容，真不可及。且梨园尽属吴人，凡事皆能自顾，独此一着，不惟不自争气，偏欲故形其丑，岂非天下古今一绝大怪事乎？且三吴之音，止能通于三吴，出境言之，人多不解，求其发笑，而反使听者茫然，亦失计甚矣。吾请为词场易之：花面声音，亦如生旦外末，悉作官音，止以话头惹笑，不必故作方言。即作方言，亦随地转。如在杭州，即学杭人之话，在

---

① 覆盆：覆置的盆。比喻社会黑暗或沉冤莫白。
② 范文正：范仲淹（989—1052），北宋政治家、文学家。字希文，苏州吴县（今江苏苏州）人。卒谥文正。
③ 韩襄毅：韩雍，明代大臣，长洲（今江苏苏州）人。卒谥襄毅。
④ 九原：同"九泉"，常用以指人死后的埋葬处。
⑤ 启吻：发语。

徽州，即学徽人之话，使妇人小儿皆能识辨。识者多，则笑者众矣。

语言恶习

白中有"呀"字，惊骇之声也。如意中并无此事，而猝然①遇之，一向未见其人，而偶尔逢之，则用此字开口，以示异也。近日梨园不明此义，凡见一人，凡遇一事，不论意中意外，久逢乍逢，即用此字开口，甚有差人请客而客至，亦以"呀"字为接见之声者，此等迷谬，尚可言乎？故为揭出，使知斟酌用之。

戏场惯用者，又有"且住"二字。此二字有两种用法。一则相反之事，用作过文，如正说此事，忽然想及彼事，彼事与此事势难并行，才想及而未曾出口，先以此二字截断前言，"且住"者，住此说以听彼说也。一则心上犹豫，假此以待沉吟，如此说自以为善，恐未尽善，务期必妥，当于是处寻非，故以此代心口相商，"且住"者，稍迟以待，不可竟行之意也。而今之梨园，不问是非好歹，开口说话，即用此二字作助语词，常有一段宾白之中，连说数十个"且住"者，此皆不详字义之故。一经点破，犯此病者鲜矣。

上场引子下场诗，此一出戏文之首尾。尾后不可增尾，犹

---

① 猝然：突然。

头上不可加头也。可怪近时新例，下场诗念毕，仍不落台，定增几句淡话，以极紧凑之文，翻成极宽缓之局。此义何居，令人不解。曲有尾声及下场诗者，以曲音散漫，不得几句紧腔，如何截得板住？白文冗杂，不得几句约语^①，如何结得话成？若使结过之后，又复说起，何如不收竟下之为愈乎？且首尾一理，诗后既可添话，则何不于引子之先，亦加几句说白，说完而后唱乎？此积习之最无理、最可厌者，急宜改革，然又不可尽革。如两人三人在场，二人先下，一人说话未了，必宜稍停以尽其说，此谓"吊场"，原系古格。然须万不得已，少此数句，必添以后一出戏文，或少此数句，即埋没从前说话之意者，方可如此。是龙足，非蛇足也。然只可偶一为之，若出出皆然，则是是貂皆可续矣，何世间狗尾之多乎？

科诨恶习

插科打诨处，陋习更多，革之将不胜革，且见过即忘，不能悉记，略举数则而已。如两人相殴，一胜一败，有人来劝，必使被殴者走脱，而误打劝解之人，《连环·掷戟》之董卓是也。主人偷香窃玉，馆童吃醋拈酸，谓寻新不如守旧，说毕必以臀相向，如《玉簪》之进安、《西厢》之琴童是也。戏中串戏，殊觉可厌，而优人惯增此种，其腔必效弋阳，《幽闺·旷野奇逢》之酒保是也。

---

① 约语：总结性、概括性的话。

卷三：

声容部

选姿第一

"食色性也。"[①]"不知子都之姣者，无目者也。"[②]古之大贤择言而发，其所以不拂人情，而数为是论者，以性所原有，不能强之使无耳。人有美妻美妾而我好之，是谓拂人之性；好之不惟损德，且以杀身。我有美妻美妾而我好之，是还吾性中所有，圣人复起，亦得我心之同然，非失德也。孔子云："素富贵，行乎富贵。"人处得为之地，不买一二姬妾自娱，是素富贵而行乎贫贱矣。王道本乎人情，焉用此矫清矫俭[③]者为哉？但有狮吼[④]在堂，则应借此藏拙，不则好之实所以恶之，怜之适足以杀之，不得以红颜薄命借口，而为代天行罚之忍人也。予一介寒生，终身落魄，非止国色难亲，天香未遇，即强颜陋质之妇，能见几人，而敢谬次音容，侈谈歌舞，贻笑于眠花藉柳之人哉！然而缘虽不偶[⑤]，兴则颇佳，事虽未经，理实易谙，想当然之妙境，较身醉温柔乡者倍觉有情。如其不信，但以往事验之。楚襄王，人主也。六宫窈窕，充塞内庭，握雨携云，何事不有？而千

---

① 食色性也：语出《孟子·告子上》。
② 不知子都之姣者，无目者也：语出《孟子·告子上》。子都，古代美男子名。
③ 矫清矫俭：假托清高节俭。
④ 狮吼：亦称"河东狮吼"，比喻妻子妒悍。
⑤ 偶：遇。

古以下，不闻传其实事，止有阳台一梦，脍炙人口。阳台今落何处？神女家在何方？朝为行云，暮为行雨，毕竟是何情状？岂有踪迹可考，实事可缕陈①乎？皆幻境也。幻境之妙，十倍于真，故千古传之。能以十倍于真之事，谱而为法，未有不入闲情三昧者。凡读是书之人，欲考所学之从来，则请以楚国阳台之事对。

肌肤

妇人妩媚多端，毕竟以色为主。《诗》不云乎"素以为绚兮"？素者，白也。妇人本质，惟白最难。常有眉目口齿般般②入画，而缺陷独在肌肤者。岂造物生人之巧，反不同于染匠，未施漂练之力，而遽加文采之工乎？曰：非然。白难而色易也。曷言乎难？是物之生，皆视根本，根本何色，枝叶亦作何色。人之根本维何？精也，血也。精色带白，血则红而紫矣。多受父精而成胎者，其人之生也必白。父精母血交聚成胎，或血多而精少者，其人之生也必在黑白之间。若其血色浅红，结而为胎，虽在黑白之间，及其生也，豢③以美食，处以曲房④，犹可

---

① 缕陈：细致叙述。
② 般般：犹种种、样样。
③ 豢（huàn）：喂养。
④ 曲房：内室；隐秘之室。

日趋于淡，以脚地①未尽缁②也。有幼时不白，长而始白者，此类是也。至其血色深紫，结而成胎，则其根本已缁，全无脚地可漂，及其生也，即服以水晶云母，居以玉殿琼楼，亦难望其变深为浅，但能守旧不迁，不致愈老愈黑，亦云幸矣。有富贵之家，生而不白，至长至老亦若是者，此类是也。知此，则知选材之法，当如染匠之受衣：有以白衣使漂者受之，易为力也；有白衣稍垢而使漂者亦受之，虽难为力，其力犹可施也；若以既染深色之衣，使之剥去他色，漂而为白，则虽什伯其工价，必辞之不受。以人力虽巧，难拗天工，不能强既有者而使之无也。妇人之白者易相，黑者亦易相，惟在黑白之间者，相之不易。有三法焉：面黑于身者易白，身黑于面者难白；肌肤之黑而嫩者易白，黑而粗者难白；皮肉之黑而宽者易白，黑而紧且实者难白。面黑于身者，以面在外而身在内，在外则有风吹日晒，其渐白也为难；身在衣中，较面稍白，则其由深而浅，业有明征，使面亦同身，蔽之有物，其验亦若是矣，故易白。身黑于面者反此，故不易白。肌肤之细而嫩者，如绫罗纱绢，其体光滑，故受色易，退色亦易，稍受风吹，略经日照，则深者浅而浓者淡矣。粗则如布如毯，其受色之难，十倍于绫罗纱绢，至欲退之，其工又不止十倍，肌肤之理亦若是也，故知嫩者易白，而粗者难白。皮肉之黑而宽者，犹绸缎之未经熨，靴与履之未经楦③

---

① 脚地：本质，基础。

② 缁：黑色。

③ 楦（xuàn）：将物体中空部分填塞或撑大。

者，因其皱而未直，故浅者似深，淡者似浓，一经熨楦之后，则纹理陡变，非复曩时色相矣。肌肤之宽者，以其血肉未足，犹待长养，亦犹待楦之靴履，未经烫熨之绫罗纱绢，此际若此，则其血肉充满之后必不若此，故知宽者易白，紧而实者难白。相肌之法，备乎此矣。若是，则白者、嫩者、宽者为人争取，其黑而粗、紧而实者遂成弃物乎？曰：不然。薄命尽出红颜，厚福偏归陋质，此等非他，皆素封①伉俪②之材，诰命夫人之料也。

眉眼

面为一身之主，目又为一面之主。相人必先相面，人尽知之，相面必先相目，人亦尽知，而未必尽穷其秘。吾谓相人之法，必先相心，心得而后观其形体。形体维何？眉、发、口、齿、耳、鼻、手、足之类是也。心在腹中，何由得见？曰：有目在，无忧也。察心之邪正，莫妙于观眸子，子舆氏③笔之于书，业开风鉴④之祖。予无事赘陈其说，但言情性之刚柔，心思之愚慧。四者非他，即异日司花执爨之分途，而狮吼堂与温柔乡接壤之地也。目细而长者，秉性必柔；目粗而大者，居心必悍；目善动而黑白分明者，必多聪慧；目常定而白多黑少，或白少黑多

---

① 素封：无官爵封邑而富同显贵的人。
② 伉俪：夫妻。
③ 子舆氏：孟子，名轲，字子舆。
④ 风鉴：指相术。

者，必近愚蒙。然初相之时，善转者亦未能遽转，不定者亦有时而定。何以试之？曰：有法在，无忧也。其法维何？一曰以静待动，一曰以卑瞩高。目随身转，未有动荡其身而能胶柱其目者；使之乍往乍来，多行数武①，而我回环其目以视之，则秋波不转而自转，此一法也。妇人避羞，目必下视，我若居高临卑，彼下而又下，永无见目之时矣。必当处之高位，或立台坡之上，或居楼阁之前，而我故降其躯以瞩之，则彼下无可下，势必环转其睛以避我。虽云善动者动，不善动者亦动，而勉强自然之中，即有贵贱妍媸之别，此又一法也。至于耳之大小，鼻之高卑，眉发之淡浓，唇齿之红白，无目者犹能按之以手，岂有识者不能鉴之以形？无俟哓哓②，徒滋繁渎。

眉之秀与不秀，亦复关系情性，当与眼目同视。然眉眼二物，其势往往相因。眼细者眉必长，眉粗者眼必巨，此大较也，然亦有不尽相合者。如长短粗细之间，未能一一尽善，则当取长恕短，要当视其可施人力与否。张京兆工于画眉，则其夫人之双黛，必非浓淡得宜，无可润泽者。短者可长，则妙在用增；粗者可细，则妙在用减。但有必不可少之一字，而人多忽视之者，其名曰"曲"。必有天然之曲，而后人力可施其巧。"眉若远山""眉如新月"，皆言曲之至也。即不能酷肖远山，尽如新月，亦须稍带月形，略存山意，或弯其上而不弯其下，或细其外而不细其中，皆可自施人力。最忌平空一抹，有如太白

---

① 武：古以六尺为步，半步为武。
② 哓（xiāo）哓：争辩声。

经天[1]；又忌两笔斜冲，俨然倒书八字。变远山为近瀑，反新月为长虹，虽有善画之张郎，亦将畏难而却走。非选姿者居心太刻，以其为温柔乡择人，非为娘子军择将也。

手足

相女子者，有简便诀云："上看头，下看脚。"似二语可概通身矣。予怪其最要一着，全未提起。两手十指，为一生巧拙之关，百岁荣枯所系，相女者首重在此，何以略而去之？且无论手嫩者必聪，指尖者多慧，臂丰而腕厚者，必享珠围翠绕之荣；即以现在所需而论之，手以挥弦，使其指节累累，几类弯弓之决拾；手以品箫，如其臂形攘攘，几同伐竹之斧斤；抱枕携衾，观之兴索，捧卮[2]进酒，受者眉攒，亦大失开门见山之初着矣。故相手一节，为观人要着，寻花问柳者不可不知，然此道亦难言之矣。选人选足，每多窄窄金莲；观手观人，绝少纤纤玉指。是最易者足，而最难者手，十百之中，不能一二觏也。须知立法不可不严，至于行法，则不容不恕。但于或嫩、或柔、或尖、或细之中，取其一得，即可宽恕其他矣。

至于选足一事，如但求窄小，则可一目了然。倘欲由粗以及精，尽美而思善，使脚小而不受脚小之累，兼收脚小之用，

---

[1] 太白经天：太白，星名，即金星。又称启明、长庚。经天，横越天空。传说太白星主杀伐，此处比喻将眉毛横直一抹，弄得颇有凶相。

[2] 卮（zhī）：古代一种盛酒器。

则又比手更难，皆不可求而可遇者也。其累维何？因脚小而难行，动必扶墙靠壁，此累之在己者也；因脚小而致秽，令人掩鼻攒眉[①]，此累之在人者也。其用维何？瘦欲无形，越看越生怜惜，此用之在日者也；柔若无骨，愈亲愈耐抚摩，此用之在夜者也。昔有人谓予曰："宜兴周相国，以千金购一丽人，名为'抱小姐'，因其脚小之至，寸步难移，每行必须人抱，是以得名。"予曰："果若是，则一泥塑美人而已矣，数钱可买，奚事千金？"造物生人以足，欲其行也。昔形容女子娉婷[②]者，非曰"步步生金莲"，即曰"行行如玉立"，皆谓其脚小能行，又复行而入画，是以可珍可宝，如其小而不行，则与刖[③]足者何异？此小脚之累之不可有也。予遍游四方，见足之最小而无累，与最小而得用者，莫过于秦之兰州、晋之大同。兰州女子之足，大者三寸，小者犹不及焉，又能步履如飞，男子有时追之不及，然去其凌波小袜而抚摩之，犹觉刚柔相半；即有柔若无骨者，然偶见则易，频遇为难。至大同名妓，则强半皆若是也。与之同榻者，抚及金莲，令人不忍释手，觉倚翠偎红之乐，未有过于此者。向在都门，以此语人，人多不信。一日席间拥二妓，一晋一燕，皆无丽色，而足则甚小。予请不信者即而验之，果觉晋胜于燕，大有刚柔之别。座客无不翻然，而罚不信者以金谷酒数。此言小脚之用之不可无也。噫，岂其娶妻必齐之姜？就地取材，但

---

① 攒眉：紧蹙双眉。
② 娉婷：美好貌。
③ 刖（yuè）：断足。古代酷刑之一。

不失立言之大意而已矣。

验足之法无他，只在多行几步，观其难行易动，察其勉强自然，则思过半矣。直则易动，曲即难行；正则自然，歪即勉强。直而正者，非止美观便走，亦少秽气。大约秽气之生，皆强勉造作之所致也。

态度①

古云："尤物足以移人。"尤物维何？媚态是已。世人不知，以为美色，乌知颜色虽美，是一物也，乌足移人？加之以态，则物而尤矣。如云美色即是尤物，即可移人，则今时绢做之美女，画上之娇娥，其颜色较之生人，岂止十倍，何以不见移人，而使之害相思成郁病耶？是知"媚态"二字，必不可少。媚态之在人身，犹火之有焰，灯之有光，珠贝金银之有宝色，是无形之物，非有形之物也。惟其是物而非物，无形似有形，是以名为"尤物"。尤物者，怪物也，不可解说之事也。凡女子，一见即令人思，思而不能自已，遂至舍命以图、与生为难者，皆怪物也，皆不可解说之事也。吾于"态"之一字，服天地生人之巧，鬼神体物之工。使以我作天地鬼神，形体吾能赋之，知识我能予之，至于是物而非物、无形似有形之态度，我实不能变之、化之，使其自无而有，复自有而无也。态之为物，不特能使

① 态度：神情；言行举止所表现的神态。

美者愈美，艳者愈艳，且能使老者少而嫌者妍，无情之事变为有情，使人暗受笼络而不觉者。女子一有媚态，三四分姿色，便可抵过六七分。试以六七分姿色而无媚态之妇人，与三四分姿色而有媚态之妇人同立一处，则人止爱三四分而不爱六七分，是态度之于颜色，犹不止一倍当两倍也。试以二三分姿色而无媚态之妇人，与全无姿色而止有媚态之妇人同立一处，或与人各交数言，则人止为媚态所惑，而不为美色所惑，是态度之于颜色，犹不止于以少敌多，且能以无而敌有也。今之女子，每有状貌姿容一无可取，而能令人思之不倦，甚至舍命相从者，皆"态"之一字之为祟也。是知选貌、选姿，总不如选态一着之为要。态自天生，非可强造。强造之态，不能饰美，止能愈增其陋。同一颦也，出于西施则可爱，出于东施则可憎者，天生、强造之别也。相面、相肌、相眉、相眼之法，皆可言传，独相态一事，则予心能知之，口实不能言之。口之所能言者，物也，非尤物也。噫，能使人知，而能使人欲言不得，其为物也何如！其为事也何如！岂非天地之间一大怪物，而从古及今，一件解说不来之事乎？

诘予者曰：既为态度立言，又不指人以法，终觉首鼠，盍[1]亦舍精言粗，略示相女者以意乎？予曰：不得已而为言，止有直书所见，聊为榜样而已。向在维扬[2]，代一贵人相妾。靓妆而至者不一其人，始皆俯首而立，及命之抬头，一人不作羞容而

---

① 盍：何不。

② 维扬：旧扬州及扬州府别称。

竟抬；一人娇羞腼腆，强之数四而后抬；一人初不即抬，及强而后可，先以眼光一瞬[①]，似于看人而实非看人，瞬毕复定而后抬，俟人看毕，复以眼光一瞬而后俯，此即"态"也。记曩时春游遇雨，避一亭中，见无数女子，妍媸不一，皆踉跄而至。中一缟衣[②]贫妇，年三十许，人皆趋入亭中，彼独徘徊檐下，以中无隙地[③]故也；人皆抖擞衣衫，虑其太湿，彼独听其自然，以檐下雨侵，抖之无益，徒现丑态故也。及雨将止而告行，彼独迟疑稍后，去不数武而雨复作，乃趋入亭。彼则先立亭中，以逆料必转，先踞胜地故也。然臆[④]虽偶中，绝无骄人之色。见后入者反立檐下，衣衫之湿，数倍于前，而此妇代为振衣，姿态百出，竟若天集众丑，以形一人之媚者。自观者视之，其初之不动，似以郑重而养态；其后之故动，似以徜徉[⑤]而生态。然彼岂能必天复雨，先储其才以俟用乎？其养也，出之无心，其生也，亦非有意，皆天机之自起自伏耳。当其养态之时，先有一种娇羞无那之致现于身外，令人生爱生怜，不俟娉婷大露而后觉也。斯二者，皆妇人媚态之一斑，举之以见大较。噫，以年三十许之贫妇，止为姿态稍异，遂使二八佳人与曳珠顶翠者皆出其下，然则态之为用，岂浅鲜哉！

---

① 瞬：眨眼。

② 缟（gǎo）衣：素白的衣裙。缟，白色。

③ 隙地：空地。

④ 臆：猜测。

⑤ 徜徉：徘徊，自由自在地往来。此处指举止动态，与前文指静态端庄的"郑重"对举。

人问：圣贤神化之事，皆可造诣①而成，岂妇人媚态独不可学而至乎？予曰：学则可学，教则不能。人又问：既不能教，胡云可学？予曰：使无态之人与有态者同居，朝夕薰陶，或能为其所化；如蓬生麻中，不扶自直，鹰变成鸠，形为气感，是则可矣。若欲耳提而面命之，则一部《廿一史》，当从何处说起？还怕愈说愈增其木强②，奈何！

① 造诣：学业、技艺等所达到的程度。此处指修养。
② 木强：性格质直倔强。此外指呆板。

修容第二

妇人惟仙姿国色，无俟修容；稍去天工者，即不能免于人力矣。然予所谓"修饰"二字，无论妍媸美恶，均不可少。俗云："三分人材，七分妆饰。"此为中人以下者言之也。然则有七分人材者，可少三分妆饰乎？即有十分人材者，岂一分妆饰皆可不用乎？曰：不能也。若是，则修容之道不可不急讲矣。今世之讲修容者，非止穷工极巧，几能变鬼为神，我即欲勉竭心神，创为新说，其如人心至巧，我法难工，非但小巫见大巫，且如小巫之徒，往教大巫之师，其不遭喷饭而唾面①者鲜矣。然一时风气所趋，往往失之过当。非始初立法之不佳，一人求胜于一人，一日务新于一日，趋而过之，致失其真之弊也。"楚王好细腰，宫中皆饿死；楚王好高髻，宫中皆一尺；楚王好大袖，宫中皆全帛。"细腰非不可爱，高髻大袖非不美观，然至饿死，则人而鬼矣。髻至一尺，袖至全帛，非但不美观，直与魑魅魍魉无别矣。此非好细腰、好高髻大袖者之过，乃自为饿死、自为一尺、自为全帛者之过也。亦非自为饿死、自为一尺、自为全帛者之过，无一人痛惩其失，著为章程②，谓止当如此，不可太

① 唾面：往人的脸上吐口水。
② 章程：程式，规定。

过，不可不及，使有遵守者之过也。吾观今日之修容，大类楚宫之末俗，著为章程，非草野得为之事。但不经人提破，使知不可爱而可憎，听其日趋日甚，则在生而为魑魅魍魉者，已去死人不远，矧腰成一缕，有饿而必死之势哉！予为修容立说，实具此段婆心，凡为西子者，自当曲体人情，万毋遽发娇嗔，罪其唐突[1]。

盥栉[2]

盥面之法，无他奇巧，止是濯垢务尽。面上亦无他垢，所谓垢者，油而已矣。油有二种，有自生之油，有沾上之油。自生之油，从毛孔沁出[3]，肥人多而瘦人少，似汗非汗者是也。沾上之油，从下而上者少，从上而下者多，以发与膏沐[4]势不相离，发面交接之地，势难保其不侵。况以手按发，按毕之后，自上而下亦难保其不相挨擦，挨擦所至之处，即生油发亮之处也。生油发亮，于面似无大损，殊不知一日之美恶系焉，面之不白不匀，即从此始。从来上粉着色之地，最怕有油，有即不能上色。倘于浴面初毕，未经搽粉之时，但有指大一痕为油手所污，迨加粉搽面之后，则满面皆白而此处独黑，又且黑而有

---

① 唐突：冒犯。

② 盥栉（guàn zhì）：洗脸，梳头。

③ 沁出：透出。

④ 膏沐：妇女润发用的油脂。

光，此受病之在先者也。既经搽粉之后，而为油手所污，其黑而光也亦然，以粉上加油，但见油而不见粉也，此受病之在后者也。此二者之为患，虽似大而实小，以受病之处止在一隅，不及满面，闺人尽有知之者。尚有全体受伤之患，从古佳人暗受其害而不知者，予请攻而出之^①。从来拭面之巾帕，多不止于拭面，擦臂抹胸，随其所至；有腻即有油，则巾帕之不洁也久矣。即有好洁之人，止以拭面，不及其他，然能保其上不及发，将至额角而遂止乎？一沾膏沐，即非无油少腻之物矣。以此拭面，非拭面也，犹打磨细物之人，故以油布擦光，使其不沾他物也。他物不沾，粉独沾乎？凡有面不受妆，越匀越黑；同一粉也，一人搽之而白，一个搽之而不白者，职是故也。以拭面之巾有异同，非搽面之粉有善恶也。故善匀面者，必须先洁其巾。拭面之巾，止供拭面之用，又须用过即浣，勿使稍带油痕，此务本穷源之法也。

　　善栉不如善箆^②，箆者，栉之兄也。发内无尘，始得丝丝现相，不则一片如毡，求其界限而不得，是帽也，非髻也，是退光黑漆之器，非乌云蟠绕^③之头也。故善蓄姬妾者，当以百钱买梳，千钱购箆。箆精则发精，稍俭其值，则发损头痛，箆不数下而止矣。箆之极净，使便用梳。而梳之为物，则越旧越精。"人惟求旧，物惟求新。"古语虽然，非为论梳而设。求其旧而不

---

① 攻而出之：指出来。

② 箆（bì）：一种比梳子密的梳头工具。

③ 蟠绕：环绕；围绕。

得，则富者用牙，贫者用角。新木之梳，即搜根剔齿者，非油浸十日，不可用也。

古人呼髻为"蟠龙"。蟠龙者，髻之本体，非由妆饰而成。随手绾成，皆作蟠龙之势，可见古人之妆，全用自然，毫无造作。然龙乃善变之物，发无一定之形，使其相传至今，物而不化，则龙非蟠龙，乃死龙矣；发非佳人之发，乃死人之发矣。无怪今人善变，变之诚是也。但其变之之形，只顾趋新，不求合理；只求变相，不顾失真。凡以彼物肖此物，必取其当然者肖之，必取其应有者肖之，又必取其形色相类者肖之，未有凭空捏造，任意为之而不顾者。古人呼发为"乌云"，呼髻为"蟠龙"者，以二物生于天上，宜乎在顶。发之缭绕似云，发之蟠曲似龙，而云之色有乌云，龙之色有乌龙。是色也、相也、情也、理也，事事相合，是以得名，非凭捏造，任意为之而不顾者也。窃怪今之所谓"牡丹头""荷花头""钵盂头"，种种新式，非不穷新极异，令人改观，然于当然应有、形色相类之义，则一无取焉。人之一身，手可生花，江淹之彩笔是也；舌可生花，如来之广长是也；头则未见其生花，生之自今日始。此言不当然而然也。发上虽有簪花之义，未有以头为花，而身为蒂者；钵盂乃盛饭之器，未有倒贮活人之首，而作覆盆之象者，此皆事所未闻，闻之自今日始。此言不应有而有也。群花之色，万紫千红，独不见其有黑。设立一妇人于此，有人呼之为"黑牡丹""黑莲花""黑钵盂"者，此妇必艴然①而怒，怒而继之以骂矣。以不喜呼名之怪物，居然自肖其形，岂非绝不可解之事乎？吾谓美人所梳之髻，不妨日异月新，但须筹为理之所有。理之所有者，其象多端，然总莫妙于云龙二物。仍用其名而变更其实，则古制新裁，并行而不悖矣。勿谓止此二物，变来有限，须知普天下之物，取其千态万状，越变而越不穷者，无有过此二物者矣。龙虽善变，犹不过飞龙、游龙、伏龙、潜龙、戏珠龙、出海龙之数种。至于云之为物，顷刻数迁其位，须臾屡易其形，"千变万化"四字，犹为有定之称，其实云之变相，"千万"二字，犹不足以限量之也。若得聪明女子，日日仰观天象，既肖云而为髻，复肖髻而为云，即一日一更其式，犹不能尽其巧幻，毕其离奇，矧未必朝朝变相乎？若谓天高云远，视不分明，难于取法，则令画工②绘出巧云数朵，以纸剪式，衬于发下，俟栉沐既成，而后去之，此简便易行之法也。云上尽可着色，或簪以时花，或饰以珠翠，幻作云端五彩，视之光怪陆离③。但须位置得宜，使与云体相合，若其中应有此物者，勿露时花珠翠之本形，则尽善矣。肖龙之法：如欲作飞龙、游龙，则先以己发梳一光头④于下，后以假髮制作龙形，盘旋缭绕，覆于其上。务使离发少许，勿使相粘相贴，始不失飞龙、游龙之义；相粘相贴则

---

① 艴（bó）然：亦作"怫然"。恼怒貌。
② 画工：亦称"画师""丹青师傅"。旧时指以绘画为终身职业的艺术工人。
③ 光怪陆离：形容奇形怪状，五颜六色。
④ 光头：梳理头发。此处指将自己头发梳理过后作为整饰发型的基础。

是潜龙、伏龙矣。悬空之法，不过用铁线一二条，衬于不见之处，其龙爪之向下者，以发作线，缝于光发之上，则不动矣。戏珠龙法，以鬈作小龙二条，缀于两旁，尾向后而首向前，前缀大珠一颗，近于龙嘴，名为"二龙戏珠"。出海龙亦照前式，但以假鬈作波浪纹，缀于龙身空隙之处，皆易为之。是数法者，皆以云龙二物分体为之，是云自云而龙自龙也。予又谓云龙二物势不宜分，"云从龙，风从虎"，《周易》业有成言，是当合而用之。同用一鬈，同作一假，何不幻作云龙二物，使龙勿露全身，云亦勿作全朵，忽而见龙，忽而见云，令人无可测识，是美人之头，尽有盘旋飞舞之势，朝为行云，暮为行雨，不几两擅其绝，而为阳台神女之现身哉？噫，笠翁于此搜尽枯肠，为此髻者，不可不加尸祝①。天年②以后，倘得为神，则将往来绣阁之中，验其所制，果有裨于花容月貌否也。

薰陶③

名花美女，气味相同，有国色者，必有天香。天香结自胞胎，非由薰染，佳人身上实实有此一种，非饰美之词也。此种香气，亦有姿貌不甚娇艳，而能偶擅其奇者。总之，一有此种，即是夭折摧残之兆，红颜薄命未有捷于此者。有国色而有天香，与

---

① 尸祝：古代祭祀时对神主掌祝的人；主祭人。引申为祭祀、崇拜。
② 天年：自然年寿。
③ 薰陶：熏陶，以香气熏染。

无国色而有天香，皆是千中遇一，其余则薰染之力不可少也。其力维何？富贵之家，则需花露。花露者，摘取花瓣入甑[①]，酝酿而成者也。蔷薇最上，群花次之。然用不须多，每于盥浴之后，挹[②]取数匙入掌，拭体拍面而匀之。此香此味，妙在似花非花，是露非露，有其芬芳，而无其气息，是以为佳，不似他种香气，或速或沉，是兰是桂，一嗅即知者也。其次则用香皂浴身，香茶沁口，皆是闺中应有之事。皂之为物，亦有一种神奇，人身偶染秽物，或偶沾秽气，用此一擦，则去尽无遗。由此推之，即以百和奇香拌入此中，未有不与垢秽并除，混入水中而不见者矣；乃独去秽而存香，似有攻邪不攻正之别。皂之佳者，一浴之后，香气经日不散，岂非天造地设，以供修容饰体之用者乎？香皂以江南六合县[③]出者为第一，但价值稍昂，又恐远不能致，多则浴体，少则止以浴面，亦权宜丰俭之策也。至于香茶沁口，费亦不多，世人但知其贵，不知每日所需，不过指大一片，重止毫厘，裂成数块，每于饭后及临睡时以少许润舌，则满吻皆香，多则味苦，而反成药气矣。凡此所言，皆人所共知，予特申明其说，以见美人之香不可使之或无耳。别有一种，为值更廉，世人食而但甘其味，嗅而不辨其香者，请揭出言之：果中荔子，虽出人间，实与交梨、火枣无别，其色国色，其香天香，乃

---

① 甑（zèng）：蒸馏或使物体分解用的器皿。
② 挹（yì）：舀取。
③ 六合县：今属江苏南京市，因境内有六合山得名。

果中尤物也。予游闽粤，幸得饱啖①而归，庶不虚生此口，但恨造物有私，不令四方皆出。陈不如鲜，夫人而知之矣。殊不知荔之陈者，香气未尝尽没，乃与橄榄同功，其好处却在回味时耳。佳人就寝，止啖一枚，则口脂之香，可以竟夕，多则甜而腻矣。须择道地者用之，枫亭是其选也。人问：沁口之香，为美人设乎？为伴美人者设乎？予曰：伴者居多。若论美人，则五官四体②皆为人设，奚止口内之香。

点染

"却嫌脂粉污颜色，淡扫蛾眉朝至尊。"③此唐人妙句也。今世讳言脂粉，动称污人之物，有满面是粉而云粉不上面、遍唇皆脂而曰脂不沾唇者，皆信唐诗太过，而欲以虢国夫人④自居者也。噫，脂粉焉能污人，人自污耳。

人谓脂、粉二物，原为中材而设，美色可以不需。予曰：不然。惟美色可施脂粉，其余似可不设。何也？二物颇带世情，大有趋炎附热⑤之态，美者用之愈增其美，陋者加之更益其陋。使以绝代佳人而微施粉泽，略染腥红，有不增娇益媚者

---

① 啖（dàn）：吃。

② 四体：四肢。

③ 却嫌脂粉污颜色，淡扫蛾眉朝至尊：语出唐代张祜绝句《集灵台二首》。

④ 虢（guó）国夫人（？—756）：唐杨贵妃姊。嫁裴氏。天宝七载（748）封虢国夫人。

⑤ 趋炎附热：指奔走权门或依附有势力的人。

乎？使以媸颜陋妇而丹铅其面，粉藻其姿，有不惊人骇众者乎？询其所以然之故，则以白者可使再白，黑者难使遽白；黑上加之以白，是欲故显其黑，而以白物相形之也。试以一墨一粉，先分二处，后合一处而观之，其分处之时，黑自黑而白自白，虽云各别其性，未甚相仇也；迨其合处，遂觉黑不自安，而白欲求去。相形相碍，难以一朝居者，以天下之物，相类者可使同居，即不相类而相似者，亦可使之同居，至于非但不相类、不相似，而且相反之物，则断断勿使同居，同居必为难矣。此言粉之不可混施也。脂则不然，面白者可用，面黑者亦可用。但脂、粉二物，其势相依，面上有粉而唇上涂脂，则其色灿然可爱，倘面无粉泽而止丹唇，非但红色不显，且能使面上之黑色变而为紫，以紫之为色，非系天生，乃红黑二色合而成之者也。黑一见红，若逢故物，不求合而自合，精光相射，不觉紫气东来，使乘老子青牛，竟有五色灿然之瑞矣。若是，则脂、粉二物，竟与若辈无缘，终身可不用矣。

何以世间女子人人不舍，刻刻相需，而人亦未尝以脂粉多施，摈而不纳者？曰：不然。予所论者，乃面色最黑之人，所谓不相类、不相似，而且相反者也。若介在黑白之间，则相类而相似矣，既相类而相似，有何不可同居？但须施之有法，使浓淡得宜，则二物争效其灵矣。从来傅粉之面，止耐远观，难于近视，以其不能匀也。画士着色，用胶始匀，无胶则研杀不合。人面非同纸绢，万无用胶之理，此其所以不匀也。有法焉：请以一次分为二次，自淡而浓，由薄而厚，则可保无是患矣。请以他事喻之。砖匠以石灰粉壁，必先上粗灰一次，后上细灰一次；先上不到之处，后上者补之；后上偶遗之处，又有先上者衬之，是以厚薄相均，泯然无迹。使以二次所上之灰，并为一次，则非但拙匠难匀，巧者亦不能遍及矣。粉壁且然，况粉面乎？今以一次所傅之粉，分为二次傅之，先傅一次，俟其稍干，然后再傅第二次，则浓者淡而淡者浓，虽出无心，自能巧合，远观近视，无不宜矣。此法不但能匀，且能变换肌肤，使黑者渐白。何也？染匠之于布帛，无不由浅而深，其在深浅之间者，则非浅非深，另有一色，即如文字之有过文也。如欲染紫，必先使白变红，再使红变为紫，红即白、紫之过文，未有由白竟紫者也。如欲染青，必使白变为蓝，再使蓝变为青，蓝即白、青之过文，未有由白竟青者也。如妇人面容稍黑，欲使竟变为白，其势实难。今以薄粉先匀一次，是其面上之色已在黑白之间，非若曩时之纯黑矣；再上一次，是使淡白变为深白，非使纯黑变为全白也，难易之势，不大相径庭哉？由此推之，则二次可广为三，深黑可同于浅，人间世上，无不可用粉匀面之妇人矣。此理不待验而始明，凡读是编者，批阅至此，即知湖上笠翁原非蠢物，不止为风雅功臣，亦可谓红裙知己。

初论面容黑白，未免立说过严。非过严也，使知受病实深，而后知德①医人，果有起死回生之力也。舍此更有二说，皆浅乎此者，然亦不可不知：匀面必须匀项，否则前白后黑，有

---

① 德：感激。

如戏场之鬼脸；匀面必记掠①眉，否则霜花覆眼，几类春生之社婆。至于点唇之法，又与匀面相反，一点即成，始类樱桃之体；若陆续增添，二三其手，即有长短宽窄之痕，是为成串樱桃，非一粒也。

---

① 掠：修饰，描画。

治服第三

古云："三世长者知被服，五世长者知饮食。"俗云："三代为宦，着衣吃饭。"古语今词，不谋而合，可见衣食二事之难也。饮食载于他卷，兹不具论，请言被服一事。寒贱之家，自羞褴褛①，动以无钱置服为词，谓一朝发迹，男可翩翩②裘马，妇则楚楚衣裳。孰知衣衫之附于人身，亦犹人身之附于其地。人与地习，久始相安，以极奢极美之服，而骤加俭朴之躯，则衣衫亦类生人，常有不服水土之患。宽者似窄，短者疑长，手欲出而袖使之藏，项宜伸而领为之曲，物不随人指使，遂如桎梏其身。"沐猴而冠③"为人指笑者，非沐猴不可着冠，以其着之不惯，头与冠不相称也。此犹粗浅之论，未及精微。"衣以章身"，请晰其解。章者，著也，非文采彰明之谓也。身非形体之身，乃智愚贤不肖之实备于躬，犹"富润屋，德润身"④之身也。同一衣也，富者服之章其富，贫者服之益章其贫；贵者服之章其贵，贱者服之益章其贱。有德有行之贤者，与无品无才之不肖者，其

---

① 褴褛：形容衣服破烂。
② 翩翩：形容举止洒脱（多指青年男子）。
③ 沐猴而冠：猕猴戴了帽子，模仿人的样子。沐猴即猕猴。
④ 富润屋，德润身：富庶可以光泽房屋，德行可以滋润身体。语出《礼记·大学》。润，泽，使之有光泽。

为章身也亦然。设有一大富长者于此，衣百结之衣[1]，履踵决之履[2]，一种丰腴气象，自能跃出衣履之外，不问而知为长者。是敝服垢衣，亦能章人之富，况罗绮而文绣者乎？丐夫菜佣窃得美服而被焉，往往因之得祸，以服能章贫，不必定为短褐，有时亦在长裾耳。"富润屋，德润身"之解，亦复如是。富人所处之屋，不必尽为画栋雕梁，即居茅舍数椽，而过其门、入其室者，常见荜门圭窦[3]之间，自有一种旺气，所谓"润"也。公卿将相之后，子孙式微[4]，所居门第未尝稍改，而经其地者，觉有冷气侵入，此家门枯槁之过，润之无其人也。从来读《大学》者，未得其解，释以雕镂[5]粉藻[6]之义。果如其言，则富人舍其旧居，另觅新居而加以雕镂粉藻；则有德之人亦将弃其旧身，另易新身而后谓之心广体胖乎？甚矣，读书之难，而章句训诂之学非易事也。予尝以此论见之说部，今复叙入《闲情》。噫，此等诠解，岂好闲情、作小说者所能道哉？偶寄云尔。

首饰

珠翠宝玉，妇人饰发之具也，然增娇益媚者以此，损娇

---

① 百结之衣：补缀很多的衣服。
② 踵决之履：后跟裂开的鞋子。
③ 荜门圭窦：亦作"筚门闺窦"，指穷人所居之处。
④ 式微：衰微；衰落。
⑤ 雕镂：雕饰刻画。
⑥ 粉藻：涂饰，粉饰。

掩媚者亦以此。所谓增娇益媚者，或是面容欠白，或是发色带黄，有此等奇珍异宝覆于其上，则光芒四射，能令肌发改观，与玉蕴于山而山灵，珠藏于泽而泽媚同一理也。若使肌白发黑之佳人满头翡翠、环鬓金珠，但见金而不见人，犹之花藏叶底，月在云中，是尽可出头露面之人，而故作藏头盖面之事。巨眼者见之，犹能略迹求真①，谓其美丽当不止此，使去粉饰而全露天真，还不知如何妖媚；使遇皮相之流，止谈妆饰之离奇，不及姿容之窈窕，是以人饰珠翠宝玉，非以珠翠宝玉饰人也。故女子一生，戴珠顶翠之事，止可一月，万勿多时。所谓一月者，自作新妇于归之日始，至满月卸妆之日止。只此一月，亦是无可奈何。父母置办一场，翁姑婚娶一次，非此艳妆盛饰，不足以慰其心。过此以往，则当去桎梏而谢羁囚，终身不修苦行矣。一簪一珥②，便可相伴一生。此二物者，则不可不求精善。富贵之家，无妨多设金玉犀贝之属，各存其制，屡变其形，或数日一更，或一日一更，皆未尝不可。贫贱之家，力不能办金玉者，宁用骨角，勿用铜锡。骨角耐观，制之佳者，与犀贝无异，铜锡非止不雅，且能损发。簪珥之外，所当饰鬓者，莫妙于时花数朵，较之珠翠宝玉，非止雅俗判然，且亦生死迥别。《清平调》之首句云："名花倾国两相欢。"欢者，喜也，相欢者，彼既喜我，我亦喜彼之谓也。国色乃人中之花，名花乃花中之人，二物可称同调，正当晨夕与共者也。汉武云："若得阿娇，贮之金屋。"吾

---

① 略迹求真：忽略表面的、外在的装饰，把握本真的、内在的品貌。

② 珥：珠玉耳饰。

谓金屋可以不设，药栏花榭则断断应有，不可或无。富贵之家如得丽人，则当遍访名花，植于阃内，使之旦夕相亲，珠围翠绕之荣不足道也。晨起簪花，听其自择。喜红则红，爱紫则紫，随心插戴，自然合宜，所谓两相欢也。寒素之家，如得美妇，屋旁稍有隙地，亦当种树栽花，以备点缀云鬟之用。他事可俭，此事独不可俭。妇人青春有几？男子遇色为难。尽有公侯将相、富室大家，或苦缘分之悭①，或病中宫之妒，欲亲美色而毕世不能。我何人斯，而擅有此乐，不得一二事娱悦其心，不得一二物妆点其貌，是为暴殄天物，犹倾精米洁饭于粪壤之中也。即使赤贫之家，卓锥无地，欲艺②时花而不能者，亦当乞诸名园，购之担上。即使日费几文钱，不过少饮一杯酒，既悦妇人之心，复娱男子之目，便宜不亦多乎？更有俭于此者，近日吴门③所制像生花④，穷精极巧，与树头摘下者无异，纯用通草，每朵不过数文，可备月余之用。绒绢所制者，价常倍之，反不若此物之精雅，又能肖真。而时人所好，偏在彼而不在此，岂物不论美恶，止论贵贱乎？噫，相士用人者，亦复如此，奚止于物。

　　吴门所制之花，花像生而叶不像生，户户皆然，殊不可解。若去其假叶而以真者缀之，则因叶真而花益真矣。亦是一法。

---

① 缘分之悭：缺乏缘分，没有艳福。
② 艺：种植。
③ 吴门：旧时苏州的别称。或专指今苏州市，或泛指平江府、平江路、苏州府。
④ 像生花：人工制作的仿真花朵。像生，形状如生。

时花之色，白为上，黄次之，淡红次之，最忌大红，尤忌木红。玫瑰，花之最香者也，而色太艳，止宜压在髻下，暗受其香，勿使花形全露，全露则类村妆，以村妇非红不爱也。

花中之茉莉，舍插鬓之外，一无所用。可见天之生此，原为助妆而设，妆可少乎？珠兰亦然。珠兰之妙，十倍茉莉，但不能处处皆有，是一恨事。

予前论髻，欲人革去"牡丹头""荷花头""钵盂头"等怪形，而以假髻作云龙等式。客有过之者，谓：吾侪立法，当使天下去赝存真，奈何教人为伪？予曰：生今之世，行古之道，立言则善，谁其从之？不若因势利导，使之渐近自然。妇人之首，不能无饰，自昔为然矣，与其饰以珠翠宝玉，不若饰之以髻。髻虽云假，原是妇人头上之物，以此为饰，可谓还其固有，又无穷奢极靡之滥费，与崇尚时花，鄙黜①珠玉，同一理也。予岂不能为高世之论哉？虑其无裨人情耳。

簪之为色，宜浅不宜深，欲形其发之黑也。玉为上，犀之近黄者、蜜蜡②之近白者次之，金银又次之，玛瑙③琥珀④皆所不取。簪头取像于物，如龙头、凤头、如意头、兰花头之类是也。但宜结实自然，不宜玲珑雕斫⑤；宜与发相依附，不得昂首而作跳跃之形。盖簪头所以压发，服贴为佳，悬空则谬矣。

---

① 鄙黜：贬斥。

② 蜜蜡：不透明或半透明状的琥珀。

③ 玛瑙：胶体成因而质地致密、细腻的玉髓质玉石。

④ 琥珀：由地质时期的植物树脂经石化而成的有机宝石。

⑤ 雕斫：雕琢。

饰耳之环，愈小愈佳，或珠一粒，或金银一点，此家常佩戴之物，俗名"丁香"，肖其形也。若配盛妆艳服，不得不略大其形，但勿过丁香之一倍二倍。既当约小其形，复宜精雅其制，切忌为古时络索①之样，时非元夕②，何须耳上悬灯？若再饰以珠翠，则为福建之珠灯，丹阳之料丝灯矣。其为灯也犹可厌，况为耳上之环乎？

衣衫

妇人之衣，不贵精而贵洁，不贵丽而贵雅，不贵与家相称，而贵与貌相宜。绮罗文绣之服，被垢蒙尘，反不若布服之鲜美，所谓贵洁不贵精也。红紫深艳之色，违时失尚，反不若浅淡之合宜，所谓贵雅不贵丽也。贵人之妇，宜披文采③，寒俭之家，当衣缟素，所谓与人相称也。然人有生成之面，面有相配之衣，衣有相配之色，皆一定而不可移者。今试取鲜衣④一袭，令少妇数人先后服之，定有一二中看，一二不中看者，以其面色与衣色有相称、不相称之别，非衣有公私向背于其间也。使贵人之妇之面色，不宜文采而宜缟素，必欲去缟素而就文采，不几与面为仇乎？故曰不贵与家相称，而贵与面相宜。大约面色之最白

---

① 络索：以珠玉穿结而成的颈饰品，即璎珞。
② 元夕：元宵。夏历正月十五晚上。
③ 文采：指色彩艳丽的华贵衣服。
④ 鲜衣：新衣。

最嫩，与体态之最轻盈者，斯无往而不宜。色之浅者显其淡，色之深者愈显其淡；衣之精者形其娇，衣之粗者愈形其娇。此等即非国色，亦去夷光、王嫱①不远矣，然当世有几人哉？稍近中材者，即当相体裁衣，不得混施色相矣。相体裁衣之法，变化多端，不应胶柱而论，然不得已而强言其略，则在务从其近而已。面颜近白者，衣色可深可浅；其近黑者，则不宜浅而独宜深，浅则愈彰其黑矣。肌肤近腻者，衣服可精可粗；其近糙者，则不宜精而独宜粗，精则愈形其糙矣。然而贫贱之家，求为精与深而不能，富贵之家欲为粗与浅而不可，则奈何？曰：不难。布苎②有精粗深浅之别，绮罗文采亦有精粗深浅之别，非谓布苎必粗而罗绮必精，锦绣必深而缟素必浅也。绸与缎之体质不光、花纹突起者，即是精中之粗、深中之浅；布与苎之纱线紧密、漂染精工者，即是粗中之精、浅中之深。凡予所言，皆贵贱咸宜之事，既不详绣户而略衡门③，亦不私贫家而遗富室。盖美女未尝择地而生，佳人不能选夫而嫁，务使读是编者，人人有裨，则怜香惜玉之念，有同雨露之均施矣。

逯来衣服之好尚，其大胜古昔，可为一定不移之法者，又有大背情理，可为人心世道之忧者，请并言之。其大胜古昔，可为一定不移之法者，大家富室，衣色皆尚青是已。（青非青也，元也。因避讳，故易之。）记予儿时所见，女子之少者尚

① 夷光、王嫱：分别指西施和王昭君。
② 布苎（zhù）：用棉、麻等织成的布料。
③ 衡门：横木为门，指简陋的房屋、清贫的人家。

银红、桃红，稍长者尚月白，未几而银红、桃红皆变大红，月白变蓝，再变则大红变紫，蓝变石青。迨鼎革①以后，则石青与紫皆罕见，无论少长男妇，皆衣青矣，可谓"齐变至鲁，鲁变至道"，变之至善而无可复加者矣。其递变至此也，并非有意而然，不过人情好胜，一家浓似一家，一日深于一日，不知不觉，遂趋到尽头处耳。然青之为色，其妙多端，不能悉数。但就妇人所宜者而论，面白者衣之，其面愈白，面黑者衣之，其面亦不觉其黑，此其宜于貌者也。年少者衣之，其年愈少，年老者衣之，其年亦不觉甚老，此其宜于岁者也。贫贱者衣之，是为贫贱之本等，富贵者衣之，又觉脱去繁华之习，但存雅素之风，亦未尝失其富贵之本来，此其宜于分者也。他色之衣，极不耐污，略沾茶酒之色，稍侵油腻之痕，非染不能复着，染之即成旧衣。此色不然，惟其极浓也，凡淡乎此者，皆受其侵而不觉；惟其极深也，凡浅乎此者，皆纳其污而不辞，此又其宜于体而适于用者也。贫家止此一衣，无他美服相衬，亦未尝尽现底里，以覆其外者色原不艳，即使中衣敝垢，未甚相形；如用他色于外，则一缕欠精，即彰其丑矣。富贵之家，凡有锦衣绣裳，皆可服之于内，风飘袂起，五色灿然，使一衣胜似一衣，非止不掩中藏，且莫能穷其底蕴。诗云"衣锦尚绢②"，恶其文之著也。此独不然，止因外色最深，使里衣之文越著，有复古之美名，无泥古之实害。二八佳人，如欲华美其制，则青上洒线，青上堆花，较之

① 鼎革：多指改朝换代。此处指明朝覆亡，清兵入关，建立清王朝。
② 衣锦尚绢：锦绣衣服外面罩上外衣。绢，同"褧"，麻布制的单罩衣。

他色更显。反复求之，衣色之妙，未有过于此者。后来即有所变，亦皆举一废百，不能事事咸宜，此予所谓大胜古昔，可为一定不移之法者也。至于大背情理，可为人心世道之忧者，则零拼碎补之服，俗名呼为"水田衣①"者是已。衣之有缝，古人非好为之，不得已也。人有肥瘠长短之不同，不能像体而织，是必制为全帛，剪碎而后成之，即此一条两条之缝，亦是人身赘瘤，万万不能去之，故强存其迹。赞神仙之美者，必曰"天衣无缝"，明言人间世上，多此一物故也。而今且以一条两条，广为数十百条，非止不似天衣，且不使类人间世上，然则愈趋愈下，将肖何物而后已乎？推原其始，亦非有意为之，盖由缝衣之奸匠，明为裁剪，暗作穿窬，逐段窃取而藏之，无由出脱，创为此制，以售其奸。不料人情厌常喜怪，不惟不攻其弊，且群然则而效之。毁成片者为零星小块，全帛何罪，使受寸磔②之刑？缝碎裂者为百衲僧衣，女子何辜，忽现出家之相？风俗好尚之迁移，常有关于气数③，此制不昉④于今，而昉于崇祯末年。予见而诧之，尝谓人曰："衣衫无故易形，殆有若或使之者，六合以内，得无有土崩瓦解⑤之事乎？"未几而闯氛四起，割裂中原，人谓予言不幸而中。方今圣人御世，万国来归，车书一统

---

① 水田衣：本指袈裟，因多用方形布块补缀而成，形似水田，故名，也叫百衲衣。此处即取其百衲之义。

② 寸磔（zhé）：凌迟处死。

③ 气数：旧谓气运、命运。

④ 昉（fǎng）：曙光初现。引申为开始。

⑤ 土崩瓦解：比喻完全崩溃，不可收拾。

之朝，此等制度，自应潜革①。倘遇同心，谓刍荛②之言，不甚訾谬③，交相劝谕，勿效前辙，则予为是言也，亦犹鸡鸣犬吠之声，不为无补于盛治耳。

云肩以护衣领，不使沾油，制之最善者也。但须与衣同色，近观则有，远视若无，斯为得体。即使难于一色，亦须不甚相悬。若衣色极深，而云肩极浅，或衣色极浅，而云肩极深，则是身首判然，虽曰相连，实同异处，此最不相宜之事也。予又谓云肩之色，不惟与衣相同，更须里外合一，如外色是青，则夹里之色亦当用青，外色是蓝，则夹里之色亦当用蓝。何也？此物在肩，不能时时服贴，稍遇风飘，则夹里向外，有如飓吹残叶，风卷败荷，美人之身不能不现历乱萧条之象矣。若使里外一色，则任其整齐颠倒，总无是患。然家常则已，出外见人，必须暗定以线，勿使与服相离，盖动而色纯，总不如不动之为愈也。

妇人之妆，随家丰俭，独有价廉功倍之二物，必不可无。一曰半臂④，俗呼"背褡"者是也；一曰束腰之带，俗呼"鸾绦⑤"者是也。妇人之体，宜窄不宜宽，一着背褡，则宽者窄，而窄者愈显其窄矣。妇人之腰，宜细不宜粗，一束以带，则粗者细，而细者倍觉其细矣。背褡宜着于外，人皆知之；鸾绦宜束于内，人多未谙。带藏衣内，则虽有若无，似腰肢本细，非有物缩

---

① 潜革：在无形中革除。
② 刍荛（chú ráo）：割草打柴的人。
③ 訾谬：有毛病，荒谬。
④ 半臂：短袖或无袖的单上衣。
⑤ 鸾绦：指女子所用的以丝制成的束腰的带子。鸾，传说中的凤凰一类的鸟。

之使细也。

裙制之精粗，惟视折纹之多寡。折多则行走自如，无缠身碍足之患，折少则往来局促，有拘挛桎梏之形；折多则湘纹易动，无风亦似飘飘，折少则胶柱难移，有态亦同木强。故衣服之料，他或可省，裙幅必不可省。古云："裙拖八幅湘江水。"幅既有八，则折纹之不少可知。予谓八幅之裙，宜于家常；人前美观，尚须十幅。盖裙幅之增，所费无几，况增其幅，必减其丝。惟细縠①轻绡②可以八幅十幅，厚重则为滞物，与幅减而折少者同矣。即使稍增其值，亦与他费不同。妇人之异于男子，全在下体。男子生而愿为之有室，其所以为室者，只在几希之间耳。掩藏秘器，爱护家珍，全在罗裙几幅，可不丰其料而美其制，以贻采葑采菲③者诮乎？近日吴门所尚"百裥裙④"，可谓尽美。予谓此裙宜配盛服，又不宜于家常，惜物力也。较旧制稍增，较新制略减，人前十幅，家居八幅，则得丰俭之宜矣。吴门新式，又有所谓"月华裙"者，一裥之中，五色俱备，犹皎月之现光华也，予独怪而不取。人工物料，十倍常裙，暴殄天物，不待言矣，而又不甚美观。盖下体之服，宜淡不宜浓，宜纯不宜杂。予尝读旧诗，见"飘飏血色裙拖地""红裙妒杀石榴花"等句，颇笑前人之笨。若果如是，则亦艳妆村妇而已矣，乌足动

---

① 縠（hú）：绉纱一类的丝织品。
② 绡（xiāo）：生丝织成的薄绸、薄纱。
③ 采葑采菲：语出《诗经·邶风·谷风》。葑菲，即蔓菁和菖。
④ 百裥（jiǎn）裙：百褶裙。裥，裙幅或布帛上打的褶子。

雅人韵士之心哉？惟近制"弹墨裙"，颇饶别致，然犹未获我心，嗣当别出新裁，以正同调。思而未制，不敢轻以误人也。

鞋袜

男子所着之履，俗名为鞋，女子亦名为鞋。男子饰足之衣，俗名为袜，女子独易其名曰"褶"，其实褶即袜也。古云"凌波小袜"，其名最雅，不识后人何故易之？袜色尚白，尚浅红；鞋色尚深红，今复尚青，可谓制之尽美者矣。鞋用高底，使小者愈小，瘦者越瘦，可谓制之尽美又尽善者矣。然足之大者，往往以此藏拙，埋没作者一段初心，是止供丑妇效颦，非为佳人助力。近有矫其弊者，窄小金莲，皆用平底，使与伪造者有别。殊不知此制一设，则人人向高底乞灵，高底之为物也，遂成百世不祧①之祀，有之则大者亦小，无之则小者亦大。尝有三寸无底之足，与四五寸有底之鞋同立一处，反觉四五寸之小，而三寸之大者，以有底则指尖向下，而秃者疑尖，无底则玉笋朝天，而尖者似秃故也。吾谓高底不宜尽去，只在减损其料而已。足之大者，利于厚而不利于薄，薄则本体现矣；利于大而不利于小，小则痛而不能行矣。我以极薄极小者形之，则似鹤立鸡群，不求异而自异。世岂有高底如钱，不扭捏而能行之大

───────────────

① 不祧（tiāo）：帝王家庙中祖先的神主，除始祖外，世祖远的要依次迁于祧庙中合祭；不迁移的叫作"不祧"。后用以喻指创业的人或不可废除的事物。

脚乎？

　　古人取义命名，纤毫不爽，如前所云，以"蟠龙"名髻，"乌云"为发之类是也。独于妇人之足，取义命名，皆与实事相反。何也？足者，形之最小者也；莲者，花之最大者也；而名妇人之足者，必曰"金莲"，名最小之足者，则曰"三寸金莲"。使妇人之足，果如莲瓣之为形，则其阔而大也，尚可言乎？极小极窄之莲瓣，岂止三寸而已乎？此"金莲"之义之不可解也。从来名妇人之鞋者，必曰"凤头"。世人顾名思义，遂以金银制凤，缀于鞋尖以实之。试思凤之为物，止能小于大鹏；方之众鸟，不几洋洋乎大观①也哉？以之名鞋，虽曰赞美之词，实类讥讽之迹。如曰"凤头"二字，但肖其形，凤之头锐而身大，是以得名；然则众鸟之头，尽有锐于凤者，何故不以命名，而独有取于凤？且凤较他鸟，其首独昂，妇人趾尖，妙在低而能伏，使如凤凰之昂首，其形尚可观乎？此"凤头"之义之不可解者也。若是，则古人之命名取义，果何所见而云然？岂终不可解乎？曰：有说焉。妇人裹足之制，非由前古，盖后来添设之事也。其命名之初，妇人之足亦犹男子之足，使其果如莲瓣之稍尖，凤头之稍锐，亦可谓古之小脚。无其制而能约小其形，较之今人，殆有过焉者矣。吾谓"凤头""金莲"等字相传已久，其名未可遽易，然止可呼其名，万勿肖其实；如肖其实，则极不美观，而为前人所误矣。不宁惟是，凤为羽虫之长，与龙比肩，乃

---

① 洋洋乎大观：形容事物复杂繁多，丰富多彩。

166

帝王饰衣饰器之物也，以之饰足，无乃大亵名器乎？尝见妇人绣袜，每作龙凤之形，皆昧理僭分[1]之大者，不可不为拈破。近日女子鞋头，不缀凤而缀珠，可称善变。珠出水底，宜在凌波袜下，且似粟之珠，价不甚昂，缀一粒于鞋尖，满足俱呈宝色。使登歌舞之氍毹，则为走盘之珠；使作阳台之云雨，则为掌上之珠。然作始者见不及此，亦犹衣色之变青，不知其然而然，所谓暗合道妙者也。予友余子澹心[2]，向著《鞋袜辨》一篇，考缠足之从来，核妇履之原制，精而且确，足与此说相发明。

---

① 僭分：超越本分。此处指龙凤之形为帝王、妃后的象征，一般人不得冒用。

② 余子澹（dàn）心：余怀（1616—1696），明末清初文学家。字澹心、无怀、广霞。诗富才情，辞采凄丽。又工词曲。有《五湖游稿》《甲申集》《玉琴斋词》及笔记《板桥杂记》等。

习技第四

"女子无才便是德。"言虽近理，却非无故而云然。因聪明女子失节者多，不若无才之为贵。盖前人愤激之词，与男子因官得祸，遂以读书作宦为畏途，遗言戒子孙，使之勿读书、勿作宦者等也。此皆见噎废食①之说，究竟书可竟弃，仕可尽废乎？吾谓"才德"二字，原不相妨。有才之女，未必人人败行；贪淫之妇，何尝历历知书？但须为之夫者，既有怜才之心，兼有驭才之术耳。至于姬妾婢媵②，又与正室不同。娶妻如买田庄，非五谷不殖，非桑麻不树，稍涉游观之物，即拔而去之，以其为衣食所出，地力有限，不能旁及其他也。买姬妾如治园圃，结子之花亦种，不结子之花亦种；成阴之树亦栽，不成阴之树亦栽，以其原为娱情而设，所重在耳目，则口腹有时而轻，不能顾名兼顾实也。使姬妾满堂，皆是蠢然一物，我欲言而彼默，我思静而彼喧，所答非所问，所应非所求，是何异于入狐狸之穴，舍宣淫而外，一无事事者乎？故习技之道，不可不与修容、治服并讲

---

① 见噎废食：看到有人噎住了，就不再吃东西。比喻因小而废大，或怕做错事而废大。

② 媵（yìng）：泛指随嫁之人。

也。技艺以翰墨为上，丝竹次之，歌舞又次之，女工①则其分内事，不必道也。然尽有专攻男技，不屑女红，鄙织纴为贱役，视针线如仇领雠②，甚至三寸弓鞋不屑自制，亦倩老妪③贫女为捉刀人者，亦何借巧藏拙，而失造物生人之初意哉！予谓妇人职业，毕竟以缝纫为主，缝纫既熟，徐及其他。予谈习技而不及女工者，以描鸾刺凤之事，闺阁中人人皆晓，无俟予为越俎④之谈。其不及女工，而仍郑重其事，不敢竟遗者，虑开后世逐末之门，置纺绩⑤蚕缲⑥于不讲也。虽说闲情，无伤大道，是为立言之初意尔。

文艺

学技必先学文。非曰先难后易，正欲先易而后难也。天下万事万物，尽有开门之锁钥。锁钥维何？"文理"二字是也。寻常锁钥，一钥止开一锁，一锁止管一门；而"文理"二字之为锁钥，其所管者不止千门万户。盖合天上地下，万国九州，其大至于无外，其小至于无内⑦，一切当行当学之事，无不握其

---

① 女工：女红。指妇女所做的纺绩、刺绣、缝纫等事。
② 仇雠（chóu）：仇人。
③ 老妪（yù）：年老的妇女。
④ 越俎（zǔ）：越俎代庖。指越权办事或包办代替。
⑤ 纺绩：纺线搓绳。
⑥ 蚕缲（sāo）：饲蚕缲丝。
⑦ 其大至于无外，其小至于无内：文理可以大到充塞于天地，也可以细小到不能再分。

枢纽①，而司其出入者也。此论之发，不独为妇人女子，通天下之士农工贾，三教九流，百工技艺，皆当作如是观。以许大世界，摄入"文理"二字之中，可谓约矣，不知二字之中，又分宾主。凡学文者，非为学文，但欲明此理也。此理既明，则文字又属敲门之砖，可以废而不用矣。天下技艺无穷，其源头止出一理。明理之人学技，与不明理之人学技，其难易判若天渊。然不读书不识字，何由明理？故学技必先学文。然女子所学之文，无事求全责备，识得一字，有一字之用，多多益善，少亦未尝不善；事事能精，一事自可愈精。予尝谓土木匠工，但有能识字记帐者，其所造之房屋器皿，定与拙匠不同，且有事半工倍之益。人初不信，后择数人验之，果如予言。粗技若此，精者可知。甚矣，字之不可不识，理之不可不明也。

妇人读书习字，所难只在入门。入门之后，其聪明必过于男子，以男子念纷，而妇人心一故也。导之入门，贵在情窦未开之际，开则志念稍分，不似从前之专一。然买姬置妾，多在三五、二八之年，娶而不御，使作蒙童求我者，宁有几人？如必俟情窦未开，是终身无可授之人矣。惟在循循善诱，勿阻其机②，"扑作教刑③"一语，非为女徒而设也。先令识字，字识而后教之以书。识字不贵多，每日仅可数字，取其笔画最少，眼前

---

① 枢纽：比喻冲要处或事物的关键所在。

② 机：禀赋。

③ 扑作教刑：语出《尚书·舜典》。扑，古时责罚的刑杖。又作体罚生徒的用具。

易见者训之。由易而难，由少而多，日积月累，则一年半载以后，不令读书而自解寻章觅句矣。乘其爱看之时，急觅传奇之有情节、小说之无破绽者，听其翻阅，则书非书也，不怒不威而引人登堂入室①之明师也。其故维何？以传奇、小说所载之言，尽是常谈俗语，妇人阅之，若逢故物②。譬如一句之中，共有十字，此女已识者七，未识者三，顺口念去，自然不差。是因已识之七字，可悟未识之三字，则此三字也者，非我教之，传奇、小说教之也。由此而机锋相触，自能曲喻旁通。再得男子善为开导，使之由浅而深，则共枕论文，较之登坛讲艺，其为时雨之化，难易奚止十倍哉？十人之中，拔其一二最聪慧者，日与谈诗，使之渐通声律，但有说话铿锵，无重复聱牙之字者，即作诗能文之料也。苏夫人说："春夜月胜于秋夜月，秋夜月令人惨凄，春夜月令人和悦。"此非作诗，随口所说之话也。东坡因其出口合律，许以能诗，传为佳话。此即说话铿锵，无重复聱牙，可以作诗之明验也。其余女子，未必人人若是，但能书义稍通，则任学诸般技艺，皆是锁钥到手，不忧阻隔之人矣。

　　妇人读书习字，无论学成之后受益无穷，即其初学之时，先有裨于观者：只须案摊书本，手捏柔毫，坐于绿窗翠箔③之下，

---

① 登堂入室：原比喻学习所达到的境地有程度深浅的差别。后用以赞扬人在学问或技能方面有高深的造诣。

② 若逢故物：好像碰到老朋友，见到熟悉的东西。

③ 翠箔：绿窗帘。箔，苇子或秫秸织成的帘子，可以苫（shàn）屋顶、铺床或当门帘、窗帘用。

便是一幅画图。班姬①续史之容，谢庭②咏雪之态，不过如是，何必睹其题咏，较其工拙，而后有闺秀同房之乐哉？噫，此等画图，人间不少，无奈身处其地，皆作寻常事物观，殊可惜耳。

欲令女子学诗，必先使之多读，多读而能口不离诗，以之作话，则其诗意诗情，自能随机触露，而为天籁自鸣矣。至其聪明之所发，思路之由开，则全在所读之诗之工拙，选诗与读者，务在善迎其机。然则选者维何？曰：在"平易尖颖③"四字。平易者，使之易明且易学；尖颖者，妇人之聪明，大约在纤巧一路，读尖颖之诗，如逢故我，则喜而愿学，所谓迎其机也。所选之诗，莫妙于晚唐及宋人，初、中、盛三唐，皆所不取；至汉魏晋之诗，皆秘勿与见，见即阻塞机锋，终身不敢学矣。此予边见④，高明者阅之，势必哑然一笑。然予才浅识隘，仅足为女子之师，至高峻词坛，则生平未到，无怪乎立论之卑也。

女子之善歌者，若通文义，皆可教作诗余。盖长短句法，日日见于词曲之中，入者既多，出者自易，较作诗之功为尤捷也。曲体最长，每一套必须数曲，非力赡者⑤不能。诗余短而易竟，如《长相思》《浣溪纱》《如梦令》《蝶恋花》之类，每首不过一二十字，作之可逗灵机①。但观诗余选本，多闺秀女郎之作，为其词理易明，口吻易肖故也。然诗余既熟，即可由短而长，扩为词曲，其势亦易。果能如是，听其自制自歌，则是名士佳人合而为一，千古来韵事韵人②，未有出于此者。吾恐上界神仙，自鄙其乐，咸欲谪向人寰③而就之矣。此论前人未道，实实创自笠翁，有由此而得妙境者，切勿忘其所本。

以闺秀自命者，书、画、琴、棋四艺，均不可少。然学之须分缓急，必不可已者先之，其余资性能兼，不妨次第并举，不则一技擅长，才女之名著矣。琴列丝竹，别有分门，书则前说已备。善教由人，善习由己，其工拙浅深，不可强也。画乃闺中末技，学不学听之。至手谈④一节，则断不容已，教之使学，其利于人己者，非止一端。妇人无事，必生他想，得此遣日，则妄念不生，一也；女子群居，争端易酿，以手代舌，是喧者寂之，二也；男女对坐，静必思淫，鼓瑟鼓琴之暇，焚香啜茗⑤之余，不设一番功课，则静极思动，其两不相下之势，不在几案之前，即居床笫之上矣。一涉手谈，则诸想皆落度外，缓兵降火之法，莫善于此。但与妇人对垒，无事角胜争雄，宁饶数子而输彼一筹，则有喜无嗔，笑容可掬；若有心使败，非止当下难堪，且阻

---

① 可逗灵机：指小令较易引发和表现新颖小巧的诗思。
② 韵人：有审美情趣、格调高雅的人。
③ 人寰：人间，人世。
④ 手谈：下围棋。
⑤ 啜（chuò）茗：饮茶。啜，喝。

后来弃兴矣。

纤指拈棋，踌躇不下，静观此态，尽勾消魂。必欲胜之，恐天地间无此忍人也。

双陆①投壶②诸技，皆在可缓。骨牌③赌胜，亦可消闲，且易知易学，似不可已。

丝竹

丝竹之音，推琴为首。古乐相传至今，其已变而未尽变者，独此一种，余皆末世之音也。妇人学此，可以变化性情，欲置温柔乡，不可无此陶熔④之具。然此种声音，学之最难，听之亦最不易。凡令姬妾学此者，当先自问其能弹与否。主人知音，始可令琴瑟在御，不则弹者铿然，听者茫然，强束官骸以俟其阕⑤，是非悦耳之音，乃苦人之具也，习之何为？凡人买姬置妾，总为自娱。己所悦者，导之使习；己所不悦，戒令勿为，是真能自娱者也。尝见富贵之人，听惯弋阳、四平等腔，极嫌昆调之冷，然因世人雅重昆调，强令歌童习之，每听一曲，攒眉许久，座客亦代为苦难，此皆不善自娱者也。

---

① 双陆：古代博戏。
② 投壶：古代宴会的礼制。也是一种投掷游戏。起源于射礼。
③ 骨牌：相传为北宋宣和年间创制，通称"宣和牌"。因用骨制，故名。也有用象牙制成，称"牙牌"。一具共三十二张，二百二十七点，象征星辰布列的方法。博法变化多端。也有用于游戏和占卜的。
④ 陶熔：陶冶。
⑤ 阕：乐曲终了。

予谓人之性情，各有所嗜，亦各有所厌，即使嗜之不当，厌之不宜，亦不妨自攻其谬。自攻其谬，则不谬矣。予生平有三癖，皆世人共好而我独不好者：一为果中之橄榄，一为馔中之海参，一为衣中之茧绸。此三物者，人以食我，我亦食之；人以衣我，我亦衣之；然未尝自沽①而食，自购而衣，因不知其精美之所在也。谚云："村人②吃橄榄，不知回味。"予真海内之村人也。因论习琴，而谬谈至此，诚为饶舌③。

人问：主人善琴，始可令姬妾学琴，然则教歌舞者，亦必主人善歌善舞而后教乎？须眉丈夫之工此者，有几人乎？曰：不然。歌舞难精而易晓，闻其声音之婉转，睹见体态之轻盈，不必知音，始能领略，座中席上，主客皆然，所谓雅俗共赏者是也。琴音易响而难明，非身习者不知，惟善弹者能听。伯牙不遇子期，相如不得文君，尽日挥弦，总成虚鼓。吾观今世之为琴，善弹者多，能听者少；延名师、教美妾者尽多，果能以此行乐，不愧文君、相如之名者绝少。务实不务名，此予立言之意也。若使主人善操，则当舍诸技而专务丝桐④。"妻子好合，如鼓瑟琴。"⑤"窈窕淑女，琴瑟友之。"⑥琴瑟非他，胶漆男女，而使之合一；联络情意，而使之不分者也。花前月下，美景良辰，值水阁之生凉，遇绣窗之无事，或夫唱而妻和，或女操而男

---

① 沽：买。

② 村人：粗人。

③ 饶舌：多嘴；唠叨。

④ 丝桐：琴。古代琴多用桐木制成，张丝质琴弦，故称为"丝桐"。

⑤ 妻子好合，如鼓瑟琴：语出《诗经·小雅·常棣》。

⑥ 窈窕淑女，琴瑟友之：语出《诗经·周南·关雎》。

听，或两声齐发，韵不参差，无论身当其境者俨若神仙，即画成一幅合操图，亦足令观者消魂，而知音男妇之生妒也。

丝音自蕉桐而外，女子宜学者，又有琵琶、弦索、提琴①之三种。琵琶极妙，惜今时不尚，善弹者少，然弦索之音，实足以代之。弦索之形较琵琶为瘦小，与女郎之纤体最宜。近日教习家，其于声音之道，能不大谬于宫商者，首推弦索，时曲次之，戏曲又次之。予向有"场内无文，场上无曲"之说，非过论也。止为初学之时，便以取舍得失为心，虑其调高和寡②，止求为"下里巴人"，不愿作"阳春白雪"，故造到五七分即止耳。提琴较之弦索，形愈小而声愈清，度清曲者必不可少。提琴之音，即绝少美人之音也。春容柔媚，婉转断续，无一不肖。即使清曲不度，止令善歌二人，一吹洞箫③，一拽提琴，暗谱悠扬之曲，使隔花间柳者听之，俨然一绝代佳人，不觉动怜香惜玉之思也。

丝音之最易学者，莫过于提琴，事半功倍，悦耳娱神。吾不能不德创始之人，令若辈尸而祝之也。

竹音之宜于闺阁者，惟洞箫一种。笛可暂而不可常。至笙、管二物，则与诸乐并陈，不得已而偶然一弄，非绣窗所应有也。盖妇人奏技，与男子不同，男子所重在声，妇人所重在容。吹笙搦④管之时，声则可听，而容不耐看，以其气塞而腮

---

① 提琴：胡琴的一种。其体较弦索更小。

② 调高和寡：意谓乐曲的格调越高，能和的人就越少。

③ 洞箫：简称"箫"。边棱音气鸣乐器。音色幽雅、柔润、清细。

④ 搦（nuò）：捏；握持。

胀也，花容月貌为之改观，是以不应使习。妇人吹箫，非止容颜不改，且能愈增娇媚。何也？按风作调，玉笋为之愈尖；簇口为声，朱唇因而越小。画美人者，常作吹箫图，以其易于见好也。或箫或笛，如使二女并吹，其为声也倍清，其为态也更显，焚香啜茗而领略之，皆能使身不在人间世也。

吹箫品笛之人，臂上不可无钏。钏又勿使太宽，宽则藏于袖中，不得见矣。

歌舞

《演习部》中已载者，一语不赘。彼系泛论优伶，此则单言女乐。然教习声乐者，不论男女，二册皆当细阅。

昔人教女子以歌舞，非教歌舞，习声容也。欲其声音婉转，则必使之学歌；学歌既成，则随口发声，皆有燕语莺啼[1]之致，不必歌而歌在其中矣。欲其体态轻盈，则必使之学舞；学舞既熟，则回身举步，悉带柳翻花笑[2]之容，不必舞而舞在其中矣。古人立法，常有事在此而意在彼者。如良弓之子先学为箕，良冶之子先学为裘。妇人之学歌舞，即弓冶之学箕裘[3]也。后人不知，尽以"声容"二字属之歌舞，是歌外不复有声，而征

---

① 燕语莺啼：形容歌声美妙动听，婉转悠扬。
② 柳翻花笑：形容舞者的舞姿轻盈袅娜，如风摆杨柳；表情热烈妩媚，如鲜花盛开。
③ 箕裘（jī qiú）：比喻祖先的事业。

容必须试舞，凡为女子者，即有飞燕①之轻盈，夷光之妩媚，舍作乐无所见长。然则一日之中，其为清歌妙舞者有几时哉？若使声容二字，单为歌舞而设，则其教习声容，犹在可疏可密之间。若知歌舞二事，原为声容而设，则其讲究歌舞，有不可苟且塞责者矣。但观歌舞不精，则其贴近主人之身，而为殢雨尤云之事者，其无娇音媚态可知也。

"丝不如竹，竹不如肉。"此声乐中三昧语，谓其渐近自然也。予又谓男音之为肉，造到极精处，止可与丝竹比肩，犹是肉中之丝，肉中之竹也。何以知之？但观人赞男音之美者，非曰"其细如丝"，则曰"其清如竹"，是可概见。至若妇人之音，则纯乎其为肉矣。语云："词出佳人口。"予曰：不必佳人，凡女子之善歌者，无论妍媸美恶，其声音皆迥别男人。貌不扬而声扬者有之，未有面目可观而声音不足听者也。但须教之有方，导之有术，因材而施，无拂其天然之性而已矣。"歌舞"二字，不止谓登场演剧，然登场演剧一事，为今世所极尚，请先言其同好者。

一曰取材。取材维何？优人所谓"配脚色"是已。喉音清越而气长者，正生、小生之料也；喉音娇婉而气足者，正旦、贴旦之料也，稍次则充老旦；喉音清亮而稍带质朴者，外末之料也；喉音悲壮而略近嘹杀②者，大净之料也。至于丑与副净，则

---

① 飞燕：赵飞燕（？—前1），西汉成帝皇后，身轻善舞，故有"飞燕"之称。
② 嘹（jiāo）杀：声音急促。

不论喉音，只取性情之活泼，口齿之便捷而已。然此等脚色，似易实难。男优之不易得者二旦，女优之不易得者净丑。不善配脚色者，每以下选充之，殊不知妇人体态不难于庄重妖娆，而难于魁奇①洒脱，苟得其人，即使面貌娉婷，喉音清婉，可居生旦之位者，亦当屈抑②而为之。盖女优之净丑，不比男优仅有花面之名，而无抹粉涂胭之实，虽涉诙谐谑浪③，犹之名士风流。若使梅香之面貌胜于小姐，奴仆之词曲过于官人，则观者、听者倍加怜惜，必不以其所处之位卑，而遂卑其才与貌也。

二曰正音。正音维何？察其所生之地，禁为乡土之言，使归《中原音韵》之正者是已。乡音一转而即合昆调者，惟姑苏一郡。一郡之中，又止取长、吴二邑，余皆稍逊，以其与他郡接壤，即带他郡之音故也。即如梁溪境内之民，去吴门不过数十里，使之学歌，有终身不能改变之字，如呼"酒钟"为"酒宗"④之类是也。近地且然，况愈远而愈别者乎？然不知远者易改，近者难改；词语判然、声音迥别者易改，词语声音大同小异者难改。譬如楚人往粤，越人来吴，两地声音判如霄壤，或此呼而彼不应，或彼说而此不言，势必大费精神，改唇易舌，求为同声相应而后已。止因自任为难，故转觉其易也。至入附近之地，彼所言者，我亦能言，不过出口收音之稍别，改与不改，无

---

① 魁奇：魁梧奇伟。
② 屈抑：委屈；屈就。
③ 谑浪：戏言放荡。
④ 呼"酒钟"为"酒宗"：指不分翘舌音和平舌音。

甚关系，往往因仍①苟且，以度一生。止因自视为易，故转觉其难也。正音之道，无论异同远近，总当视易为难。选女乐者，必自吴门是已。然尤物之生，未尝择地，燕姬赵女、越妇秦娥见于载籍者，不一而足。"惟楚有材，惟晋用之。"此言晋人善用，非曰惟楚能生材也。予游遍域中，觉四方声音，凡在二八上下之年者，无不可改，惟八闽②、江右二省，新安、武林二郡，较他处为稍难耳。正音有法，当择其一韵之中，字字皆别，而所别之韵，又字字相同者，取其吃紧一二字，出全副精神以正之。正得一二字转，则破竹之势已成，凡属此一韵中相同之字，皆不正而自转矣。请言一二以概之。九州以内，择其乡音最劲、舌本最强者而言，则莫过于秦、晋二地。不知秦、晋之音，皆有一定不移之成格。秦音无"东钟"，晋音无"真文"；秦音呼"东钟"为"真文"，晋音呼"真文"为"东钟"。③此予身入其地，习处其人，细细体认而得之者。秦人呼"中庸"之"中"为"肫"，"通达"之"通"为"吞"，"东南西北"之"东"为"敦"，"青红紫绿"之"红"为"魂"，凡属"东

① 因仍：因袭；沿袭。

② 八闽：福建省的别称。福建古为闽地，北宋时始分为八州、军，南宋分为八府、州、军，元分为八路，因有八闽之称。

③ "秦音呼"东钟"为"真文"二句：元周德清著《中原音韵》，根据元代北曲用韵，分十九部，为后代戏曲家所遵用。其中"东钟"为第一韵部，"真文"为第七韵部。李渔发现，在陕西方言中，属"东钟"这一韵部的音被读成"真文"韵部的音，而在山西方言中，读音与陕西的正好相反。下文中李渔所举"中""通""东""红"均属"东钟"韵部，被陕西人分别读成"肫（zhūn）""吞""敦""魂"（为"真文"韵部）；而"孙""昆"为"真文"韵，被山西人读为"松""空"（为"东钟"韵部）。

钟"一韵者，字字皆然，无一合于本韵，无一不涉"真文"。岂非秦音无"东钟"，秦音呼"东钟"为"真文"之实据乎？我能取此韵中一二字，朝训夕诂①，导之改易；一字能变，则字字皆变矣。晋音较秦音稍杂，不能处处相同，然凡属"真文"一韵之字，其音皆仿佛"东钟"，如呼"子孙"之"孙"为"松"，"昆腔"之"昆"为"空"之类是也。即有不尽然者，亦在依稀仿佛之间。正之亦如前法，则用力少而成功多。是使无"东钟"而有"东钟"，无"真文"而有"真文"，两韵之音，各归其本位矣。秦、晋且然，况其他乎？大约北音多平而少入，多阴而少阳。吴音之便于学歌者，止以阴阳平仄不甚谬耳。然学歌之家，尽有度曲一生，不知阴阳平仄为何物者，是与蠹鱼②日在书中，未尝识字等也。予谓教人学歌，当从此始。平仄阴阳既谙，使之学曲，可省大半工夫。正音改字之论，不止为学歌而设，凡有生于一方，而不屑为一方之士者，皆当用此法以掉其舌。至于身在青云③，有率吏临民之责者，更宜洗涤方音，讲求韵学，务使开口出言，人人可晓。常有官说话而吏不知，民辩冤而官不解，以致误施鞭扑，倒用劝惩者。声音之能误人，岂浅鲜哉！

　　正音改字，切忌务多。聪明者每日不过十余字，资质钝者渐减。每正一字，必令于寻常说话之中，尽皆变易，不定在读曲念白时。若止在曲中正字，他处听其自然，则但于眼下依从，非

---

① 朝训夕诂：早晚教习讲解。
② 蠹（dù）鱼：亦称"衣鱼"。古称"蟫"。蛀蚀书籍衣服等物的小虫。
③ 青云：比喻高官显爵。

久复成故物，盖借词曲以变声音，非假声音以善词曲也。

三曰习态。态自天生，非关学力，前论声容，已备悉其事矣。而此复言习态，抑何自相矛盾乎？曰：不然。彼说闺中，此言场上。闺中之态，全出自然。场上之态，不得不由勉强，虽由勉强，却又类乎自然，此演习之功之不可少也。生有生态，旦有旦态，外末有外末之态，净丑有净丑之态，此理人人皆晓；又与男优相同，可置弗论，但论女优之态而已。男优妆旦，势必加以扭捏，不扭捏不足以肖妇人；女优妆旦，妙在自然，切忌造作，一经造作，又类男优矣。人谓妇人扮妇人，焉有造作之理，此语属赘。不知妇人登场，定有一种矜持之态；自视为矜持，人视则为造作矣。须令于演剧之际，只作家内想，勿作场上观，始能免于矜持造作之病。此言旦脚之态也。然女态之难，不难于旦，而难于生；不难于生，而难于外末净丑；又不难于外末净丑之坐卧欢娱，而难于外末净丑之行走哭泣。总因脚小而不能跨大步，面娇而不肯妆瘁容故也。然妆龙像龙，妆虎像虎，妆此一物，而使人笑其不似，是求荣得辱，反不若设身处地，酷肖神情，使人赞美之为愈矣。至于美妇扮生，较女妆更为绰约。潘安、卫玠[1]，不能复见其生时，借此辈权为小像，无论场上生姿，曲中耀目，即于花前月下偶作此形，与之坐谈对弈，啜茗焚香，虽歌舞之余文，实温柔乡之异趣也。

---

[1] 卫玠（jiè）：字叔宝，好谈玄理，美姿容。后避乱移家建业（今南京），人闻其名，争相观之，不久遂卒。时人有"看杀卫玠"之说。

卷四：

居室部

房舍第一

　　人之不能无屋，犹体之不能无衣。衣贵夏凉冬燠①，房舍亦然。"堂高数仞②，榱题数尺"，壮则壮矣，然宜于夏而不宜于冬。登贵人之堂，令人不寒而栗，虽势使之然，亦廖廓③有以致之；我有重裘，而彼难挟纩④故也。及肩之墙⑤，容膝之屋⑥，俭则俭矣，然适于主而不适于宾。造寒士之庐，使人无忧而叹，虽气感之乎，亦境地有以迫之；此耐萧疏，而彼憎岑寂故也。吾愿显者之居，勿太高广。夫房舍与人，欲其相称。画山水者有诀云："丈山尺树，寸马豆人。"使一丈之山，缀以二尺三尺之树；一寸之马，跨以似米似粟之人，称乎？不称乎？使显者之躯，能如汤、文之九尺、十尺，则高数仞为宜；不则堂愈高而人愈觉其矮，地愈宽而体愈形其瘠，何如略小其堂，而宽大其身之为得乎？处士⑦之庐，难免卑隘⑧，然卑者不能耸之使高，隘者

---

① 燠（yù）：暖。
② 仞：古代长度单位。
③ 廖廓：空阔。
④ 纩（kuàng）：丝绵。
⑤ 及肩之墙：指矮墙。
⑥ 容膝之屋：指小的屋子。
⑦ 处士：有才德而隐居不仕的人。
⑧ 卑隘：低矮狭窄。

不能扩之使广，而污秽者、充塞者则能去之使净，净则卑者高而隘者广矣。吾贫贱一生，播迁①流离，不一其处，虽债而食，赁而居，总未尝稍污其座。性嗜花竹，而购之无资，则必令妻孥②忍饥数日，或耐寒一冬，省口体之奉，以娱耳目。人则笑之，而我怡然自得也。性又不喜雷同，好为矫异，常谓人之葺③居治宅，与读书作文同一致也。譬如治举业④者，高则自出手眼，创为新异之篇；其极卑者，亦将读熟之文移头换尾，损益字句而后出之，从未有抄写全篇，而自名善用者也。乃至兴造一事，则必肖人之堂以堂，窥人之户以立户，稍有不合，不以为得，而反以为耻。常见通侯贵戚，掷盈千累万之资以治园圃，必先谕大匠曰：亭则法某人之制，榭则遵谁氏之规，勿使稍异。而操运斤之权者，至大厦告成，必骄语居功，谓其立户开窗，安廊置阁，事事皆仿名园，纤毫不谬。噫，陋矣！以构造园亭之胜事，上之不能自出手眼，如标新创异之文人；下之至不能换尾移头，学套腐为新之庸笔，尚嚣嚣以鸣得意，何其自处之卑哉！

予尝谓人曰：生平有两绝技，自不能用，而人亦不能用之，殊可惜也。人问：绝技维何？予曰：一则辨审音乐，一则置造园亭。性嗜填词，每多撰著，海内共见之矣。设处得为之地，自选优伶，使歌自撰之词曲，口授而躬⑤试之，无论新裁之

---

① 播迁：流离迁徙。
② 妻孥（nú）：妻和儿女的统称。
③ 葺（qì）：原指用茅草覆盖房屋。泛指修理房屋。
④ 治举业：科举考试。
⑤ 躬：亲自。

曲，可使迥异时腔，即旧日传奇，一概删其腐习而益以新格，为往时作者别开生面，此一技也。一则创造园亭，因地制宜，不拘成见，一榱一桷，必令出自己裁，使经其地、入其室者，如读湖上笠翁之书，虽乏高才，颇饶别致，岂非圣明之世、文物之邦，一点缀太平之具哉？噫，吾老矣，不足用也。请以崖略①付之简篇②，供嗜痂者采择。收其一得，如对笠翁，则斯编实为神交之助尔。

土木之事，最忌奢靡。匪特③庶民之家，当崇俭朴，即王公大人，亦当以此为尚。盖居室之制，贵精不贵丽，贵新奇大雅，不贵纤巧烂漫。凡人止好富丽者，非好富丽，因其不能创异标新，舍富丽无所见长，只得以此塞责。譬如人有新衣二件，试令两人服之，一则雅素而新奇，一则辉煌而平易，观者之目，注在平易乎？在新奇乎？锦绣绮罗，谁不知贵，亦谁不见之？缟衣素裳，其制略新，则为众目所射，以其未尝睹也。凡予所言，皆属价廉工省之事，即有所费，亦不及雕镂粉藻之百一。且古语云："耕当问奴，织当访婢。"予贫士也，仅识寒酸之事。欲示富贵，而以绮丽胜人，则有从前之旧制在。

新制人所未见，即缕缕言之，亦难尽晓，势必绘图作样。然有图所能绘，有不能绘者。不能绘者十之九，能绘者不过十之一。因其有而会其无，是在解人善悟耳。

---

① 崖略：大略；概略。

② 简篇：指著作。

③ 匪特：不仅；不但。

向背

屋以面南为正向。然不可必得，则面北者宜虚[1]其后，以受南薰[2]；面东者虚右，面西者虚左，亦犹是也。如东、西、北皆无余地，则开窗借天以补之。牖[3]之大者，可抵小门二扇；穴之高者，可敌低窗二扇，不可不知也。

途径

径莫便于捷，而又莫妙于迂。凡有故作迂途，以取别致者，必另开耳门[4]一扇，以便家人之奔走，急则开之，缓则闭之，斯雅俗俱利，而理致兼收矣。

---

① 虚：洞孔，指开窗。
② 南薰：指南风。
③ 牖（yǒu）：窗。
④ 耳门：大门两侧的小门。

高下

房舍忌似平原，须有高下之势，不独园圃为然，居宅亦应如是。前卑后高，理之常也；然地不如是，而强欲如是，亦病其拘。总有因地制宜之法：高者造屋，卑者建楼，一法也；卑处叠石为山，高处浚水为池，二法也。又有因其高而愈高之，竖阁磊峰①于峻坡之上；因其卑而愈卑之，穿塘凿井于下湿之区。总无一定之法，神而明之，存乎其人，此非可以遥授方略者矣。

出檐深浅

居宅无论精粗，总以能避风雨为贵。常有画栋雕梁、琼楼玉栏，而止可娱晴，不堪坐雨者，非失之太敞，则病于过峻。故柱不宜长，长为招雨之媒；窗不宜多，多为匿风之薮②；务使虚实相半，长短得宜。又有贫士之家，房舍宽而余地少，欲作深檐以障风雨，则苦于暗；欲置长牖以受光明，则虑在阴。剂其两难，则有添置活檐一法。何为活檐？法于瓦檐之下，另设板棚一扇，置转轴于两头，可撑可下。晴则反撑，使正面向下，以当檐

① 磊峰：垒石的山峰。
② 薮（sǒu）：人或物聚集的地方。

188

外顶格；雨则正撑，使正面向上，以承檐溜①。是我能用天，而天不能窘我矣。

置顶格

精室不见椽瓦，或以板覆，或用纸糊，以掩屋上之丑态，名为"顶格"，天下皆然。予独怪其法制未善。何也？常因屋高檐矮，意欲取平，遂抑高者就下，顶格一概齐檐，使高敞有用之区，委之不见不闻，以为鼠窟，良可慨也。亦有不忍弃此，竟以顶板贴椽，仍作屋形，高其中而卑其前后者，又不美观，而病其呆笨。予为新制，以顶格为斗笠之形，可方可圆，四面皆下，而独高其中。且无多费，仍是平格之板料，但令工匠画定尺寸，旋而去之。如作圆形，则中间旋下一段是弃物矣，即用弃物作顶，升之于上，止增周围一段竖板，长仅尺许，少者一层，多则二层，随人所好，方者亦然。造成之后，若糊以纸，又可于竖板之上，裱②贴字画，圆者类手卷③，方者类册叶，简而文，新而妥，以质高明，必当取其有裨。方者可用竖板作门，时开时闭，则当壁橱四张，纳无限器物于中，而不之觉也。

---

① 檐溜：屋檐下承接雨水的横槽子，亦称"檐沟"。这里用指顺檐沟流下来的雨水。

② 裱：裱褙；装潢。

③ 手卷：书画裱成横幅长卷。卷舒自如，供案头观赏，不能悬挂。

甃地^①

古人茅茨^②土阶，虽崇俭朴，亦以法制未尽备也。惟幕天者可以席地，梁栋既设，即有阶除，与戴冠者不可跣足，同一理也。且土不覆砖，尝苦其湿，又易生尘。有用板作地者，又病其步履有声，喧而不寂。以三和土甃地，筑之极坚，使完好如石，最为丰俭得宜。而又有不便于人者：若和灰和土不用盐卤^③，则燥而易裂；用之发潮，又不利于天阴。且砖可挪移，而甃成之土不可挪移，日后改迁，遂成弃物，是又不宜用也。不若仍用砖铺，止在磨与不磨之间，别其丰俭，有力者磨之使光，无力者听其自糙。予谓极糙之砖，犹愈于极光之土。但能自运机杼^④，使小者间大，方者合圆，别成文理，或作冰裂^⑤，或肖龟纹，收牛溲马渤^⑥入药笼，用之得宜，其价值反在参苓之上。此种调度，言之易而行之甚难，仅存其说而已。

---

① 甃（zhòu）地：以砖石等铺填地面。

② 茅茨：茅草盖的屋顶。亦指茅屋。

③ 盐卤：熬盐时剩下的黑色液体，可以使豆浆凝固成豆腐。也叫"卤水"。

④ 机杼：比喻创意构思。

⑤ 冰裂：冰裂纹。瓷器釉层中起装饰作用的裂纹。

⑥ 牛溲马渤：牛之尿、马之尿。或谓牛溲是车前子，马渤乃菌类。借指不值钱而有用的东西。

洒扫

　　精美之房，宜勤洒扫。然洒扫中亦具大段学问，非僮仆所能知也。欲去浮尘，先用水洒，此古人传示之法，今世行之者，十中不得一二。盖因童子性懒，虑有汲水之烦，止扫不洒，是以两事并为一事，惜其力也。久之习为固然，非特童子忘之，并主人亦不知扫地之先，更有一事矣。彼但知两者并一是省事法，殊不知因其懒也，遂以一事化为数十事。服役者既以为苦，而指使者亦觉其繁，然总不知此数十事者，皆从一事苟简而生之者也。精舍之内，自明窗净几①而外，尚有图书翰墨、骨董器玩之种种，无一不忌浮尘。不洒而扫，是以红尘掺物，物物皆受其蒙，并栋梁之上、榱桷之间亦生障翳②，势必逐件擦磨，始现本来面目，手不停挥者，半日才能竣事，不亦劳乎？若能先洒后扫，则扫过之后，只须麈尾③一拂，一日清晨之事毕矣，何指使服役之纷纷哉？此洒水之不容已也。然勤扫不如勤洒，人则知之；多洒不如轻扫，人则未知之也。饶其善洒，不能处处皆遍，究竟干地居多，服役者不知，以其既经洒湿，则任意挥扫无妨。扬尘舞蹈之际，障翳之生也更多，故运帚切记勿重；匪特勿重，每于歇手之际，必使帚尾着地，勿令悬空，如扫一帚起一

---

① 明窗净几：形容室内明亮、整洁。
② 障翳：物体表面蒙上灰尘。
③ 麈（zhǔ）尾：拂尘。魏晋人清谈时常执的一种拂子，用麈的尾毛制成。

帚，则与挥扇无异，是扬灰使起，非抑尘使伏也。此是一法。又有闭门扫地之诀，不可不知。如人先扫房舍，后及阶除，则将房舍之门紧闭，俟扫完阶除后，略停片刻，然后开门，始无灰尘入户之患。臧获不知，以为房舍扫完，其事毕矣，此后渐及门外，与内绝不相蒙，岂知有顾此失彼之患哉！顺风扬灰，一帚可当十帚，较之未扫更甚。此皆世人所忽，故拈出告之，然未免饶舌。

洒扫二事，势必相因，缺一不可，然亦有时以孤行为妙，是又不可不知。先洒后扫，言其常也，若旦旦①如是，则土胶②于水，积而不去，日厚一日，砖、板受其虚名，而有土阶之实矣。故洒过数日，必留一日勿洒，止令童子轻轻用帚，不致扬尘，是数日所积者一朝去之，则水土交相为用，而不交相为害矣。

藏垢纳污

欲营精洁之房，先设藏垢纳污之地。何也？爱精喜洁之士，一物不整齐，即如目中生刺，势必去之而后已。然一人之身，百工之所为备③，能保物物皆精乎？且如文人之手，刻不停批；绣女之躬，时难罢刺。唾绒④满地，金屋为之不光；残稿盈

---

① 旦旦：日日。

② 胶：粘住。

③ 然一人之身，百工之所为备：语出《孟子·滕文公上》。

④ 唾绒：古代妇女刺绣，每当停针换线、咬断绣线时，口中常沾留线绒，随口吐出，俗谓"唾绒"。

庭，精舍因而欠好。是极韵之物，尚能使人不韵，况其他乎？故必于精舍左右，另设小屋一间，有如复道①，俗名"套房"是也。凡有败笺弃纸，垢砚秃毫之类，卒急不能料理者，姑置其间，以俟暇时检点。妇人之闺阁亦然，残脂剩粉无日无之，净之将不胜其净也。此房无论大小，但期必备。如贫家不能办此，则以箱笼代之，案旁榻后皆可置。先有容拙之地，而后能施其巧，此藏垢之不容已也。至于纳污之区，更不可少。凡人有饮即有溺，有食即有便。如厕之时尚少，可于溷②厕之外，不必另筹去路。至于溺之为数，一日不知凡几，若不择地而遗，则净土皆成粪壤，如或避洁就污，则往来仆仆③，是率天下而路也。此为寻常好洁者言之。若夫文人运腕，每至得意疾书之际，机锋一转，则断不可续。然而寝食可废，便溺不可废也。"官急不知私急"，俗不云乎？常有得句将书而阻于溺，及溺后觅之杳不可得者，予往往验之，故营此最急。当于书室之旁，穴墙④为孔，嵌以小竹，使遗在内而流于外，秽气罔闻⑤，有若未尝溺者，无论阴晴寒暑，可以不出户庭。此予自为计者，而亦举以示人，其无隐讳可知也。

---

① 复道：阁道。此处指下文所谓"套房"，类似于现在的储藏室。
② 溷（hùn）：厕所。
③ 仆仆：烦猥，繁杂琐碎。后亦用以形容奔走劳顿。
④ 穴墙：凿墙洞。
⑤ 罔闻：闻不到。

窗栏第二

吾观今世之人，能变古法为今制者，其惟窗栏二事乎！窗栏之制，日新月异，皆从成法中变出。"腐草为萤[①]"，实具至理，如此则造物生人，不枉付心胸一片。但造房建宅与置立窗轩，同是一理，明于此而暗于彼，何其有聪明而不善扩乎？予往往自制窗栏之格，口授工匠使为之，以为极新极异矣，而偶至一处，见其已设者，先得我心之同然，因自笑为辽东白豕[②]。独房舍之制不然，求为同心甚少。门窗二物，新制既多，予不复赘，恐其又蹈白豕辙也。惟约略言之，以补时人之偶缺。

制体宜坚

窗棂[③]以明透为先，栏杆以玲珑为主，然此皆属第二义；具首重者，止在一字之"坚"，坚而后论工拙。尝有穷工极巧以求尽善，乃不逾时而失头堕趾，反类画虎未成者，计其新而不计其旧也。总其大纲，则有二语：宜简不宜繁，宜自然不宜雕斫。凡

---

① 腐草为萤：古人认为腐草可以变为萤火虫。语见《礼记·月令》。
② 辽东白豕（shǐ）：用以比喻少见多怪。豕，猪。
③ 棂（líng）：栏杆或窗户上雕花的格子。

事物之理，简斯可继，繁则难久；顺其性者必坚，戕[1]其体者易坏。木之为器，凡合笋使就者，皆顺其性以为之者也；雕刻使成者，皆戕其体而为之者也；一涉雕镂，则腐朽可立待矣。故窗棂栏杆之制，务使头[2]头有笋，眼眼着撒[3]。然头眼过密，笋撒太多，又与雕镂无异，仍是戕其体也，故又宜简不宜繁。根数愈少愈佳，少则可坚；眼数愈密愈贵，密则纸不易碎。然既少矣，又安能密？曰：此在制度之善，非可以笔舌争也。窗栏之体，不出纵横、欹斜[4]、屈曲[5]三项，请以萧斋[6]制就者，各图一则以例之。

纵横格

是格也，根数不多，而眼亦未尝不密，是所谓头头有笋，眼眼着撒者。雅莫雅于此，坚亦莫坚于此矣。是从陈腐中变出。由此推之，则旧式可化为新者，不知凡几。但取其简者、坚者、自然者变之，事事以雕镂为戒，则人工渐去，而天巧自呈矣。

---

① 戕（qiāng）：杀害，残害。
② 头：物体的顶端或两端，此处指窗棂栏杆与窗框的结合处。
③ 撒：用以塞紧器物的竹片或木片，也指榫头。
④ 欹（qī）斜：歪斜不正。
⑤ 屈曲：弯曲，曲折。
⑥ 萧斋：书斋的别称。

欹斜格 系栏

此格甚佳，为人意想所不到，因其平而有笋者，可以着实，尖而无笋者，没处生根故也。然赖有躲闪法，能令外似悬空，内偏着实，止须善藏其拙耳。当于尖木之后，另设坚固薄板一条，托于其后，上下投笋，而以尖木钉于其上，前看则无，后观则有。其能幻有为无者，全在油漆时善于着色。如栏杆之本体用朱，则所托之板另用他色。他色亦不得泛用，当以屋内墙壁之色为色。如墙系白粉，此板亦作粉色；壁系青砖，此板亦肖砖色。自外观之，止见朱色之纹，而与墙壁相同者，混然一色，无所辨矣。至栏杆之内向者，又必另为一色，勿与外同，或青或蓝，无所不可，而薄板向内之色，则当与之相合。自内观之，又别成一种文理，较外尤可观也。

屈曲体 系栏

此格最坚，而又省费，名"桃花浪"，又名"浪里梅"。曲木另造，花另造，俟曲木入柱投笋后，始以花塞空处，上下着钉，借此联络，虽有大力者挠之，不能动矣。花之内外，宜作两种，一作桃，一作梅，所云"桃花浪""浪里梅"是也。浪色亦忌雷同，或蓝或绿，否则同是一色，而以深浅别之，使人一转足之间，景色判然。是以一物幻为二物，又未尝于本等材料之外，另费一钱。凡予所以，强半皆若是也。

取景在借

开窗莫妙于借景，而借景之法，予能得其三昧。向犹私之，乃今嗜痂者众，将来必多依样葫芦，不若公之海内，使物物尽效其灵，人人均有其乐。但期于得意酣歌之顷，高叫笠翁数声，使梦魂得以相傍，是人乐而我亦与焉，为愿足矣。

向居西子湖滨，欲购湖舫①一只，事事犹人，不求稍异，止以窗格异之。人询其法，予曰：四面皆实，独虚其中，而为"便面②"之形。实者用板，蒙以灰布，勿露一隙之光；虚者用木作框，上下皆曲而直其两旁，所谓便面是也。纯露空明，勿使有纤毫障翳。是船之左右，止有二便面，便面之外，无他物矣。坐于其中，则两岸之湖光山色、寺观浮屠③、云烟竹树，以及往来之樵人牧竖④、醉翁游女，连人带马，尽入便面之中，作我天然图画。且又时时变幻，不为一定之形。非特舟行之际，摇一橹，变一象，撑一篙，换一景，即系缆时，风摇水动，亦刻刻异形。是一日之内，现出百千万幅佳山佳水，总以便面收之。而便面之制，又绝无多费，不过曲木两条、直木两条而已。世有掷尽金钱，求为新异者，其能新异若此乎？此窗不但娱己，兼可娱人；不特以舟外无穷之景色摄入舟中，兼可以舟中所有之人

---

① 舫（fǎng）：船。
② 便面：扇子的一种。后亦泛指扇面。
③ 浮屠：佛塔。
④ 牧竖：牧童。

物，并一切几席杯盘射出窗外，以备来往游人之玩赏。何也？以内视外，固是一幅便面山水；而以外视内，亦是一幅扇头人物。譬如拉妓邀僧，呼朋聚友，与之弹棋观画，分韵拈毫，或饮或歌，任眠任起，自外观之，无一不同绘事。同一物也，同一事也，此窗未设以前，仅作事物观；一有此窗，则不烦指点，人人俱作画图观矣。夫扇面非异物也，肖扇面为窗，又非难事也。世人取象乎物，而为门为窗者，不知凡几，独留此眼前共见之物，弃而弗取，以待笠翁，讵非①咄咄怪事乎？所恨有心无力，不能办此一舟，竟成欠事②。兹且移居白门③，为西子湖之薄幸④人矣。此愿茫茫，其何能遂？不得已而小用其机，置此窗于楼头，以窥钟山气色，然非创始之心，仅存其制而已。

予又尝作观山虚牖，名"尺幅窗"，又名"无心画"，姑妄言⑤之。浮白轩⑥中，后有小山一座，高不逾丈，宽止及寻⑦，而其中则有丹崖碧水，茂林修竹，鸣禽响瀑，茅屋板桥，凡山居所有之物，无一不备。盖因善塑者肖予一像，神气宛然，又因予

----

① 讵非：岂非。
② 欠事：憾事。
③ 白门：江苏南京市旧时的别称。六朝时，都城建康（今南京市）的正南门宣阳门，世称"白门"，故名。
④ 薄幸：薄情。
⑤ 妄言：随便地说；乱说。
⑥ 浮白轩：李渔在南京所建的芥子园中观景小室所取的轩名。白，酒杯。浮白，本谓罚酒，后称满饮一大杯酒为"浮一大白"或"浮白"。
⑦ 寻：古长度单位。八尺为寻。

号笠翁，顾名思义，而为把钓之形。予思既执纶竿^①，必当坐之矶^②上，有石不可无水，有水不可无山，有山有水，不可无笠翁息钓归休之地，遂营此窟以居之。是此山原为像设，初无意于为窗也。后见其物小而蕴大，有"须弥芥子^③"之义，尽日坐观，不忍阖牖^④。乃瞿然^⑤曰："是山也，而可以作画；是画也，而可以为窗；不过损予一日杖头钱^⑥为装潢之具耳。"遂命童子裁纸数幅，以为画之头尾，乃左右镶边。头尾贴于窗之上下，镶边贴于两旁，俨然堂画一幅，而但虚其中。非虚其中，欲以屋后之山代之也。坐而观之，则窗非窗也，画也；山非屋后之山，即画上之山也。不觉狂笑失声，妻孥群至，又复笑予所笑，而"无心画""尺幅窗"之制，从此始矣。

予又尝取枯木数茎，置作天然之牖，名曰"梅窗"。生平制作之佳，当以此为第一。己酉之夏，骤涨滔天，久而不涸，斋头俺死榴、橙各一株，伐而为薪，因其坚也，刀斧难入，卧于阶除者累日。予见其枝柯^⑦盘曲，有似古梅，而老干又具盘错之势，似可取而为器者，因筹所以用之。是时栖云谷中幽而不

---

① 纶竿：钓竿。纶，较粗的丝线，常指钓丝。

② 矶（jī）：水边突出的岩石。

③ 须弥芥子：佛教语。意思是把至大的须弥山纳于至小的芥子内。这里是指芥子园虽小，而山水之景，无处不佳，自成一完美的艺术世界。芥子园之名，由此而得。

④ 阖（hé）牖：关窗。

⑤ 瞿（jù）然：惊视貌。此处意为恍然大悟。

⑥ 杖头钱：买酒的钱。

⑦ 柯：草木的枝茎。

明，正思辟牖①，乃幡然曰："道在是矣！"遂语工师，取老干之近直者，顺其本来，不加斧凿，为窗之上下两旁，是窗之外廓具矣。再取枝柯之一面盘曲、一面稍平者，分作梅树两株，一从上生而倒垂，一从下生而仰接，其稍平之一面则略施斧斤，去其皮节而向外，以便糊纸；其盘曲之一面，则匪特尽全其天，不稍戕斫，并疏枝细梗而留之。既成之后，剪彩作花，分红梅、绿萼二种，缀于疏枝细梗之上，俨然活梅之初着花者。同人见之，无不叫绝。予之心思，讫②于此矣。后有所作，当亦不过是矣。

便面不得于舟，而用于房舍，是屈事矣。然有移天换日之法在，亦可变昨为今，化板成活，俾耳目之前，刻刻似有生机飞舞，是亦未尝不妙，止费我一番筹度耳。予性最癖，不喜盆内之花、笼中之鸟、缸内之鱼及案上有座之石，以其局促不舒，令人作囚鸾絷③凤之想。故盆花自幽兰、水仙而外，未尝寓目④；鸟中之画眉，性酷嗜之，然必另出己意而为笼，不同旧制，务使不见拘囚之迹而后已。自设便面以后，则生平所弃之物，尽在所取。从来作便面者，凡山水人物、竹石花鸟以及昆虫，无一不在所绘之内，故设此窗于屋内，必先于墙外置板，以备承物之用。一切盆花笼鸟、蟠松怪石，皆可更换置之。如盆兰吐花，移

---

① 辟牖：开辟窗户。
② 讫（qì）：终了；完成。
③ 絷（zhí）：拘囚。
④ 寓目：过目；观看。

之窗外，即是一幅便面幽兰；盎菊[1]舒英[2]，内之牖中，即是一幅扇头佳菊。或数日一更，或一日一更；即一日数更，亦未尝不可。但须遮蔽下段，勿露盆盎之形。而遮蔽之物，则莫妙于零星碎石，是此窗家家可用，人人可办，讵非耳目之前第一乐事？得意酣歌之顷，可忘作始之李笠翁乎？

湖舫式

此湖舫式也。不独西湖，凡居名胜之地，皆可用之。但便面止可观山临水，不能障雨蔽风，是又宜筹退兵，以补前说之不逮。退步云何？外设推板，可开可阖，此易为之事也。但纯用推板，则幽而不明；纯用明窗，又与扇面之制不合，须以板内嵌窗之法处之。其法维何？曰：即仿梅窗之制，以制窗棂。亦备其式于右。

便面窗外推板装花式

四围用板者，既取其坚，又省制棂装花人工之半也。中作花树者，不失扇头图画之本色也。用直棂间于其中者，无此则花树无所倚靠，即勉强为之，亦浮脆而难久也。棂不取直，而作欹斜之势，又使上宽下窄者，欲肖扇面之折纹；且小者可以独扇，大则必分双扇，其中间合缝处，糊纱糊纸，无直木以界之，则纱与纸无所依附故也。若是，则棂与花树纵横相杂，不几

---

① 盎（àng）菊：盆菊。
② 舒英：开花。

泾渭难分①，而求工反拙乎？曰：不然。有两法盖藏，勿虑也。花树粗细不一，其势莫妙于参差，棂则极匀而又贵乎极细，须以极坚之木为之，一法也。油漆并着色之时，棂用白粉，与糊窗之纱纸同色，而花树则绘五彩，俨然活树生花，又一法也。若是泾渭自分，而便面与花，判然有别矣。梅花止备一种，此外或花或鸟，但取简便者为之，勿拘一格。惟山水人物，必不可用。板与花棂俱另制，制就花棂，而后以板镶之。即花与棂，亦难合造，须使花自花而棂自棂，先分后合。其连接处，各损少许以就之，或以钉钉，或以胶粘，务期可久。

便面窗花卉式、便面窗虫鸟式

诸式止备其概，余可类推。然此皆为窗外无景，求天然者不得，故以人力补之；若远近风物尽有可观，则焉用此碌碌为哉？昔人云："会心处正不在远。②"若能实具一段闲情、一双慧眼，则过目之物尽在画图，入耳之声无非诗料。譬如我坐窗内，人行窗外，无论见少年女子是一幅美人图，即见老妪、白叟杖而来，亦是名人画幅中必不可无之物；见婴儿群戏是一幅百子图，即见牛羊并牧、鸡犬交哗，亦是词客文情内未尝偶缺之资。"牛溲马渤，尽入药笼。"予所制便面窗，即雅人韵士之药笼也。

---

① 泾渭难分：泾水和渭水清浊不分。此处指窗棂木条与花树纵横错杂，很难分辨。
② 会心处正不在远：语出《世说新语·言语》。

此窗若另制纱窗一扇，绘以灯色花鸟，至夜篝灯①于内，自外视之，又是一盏扇面灯。即日间自内视之，光彩相照，亦与观灯无异也。

山水图窗

凡置此窗之屋，进步宜深，使坐客观山之地去窗稍远，则窗之外廓为画，画之内廓为山，山与画连，无分彼此，见者不问而知为天然之画矣。浅促之屋，坐在窗边，势必倚窗为栏，身之大半出于窗外，但见山而不见画，则作者深心有时埋没，非尽善之制也。

尺幅窗图式

尺幅窗图式，最难摹写。写来非似真画，即似真山，非画上之山与山中之画也。前式虽工，虑观者终难了悟，兹再绘一纸，以作副墨。且此窗虽多开少闭，然亦间有闭时；闭时用他槅②他棍，则与画意不合，丑态出矣。必须照式大小，作木槅一扇，以名画一幅裱之，嵌入窗中。又是一幅真画，并非"无心画"与"尺幅窗"矣。但观此式，自能了然。

裱槅如裱回屏，托以麻布及厚纸，薄则明而有光，不成画矣。

---

① 篝（gōu）灯：用竹笼罩着灯光。

② 槅（gé）：门窗或其他器物上用木条做的格子。

梅窗

制此之法，总论已备之矣，其略而不详者，止有取老干作外廓一事。外廓者，窗之四面，即上下两旁是也。若以整木为之，则向内者古朴可爱，而向外一面屈曲不平，以之着墙，势难贴伏。必取整木一段，分中锯开，以有锯路者着墙，天然未斫者向内，则天巧人工，俱有所用之矣。

墙壁第三

"峻宇^①雕墙""家徒壁立^②"，昔人贫富，皆于墙壁间辨之。故富人润屋，贫士结庐^③，皆自墙壁始。墙壁者，内外攸分而人我相半者也。俗云："一家筑墙，两家好看。"居室器物之有公道者，惟墙壁一种，其余一切皆为我之学也。然国之宜固者城池，城池固而国始固；家之宜坚者墙壁，墙壁坚而家始坚。其实为人即是为己，人能以治墙壁之一念治其身心，则无往而不利矣。人笑予止务闲情，不喜谈禅讲学，故偶为是说以解嘲，未审有当于理学名贤及善知识否也。

界墙

界墙者，人我公私之畛域，家之外廓是也。莫妙于乱石垒成，不限大小方圆之定格，垒之者人工，而石则造物生成之本

---

① 峻宇：高大的房屋。
② 家徒壁立：亦作"家徒四壁"。谓家中贫乏，空无所有。
③ 结庐：谓构屋居住。

质也。其次则为石子。石子亦系生成，而次于乱石者，以其有圆无方，似执一见，虽属天工，而近于人力故耳。然论二物之坚固，亦复有差；若云美观入画，则彼此兼擅其长矣。此惟傍山邻水之处得以有之，陆地平原，知其美而不能致也。予见一老僧建寺，就石工斧凿之余，收取零星碎石几及千担，垒成一壁，高广皆过十仞，嶙峋崭绝①，光怪陆离，大有峭壁悬崖之致。此僧诚韵人也。迄今三十余年，此壁犹时时入梦，其系人②思念可知。砖砌之墙，乃八方公器③，其理其法，是人皆知，可以置而弗道。至于泥墙土壁，贫富皆宜，极有萧疏雅淡之致，惟怪其跟脚过肥，收顶太窄，有似尖山，又且或进或出，不能如砖墙一截而齐，此皆主人监督之不善也。若以砌砖墙挂线之法，先定高低出入之痕，以他物建标于外，然后以筑板因之，则有旃墙④粉堵⑤之风，而无败壁颓垣⑥之象矣。

---

① 嶙峋（lín xún）崭绝：峻峭高耸貌。
② 系人：引人。系，牵系。
③ 八方公器：指为人们所惯见或公用之器物。
④ 旃（zhān）墙：红墙。
⑤ 粉堵：白墙。
⑥ 颓垣：坍塌的墙。

女墙①

《古今注》②云："女墙者，城上小墙。一名睥睨，言于城上窥人也。"予以私意释之，此名甚美，似不必定指城垣，凡户以内之及肩小墙，皆可以此名之。盖女者，妇人未嫁之称，不过言其纤小，若定指城上小墙，则登城御敌，岂妇人女子之事哉？至于墙上嵌花或露孔，使内外得以相视，如近时园圃所筑者，益可名为女墙，盖仿睥睨之制而成者也。其法穷奇极巧，如《园冶》③所载诸式，殆无遗义矣。但须择其至稳极固者为之，不则一砖偶动，则全壁皆倾，往来负荷者，保无一时误触之患乎？坏墙不足惜，伤人实可虑也。予谓自顶及脚皆砌花纹，不惟极险，亦且大费人工。其所以洞彻④内外者，不过使代琉璃屏⑤，欲人窥见室家⑥之好耳。止于人眼所瞩之处，空二三尺，使作奇巧花纹，其高乎此及卑乎此者，仍照常实砌，则为费不

---

① 女墙：城墙上呈凹凸形的矮墙。
② 《古今注》：西晋崔豹作。崔豹字正熊，渔阳（今北京市密云区西南）人。三卷。分舆服、都邑、音乐、鸟兽等八门。对各项名物制度加以解释和考订，可供研究古代名物者参考。
③ 《园冶》：中国造园名著。其中兴造论、园说、相地等篇，对于造园的理论及技术都有详细阐述。
④ 洞彻：谓视线贯通。
⑤ 琉璃屏：此处指用琉璃制成的透明的窗户。琉璃，原指一种天然宝石，有多种颜色。后亦指用黏土、长石、石青等配制烧成的一种半透明材料。
⑥ 室家：住处。

多，而又永无误触致崩之患。此丰俭得宜、有利无害之法也。

厅壁

厅壁不宜太素，亦忌太华。名人尺幅^①自不可少，但须浓淡得宜，错综有致。予谓裱轴不如实贴。轴虑风起动摇，损伤名迹，实贴则无是患，且觉大小咸宜也。实贴又不如实画，"何年顾虎头，满壁画沧州"^②自是高人韵事。予斋头偶仿此制，而又变幻其形，良朋至止，无不耳目一新，低回^③留之不能去者。因予性嗜禽鸟，而又最恶樊笼，二事难全，终年搜索枯肠，一悟遂成良法。乃于厅旁四壁，倩四名手，尽写着色花树，而绕以云烟，即以所爱禽鸟，蓄于虬枝老干^④之上。画止空迹，鸟有实形，如何可蓄？曰：不难，蓄之须自鹦鹉始。从来蓄鹦鹉者必用铜架，即以铜架去其三面，止存立脚之一条，并饮水啄粟之二管。先于所画松枝之上，穴一小小壁孔，后以架鹦鹉者插入其中，务使极固，庶往来跳跃，不致动摇。松为着色之松，鸟亦有色之鸟，互相映发，有如一笔写成。良朋至止，仰观壁画，忽

---

① 尺幅：小幅的纸或绢。亦用以代指文章、画卷。

② 何年顾虎头，满壁画沧州：为杜甫《题玄武禅师屋壁》诗句。顾虎头，即顾恺之（约345—409），东晋画家，字长康，小字虎头。多才艺，工诗赋、书法，尤精绘画，尝有"才绝、画绝、痴绝"之称。

③ 低回：徘徊；流连。

④ 虬（qiú）枝老干：盘曲如虬龙的苍劲枝干。

见枝头鸟动，叶底翎张①，无不色变神飞，诧为仙笔。乃惊疑未定，又复载飞载鸣，似欲翱翔而下矣。谛观熟视，方知个里情形，有不抵掌叫绝，而称巧夺天工者乎？若四壁尽蓄鹦鹉，又忌雷同，势必间以他鸟。鸟之善鸣者，推画眉第一，然鹦鹉之笼可去，画眉之笼不可去也，将奈之何？予又有一法：取树枝之拳曲②似龙者，截取一段，密者听其自如，疏者网以铁线，不使太疏，亦不使太密，总以不致飞脱③为主。蓄画眉于中，插之亦如前法。此声方歇，彼喙④复开；翠羽初收，丹睛复转。因禽鸟之善鸣善啄，觉花树之亦动亦摇；流水不鸣而似鸣，高山是寂而非寂。坐客别去者，皆作殷浩书空，谓咄咄怪事，无有过此者矣。

书房壁

书房之壁，最宜潇洒。欲其潇洒，切忌油漆。油漆二物，俗物也，前人不得已而用之，非好为是沾沾者。门户窗棂之必须油漆，蔽风雨也，厅柱榱楹之必须油漆，防点污也。若夫书房之内，人迹罕至，阴雨弗浸，无此二患而亦蹈此辙，是无刻不在桐腥漆气之中，何不并漆其身而为厉乎？石灰垩⑤壁，磨使极光，

---

① 翎（líng）张：羽毛张开。
② 拳曲：屈曲貌。
③ 飞脱：飞走逃脱
④ 喙（huì）：鸟兽的嘴。
⑤ 垩（è）：粉刷。

上着也；其次则用纸糊。纸糊可使屋柱窗楹共为一色，即壁用灰垩，柱上亦须纸糊，纸色与灰，相去不远耳。壁间书画自不可少，然粘贴太繁，不留余地，亦是文人俗态。天下万物，以少为贵。步幛①非不佳，所贵在偶尔一见，若王恺之四十里，石崇之五十里，则是一日中哄市，锦绣罗列之肆廛②而已矣。看到繁缛③处，有不生厌倦者哉？昔僧玄览往荆州陟屺寺，张璪画古松于斋壁，符载赞之，卫象诗之，亦一时三绝，览悉加垩焉。人问其故，览曰："无事疥吾壁也。"诚高僧之言，然未免太甚。若近时斋壁，长笺短幅尽贴无遗，似冲繁道④上之旅肆，往来过客无不留题，所少者只有一笔。一笔维何？"某年月日某人同某在此一乐"是也。此真疥壁⑤，吾请以玄览之药药之。

糊壁用纸，到处皆然，不过满房一色，白而已矣。予怪其物而不化，窃欲新之；新之不已，又以薄蹄⑥变为陶冶⑦，幽斋化为窑器⑧，虽居室内，如在壶中，又一新人观听之事也。先以酱色纸一层糊壁作底，后用豆绿云母笺⑨，随手裂作零星小块，

① 步幛：用以遮蔽风尘或视线的一种屏幕。
② 肆廛（chán）：街市。
③ 繁缛：富丽。
④ 繁道：熙熙攘攘的交通要道。
⑤ 疥（jiè）壁：谓壁上所题书画如疥瘢（bān），令人厌恶。
⑥ 薄蹄：指整个房间从斗拱到墙脚。薄，通"欂"。欂栌，柱上斗拱。蹄，兽足，这里指墙脚。
⑦ 陶冶：烧制陶器与冶炼金属，也指陶、冶的工匠或场所。
⑧ 窑器：陶器。
⑨ 云母笺：一种色似云母的纸笺。

或方或扁，或短或长，或三角或四五角，但勿使圆，随手贴于酱色纸上，每缝一条，必露出酱色纸一线，务令大小错杂，斜正参差，则贴成之后，满房皆冰裂碎纹，有如哥窑①美器。其块之大者，亦可题诗作画，置于零星小块之间，有如铭钟勒卣，盘上作铭②，无一不成韵事。问予所费几何，不过于寻常纸价之外，多一二剪合之工而已。同一费钱，而有庸腐新奇之别，止在稍用其心。"心之官则思③。"如其不思，则焉用此心为哉？

糊纸之壁，切忌用板。板干则裂，板裂而纸碎矣。用木条纵横作榻，如围屏④之骨子然。前人制物备用，皆经屡试而后得之，屏不用板而用木榻，即是故也。即如糊刷用棕，不用他物，其法亦经屡试，舍此而另换一物，则纸与糊两不相能，非厚薄之不均，即刚柔之太过，是天生此物以备此用，非人不能取而予之。人知巧莫巧于古人，孰知古人于此亦大费辛勤，皆学而知之，非生而知之者也。

壁间留隙地，可以代橱。此仿伏生藏书于壁之义，大有古风，但所用有不合于古者。此地可置他物，独不可藏书，以砖土性湿，容易发潮，潮则生蠹，且防朽烂故也。然则古人藏书于壁，殆虚语乎？曰：不然。东南西北，地气不同，此法止宜于西北，不宜于东南。西北地高而风烈，有穴地数丈而始得泉者，湿

---

① 哥窑：宋代著名瓷窑。相传南宋时有章姓兄弟两人在龙泉烧造瓷器。兄名生一，所烧者称"哥窑"；弟名生二，所烧者称"弟窑"。
② 铭钟勒卣（yǒu），盘上作铭：指在金石器皿上刻字。卣，中国古代酒器。
③ 心之官则思：语出《孟子·告子上》。
④ 围屏：可以环绕障蔽的屏风。

从水出，水既不得，湿从何来？即使有极潮之地，而加以极烈之风，未有不返湿为燥者。故壁间藏书，惟燕赵秦晋则可，此外皆应避之。即藏他物，亦宜时开时阖，使受风吹；久闭不开，亦有霾①湿生虫之患。莫妙于空洞其中，止设托板，不立门扇，仿佛书架之形，有其用而不侵吾地，且有磐石之固，莫能摇动。此妙制善算，居家必不可无者。予又有壁内藏灯之法，可以养目，可以省膏②，可以一物而备两室之用，取以公世③，亦贫士利人之一端也。我辈长夜读书，灯光射目，最耗元神。有用瓦灯贮火，留一隙之光，仅照书本，余皆闭藏于内而不用者。予怪以有用之光置无用之地，犹之暴殄天物，因效匡衡凿壁④之义，于墙上穴一小孔，置灯彼屋而光射此房，彼行彼事，我读我书，是一灯也，而备全家之用，又使目力不竭于焚膏，较之瓦灯，其利奚止十倍？以赠贫士，可当分财。使予得拥厚资，其不吝亦如是也。

---

① 霾：此处是阴雨潮湿之意。

② 膏：灯油。

③ 公世：公布于世。

④ 匡衡凿壁：东晋葛洪《西京杂记》卷二："匡衡，字稚圭，勤学而无烛，邻舍有烛而不逮，衡乃穿壁引其光，以书映光而读之。"

联匾第四

堂联斋匾，非有成规。不过前人赠人以言，多则书于卷轴，少则挥诸扇头；若止一二字、三四字，以及偶语一联，因其太少也，便面难书，方策①不满，不得已而大书于木。彼受之者，因其坚巨难藏，不便内之笥②中，欲举以示人，又不便出诸怀袖，亦不得已而悬之中堂③，使人共见。此当日作始者偶然为之，非有成格定制，画一而不可移也。讵料一人为之，千人万人效之，自昔徂④今，莫知稍变。夫礼乐制自圣人，后世莫敢窜易⑤，而殷因夏礼，周因殷礼，尚有损益于其间，矧器玩竹木之微乎？予亦不必大肆更张，但效前人之损益可耳。锢习⑥繁多，不能尽革，姑取斋头已设者，略陈数则，以例其余。非欲举世则而效之，但望同调者各出新裁，其聪明什佰于我。投砖引玉，正不知导出几许神奇耳。

有诘予者曰：观子联匾之制，佳则佳矣，其如挂一漏万

---

① 方策：典籍。

② 笥（sì）：盛饭食或衣物的方形竹器。

③ 中堂：厅堂的正中。

④ 徂（cú）：往，去。

⑤ 窜易：改动。

⑥ 锢（gù）习：长期养成、不易改掉的陋习。

何？由子所为者而类推之，则《博古图》①中，如樽罍②、琴瑟、几杖、盘盂之属，无一不可肖像而为之，胡仅以寥寥数则为也？予曰：不然。凡予所为者，不徒取异标新，要皆有所取义。凡人操觚握管③，必先择地而后书之，如古人种蕉代纸、刻竹留题、册上挥毫、卷头染翰、剪桐作诏、选石题诗，是之数者，皆书家固有之物，不过取而予之，非有蛇足于其间也。若不计可否而混用之，则将来牛鬼蛇神无一不备，予其作俑之人乎！图中所载诸名笔，系绘图者勉强肖之，非出其人之手。缩巨为细，自失原神，观者但会其意可也。

蕉叶联

蕉叶题诗，韵事也；状蕉叶为联，其事更韵。但可置于平坦贴服④之处，壁间门上皆可用之，以之悬柱则不宜，阔大难掩故也。其法先画蕉叶一张于纸上，授木工以板为之，一样二扇，一正一反，即不雷同；后付漆工，令其满灰密布，以防碎裂；漆成后，始书联句，并画筋纹。蕉色宜绝，筋色宜黑，字则宜填石黄⑤，始觉陆离可爱，他色皆不称也。用石黄乳金更

① 《博古图》：《宣和博古图》。成书于北宋宣和五年（1123）之后，著录当时皇室在宣和殿所藏的古代铜器。
② 樽罍（zūn léi）：古代盛酒器。
③ 操觚握管：持简执笔。指写作。
④ 贴服：平贴，平服。
⑤ 石黄：深黄。

妙，全用金字则太俗矣。此匾悬之粉壁，其色更显，可称"雪里芭蕉"。

此君^①联

"宁可食无肉，不可居无竹^②。"竹可须臾离乎？竹之可为器也，自楼阁几榻之大，以至筐奁^③杯箸之微，无一不经采取，独至为联为匾诸韵事弃而弗录，岂此君之幸乎？用之请自予始。截竹一筒，剖而为二，外去其青，内铲其节，磨之极光，务使如镜，然后书以联句，令名手镌^④之，掺以石青或石绿^⑤，即墨字亦可。以云乎雅，则未有雅于此者；以云乎俭，亦未有俭于此者。不宁惟是，从来柱上加联，非板不可，柱圆板方，柱窄板阔，彼此抵牾^⑥，势难贴服，何如以圆合圆，纤毫不谬，有天机凑泊之妙乎？此联不用铜钩挂柱，用则多此一物，是为赘瘤。止用铜钉上下二枚，穿眼实钉，勿使动移。其穿眼处，反择有字处穿之，钉钉后仍用掺字之色补于钉上，混然一色，不见钉形尤妙。钉蕉叶联亦然。

---

① 此君：竹的代称。
② 宁可食无肉，不可居无竹：语出苏轼《于潜僧绿筠轩》。
③ 奁（lián）：古代盛放梳妆用品的器具。亦泛指精致而小巧的匣子。
④ 镌（juān）：雕刻。
⑤ 石青或石绿：深青色或深绿色的颜料。
⑥ 抵牾（dǐ wǔ）：抵触；矛盾。

碑文额

三字额，平书①者多，间有直书者，匀作两行。匾用方式，亦偶见之。然皆白地黑字，或青绿字。兹效石刻为之，嵌于粉壁之上，谓之匾额可，谓之碑文亦可。名虽石，不果用石，用石费多而色不显，不若以木为之。其色亦不仿墨刻之色，墨刻色暗，而远视不甚分明。地用墨漆，字填白粉，若是则值既廉，又使观者耀目。此额惟墙上开门者宜用之，又须风雨不到之处。客之至者，未启双扉②，先立漆书壁经③之下，不待搴帷④入室，已知为文士之庐矣。

手卷额

额身用板，地用白粉，字用石青、石绿，或用炭灰代墨，无一不可。与寻常匾式无异，止增圆木二条，缀于额之两旁，若轴心然。左画锦纹，以象装潢之色；右则不宜太工，但象托画之纸色而已。天然图卷，绝无穿凿之痕，制度之善，庸有⑤过于此者乎？眼前景，手头物，千古无人计及，殊可怪也。

---

① 平书：横版书写。
② 扉：门扇。
③ 壁经：亦称"孔壁古文"。相传在孔子故宅的壁中发现的古文经书。
④ 搴帷：撩起帷幕。
⑤ 庸有：岂有。

册页匾

用方板四块，尺寸相同，其后以木绾之。断而使续，势取乎曲，然勿太曲。边画锦纹，亦象装潢之色。止用笔画，勿用刀镌，镌者粗略，反不似笔墨精工；且和油入漆，着色为难，不若画色之可深可浅、随取随得也。字则必用剞劂①，各有所宜，混施不可。

虚白匾

"虚室生白"，古语也。且无事不妙于虚，实则板矣。用薄板之坚者，贴字于上，镂而空之，若制糖食果馅之木印。务使二面相通，纤毫无障。其无字处，坚以灰布，漆以退光②。俟既成后，贴洁白绵纸一层于字后。木则黑而无泽，字则白而有光，既取玲珑，又类墨刻，有匾之名，去其迹矣。但此匾不宜混用，择房舍之内暗外明者置之。若屋后有光，则先穴通其屋，以之向外；不则置于入门之处，使正面向内。从来屋高门矮，必增横板一块于门之上。以此代板，谁曰不佳？

---

① 剞劂（jī jué）：刻镂用的刀和凿子。此处指用刀镌刻。
② 漆以退光：指用退光漆漆之。退光漆，一种生漆，初漆时较暗，后逐渐光亮，故名。

石光匾

即"虚白"一种，同实而异名。用于磊石成山之地，择山石偶断外，以此续之。亦用薄板一块，镂字既成，用漆涂染，与山同色，勿使稍异。其字旁凡有隙地，即以小石补之，粘以生漆，勿使见板。至板之四围，亦用石补，与山石合成一片，无使有襞襀①之痕，竟似石上留题，为后人凿穿以存其迹者。字后若无障碍，则使通天，不则亦贴绵纸，取光明而塞障碍。

秋叶匾

御沟题红②，千古佳事；取以制匾，亦觉有情。但制红叶与制绿蕉有异：蕉叶可大，红叶宜小；匾取其横，联妙在直。是亦不可不知也。

---

① 襞襀（bì jī）：衣服上的褶子。
② 御沟题红：红叶题诗。唐宣宗时，舍人卢渥从御沟中拾到一片红叶，上题诗曰："流水何太急，深宫尽日闲。殷勤谢红叶，好去到人间。"后宣宗放宫女，红叶题诗者为卢渥所得。

山石第五

　　幽斋磊石，原非得已。不能致身岩下与木石居，故以一卷[1]代山、一勺代水，所谓无聊[2]之极思[3]也。然能变城市为山林，招飞来峰使居平地，自是神仙妙术，假手于人以示奇者也，不得以小技目之。且磊石成山，另是一种学问，别是一番智巧。尽有丘壑[4]填胸、烟云绕笔之韵士，命之画水题山，顷刻千岩万壑，及倩磊斋头片石，其技立穷，似向盲人问道者。故从来叠山名手，俱非能诗善绘之人；见其随举一石，颠倒置之，无不苍古成文，纡回[5]入画，此正造物之巧于示奇也。譬之扶乩[6]召仙，所题之诗与所判之字，随手便成法帖[7]，落笔尽是佳词，询之召仙术士[8]，尚有不明其义者。若出自工书善咏之手，焉知不自人心

────────

① 一卷：一块。这里指石头。卷，通"拳"。圆块状的。用于形容石块。

② 无聊：无奈。

③ 极思：玄远之思。

④ 丘壑：比喻深远的意境。

⑤ 纡回：曲折回旋。

⑥ 扶乩：中国古代的一种巫术。"扶"即"扶架子"，"乩"指"卜以问疑"。

⑦ 法帖：摹刻在石版或木版上的法书，包括它的拓本。后人把横形的石版或木版上摹刻的前人书迹，都称为"法帖"。

⑧ 术士：道术之士，指儒生中讲阴阳灾异的一派人。后以指占卜星相等操迷信职业的人。

捏造？妙在不善咏者使咏，不工书者命书，然后知运动机关，全由神力。其叠山磊石，不用文人韵士，而偏令此辈擅长者，其理亦若是也。然造物鬼神之技，亦有工拙雅俗之分，以主人之去取为去取。主人雅而喜工，则工且雅者至矣；主人俗而容拙，则拙而俗者来矣。有费累万金钱，而使山不成山、石不成石者，亦是造物鬼神作祟，为之摹神写像，以肖其为人也。一花一石，位置得宜，主人神情已见乎此矣，奚俟察言观貌，而后识别其人哉？

大山

山之小者易工，大者难好。予遨游一生，遍览名园，从未见有盈亩累丈①之山，能无补缀穿凿之痕，遥望与真山无异者。犹之文章一道，结构全体难，敷陈零段易。唐宋八大家②之文，全以气魄胜人，不必句栉字篦，一望而知为名作。以其先有成局，而后修饰词华，故粗览细观同一致也。若夫间架未立，才自笔生，由前幅而生中幅，由中幅而生后幅，是谓以文作文，亦是水到渠成之妙境。然但可近视，不耐远观，远观则襞褶缝纫之痕出矣。书画之理亦然。名流墨迹，悬在中堂，隔寻丈而观之，不知何者为山，何者为水，何处是亭台树木，即字之笔画杳

---

① 盈亩累丈：占地超过一亩、高达数丈。
② 唐宋八大家：指唐、宋两代八位散文作家，即唐代的韩愈、柳宗元，北宋的欧阳修、苏洵、苏轼、苏辙、曾巩、王安石。

不能辨，而只览全幅规模，便足令人称许。何也？气魄胜人，而全体章法之不谬也。至于累石成山之法，大半皆无成局，犹之以文作文，逐段滋生者耳。名手亦然，矧庸匠乎？然则欲累巨石者，将如何而可？必俟唐宋诸大家复出，以八斗才人[1]，变为五丁力士[2]，而后可使运斤乎？抑分一座大山为数十座小山，穷年俯视，以藏其拙乎？曰：不难。用以土代石之法，既减人工，又省物力，且有天然委曲之妙。混假山于真山之中，使人不能辨者，其法莫妙于此。累高广之山，全用碎石，则如百衲僧衣，求一无缝处而不得，此其所以不耐观也。以土间之，则可泯然无迹，且便于种树。树根盘固，与石比坚，且树大叶繁，混然一色，不辨其为谁石谁土。立于真山左右，有能辨为积累而成者乎？此法不论石多石少，亦不必定求土石相半，土多则是土山带石，石多则是石山带土。土石二物原不相离，石山离土，则草木不生，是童山[3]矣。

小山

小山亦不可无土，但以石作主，而土附之。土之不可胜石者，以石可壁立[4]，而土则易崩，必仗石为藩篱[5]故也。外石内

---

① 八斗才人：比喻人极有才华。
② 五丁力士：传说中古蜀国的五个力士。
③ 童山：无草木的山。
④ 壁立：形容陡峭的山崖像墙壁一样耸立。
⑤ 藩篱：用竹木编成的篱笆或围栅。引申为屏障。

土，此从来不易之法。

言山石之美者，俱在"透""漏""瘦"三字。此通于彼，彼通于此，若有道路可行，所谓透也；石上有眼，四面玲珑，所谓漏也；壁立当空，孤峙①无倚，所谓瘦也。然"透""瘦"二字在在宜然，"漏"则不应太甚。若处处有眼，则似窑内烧成之瓦器，有尺寸限在其中，一隙不容偶闭者矣。塞极而通，偶然一见，始与石性相符。

瘦小之山，全要顶宽麓②窄，根脚一大，虽有美状，不足观矣。

石眼忌圆，即有生成之圆者，亦粘碎石于旁，使有棱角，以避混全之体。

石纹、石色取其相同，如粗纹与粗纹当并一处，细纹与细纹宜在一方，紫碧青红，各以类聚是也。然分别太甚，至其相悬接壤处，反觉异同，不若随取随得，变化从心之为便。至于石性，则不可不依；拂其性而用之，非止不耐观，且难持久。石性维何？斜正纵横之理路是也。

石壁

假山之好，人有同心；独不知为峭壁，是可谓叶公之好龙③矣。山之为地，非宽不可；壁则挺然直上，有如劲竹孤桐，斋

---

① 孤峙：孤立高耸。

② 麓：山脚。

③ 叶公之好龙：叶公好龙故事，出自汉刘向《新序·杂事五》。此处意为人们虽好假山，但忽视峭壁的营造，未能真正理解其中三昧。

头但有隙地，皆可为之。且山形曲折，取势为难，手笔稍庸，便贻大方之诮①。壁则无他奇巧，其势有若累墙，但稍稍纡回出入之，其体嶙峋，仰观如削，便与穷崖绝壑无异。且山之与壁，其势相因，又可并行而不悖者。凡累石之家，正面为山，背面皆可作壁。匪特前斜后直，物理皆然，如椅榻舟车之类；即山之本性亦复如是，逶迤②其前者，未有不崭绝其后，故峭壁之设，诚不可已。但壁后忌作平原，令人一览而尽。须有一物焉蔽之，使坐客仰观不能穷其颠末，斯有万丈悬岩之势，而绝壁之名为不虚矣。蔽之者维何？曰：非亭即屋。或面壁而居，或负墙而立，但使目与檐齐，不见石丈人③之脱巾露顶，则尽致矣。

石壁不定在山后，或左或右，无一不可，但取其他势相宜。或原有亭屋，而以此壁代照墙④，亦甚便也。

石洞

假山无论大小，其中皆可作洞。洞亦不必求宽，宽则借以坐人。如其太小，不能容膝，则以他屋联之，屋中亦置小石数块，与此洞若断若连，是使屋与洞混而为一，虽居屋中，与坐洞

---

① 贻大方之诮：贻笑大方。为识者所嗤笑。

② 逶迤（wēi yí）：道路、山脉、河流等弯弯曲曲、连绵不绝的样子。

③ 石丈人：指假山，山名。宋代米芾好石，知无为军，入州廨，见立石甚奇，大喜曰："此足以当吾拜。"便具衣冠拜之，呼为"石丈"。世称"米颠拜石"。

④ 照墙：亦称"照壁"或"照壁墙"，大门外正对着大门起屏蔽作用的墙壁。

中无异矣。洞中宜空少许，贮水其中而故作漏隙，使涓滴①之声从上而下，旦夕皆然。置身其中者，有不六月寒生，而谓真居幽谷者，吾不信也。

零星小石

贫士之家，有好石之心而无其力者，不必定作假山。一卷特立，安置有情，时时坐卧其旁，即可慰泉石膏肓之癖②。若谓如拳之石亦须钱买，则此物亦能效用于人，岂徒为观瞻而设？使其平而可坐，则与椅榻同功；使其斜而可倚，则与栏杆并力；使其肩背稍平，可置香炉茗具，则又可代几案。花前月下，有此待人，又不妨于露处，则省他物运动之劳，使得久而不坏，名虽石也，而实则器矣。且捣衣之砧③，同一石也，需之不惜其费；石虽无用，独不可作捣衣之砧乎？王子猷④劝人种竹，予复劝人立石；有此君不可无此丈。同一不急之务，而好为是谆谆者，以人之一生，他病可有，俗不可有；得此二物，便可当医，与施药饵济人，同一婆心之自发也。

---

① 涓滴：小水点。
② 泉石膏肓之癖：形容喜爱泉石至极，到了不可救药的程度。
③ 砧：捣衣石。
④ 王子猷（yóu）：王徽之（？—388），字子猷，王羲之之子，献之之兄。东晋琅邪临沂（今山东临沂西北）人。平生爱竹，曾指竹语人曰："何可一日无此君。"

器玩部

制度第一

　　人无贵贱，家无贫富，饮食器皿，皆所必需。"一人之身，百工之所为备。"子舆氏尝言之矣。至于玩好之物，惟富贵者需之，贫贱之家，其制可以不问。然而粗用之物，制度果精，入于王侯之家，亦可同乎玩好；宝玉之器，磨礲^①不善，传于子孙之手，货之不值一钱。如精粗一理，即知富贵贫贱同一致也。予生也贱，又罹奇穷，珍物宝玩虽云未尝入手，然经寓目者颇多。每登荣膴^②之堂，见其辉煌错落者星布棋列，此心未尝不动，亦未尝随见随动，因其材美而取材以制用者未尽善也。至入寒俭之家，睹彼以柴为扉，以瓮作牖，大有黄虞三代之风，而又怪其纯用自然，不加区画。如瓮可为牖也，取瓮之碎裂者联之，使大小相错，则同一瓮也，而有哥窑冰裂之纹矣；柴可为扉也，取柴之入画者为之，使疏密中窾^③，则同一扉也，而有农户、儒门之别矣。人谓变俗为雅，犹之点铁成金，惟具山林经济者^④能此，乌可责之一切？予曰：垒雪成狮，伐竹为马，三尽童子皆优为之，岂童子亦抱经济乎？有耳目即有聪明，有心思即有智巧，但

---

① 磨礲（lóng）：研磨，摩擦。
② 荣膴（hū）：显贵之家。膴，祭祀所用的大块鱼、肉。
③ 中窾（kuǎn）：恰当，合适。
④ 具山林经济者：具有园林艺术设计能力与欣赏水平的人。

苦自画为愚，未尝竭思穷虑以试之耳。

几案

予初观《燕几图》①，服其人之聪明什佰于我，因自置无力，遍求置此者，讯其果能适用与否，卒之未得其人。无我竭此大段心思，不可不谓经营惨淡，而人莫之则效②者，其故何居？以其太涉繁琐，而且无此极大之屋尽列其间，以观全势故也。凡人制物，务使人人可备，家家可用，始为布帛菽粟③之才，否则售冕旒④而沽玉食，难乎其为购者矣。故予所言，务舍高远而求卑近。

几案之设，予以庀⑤材无资，尚未经营及此。但思欲置几案，其中有三小物必不可少：

一曰抽替⑥。此世所原有者也，然多忽略其事，而有设有不设。不知此一物也，有之斯逸，无此则劳，且可借为容懒藏拙之地。文人所需，如简牍⑦、刀锥、丹铅、胶糊⑧之属，无一

---

① 《燕几图》：宋代黄长睿撰有《燕几图》。初为六几，有一定尺寸，称"骰子桌"。后增一小几，合而为七，易名"七星"。纵横排列，使成各种几何图形，按图设席，以娱宾客。燕几，可以错综分合的案几。

② 则效：效仿，模仿。

③ 布帛菽粟：指生活必需品。比喻极平常而又不可缺少的东西。

④ 冕旒（miǎn liú）：帝王、诸侯、卿大夫的礼冠。外黑内红。

⑤ 庀（pǐ）：备具。

⑥ 抽替：抽屉。

⑦ 简牍：古代书写用的竹片和木片，亦泛指书写用品。

⑧ 胶糊：糨糊。

可少，虽曰司之有人，藏之别有其处，究竟不能随取随得，役之如左右手[1]也。予性卞急[2]，往往呼童不至，即自任其劳。书室之地，无论远近迂捷，总以举足为烦，若抽替一设，则凡卒急所需之物尽内其中，非特取之如寄，且若有神物俟乎其中，以听主人之命者。至于废稿残牍，有如落叶飞尘，随扫随有，除之不尽，颇为明窗净几之累，亦可暂时藏纳，以俟祝融，所谓容懒藏拙之地是也。知此则不独书案为然，即抚琴观画、供佛延宾之座，俱应有此。一事有一事之需，一物备一物之用。《诗》云："童子佩觽[3]"《鲁论》云："去丧无所不佩[4]。"人身且然，况为器乎？

一曰隔板，此予所独置也。冬月围炉，不能不设几席；火气上炎，每致桌面台心为之碎裂，不可不预为计也。当于未寒之先，另设活板一块，可用可去，衬于桌面之下，或以绳悬，或以钩挂，或于造桌之时，先作机彀[5]以待之，待受火气，焦则另换，为费不多。此珍惜器具之婆心，虑其暴殄天物，以惜福也。

一曰桌撒[6]。此物不用钱买，但于匠作挥斤之际，主人费启

----

① 左右手：比喻得力的助手

② 卞（biàn）急：急躁。

③ 童子佩觽（xī）：语出《诗经·卫风·芃（wán）兰》。觽，古代用象骨制成、形状如锥的解绳结的工具。本为成人所佩的备用之物，给童子佩带，是祝其早日成才。

④ 去丧无所不佩：语见《论语·乡党》。指丧期满了以后，什么都可以佩带。

⑤ 机彀（gòu）：机关。

⑥ 桌撒：用以垫平桌案脚的片状物。

口之劳，僮仆用举手之力，即可取之无穷，用之不竭。从来几案与地不能两平，挪移之时必相高低长短，而为桌撒。非特寻砖觅瓦时费辛勤，而且相称为难，非损高以就低，即截长而补短，此虽极微极琐之事，然亦同于临渴凿井[1]，天下古今之通病也，请为世人药之。凡人兴造之际，竹头木屑，何地无之？但取其长不逾寸，宽不过指，而一头极薄，一头稍厚者，拾而存之，多多益善，以备挪台撒脚之用。如台脚所虚者少，则止入薄者，而留其有余者于脚外，不则尽数入之。是止一寸之木，而备高低长短数则之用，又未尝费我一钱，岂非极便于人之事乎？但须加以油漆，勿露竹头木屑之本形。何也？一则使之与桌同色，虽有若无；一则恐童子扫地之时，不能记忆，仍谬认为竹头木屑而去之，势必朝朝更换，将亦不胜其烦；加以油漆，则知为有用之器而存之矣。只此极细一着，而有两意存焉，况大者乎？劳一人以逸天下，予非无功于世者也。

椅杌[2]

器之坐者有三：曰椅、曰杌、曰凳。三者之制，以时论之，今胜于古，以地论之，北不如南；维扬之木器，姑苏之竹器，可谓甲于古今，冠乎天下矣，予何能赘一词哉！但有二法未备，予特创而补之，一曰暖椅，一曰凉杌。予冬月著书，身则

---

[1] 临渴凿井：口渴了才去挖井。比喻事先不做好准备，事到临头才动手想办法。
[2] 杌（wù）：凳子。

畏寒，砚则苦冻，欲多设盆炭，使满室俱温，非止所费不赀[1]，且几案易于生尘，不终日而成灰烬世界；若止设大小二炉以温手足，则厚于四肢而薄于诸体，是一身而自分冬夏，并耳目心思，亦可自号孤臣孽子[2]矣。计万全而筹尽适，此暖椅之制所由来也。制法列图于后。一物而充数物之用，所利于人者，不止御寒而已也。盛暑之月，流胶铄金[3]，以手按之，无物不同汤火，况木能生此者乎？凉几亦同他几，但几面必空其中，有如方匣，四围及底，俱以油灰嵌之，上覆方瓦一片。此瓦须向窑内定烧，江西福建为最，宜兴次之，各就地之远近，约同志数人，敛出其资，倩人携带，为费亦无多也。先汲凉水贮几内，以瓦盖之，务使下面着水，其冷如冰，热复换水，水止数瓢，为力亦无多也。其不为椅而几者，夏月不近一物，少受一物之暑气，四面无障，取其透风；为椅则上段之料势必用木，两胁及背又有物以障之，是止顾一臀而周身皆不问矣。此制易晓，图说皆可不备。

暖椅式

如太师椅而稍宽，彼止取容臀，而此则周身全纳故也。如睡翁椅[4]而稍直，彼止利于睡，而此则坐卧咸宜，坐多而卧少

---

① 不赀：不可计数。表示极多或贵重。
② 孤臣孽子：孤立无助的臣子和地位低微的庶子。语出《孟子·尽心上》。
③ 流胶铄金：犹言流金铄石。形容天气酷热。铄，熔化。
④ 睡翁椅：指一种可卧可躺的榻。

也。前后置门，两旁实镶以板，臀下足下俱用栅①。用栅者，透火气也；用板者，使暖气纤毫不泄也；前后置门者，前进人而后进火也。然欲省事，则后门可以不设，进人之处亦可以进火。此椅之妙，全在安抽替于脚栅之下。只此一物，御尽奇寒，使五官四肢均受其利而弗觉。另置扶手匣一具，其前后尺寸，倍于轿内所用者。入门坐定，置此匣于前，以代几案。倍于轿内所用者，欲置笔砚及书本故也。抽替以板为之，底嵌薄砖，四围镶铜。所贮之灰，务求极细，如炉内烧香所用者。置炭其中，上以灰覆，则火气不烈而满座皆温，是隆冬时别一世界。况又为费极廉，自朝抵暮，止用小炭四块，晓用二块至午，午换二块至晚。此四炭者，秤之不满四两，而一日之内，可享室暖无冬之福，此其利于身者也。

若至利于身而无益于事，仍是宴安之具，此则不然。扶手用板，镂去掌大一片，以极薄端砚补之，胶以生漆，不问而知火气上蒸，砚石常暖，永无呵冻②之劳，此又利于事者也。不宁惟是，炭上加灰，灰上置香，坐斯椅也，扑鼻而来者，只觉芬芳竟日，是椅也而又可以代炉。炉之为香也散，此之为香也聚，由是观之，不止代炉，而且差胜于炉矣。有人斯有体，有体斯有

---

① 栅：栅栏。
② 呵冻：冬天手指僵冷或笔砚冰冻，呵气使之温暖或融解。

衣，焚此香也，自下而升者能使氤氲①透骨，是椅也而又可代薰笼②。薰笼之受衣也，止能数件；此物之受衣也，遂及通身。迹是论之，非止代一薰笼，且代数薰笼矣。

　　倦而思眠，倚枕可以暂息，是一有座之床。饥而就食，凭几可以加餐，是一无足之案。游山访友，何烦另觅肩舆③，只须加以柱杠，覆以衣顶，则冲寒冒雪，体有余温，子猷之舟④可弃也，浩然之驴⑤可废也，又是一可坐可眠之轿。日将暮矣，尽纳枕簟⑥于其中，不须臾而被窝尽热；晓欲起也，先置衣履于其内，未转睫而襦袴⑦皆温。是身也，事也，床也，案也，轿也，炉也，薰笼也，定省晨昏⑧之孝子也，送暖偎寒之贤妇也，总以一物焉代之。苍颉造字而天雨粟，鬼夜哭⑨，以造化灵秘之气泄尽而无遗也。此制一出，得无重犯斯忌，而重杞人之忧乎？

---

① 氤氲（yīn yūn）：气和光色混合鼓荡貌。
② 薰笼：亦作"熏笼"。熏炉上所罩的笼子。
③ 肩舆：轿子。
④ 子猷之舟：《世说新语·任诞》记载，王子猷乘舟雪夜访戴逵，乘兴而来，兴尽而归，虽已到戴家门口却转身返回，并未见戴逵。
⑤ 浩然之驴：传说唐代诗人孟浩然骑驴云游四方。
⑥ 簟（diàn）：竹席。
⑦ 袴（kù）：古时指套裤。
⑧ 定省晨昏：指子女早晚向父母问安。
⑨ 苍颉造字而天雨粟，鬼夜哭：语出《淮南子·本经训》。

床帐

人生百年，所历之时，日居其半，夜居其半。日间所处之地，或堂或庑①，或舟或车，总无一定之在，而夜间所处，则止有一床。是床也者，乃我半生相共之物，较之结发糟糠②，犹分先后者也。人之待物，其最厚者当莫过此。然怪当世之人，其于求田问舍③，则性命以之，而寝处晏息④之地，莫不务从苟简⑤，以其只有己见，而无人见故也。若是，则妻妾婢媵是人中之榻也，亦因己见而人不见，悉听其为无盐、嫫姆，蓬头垢面而莫之讯乎？

予则不然。每迁一地，必先营卧榻而后及其他，以妻妾为人中之榻，而床第乃榻中之人也。欲新其制，苦乏匠资；但于修饰床帐之具，经营寝处之方，则未尝不竭尽绵力，犹之贫士得妻，不能变村妆为国色，但令勤加盥栉，多施膏沐而已。其法维何？一曰床令生花，二曰帐使有骨，三曰帐宜加锁，四曰床要着裙。

曷云"床令生花"？夫瓶花盆卉，文人案头所时有也，日则相亲，夜则相背，虽有天香扑鼻，国色昵人，一至昏黄就寝

①庑（wǔ）：堂下周围的廊屋。
②结发糟糠：指共患难的妻子。
③求田问舍：谓但知买田置屋，没有远大志向。
④寝处晏息：指晚上休息睡觉。
⑤苟简：草率而简略。

之时，即欲不为纨扇之捐^①，不可得矣。殊不知白昼闻香，不若黄昏嗅味。白昼闻香，其香仅在口鼻；黄昏嗅味，其味直入梦魂。法于床帐之内先设托板，以为坐花之具；而托板又勿露板形，妙在鼻受花香，俨若身眠树下，不知其为妆造也者。先为小柱二根，暗钉床后，而以帐悬其外。托板不可太大，长止尺许，宽可数寸，其下又用小木数段，制为三角架子，用极细之钉，隔帐钉于柱上，而后以板架之，务使极固。架定之后，用彩色纱罗制成一物，或像怪石一卷，或作彩云数朵，护于板外以掩其形。中间高出数寸，三面使与帐平，而以线缝其上，竟似帐上绣出之物，似吴门堆花之式是也。若欲全体相称，则或画或绣，满帐俱作梅花，而以托板为虬枝老干，或作悬崖突出之石，无一不可。帐中有此，凡得名花异卉可作清供^②者，日则与之同堂，夜则携之共寝。即使群芳偶缺，万卉将穷，又有炉内龙涎^③、盘中佛手^④与木瓜、香楠^⑤等物可以相继。若是，则身非身也，蝶也，飞眠宿食尽在花间；人非人也，仙也，行起坐卧无非乐境。予尝于梦酣睡足、将觉未觉之时，忽嗅蜡梅之香，咽喉齿颊尽带幽芬，似从脏腑中出，不觉身轻欲举，谓此身必不复在人

---

① 纨扇之捐：语本汉班婕妤《怨歌行》。诗借咏纨扇至秋凉即被弃置箧（qiè，小箱子）笥中，以喻恩情中道断绝。纨扇，洁白光亮的丝织品制成的团扇。捐，舍弃。

② 清供：清雅的供品。

③ 龙涎（xián）：香名。

④ 佛手：亦称"佛手柑"，为枸橼的变种，果实冬季成熟，鲜黄色，基部圆形，上部分裂成手指状。

⑤ 香楠：楠树富于香气，故称香楠，产于四川、云南等地。

间世矣。既醒，语妻孥曰："我辈何人，遽有此乐，得无折尽平生之福乎？"妻孥曰："久贱常贫，未必不由于此。"此实事，非欺人语也。

曷云"帐使有骨"？床居外，帐居内，常也。亦有反此旧制，而使帐出床外者，善则善矣，其如夏月驱蚊，匿于床栏曲折之外，有若负嵎[①]，欲求美观，而以膏血殉之，非长策也，不若仍从旧制。其不从旧制，而使帐出床外者，以床有端正之体，帐无方直之形，百计撑持，终难服贴，总以四角之近柱者软而无骨，不能肖柱以为形，有犄角抵牾之势也，故须别为赋形，而使之有骨。用不粗不细之竹，制为一顶及四柱，俟帐已挂定而后撑之，是床内有床，旧制之便与新制之精，二者兼而有之矣。床顶及柱，令置轿者为之，其价颇廉，仅费中人一饭之资耳。

曷云"帐宜加锁"？设帐之故有二：蔽风、隔蚊是也。蔽风之利十之三，隔蚊之功十之七，然隔蚊以此，闭蚊于中而使之不得出者亦以此。蚊之为物也，体极柔而性极勇，形极微而机极诈。薄暮而驱，彼宁受奔驰之苦，挞伐[②]之危，守死而弗去者十之八九。及其去也，又必择地而攻，乘虚以入。昆虫庶类[③]之善用兵法者，莫过于蚊。其择地也，每弃后而攻前；其乘虚也，必舍垣而窥户。帐前两幅之交接处，皆其据险扼

---

① 负嵎（yú）：亦作"负隅"。嵎，山弯。负，倚恃。后多指残敌凭险顽抗。
② 挞（tà）伐：挞，急速貌。原意为迅速攻伐。后以挞为打击，伐为攻伐，合为征讨、攻击之意。
③ 昆虫庶类：指昆虫一类。

要①，伏兵伺我之区也。或于风动帐开之际，或于取器之溺之时，一隙可乘，遂鼓噪而入。法于门户交关之地，上、中、下共设三纽，若妇人之衣扣然。至取溺器时，先以一手绾帐，勿使大开，以一手提之使入，其出亦然。若是，则坚壁固垒，彼虽有奇勇异诈，亦无所施其能矣。至于驱除之法，当使人在帐中，空洞其外，始能出而无阻。世人逐蚊，皆立帐檐之下，使所开之处蔽其大半，是欲其出而闭之门也。犯此弊者十人而九，何其习而不察，亦至此乎？

　　曷云"床要着裙"？爱精美者，一物不使稍污。常有绮罗作帐，精其始而不能善其终，美其上而不得不污其下者，以贴枕着头之处，在妇人则有膏沐之痕，在男子亦多脑汗之迹，日积月累，无瑕者玷而可爱者憎矣，故着裙之法不可少。此法与增添顶柱之法相为表里。欲令着裙，先必使之生骨，无力不能胜衣也。即于四竹柱之下，各穴一孔，以三横竹内之，去簟尺许，与枕相平，而后以布作裙，穿于其上，则裙污而帐不污，裙可勤涤，而帐难频洗故也。至于枕、簟、被褥之设，不过取其夏凉冬暖，请以二语概之，曰：求凉之法，浇水不如透风；致暖之方，增绸不如加布。是予贫士所知者。至于羊羔美酒亦足御寒，广厦重冰尽堪避暑，理则固然，未尝亲试。"知之为知之，不知为不知"，此圣贤无欺之学，不敢以细事而忽之也。

---

① 据险扼要：据险，依凭险要之地而防守。扼要，扼据要冲。

橱柜

造橱立柜，无他智巧，总以多容善纳为贵。尝有制体极大而所容甚少，反不若渺小其形而宽大其腹，有事半功倍之势者。制有善不善也。善制无他，止在多设搁板。橱之大者，不过两层、三层，至四层而止矣。若一层止备一层之用，则物之高者大者容此数件，而低者小者亦止容此数件矣。实其下而虚其上，岂非以上段有用之隙，置之无用之地哉？当于每层之两旁，别钉细木二条，以备架板之用。板勿太宽，或及进身①之半，或三分之一，用则活置其上，不则撤而去之。如此层所贮之物，其形低小，则上半截皆为余地，即以此板架之，是一层变为二层。总而计之，则一橱变为两橱，两柜合成一柜矣，所裨不亦多乎？或所贮之物，其形高大，则去而容之，未尝为板所困也。此是一法。

至于抽替之设，非但必不可少，且自多多益善。而一替之内，又必分为大小数格，以便分门别类，随所有而藏之，譬如生药铺中有所谓"百眼橱②"者。此非取法于物，乃朝廷设官之遗制，所谓五府六部群僚百执事，各有所居之地与所掌之簿书钱谷是也。医者若无此橱，药石之名盈千累百，用一物寻一物，则卢

---

① 进身：犹进深。此处指橱柜的深度。
② 百眼橱：中药铺里贮存药材的有许多抽屉的药橱。

医扁鹊①无暇疗病，止能为刻舟求剑②之人矣。此橱不但宜于医者，凡大家富室，皆当则而效之，至学士文人，更宜取法。能以一层分作数层，一格画为数格，是省取物之劳，以备作文著书之用。则思之思之，鬼神通之；心无他役，而鬼神得效其灵矣。

箱笼箧笥

随身贮物之器，大者名曰箱笼，小者称为箧笥。制之之料，不出革、木、竹三种；为之关键③者，又不出铜、铁二项，前人所制亦云备矣。后之作者，未尝不竭尽心思，务为奇巧，总不出前人之范围；稍出范围即不适用，仅供把玩而已。予于诸物之体，未尝稍更，独怪其枢太庸，物而不化，尝为小变其制，亦足改观。法无他长，惟使有之若无，不见枢钮之迹而已。止备二式者，腹稿④虽多，未经尝试，不敢以待验之方误人也。

予游东粤，见市廛⑤所列之器，半属花梨⑥、紫檀⑦，制法之佳，可谓穷工极巧，止怪其镶铜裹锡，清浊不伦。无论四面

---

① 卢医扁鹊：卢医，扁鹊的别称。扁鹊，战国时医学家。姓秦，名越人。有丰富的医疗实践经验。游遍各地行医，擅长各科。
② 刻舟求剑：比喻拘泥固执，不知变通。
③ 关键：与下文所说的枢、枢纽，都是指使箱笼能启闭自如的部件。
④ 腹稿：指内心酝酿成熟以供表达的诗文构想。
⑤ 市廛：店铺集中之处。
⑥ 花梨：木名。形似紫檀，色紫红，微香。
⑦ 紫檀：常绿大乔木。木材红棕色，坚重细致，通称"红木"，可制优质家具及乐器等。

包镶，锋棱埋没，即于加锁置键之地，务设铜枢，虽云制法不同，究竟多此一物。譬如一箱也，磨砻极光，照之如镜，镜中可使着屑乎？一笥也，攻治①极精，抚之如玉，玉上可使生瑕乎？有人赠我一器，名“七星箱”，以中分七格，每格一替，有如星列故也。外系插盖，从上而下者。喜其不钉铜枢，尚未生瑕着屑，因筹所以关闭之。遂付工人，命于心中置一暗闩②，以铜为之，藏于骨中而不觉，自后而前，抵于箱盖。盖上凿一小孔，勿透于外，止受暗闩少许，使抽之不动而已。乃以寸金小锁，锁于箱后。置之案上，有如浑金粹玉，全体昭然，不为一物所掩。觅关键而不得，似于无锁；窥中藏而不能，始求用钥。此其一也。

后游三山，见所制器皿无非雕漆，工则细巧绝伦，色则陆离可爱，亦病其设关置键之地难免赘瘤，以语工师，令其稍加变易。工师曰：“吾地般、倕③颇多，如其可变，不自今日始矣。欲泯其迹，必使无关键而后可。”予曰：“其然？岂其然乎？”④因置暖椅告成，欲增一匣置于其上，以代几案，遂使为之。上下四旁，皆听工人自为雕漆，俟其成后，就所雕景物而区画之。前面有替可抽者，所雕系“博古图”，罇罍钟磬之属是也；后面无替而平者，系折枝花卉，兰菊竹石是也。皆备

---

① 攻治：此处意为打磨。

② 闩：门上的横插。

③ 般、倕（chuí）：能工巧匠。般，公输班，即鲁班；倕，传说中的巧匠名。

④ 其然？岂其然乎？：语出《论语·宪问》。

五彩，视之光怪陆离。但抽替太阔，开闭时多不合缝，非左进右出，即右进左出。予顾而筹之，谓必一法可当二用，既泯关键之迹，又免出入之疵，使适用美观均收其利而后可。乃命工人亦制铜闩一条，贯于抽替之正中，而以薄板掩之，此板即作分中之界限。夫一替分为二格，乃物理之常，而乌知有一物焉贯于其中，为前后通身之把握哉？得此一物贯于其中，则抽替之出入皆直如矢，永无左出右入、右出左入之患矣。前面所雕《博古图》，中系三足之鼎，列于两旁者一瓶一炉。予鼓掌大笑曰："'执柯伐柯，其则不远。'①即以其人之道，反治其身足矣！②"遂付铜工，令依三物之成式，各制其一，钉于本等物色之上，鼎与炉瓶③皆铜器也，尚欲肖其形与色而为之，况真者哉？不问而知其酷似矣。鼎之中心穴一小孔，置二小钮于旁，使抽替闭足之时，铜闩自内而出，与钮相平。闩与钮上俱有眼，加以寸金小锁，似鼎上原有之物，虽增而实未尝增也。锁则锁矣，抽开之时，手执何物？不几便于入而穷于出乎？曰：不然。瓶、炉之上原当有耳，加以铜圈二枚，执此为柄，抽之不烦余力矣。此区画正面之法也。铜闩既从内出，必在后面生根，未有不透出本匣之背者，是铜皮一块与联络补缀之痕，俱不能泯矣。乌知又有一法，为天授而非人力者哉！所雕诸卉，菊在其

---

① 执柯伐柯，其则不远：语出《诗经·豳风·伐柯》。
② 即以其人之道，反治其身足矣：语出朱熹《四书集注》中《中庸》第十三章注。
③ 炉瓶：香炉和花瓶。

中，菊色多黄，与铜相若，即以铜皮数层，剪千叶菊花一朵，以暗闩之透出者穿入其中，胶入甚固，若是则根深蒂固，谁得而动摇之？

予于此一物也，纯用天工，未施人巧，若有鬼物伺乎其中，乞灵于我，为开生面者。制之既成，工师告予曰："八闽之为雕漆，数百年于兹矣，四方之来购此者，亦百千万亿其人矣，从未见创法立规有如今日之奇巧者，请行此法，以广其传。"予曰："姑迟之，俟新书告成，流布未晚。"窃恐世人先睹其物而后见其书，不知创自何人，反谓剿袭①成功以为己有，讵非不白之冤哉？工师为谁？魏姓，字兰如；王姓，字孟明。闽省雕漆之佳，当推二人第一。自不操斤，但善于指使，轻财尚友，雅人也。

骨董

是编于骨董一项，缺而不备，盖有说焉。崇高古器之风，自汉魏晋唐以来，至今日而极矣。百金贸②一卮，数百金购一鼎，犹有病其价廉工俭而不足用者。常有为一渺小之物，而费盈千累万之金钱，或弃整陌连阡③之美产，皆不惜也。夫今人之重古物，非重其物，重其年久不坏；见古人所制与古人所用

---

① 剿袭：抄袭。
② 贸：交易；买卖。
③ 整陌连阡：形容田地多。

者，如对古人之足乐也。若是，则人与物之相去，又有间矣。设使制用此物之古人至今犹在，肯以盈千累万之金钱与整陌连阡之美产，易之而归，与之坐谈往事乎？吾知其必不为也。予尝谓人曰：物之最古者莫过于书，以其合古人之心思面貌而传者也。其书出自三代，读之如见三代之人；其书本乎黄虞，对之如生黄虞之世；舍此则皆物矣。物不能代古人言，况能揭出心思而现其面貌乎？古物原有可嗜，但宜崇尚于富贵之家，以其金银太多，藏之无具，不得不为长房缩地之法^①，敛丈为尺，敛尺为寸，如"藏银不如藏金，藏金不如藏珠"之说，愈轻愈小，而愈便收藏故也。矧金银太多，则慢藏诲盗^②，贸为古董，非特穿窬不取，即误攫入手，犹将掷而去之。迹是而观，则古董、金银为价之低昂，宜其倍蓰^③而无算也。乃近世贫贱之家，往往效颦于富贵，见富贵者偶尚绮罗，则耻布帛为贱，必觅绮罗以肖之；见富贵者单崇珠翠，则鄙金玉为常，而假珠翠以代之。事事皆然，习以成性，故因其崇旧而黜新，亦不觉生今而反古。有八口晨炊不继，犹舍旦夕而问商周；一身活计茫然，宁遣妻孥而不卖古董者。人心矫异，讵非世道之忧乎？予辑是编，事事皆崇俭朴，不敢侈谈珍玩，以为末俗扬

---

① 长房缩地之法：传说东汉费长房有化远为近之法。葛洪《神仙传·壶公》："房有神术，能缩地脉，千里存在目前，宛然放之，复舒如旧也。"
② 慢藏诲盗：收藏财物不谨慎，等于告诉盗贼，可以来偷东西。指因保管疏忽而招致盗窃。
③ 倍蓰：数倍。倍，一倍；蓰，五倍。

波①。且予窭人②也，所置物价，自百文以及千文而止，购新犹患无力，况买旧乎？《诗》云："惟其有之，是以似之。"生平不识古董，亦借口维风，以藏其拙。

炉瓶

炉瓶之制，其法备于古人，后世无容蛇足。但护持衬贴之具③，不妨意为增减。如香炉既设，则锹箸④随之，锹以拨灰，箸以举火，二物均不可少。箸之长短，视炉之高卑，欲其相称，此理易明，人尽知之；若锹之方圆，须视炉之曲直，使勿相左，此理亦易明，而为世人所忽。入炭之后，炉灰高下不齐，故用锹作准以平之，锹方则灰方，锹圆则灰圆，若使近边之地炉直而锹曲，或炉曲而锹直，则两不相能，止平其中而不能平其外矣，须用相体裁衣之法，配而用之。然以铜锹压灰，究难齐截，且非一锹二锹可了。此非僮仆之事，皆必主人自为之者。予性最懒，故每事必筹躲懒之法，尝制一木印印灰，一印可代数十锹之用。初不过为省繁惜劳计耳，讵料制成之后，非止省力，且极美观，同志相传，遂以为一定不移之法。譬如炉体属圆，则仿其尺寸，旋⑤一圆板为印，与炉相若，不

① 以为末俗扬波：就怕为末世衰败的习俗推波助澜。
② 窭（jù）人：贫寒的人。
③ 护持衬贴之具：配套的用品与工具。
④ 锹（qiāo）箸：炉锹和炉筷。
⑤ 旋（xuàn）：回旋着切削。

爽纤毫，上置一柄，以便手持。但宜稍虚其中，以作内昂外低之势，若食物之馒首然。方者亦如是法。加炭之后，先以箸平其灰，后用此板一压，则居中与四面皆平，非止同于刀削，且能与镜比光，共油争滑，是自有香灰以来，未尝现此娇面者也。既光且滑，可谓极精，予顾而思之，犹曰尽美矣，未尽善也，乃命梓人①镂之。凡于着灰一面，或作老梅数茎，或为菊花一朵，或刻五言一绝，或雕八卦全形，只须举手一按，现出无数离奇，使人巧天工，两擅其绝，是自有香炉以来，未尝开此生面者也。湖上笠翁实有裨于风雅，非僭词②也。请名此物为"笠翁香印"。方之眉公③诸制，物以人名者，孰高孰下，谁实谁虚，海内自有定评，非予所敢饶舌。用此物者，最宜神速，随按随起，勿迟瞬息，稍一逗留，则气闭火息矣。雕成之后，必加油漆，始不沾灰。

焚香必需之物，香锹、香箸之外，复有贮香之盒，与插锹箸之瓶之数物者，皆香与炉之股肱④手足，不可或无者也。然此外更有一物，势在必需，人或知之而多不设，当为补入清供。夫以箸拨灰，不能免于狼藉，炉肩鼎耳之上，往往蒙尘，必得一物扫除之。此物不须特制，竟用蓬头小笔一枝，但精其管，使与濡墨者有别，与锹箸二物同插一瓶，以便次第取用，名曰"香

---

① 梓人：木工。

② 僭词：言过其实的话。

③ 眉公：陈继儒（1558—1639），字仲醇，号眉公、麋公，华亭（今上海市松江区）人，诗文书画兼擅，与董其昌齐名。

④ 股肱（gōng）：大腿和上臂。常比喻辅助帝王的大臣，亦用作辅佐之意。

帚"。至于炉有底盖，旧制皆然，其所以用此者，亦非无故。盖以覆灰，使风起不致飞扬；底即座也，用以隔手，使移动之时，执此为柄，以防手汗沾炉，使之有迹，皆有为而设者也。然用底时多，用盖时少。何也？香炉闭之一室，刻刻焚香，无时可闭；无风则灰不自扬，即使有风，亦有窗帘所隔，未有闭熄有用之火，而防未心果至之风者也。是炉盖实为赘瘤，尽可不设。而予则又有说焉：炉盖有时而需，但前人制法未善，遂觉有用为无用耳。盖以御风，固也。独不思炉不贮火，则非特盖可不用，并炉亦可不设；如其必欲置火，则盖之火熄，用盖何为？予尝于花晨月夕及暑夜纳凉，或登最高之台，或居极敞之地，往往携炉自随，风起灰飏，御之无策，始觉前人呆笨，制物而不善区画之，遂使贻患及今也。同是一盖，何不于顶上穴一大孔，使之通气，无风置之高阁，一见风起，则取而覆之，风不得入，灰不致飏，而香气自下而升，未尝少阻，其制不亦善乎？止将原有之物，加以举手之劳，即可变无益为有神。昔人点铁成金，所点者不必是铁，所成者亦未必皆金，但能使不值钱者变而值钱，即是神仙妙术矣。此炉制也。

瓶以磁者为佳，养花之水清而难浊，且无铜腥气也。然铜者有时而贵，以冬月生冰，磁者易裂，偶尔失防，遂成弃物，故当以铜者代之。然磁瓶置胆，即可保无是患。胆用锡，切忌用铜，铜一沾水即发铜青，有铜青而再贮以水，较之未有铜青时，其腥十倍，故宜用锡。且锡柔易制，铜劲难为，价亦稍有低昂，其便不一而足也。磁瓶用胆，人皆知之，胆中着撒，人则未之行也。插花于瓶，必令中窾，其枝梗之有画意者随手插入，自然合宜，不则挪移布置之力不可少矣。有一种倔强花枝，不肯听人指使，我欲置左，彼偏向右，我欲使仰，彼偏好垂，须用一物制之。所谓撒也，以坚木为之，大小其形，勿拘一格，其中则或扁或方，或为三角，但须圆形其外，以便合瓶。此物多备数十，以俟相机取用。总之不费一钱，与桌撒一同拾取，弃于彼者复收于此。斯编一出，世间宁复有弃物乎？

屏轴

十年之前，凡作围屏及书画卷轴者，止有巾条[①]、斗方[②]及横批[③]三式。近年幻为合锦[④]，使大小长短以至零星小幅，皆可配合用之，亦可谓善变者矣。然此制一出，天下争趋，所见皆然，转盼又觉陈腐，反不若巾条、斗方诸式，以多时不见为新矣，故体制更宜稍变。变用何法？曰：莫妙于冰裂碎纹，如前云所载糊房之式，最与屏轴相宜，施之墙壁犹觉精材粗用，未免亵视[⑤]牛刀耳。法于未书未画之先，画冰裂碎纹于全幅纸上，照纹裂开，各自成幅，征诗索画既华，然后合而成之。须于画成未裂之先，暗书小号于纸背，使知某属第一，某居第二，某横某

---

① 巾条：条幅，直挂的长条画。
② 斗方：一二尺见方的诗幅或书画页。
③ 横批：犹横披。长条形的横幅字画。
④ 合锦：此处指将大小长短不一的书画配合用之而成的卷轴和锦屏。
⑤ 亵（xiè）视：轻视。

直，某角与某角相连，其后照号配成，始无攒凑①不来之患。其相间之零星细块必不可少，若憎其琐屑而不画，则有宽无窄，不成其为冰裂纹矣。但最小者，勿用书画，止以素描②间之，若尽有书画，则纹理模糊不清，反为全幅之累。此为先画纸绢，后征诗画者而言，盖立法之初，不得不为其简且易者。迨裱之既熟，随取现成书画，皆可裂作冰纹，亦犹裱合锦之法，不过变四方平正之角为曲直纵横之角耳。此裱匠之事，我授意而使彼为之者耳。

更有书画合一之法，则其权在我，授意于作书作画之人，裱匠则行其无事者也。"诗中有画，画中有诗"③，此古来成语；作画者取诗意命题，题诗者就画意作诗，此亦从来成格。然究意诗自诗而画自画，未见有混而一之者也。混而一之，请自今始。法于画大幅山水时，每于笔墨可停之际，即留余地以待诗，如峭壁悬崖之下，长松古木之旁，亭阁之中，墙垣之隙，皆可留题作字者也。凡遇名流，即索新句，视其地之宽窄，以为字之大小，或为鹅帖④行书，或作蝇头小楷。即以题画之诗饰其所题之画，谓当日之原迹可，谓后来之题咏亦可，是"诗中有画，画中有诗"二语，昔作虚文，今成实事，亦游戏笔墨之小神通也。请质高明，定其可否。

---

① 攒（cuán）凑：聚集；拼凑。
② 素描：主要以单色线条和块面来塑造物体形象。
③ 诗中有画，画中有诗：语出苏轼《东坡题跋·书摩诘〈蓝田烟雨图〉》。
④ 鹅帖：《鹅群帖》，世传为王羲之子献之手笔。实为南朝宋以后好事者附会王羲之写《道德经》换鹅事而伪造。

茶具

　　茗注[1]莫妙于砂壶，砂壶之精者，又莫过于阳羡，是人而知之矣。然宝之过情，使与金银比值，无乃仲尼不为之已甚[2]乎？置物但取其适用，何必幽渺其说，必至理穷义尽而后止哉！凡制茗壶，其嘴务直，购者亦然，一曲便可忧，再曲则称弃物矣。盖贮茶之物与贮酒不同，酒无渣滓，一斟即出，其嘴之曲直可以不论；茶则有体之物也，星星之叶，入水即成大片，斟泻之时，纤毫入嘴，则塞而不流。啜茗快事，斟之不出，大觉闷人。直则保无是患矣，即有时闭塞，亦可疏通，不似武夷九曲[3]之难力导也。

　　贮茗之瓶，止宜用锡。无论磁铜等器，性不相能，即以金银作供，宝之适以祟之[4]耳。但以锡作瓶者，取其气味不泄；而制之不善，其无用更甚于磁瓶。询其所以然之故，则有二焉：一则以制成未试，漏孔繁多。凡锡工制酒壶、茶注等物，于其既成，必以水试，稍有渗漏，即加补苴[5]，以其为贮茶贮酒而设，漏即无所用之矣；一到收藏干物之器，即忽视之，犹

---

① 茗注：茶具。
② 仲尼不为之已甚：孔子不主张做过分的事情。语出《孟子·离娄下》。
③ 武夷九曲：武夷山在福建崇安，风景优美，其九曲溪以多曲著名。
④ 祟之：祸害它。
⑤ 补苴（jū）：补缀，引申为弥缝。

木工造盆造桶则防漏，置斗置斛①则不防漏，其情一也。乌知锡瓶有眼，其发潮泄气反倍于磁瓶，故制成之后，必加亲试，大者贮之以水，小者吹之以气，有纤毫漏隙，立督补成。试之又必须二次，一在将成未旋之时，一则已成既旋之后。何也？常有初时不漏，迨旋去锡时、打磨光滑之后，忽然露出细孔，此非屡验谛视②者不知。此为浅人道也。一则以封盖不固，气味难藏。凡收藏香美之物，其加严处全在封口，封口不密，与露处同。吾笑世上茶瓶之盖必用双层，此制始于何人？可谓七窍俱蒙者矣。单层之盖，可于盖内塞纸，使刚柔互效其力；一用夹层，则止靠刚者为力，无所用其柔矣。塞满细缝，使之一线无遗，岂刚而不善屈曲者所能为乎？即靠外面糊纸，而受纸之处又在崎岖凹凸之场，势必剪碎纸条，作蓑衣样式，始能贴服。试问以蓑衣覆物，能使内外不通风乎？故锡瓶之盖，止宜厚不宜双。藏茗之家，凡收藏不即开者，于瓶口向上处，先用绵纸二三层，实褙③封固，俟其既干，然后覆之以盖，则刚柔并用，永无泄气之时矣。其时开时闭者，则于盖内塞纸一二层，使香气闭而不泄。此贮茗之善策也。若盖用夹层，则向外者宜作两截，用纸束腰，其法稍便。然封外不如封内，究竟以前说为长。

---

① 斛（hú）：量器名，亦用作容量单位。古代以十斗为一斛，南宋末年改为五斗。

② 谛视：详视。

③ 褙（bèi）：把布或纸一层一层地粘在一起。

酒具

酒具用金银，犹妆奁之用珠翠，皆不得已而为之，非宴集时所应有也。富贵之家，犀①则不妨常设，以其在珍宝之列，而无炫耀之形，犹仕宦之不饰观瞻②者。象与犀同类，则有光芒太露之嫌矣。且美酒入犀杯，另是一种香气。唐句云："玉碗盛来琥珀光。③"玉能显色，犀能助香，二物之于酒，皆功臣也。至尚雅素之风，则磁杯当首重已。旧磁可爱，人尽知之，无如④价值之昂，日甚一日，尽为大力者所有，吾侪贫士，欲见为难。然即有此物，但可作骨董收藏，难充饮器。何也？酒后擎⑤杯，不能保无坠落，十损其一，则如雁行中断，不复成群。备而不用，与不备同。贫家得以自慰者，幸有此耳。然近日冶人⑥，工巧百出，所制新磁，不出成、宣二窑⑦下，至于体式之精异，又复过之。其不得与旧窑争值者，多寡之分耳。吾怪近时陶冶，何不自爱其力，使日作一杯，月制一盏，世人需之不得，必待善价而沽，其利与多制滥售等也，何计不也此？曰：不然。我高其

---

① 犀：指用犀牛角制成的酒具。
② 不饰观瞻：不过于讲究外在仪表、穿衣打扮。
③ 玉碗盛来琥珀光：语出李白《客中作》诗句。
④ 无如：无奈。
⑤ 擎（qíng）：举。
⑥ 冶人：冶炼、陶铸器物的工匠。
⑦ 成、宣二窑：均指景德镇官窑烧制的瓷器。

技，人贱其能，徒让垄断^①于捷足之人耳。

碗碟

　　碗莫精于建窑^②，而苦于太厚。江右所制者，虽窃建窑之名，而美观实出其上，可谓青出于蓝者矣。其次则论花纹，然花纹太繁，亦近鄙俗，取其笔法生动、颜色鲜艳而已。碗碟中最忌用者，是有字一种，如写《前赤壁赋》《后赤壁赋》^③之类。此陶人造孽之事，购而用之者，获罪于天地神明不浅。请述其故。"惜字一千，延寿一纪"，此文昌^④垂训之词。虽云未必果验，然字画出于圣贤，苍颉造字而鬼夜哭，其关乎气数，为天地神明所宝惜可知也。用有字之器，不为损福，但用之不久而损坏，势必倾委作践，有不与造孽陶人中分其咎者乎？陶人但司其成，未见其败，似彼罪犹可原耳。字纸委地，遇惜福之人，则收付祝融，因其可焚而焚之也。至于有字之废碗，坚不可焚，一似入火不热入水不濡之神物。因其坏而不坏，遂至倾而又倾，道旁见者，虽有惜福之念，亦无所施，有时抛入街衢，遭千万人之践

---

① 垄（lǒng）断：泛指把持和独占。
② 建窑：宋代著名瓷窑之一。窑址在今福建南平市建阳区水吉镇。始于晚唐，盛于宋，衰于元。
③ 《前赤壁赋》《后赤壁赋》：均为北宋苏轼所作散文篇目。
④ 文昌：中国古代神话以为主宰功名、禄位的神。元仁宗延祐三年（1316）将梓潼帝君加封为"辅元开化文昌司禄宏仁帝君"后，称"文昌帝君"，两者遂合而为一。

踏，有时倾入溷厕，受千百载之欺凌，文字之罹祸，未有甚于此者。吾愿天下之人，尽以惜福为念，凡见有字之碗，即生造孽之虑。买者相戒不取，则卖者计穷；卖者计穷，则陶人视为畏途而弗造矣。文字之祸其日消乎？此犹救弊之末着。倘有惜福缙绅，当路于江右者，出严檄^①一纸，遍谕陶人，使不得于碗上作字，无论赤壁等赋不许书磁，即"成化、宣德年造"及"某斋某居"等字，尽皆削去。试问有此数字，果得与成窑、宣窑比值乎？无此数字，较之常值增减半文乎？有此无此，其利相同，多此数笔，徒造千百年无穷之孽耳。制、抚、藩、臬，以及守令诸公，尽是斯文宗主^②，宦豫章^③者，急行是令，此千百年未造之福，留之以待一人。时哉时哉^④，乘之勿失！

---

① 檄（xí）：古代官府用以征召、晓谕或声讨的文书。
② 斯文宗主：文化的守护者与文人众所景仰者。
③ 豫章：郡名。西汉高祖五年（前202）置。治南昌（今市）。
④ 时哉时哉：正是时候。语出《论语·乡党》。

灯烛

灯烛辉煌，宾筵①之首事也。然每见衣冠盛集，列山珍海错②，倾玉醴琼浆③，几部鼓吹④，频歌叠奏，事事皆称绝畅，而独于歌台色相，稍近模糊。令人快耳快心，而不能大快其目者，非主人吝惜兰膏⑤，不肯多设，只以灯煤⑥作祟，非剔之不得其法，即司之不得其人耳。吾为六字诀以授人，曰："多点不如勤剪。"勤剪之五，明于不剪之十。原其不剪之故，或以观场念切，主仆相同，均注目于梨园，置晦明于不同；或以奔走太劳，职无专委，因顾彼以失此，致有炬而无光，所谓司之不得其人也。欲正其弊，不过专责一人，择其谨朴老成、不耽游戏者，则二患庶几可免。然司之得人，剔之不得其法，终为难事。大约场上之灯，高悬者多，卑立者少。剔卑灯易，剔高灯难。非以人就灯而升之使高，即以灯就人而降之使卑，剔一次必须升降一次，是人与灯皆不胜其劳，而座客观之亦觉代为烦苦，常有畏难不剪而听其昏黑者。

予创二法以节其劳，一则已试而可自信者，一则未敢遽信

---

① 宾筵：宴请宾客的筵席。
② 山珍海错：山间、海中出产的各种珍异食品。
③ 玉醴（lǐ）琼浆：均指美酒。
④ 鼓吹：古乐的一种，用鼓、角、箫、笳等乐器合奏。
⑤ 兰膏：古时用泽兰炼成的油脂。可燃灯，有香气。又泛指有香气的油脂。
⑥ 灯煤：灯芯上凝结的烟尘。

而待试于人者。已试维何？长三四尺之烛剪是已。以铁为之，务为极细，粗则重而难举；然举之有法，说在后幅。有此长剪，则人不必升，灯亦不必降，举手即是，与剔卑灯无异矣。未试维何？暗提线索，用傀儡①登场之法是已。法于梁上暗作长缝一条，通于屋后，纳挂灯之绳索于中，而以小小轮盘仰承其下，然后悬灯。灯之内柱外幕②，分而为二，外幕系定于梁间，不使上下，内柱之索上跨轮盘。欲剪灯煤，则放内柱之索，使之卑以就人，剪毕复上，自投外幕之中，是外幕高悬不移，俨然以静待动。同一灯也，而有劳逸之分，劳所当劳，逸所当逸，较之内外俱下，而且有碍手碍脚之繁者，先踞一筹之胜矣。其不明抽以索，而必暗投梁缝之中，且贯通于屋后者，其故何居？欲埋伏抽索之人于屋后，使不露形，但见轮盘一转，其灯自下，剪毕复上，总无抽拽之形，若有神物厕于梁间者。予创为是法，非有心炫巧，不过善藏其拙。盖场上多立一人，多生一人之障蔽。使以一人剪灯，一人抽索，了此及彼，数数③往来，则座客止见人行，无复洗耳听歌之暇矣。故藏人屋后，撤去一半藩篱，耳目之前何等清静。藏人屋后者，亦不必定在墙垣之外，厅堂必有退步，屏障以后即其处也。或隔绛纱，或悬翠箔，但使内见外，而外不见内，则人工不露而天巧可施矣。每灯一盏，用索一条，以蜡磨光，欲其不涩。梁间一缝，可容数索，但须预编字号，系

----

① 傀儡（kuǐ lěi）：木偶戏里的木头人。

② 内柱外幕：指灯的内座和外罩。

③ 数数：屡次；常常。

以小牌，使抽者便于识认。剪灯者将及某号，即预放某索以待之，此号方升，彼号即降，观其术者，如入山阴道中，明知是人非鬼，亦须诧异惊神，鼓掌而观，又是一番乐事。惜予囊悭无力[1]，未及指使匠工；悬美法以待人，即谓自留余地亦可。

梁上凿缝，势有不能，为悬灯细事而损伤巨料，无此理也。如置此法于造屋之先，则于梁成之后，另镶薄板二条，空洞其中而蒙蔽其下，然后升梁于柱，以俟灯索，此一法也。已成之屋，亦如此法，但先置绳索于中，而后周遭以板。此法之设，不止定为观场，即于元夕张灯，寻常宴客，皆可用之，但比长剪之法为稍费耳。

制长剪之法，视屋之高卑以为长短，短者三尺，长者四五尺，直其身而曲其上，如鸟喙然，总以细巧坚劲为主。然用之有法，得其法则可行，不得其法则虽设而不适于用，犹弃物也。盖以铁为剪，又长数尺，是其体不能不重，只手高擎，势必摇动于上，剪动则灯亦动；灯剪俱动，则他东我西，虽欲剪之，不可得矣。法以右手持剪，左手托之，所托之处，高右手尺许。剪体虽重，不过一二斤，只手孤擎则不足，双手效力[2]则有余；擎而剪之者一手，按之使不动摇者又有一手，其势虽高，何足虑乎？"孤掌难鸣，众擎易举。"天下事，类如是也。

长剪虽佳，予终恶其体重，倘能以坚木为身，止于近灯煤处用铁，则尽美而又尽善矣。思而未制，存其说以俟解人。

---

① 囊悭（qiān）无力：囊中羞涩，没有财力。
② 效力：出力。

长剪难于概用，惟有烛无衣，与四围有衣而空洞其下者可以用之。若明角灯①、珠灯②，皆无隙可入，虽有长剪，何所用之？至于梁间放索，则是灯皆可。二事亦可并行，行之之法，又与前说相反：灯柱居中不动，而提起外幕以俟剪，剪毕复下。又合居重驭轻之法，听人所好而为之。

笺简

笺简之制，由古及今，不知几千万变。自人物器玩，以迨花鸟昆虫，无一不肖其形，无日不新其式；人心之巧、技艺之工，至此极矣。予谓巧则诚巧，工则至工，但其构思落笔之初，未免驰高骛远③，舍最近者不思，而遍索于九天之上、八极之内，遂使光灿陆离者总成赘物，与书牍之本事无干。予所谓至近者非他，即其手中所制之笺简是也。既名笺简，则"笺简"二字中便有无穷本义。鱼书雁帛④而外，不有竹刺⑤之式可为乎？书本之形可肖乎？卷册便面，锦屏绣轴之上，非染翰挥毫⑥之地乎？石壁可以留题，蕉叶曾经代纸，岂意未之前闻，而为予之

---

① 明角灯：亦称羊角灯，灯罩以羊角胶制成，故名。古时灯罩多用纸或纱绢，不及用羊角胶制成的灯罩好。羊角胶制成的灯罩既具透光性，其上亦可绘图画，更可防风雨。
② 珠灯：用五色珠装饰的灯。
③ 驰高骛远：比喻不切实际地追求过高过远的目标。
④ 鱼书雁帛：泛指书信。
⑤ 竹刺：古代名片。在竹简上刺上名字，所以叫竹刺。
⑥ 染翰挥毫：指写诗作文。

臆说乎？至于苏蕙娘所织之锦①，又后人思之慕之，欲书一字于其上而不可复得者也。我能肖诸物之形似以笺，则笺上所列，皆题诗作字之料也。还其固有，绝其本无，悉是眼前韵事，何用他求？已命奚奴②逐款制就，售之坊间，得钱付梓人，仍备剞劂之用，是此后生生不已，其新人见闻、快人挥洒之事，正未有艾③。即呼予为薛涛④幻身，予亦未尝不受，盖须眉男子之不传，有愧于知名女子者正不少也。

　　已经制就者，有韵事笺八种、织锦笺十种。韵事者何？题石、题轴、便面、书卷、剖竹、雪蕉、卷子、册子是也。锦纹十种，则尽仿回文织锦之义，满幅皆锦，止留縠纹⑤缺处代人作书，书成之后，与织就之回文无异。十种锦纹各别，作书之地亦不雷同。惨淡经营，事难缕述，海内名贤欲得者，倩人向金陵购之。是集内种种新式，未能悉走寰中⑥，借此一端，以陈大概。售笺之地即售书之地，凡予生平著作，皆萃⑦于此。有嗜痂之癖

---

① 苏蕙娘所织之锦：苏蕙，十六国时前秦女诗人。字若兰。其丈夫窦滔，符坚时为秦州刺史，后以罪徙流沙。苏蕙思念窦滔，织锦为《回文旋图诗》以寄。一说：符坚以滔为安南将军，镇襄阳。滔携宠姬赵阳台往，蕙不肯同行，滔竟与断音问。蕙自伤，因织绵为回文诗以寄。滔感动，迎她往襄阳，而归阳台于关中。

② 奚奴：女奴。泛指奴仆。

③ 艾：尽；停止。

④ 薛涛（？—832）：唐代女诗人。字洪度，长安（今陕西西安）人。能诗，时称女校书。曾居成都浣花溪，创制深红小笺写诗，人称薛涛笺。

⑤ 縠纹：绉纱似的皱纹，常用以喻水的波纹。

⑥ 悉走寰中：在国内流行。

⑦ 萃：聚集。

者，贸此以去，如偕笠翁而归。千里神交，全赖乎此。只今知己遍天下，岂尽谋面之人哉？（金陵承恩寺中书铺坊间有"芥子园名笺"五字者，即其处也。）

是集中所载诸新式，听人效而行之；惟笺帖之体裁，则令奚奴自制自售，以代笔耕，不许他人翻梓。已经传札布告，诫之于初矣。倘仍有垄断之豪，或照式刊行，或增减一二，或稍变其形，即以他人之功冒为己有，食其利而抹煞其名者，此即中山狼①之流亚②也。当随所在之官司而控告焉，伏望主持公道。至于倚富恃强，翻刻湖上笠翁之书者，六合以内，不知凡几。我耕彼食，情何以堪？誓当决一死战，布告当事，即以是集为先声。总之，天地生人，各赋以心，即宜各生其智，我未尝塞彼心胸，使之勿生智巧，彼焉能夺吾生计，使不得自食其力哉！

---

① 中山狼：比喻恩将仇报、没有良心的人。
② 流亚：犹言等辈。指同一类的人物。

位置第二

器玩未得，则讲购求；及其既得，则讲位置。位置器玩与位置人才同一理也。设官授职者，期于人地相宜；安器置物者，务在纵横得当。设以刻刻需用者，而置之高阁，时时防坏者，而列于案头，是犹理繁治剧①之材，处清静无为之地，黼黻②皇猷③之品，作驱驰孔道④之官。有才不善用，与空国无人等也。他如方圆曲直、齐整参差，皆有就地立局之方、因时制宜之法。能于此等处展其才略，使人入其户、登其堂，见物物皆非苟设，事事具有深情，非特泉石勋猷⑤于此足征全豹，即论庙堂经济，亦可微见一斑⑥。未闻有颠倒其家，而能整齐其国者也。

---

① 理繁治剧：治理繁难事务。
② 黼黻（fǔ fú）：古代礼服上所绣的花纹。
③ 皇猷（yóu）：帝王的谋划。
④ 孔道：大道；通道。
⑤ 泉石勋猷：安排一水一石（泛指各种器玩）的好手。
⑥ 微见一斑：犹言了解一二。

忌排偶①

"胪列古玩，切忌排偶。"此陈说也。予生平耻拾唾余②，何必更蹈其辙。但排偶之中，亦有分别。有似排非排，非偶是偶；又有排偶其名，而不排偶其实者，皆当疏明其说，以备讲求。如天生一日，复生一月，似乎排矣，然二曜③出不同时，且有极明、微明之别，是同中有异，不得竟以排比目之矣。所忌乎排偶者，谓其有意使然，如左置一物，右无一物以配之，必求一色相俱同者与之相并，是则非偶而是偶，所当急忌者矣。若夫天生一对，地生一双，如雌雄二剑、鸳鸯二壶，本来原在一处者，而我必欲分之，以避排偶之迹，则亦矫揉④执滞⑤，大失物理人情之正矣。即避排偶之迹，亦不必强使分开，或比肩其形，或连环其势，使二物合成一物，即排偶其名，而不排偶其实矣。大约摆列之法，忌作"八"字形，二物并列，不分前后、不爽分寸者是也；忌作四方形，每角一物，势如小菜碟者是也；忌作梅花体，中置一大物，周遭以小物是也；余可类推。当行之法，则与时变化，就地权宜，视形体为纵横曲直，非可预设规模者也。如必欲强拈一二，若三物相俱，宜作"品"字形，或一前

---

① 排偶：此处指呆板、机械，一味讲究对称、整齐的排列方式。
② 耻拾唾余：以因袭旧说为耻。
③ 二曜：指日月。
④ 矫揉：矫正；整饬。引申为故意做作。
⑤ 执滞：固执，拘泥。

二后，或一后二前，或左一右二，或右一左二，皆谓错综；若以三者并列，则犯排矣。四物相共，宜作"心"字及"火"字格，择一或高或长者为主，余前后左右列之，但宜疏密断连，不得均匀配合，是谓参差；若左右各二，不使单行，则犯偶矣。此其大略也，若夫润泽之，则在雅人君子。

贵活变

幽斋陈设，妙在日异月新。若使骨董生根，终年匏系^①一处，则因物多腐象，遂使人少生机，非善用古玩者也。居家所需之物，惟房舍不可动移，此外皆当活变。何也？眼界关乎心境，人欲活泼其心，先宜活泼其眼。即房舍不可动移，亦有起死回生之法。譬如造屋数进，取其高卑广隘之尺寸不甚相悬者，授意匠工，凡作窗棂门扇，皆同其宽窄而异其体裁，以便交相更替。同一房也，以彼处门窗挪入此处，便觉耳目一新，有如房舍皆迁者；再入彼屋，又换一番境界，是不特迁其一，且迁其二矣。房舍犹然，况器物乎？或卑者使高，或远者使近，或二物别之既久而使一旦相亲，或数物混处多时而使忽然隔绝，是无情之物变为有情，若有悲观离合于其间者。但须左之右之，无不宜之，则造物在手，而臻化境矣。人谓朝东夕西，往来仆仆，"何

---

① 匏（páo）系：旧时用来比喻不得出仕，或久任微职，不得迁升。此处指古董被久置一处。

许子之不惮烦乎^①"？予曰：陶士行^②之运甓^③，视此犹烦，未有笑其多事多；况古玩之可亲，犹胜于甓，乐此者不觉其疲，但不可为饱食终日无所用心者道。

古玩中香炉一物，其体极静，其用又妙在极动，是当一日数迁其位，片刻不容胶柱者也。人问其故，予以风帆喻之。舟行所挂之帆，视风之斜正为斜正，风从左而帆向右，则舟不进而且退矣。位置香炉之法亦然。当由风力起见，如一室之中有南北二牖，风从南来，则宜位置于正南；风从北入，则宜位置于正北；若风从东南或从西北，则又当位置稍偏，总以不离乎风者近是。若反风所向，则风去香随，而我不沾其味矣。又须启风来路，塞风去路，如风从南来而洞开北牖，风从北至而大辟南轩，皆以风为过客，而香亦传舍^④视我矣。须知器玩之中，物物皆可使静，独香炉一物，势有不能。"爱之能勿劳乎^⑤？"待人之法也，吾于香炉亦云。

---

① 何许子之不惮烦乎：语出《孟子·滕文公上》："何为纷纷然与百工交易？何许子之不惮烦？"许子指许行，为战国时农家学派代表人物，主张"贤者与民并耕而食，饔飧（自理炊事）而治"，即人人必须劳动，虽国君也不例外。

② 陶士行：陶侃（259—334），东晋庐江寻阳（今江西九江西南）人，字士行，精勤吏职，常勉人惜分阴，为人所称。

③ 甓（pì）：砖。

④ 传（zhuàn）舍：古时供来往行人居住的旅舍；客舍。

⑤ 爱之能勿劳乎：语出《论语·宪问》。

卷六
⋮

饮馔部

蔬食第一

　　吾观人之一身，眼耳鼻舌，手足躯骸，件件都不可少。其尽可不设而必欲赋之，遂为万古生人之累者，独是口腹二物。口腹具，而生计繁矣；生计繁，而诈伪奸险之事出矣；诈伪奸险之事出，而五刑①不得不设。君不能施其爱育，亲不能遂其恩私，造物好生，而亦不能不逆行其志者，皆当日赋形不善，多此二物之累也。草木无口腹，未尝不生；山石土壤无饮食，未闻不长养。何事独异其形而赋以口腹？即生口腹，亦当使如鱼虾之饮水，蜩螗②之吸露，尽可滋生气力，而为潜跃飞鸣。若是，则可与世无求，而生人之患熄矣。乃既生以口腹，又复多其嗜欲，使如溪壑之不可厌③。多其嗜欲，又复洞其底里，使如江海之不可填。以致人之一生，竭五官百骸之力，供一物之所耗而不足哉！吾反复推详，不能不于造物是咎。亦知造物于此，未尝不自悔其非，但以制定难移，只得终遂其过。甚矣！作法慎初，不可草草定制。

---

① 五刑：我国古代的五种刑罚。早期五刑的具体名称，见于《书·吕刑》的为墨、劓、剕、宫、大辟，见于《周礼·秋官·司刑》的为墨、劓、宫、刖、杀。隋代至清代改为笞、杖、徒、流、死，是为后期五刑。
② 蜩螗（tiáo táng）：蝉的别称。
③ 厌：后作"餍"。饱；满足。

吾辑是编而谬及饮馔，亦是可已不已之事。其止崇俭啬，不导奢靡者，因不得已而为造物饰非，亦当虑始计终，而为庶物①弭患。如逞一己之聪明，导千万人之嗜欲，则匪特禽兽昆虫无噍类②，吾虑风气所开，日甚一日，焉知不有易牙复出，烹子求荣③，杀婴儿以媚权奸，如亡隋故事者哉！一误岂堪再误，吾不敢不以赋形造物视作覆车④。

　　声音之道，丝不如竹，竹不如肉，为其渐近自然。吾谓饮食之道，脍不如肉⑤，肉不如蔬，亦以其渐近自然也。草衣木食，上古之风。人能疏远肥腻，食蔬蕨⑥而甘之，腹中菜园不使羊来踏破，是犹作羲皇⑦之民，鼓唐虞⑧之腹，与崇尚古玩同一致也。所怪于世者，弃美名不居，而故异端其说，谓佛法如是，是则谬矣。吾辑《饮馔》一卷，后肉食而首蔬菜，一以崇俭，一以复古；至重宰割而惜生命，又其念兹在兹⑨，而不忍或忘者矣。

---

① 庶物：万物。

② 噍类：原谓能饮食的动物，特指活着的人。

③ 易牙复出，烹子求荣：易牙，又作狄牙，为齐桓公宠臣。相传他为了献媚求荣，曾烹其爱子为羹进献齐桓公。

④ 覆车：比喻失败的教训。

⑤ 脍不如肉：切得很细的肉不如未切碎的肉。

⑥ 蕨（jué）：植物名。亦称"蕨菜"。

⑦ 羲皇：伏羲氏，中华神话中人类的始祖。

⑧ 唐虞：唐尧与虞舜的并称。

⑨ 念兹在兹：泛指念念不忘某一件事情。出自《尚书·大禹谟》。

笋

论蔬食之美者，曰清，曰洁，曰芳馥，曰松脆而已矣。不知其至美所在，能居肉食之上者，只在一字之"鲜"。《记》曰："甘受和，白受采。[①]""鲜"即"甘"之所从出也。此种供奉，惟山僧野老躬治园圃者，得以有之，城市之人向卖菜佣[②]求活者不得与焉。然他种蔬食，不论城市山林，凡宅旁有圃者，旋摘旋烹，亦能时有其乐。至于笋之一物，则断断宜在山林，城市所产者，任尔芳鲜，终是笋之剩义[③]。此蔬食中第一品也，肥羊嫩豕，何足比肩？但将笋、肉齐烹，合盛一簋[④]，人止食笋而遗肉，则肉为鱼而笋为熊掌可知矣。购于市者且然，况山中之旋掘者乎？

食笋之法多端，不能悉纪，请以两言概之，曰："素宜白水，荤用肥猪。"茹斋者食笋，若以他物伴之，香油和之，则陈味夺鲜，而笋之真趣没矣。白煮俟熟，略加酱油，从来至美之物，皆利于孤行，此类是也。以之伴荤，则牛羊鸡鸭等物皆非所宜，独宜于豕，又独宜于肥。肥非欲其腻也，肉之肥者能甘，甘味入笋，则不见其甘，但觉其鲜之至也。烹之既熟，肥肉

---

① 甘受和，白受采：甘美之物易于调味，洁白之物易于着色。

② 卖菜佣：菜贩。

③ 剩义：此处指次一等的风味。

④ 簋（guǐ）：中国古代食器。

尽当去之，即汁亦不宜多存，存其半而益以清汤。调和之物，惟醋与酒。此制荤笋之大凡也。笋之为物，不止孤行、并用各见其美，凡食物中无论荤素，皆当用作调和。菜中之笋与药中之甘草，同是必需之物，有此则诸味皆鲜，但不当用其渣滓，而用其精液。庖人之善治具者①，凡有焯②笋之汤，悉留不去，每作一馔，必以和之，食者但知他物之鲜，而不知有所以鲜之者在也。《本草》中所载诸食物，益人者不尽可口，可口者未必益人，求能两擅其长者，莫过于此。东坡云："宁可食无肉，不可居无竹。无肉令人瘦，无竹令人俗。"不知能医俗者，亦能医瘦，但有已成竹、未成竹之分耳。

蕈③

求至鲜至美之物于笋之外，其惟蕈乎？蕈之为物也，无根无蒂，忽然而生，盖山川草木之气结而成形者也。然有形而无体。凡物有体者必有渣滓，既无渣滓，是无体也。无体之物，犹未离乎气也。食此物者，犹吸山川草木之气，未有无益于人者也。其有毒而能杀人者，《本草》云以蛇虫行之故。予曰：不然。蕈大几何，蛇虫能行其上？况又极弱极脆而不能载乎？盖地

---

① 庖人之善治具者：厨师中善于烹调的人。庖人，厨师。
② 焯（chāo）：把蔬菜等放到沸水中略微一煮就捞出来。
③ 蕈（xùn）：伞菌一类的菌。无毒的可供食用，如香菇、蘑菇等。

之下有蛇虫，蕈生其上，适为毒气所钟^①，故能害人。毒气所钟者能害人，则为清虚之气所钟者，其能益人可知矣。世人辨之原有法，苟非有毒，食之最宜。此物素食固佳，伴以少许荤食尤佳，盖蕈之清香有限，而汁之鲜味无穷。

莼^②

陆之蕈、水之莼，皆清虚妙物也。予尝以二物作羹，和以蟹之黄、鱼之肋，名曰"四美羹"。座客食而甘之，曰："今而后，无下箸处矣！"

菜

世人制菜之法，可称百怪千奇，自新鲜以至于腌、糟、酱、腊，无一不曲尽奇能，务求至美，独于起根发轫^③之事缺焉不讲，予甚惑之。其事维何？有八字诀云："摘之务鲜，洗之务净。"务鲜之论，已悉前篇。蔬食之最净者，曰笋，曰蕈，曰豆芽；其最秽者，则莫如家种之菜。灌肥之际，必连根带叶而浇之；随浇随摘，随摘随食，其间清浊，多有不可问者。洗菜之

---

① 钟：汇聚。

② 莼（chún）：莼菜，多年生水生宿根草木，须根系。分枝嫩梢和卷叶可供食用，外面均包裹着胶质。春、夏采摘作为汤料，营养价值很高，自古视为蔬菜珍品。

③ 起根发轫：指事情的发端，第一步。轫，止住车轮转动的木头。

人，不过浸入水中，左右数漉^①，其事毕矣。孰知污秽之湿者可去，干者难去，日积月累之粪，岂顷刻数漉之所能尽哉？故洗菜务得其法，并须务得其人。以懒人、性急之人洗菜，犹之乎弗洗也。洗菜之法，入水宜久，久则干者浸透而易去；洗叶用刷，刷则高低曲折处皆可到，始能涤尽无遗。若是，则菜之本质净矣。本质净而后可加作料，可尽人工在；不然，是先以污秽作调和，虽有百和之香，能敌一星之臭乎？噫，富室大家食指繁盛者，欲保其不食污秽，难矣哉！

菜类甚多，其杰出者则数黄芽。此菜萃于京师，而产于安肃^②，谓之"安肃菜"，此第一品也。每株大者可数斤，食之可忘肉味。不得已而思其次，其惟白下^③之水芹乎？予自移居白门，每食菜、食葡萄，辄思都门；食笋、食鸡豆，辄思武陵。物之美者，犹令人每食不忘，况为适馆授餐^④之人乎？

菜有色相最奇，而为《本草》《食物志》诸书之所不载者，则西秦^⑤所产之头发菜是也。予为秦客，传食^⑥于塞上诸侯。一日脂车^⑦将发，见炕上有物，俨然乱发一卷，谬谓婢子栉发所

---

① 漉（lù）：过滤。

② 安肃：今河北保定市徐水区。

③ 白下：南京市的别称。

④ 适馆授餐：语出《诗经·郑风·缁衣》。指招待宾客，供应膳食。

⑤ 西秦：十六国之一。淝水之战后，陇西鲜卑贵族乞伏国仁于公元385年称大单于。国仁弟乞伏乾归称"河南王"，又改称"秦王"，都苑川（今甘肃榆中北），史称"西秦"。

⑥ 传食：辗转受人供养。

⑦ 脂车：启程前给车轴上油。

遗，将欲委之而去。婢子曰："不然，群公所饷①之物也。"询之土人②，知为头发菜。浸以滚水，拌以姜醋，其可口倍于藕丝、鹿角等菜。携归饷客，无不奇之，谓珍错中所未见。此物产于河西，为值甚贱，凡适秦者皆争购异物，因其贱也而忽之，故此物不至通都，见者绝少。由是观之，四方贱物之中，其可贵者不知凡几，焉得人人物色之？发菜之得至江南，亦千载一时之至幸也。

瓜 茄 瓠③ 芋 山药

瓜、茄、瓠、芋诸物，菜之结而为实者也。实则不止当菜，兼作饭矣。增一簋菜，可省数合④粮者，诸物是也。一事两用，何俭如之？贫家购此，同于籴⑤粟。但食之各有其法：煮冬瓜、丝瓜忌太生，煮王瓜、甜瓜忌太熟；煮茄、瓠利用酱醋，而不宜于盐；煮芋不可无物伴之，盖芋之本身无味，借他物以成其味者也；山药则孤行、并用，无所不宜，并油盐酱醋不设，亦能自呈其美，乃蔬食中之通材也。

---

① 饷（xiǎng）：款待或馈赠食物。

② 土人：本地人。

③ 瓠（hù）：蔬类名，即瓠瓜。

④ 合（gě）：量粮食的器具，容量是一合，方形或圆筒形。

⑤ 籴（dí）：买进粮食。

葱 蒜 韭

葱、蒜、韭三物，菜味之至重者也。菜能芬人齿颊^①者，香椿头是也；菜能秽人齿颊及肠胃者，葱、蒜、韭是也。椿头明知其香，而食者颇少，葱、蒜、韭尽识其臭，而嗜之者众，其故何欤？以椿头之味虽香而淡，不若葱、蒜、韭之气甚而浓。浓则为时所争尚，甘受其秽而不辞；淡则为世所共遗，自荐其香而弗受。吾于饮食一道，悟善身处世之难。一生绝三物不食，亦未尝多食香椿，殆所谓"夷、惠^②之间"者乎？

予待三物有差。蒜则永禁弗食；葱虽弗食，然亦听作调和；韭则禁其终而不禁其始^③，芽之初发，非特不臭，且具清香，是其孩提之心之未变也。

萝卜

生萝卜切丝作小菜，伴以醋及他物，用之下粥最宜。但恨其食后打嗳^④，嗳必秽气。予尝受此厄于人，知人之厌我亦若是也，故亦欲绝而弗食。然见此物大异葱、蒜，生则臭，熟则不

---

① 芬人齿颊：让人齿颊留香。
② 夷、惠：夷，伯夷，武王灭商后，不食周粟而死。惠，柳下惠，以善于讲究贵族礼节著称，有"坐怀不乱"的故事。
③ 禁其终而不禁其始：禁绝吃老的而不禁绝吃嫩的。
④ 打嗳（ǎi）：打嗝儿。

臭，是与初见似小人，而卒为君子者等也。虽有微过，亦当恕之，仍食勿禁。

芥辣汁

菜有具姜、桂之性者乎？曰：有，辣芥是也。制辣汁之芥子，陈者绝佳，所谓愈老愈辣是也。以此拌物，无物不佳。食之者如遇正人，如闻谠论①，困者为之起倦，闷者以之豁襟，食中之爽味也。予每食必备，窃比于夫子之不撤姜②也。

---

① 谠论：正直的言论。
② 夫子之不撤姜：孔子吃饭时，不撤姜，亦不多吃。语出《论语·乡党》。

谷食第二

食之养人，全赖五谷。使天止生五谷而不产他物，则人身之肥而寿也，较此必有过焉，保无疾病相煎、寿夭不齐之患矣。试观鸟之啄粟，鱼之饮水，皆止靠一物为生，未闻于一物之外，又有为之肴馔酒浆、诸饮杂食者也。乃禽鱼之死，皆死于人，未闻有疾病而死及天年自尽而死者，是止食一物，乃长生久视之道也。人则不幸而为精腆①所误，多食一物，多受一物之损伤，少静一时，少安一时之淡泊。其疾病之生，死亡之速，皆饮食太繁、嗜欲过度之所致也。此非人之自误，天误之耳。天地生物之初，亦不料其如是，原欲利人口腹，孰意利之反以害之哉！然则人欲自爱其生者，即不能止食一物，亦当稍存其意，而以一物为君。使酒肉虽多，不胜食气②，即使为害，当亦不甚烈耳。

---

① 腆（tiǎn）：丰厚。
② 使酒肉虽多，不胜食气：语出《论语·乡党》。

饭　粥

　　粥、饭二物，为家常日用之需，其中机彀，无人不晓，焉用越俎者强为致词？然有吃紧二语，巧妇知之而不能言者，不妨代为喝破，使姑传之媳，母传之女，以两言代千百言，亦简便利人之事也。先就粗者言之：饭之大病，在内生外熟，非烂即焦；粥之大病，在上清下淀，如糊如膏。此火候不均之故，惟最拙最笨者有之，稍能炊爨者必无是事。然亦有刚柔合道，燥湿得宜，而令人咀之嚼之，有粥饭之美形，无饮食之至味者。其病何在？曰：挹水无度，增减不常之为害也。其吃紧二语，则曰："粥水忌增，饭水忌减。"米用几何，则水用几何，宜有一定之度数。如医人用药，水一钟或钟半，煎至七分或八分，皆有定数。若以意为增减，则非药味不出，即药性不存，而服之无效矣。不善执爨者，用水不均，煮粥常患其少，煮饭常苦其多。多则逼而去之，少则增而入之，不知米之精液全在于水，逼去饭汤者，非去饭汤，去饭之精液也。精液去则饭为渣滓，食之尚有味乎？粥之既熟，水米成交，犹米之酿而为酒矣。虑其太厚而入之以水，非入水于粥，犹入水于酒也。水入而酒成糟粕，其味尚可咀乎？故善主中馈者，挹水时必限以数，使其勺不能增，滴无可减，再加以火候调匀，则其为粥为饭，不求异而异乎人矣。

　　宴客者有时用饭，必较家常所食者稍精。精用何法？曰：

使之有香而已矣。予尝授意小妇，预设花露一盏，俟饭之初熟而浇之，浇过稍闭，拌匀而后入腕。食者归功于谷米，诧为异种而讯之，不知其为寻常五谷也。此法秘之已久，今始告人。行此法者，不必满釜①浇遍，遍则费露甚多，而此法不行于世矣。止以一盏浇一隅，足供佳客所需而止。露以蔷薇、香橼②、桂花三种为上，勿用玫瑰，以玫瑰之香，食者易辨，知非谷性所有。蔷薇、香橼、桂花三种，与谷性之香者相若，使人难辨，故用之。

汤

汤即羹之别名也。羹之为名，雅而近古；不曰羹而曰汤者，虑人古雅其名，而即郑重其实，似专为宴客而设者。然不知羹之为物，与饭相俱者也。有饭即应有羹，无羹则饭不能下，设羹以下饭，乃图省俭之法，非尚奢靡之法也。古人饮酒，即有下酒之物；食饭，即有下饭之物。世俗改下饭为"厦饭"，谬矣。前人以读史为下酒物，岂下酒之"下"，亦从"厦"乎？"下饭"二字，人谓指肴馔而言，予曰：不然。肴馔乃滞饭之具，非下饭之具也。食饭之人见美馔在前，匕箸③迟疑而不下，非滞饭之具而何？饭犹舟出，羹犹水也；舟之在滩，非水不

① 釜（fǔ）：古代炊器。
② 香橼（yuán）：也叫枸橼。小乔木或大灌木。肉黄白色，液汁不多，味苦。
③ 匕箸：食具。匙和筷。

下，与饭之在喉，非汤不下，其势一也。且养生之法，食贵能消；饭得羹而即消，其理易见。故善养生者，吃饭不可无羹；善作家者，吃饭亦不可无羹。宴客而为省馔计者，不可无羹；即宴客而欲其果腹[1]始去，一馔不留者，亦不可无羹。何也？羹能下饭，亦能下馔故也。近来吴越张莛，每馔必注以汤，大得此法。吾谓家常自膳，亦莫妙于此。宁可食无馔，不可饭无汤。有汤下饭，即小菜不设，亦可使哺啜[2]如流；无汤下饭，即美味盈前，亦有时食不下咽。予以一赤贫之士，而养半百口之家，有饥时而无馑[3]日者，遵也道也。

糕 饼

谷食之有糕饼，犹肉食之有脯[4]脍。《鲁论》[5]云："食不厌精，脍不厌细。[6]"制糕饼者，于此二句当兼而有之。食之精者，米麦是也；脍之细者，粉面是也。精细兼长，始可论及工拙。求工之法，坊刻所载甚详，予使拾而言之，以作制饼制糕之印板，则观者必大笑曰：笠翁不拾唾余，今于饮食之中，现增

---

① 果腹：吃饱肚子。

② 哺啜：饮食；吃喝。哺，吃，咀嚼。

③ 馑（jǐn）：蔬菜歉收，亦泛指农作物歉收。

④ 脯（fǔ）：干肉。

⑤ 《鲁论》：汉代今文本《论语》之一。相传鲁人所传，故名。二十篇，篇次和今本《论语》同。

⑥ 食不厌精，脍不厌细：语出《论语·乡党》。

一副依样葫芦矣！冯妇①下车，请戒其始。只用二语括之，曰：
"糕贵乎松，饼利于薄。"

面

南人饭米，北人饭面，常也。《本草》云："米能养脾，麦能补心。"各有所裨于人者也。然使竟日穷年止食一物，亦何其胶柱口腹②，而不肯兼爱心脾乎？予南人而北相，性之刚直似之，食之强横亦似之。一日三餐，二米一面，是酌南北之中，而善处心脾之道也。但其食面之法，小异于北，而且大异于南。北人食面多作饼，予喜条分而缕析之，南人之所谓"切面"是也。南人食切面，其油盐酱醋等作料，皆下于面汤之中，汤有味而面无味，是人之所重者不在面而在汤，与未尝食面等也。予则不然，以调和诸物尽归于面，面具五味而汤独清，如此方是食面，非饮汤也。

所制面有二种，一曰"五香面"，一曰"八珍面"。五善膳己，八珍饷客，略分丰俭于其间。五香者何？酱也，醋也，椒末也，芝麻屑也，焯笋或煮蕈、煮虾之鲜汁也。先以椒末、芝麻屑二物拌入面中，后以酱、醋及鲜汁三物和为一处，即充拌面之水，勿再用水。拌宜极匀，擀宜极薄，切宜极细，然后以滚水下之，则精粹之物尽在面中，尽勾咀嚼，不似寻常吃面者，面则直

---

① 冯妇：指重操旧业者。
② 胶柱口腹：此处指饮食刻板、单调。

吞下肚，而止咀嗌其汤也。八珍者何？鸡、鱼、虾三物之肉，晒使极干，与鲜笋、香蕈、芝麻、花椒四物，共成极细之末，和入面中，与鲜汁共为八种。酱、醋亦用，而不列数内者，以家常日用之物，不得名之以"珍"也。鸡鱼之肉，务取极精，稍带肥腻者弗用，以面性见油即散，擀不成片，切不成丝故也。但观制饼饵者，欲其松而不实，即拌以油，则面之为性可知已。鲜汁不用煮肉之汤，而用笋、蕈、虾汁者，亦以忌油故耳。所用之肉，鸡、鱼、虾三者之中，惟虾最便，屑米为面，势如反掌，多存其末，以备不时之需；即膳己之五香，亦未尝不可六也。拌面之汁，加鸡蛋青一二盏更宜，此物不列于前而附于后，以世人知用者多，列之又同剿袭耳。

粉

粉之名目甚多，其常有而适于用者，则惟藕、葛[①]、蕨、绿豆四种。藕、葛二物，不用下锅，调以滚水，即能变生成熟。昔人云："有仓卒客，无仓卒主人。"欲为仓卒主人，则请多储二物。且卒急救饥亦莫善于此。驾舟车行远路者，此是糇粮[②]中首善之物。粉食之耐咀嚼者，蕨为上，绿豆次之。欲绿豆粉之耐嚼，当稍以蕨粉和之。凡物入口而不能即下，不即下而又使

① 葛：植物名。茎皮纤维可织葛布或做造纸原料；茎和叶可做牧草；块根含淀粉，供食用，亦可入药；花可解酒毒。
② 糇（hóu）粮：干粮。

人咀之有味、嚼之无声者，斯为妙品。吾遍索饮食中，惟得此二物。绿豆粉为汤，蕨粉为下汤之饭，可称"二耐"，齿牙遇此，殆亦所谓劳而不怨者哉！

肉食第三

　　"肉食者鄙[①]"，非鄙其食肉，鄙其不善谋也。食肉之人之不善谋者，以肥腻之精液，结而为脂，蔽障胸臆，犹之茅塞其心，使之不复有窍也。此非予之臆说，夫有所验之矣。诸兽食草木杂物，皆狁猲[②]而有智。虎独食人，不得人则食诸兽之肉，是匪肉不食者，虎也；虎者，兽之至愚者也。何以知之？考诸群书则信矣。"虎不食小儿"，非不食也，以其痴不惧虎，谬谓勇士而避之也。"虎不食醉人"，非不食也，因其醉势猖獗[③]，目为劲敌而防之也。"虎不行曲路，人遇之者，引至曲路即得脱。"其不行曲路者，非若澹台灭明[④]之行不由径，以颈直不能回顾也。使知曲路必脱，先于周行[⑤]食之矣。《虎苑》[⑥]云："虎之能搏狗者，牙爪也。使失其牙爪，则反伏于狗矣。"迹是观之，其能降人降物而借之为粮者，则专恃威猛，威猛之外，一无他

---

① 肉食者鄙：语出《左传·庄公十年》。肉食者，指高官厚禄者。
② 狁猲（xù）：狁猲多诈。猲，惊飞。
③ 猖獗（chāng jué）：横行无忌。
④ 澹（tán）台灭明（前512—？）：澹台氏，字子羽，孔子学生。
⑤ 周行：通达大路。
⑥ 《虎苑》：书名。明王穉登撰，两卷。

能，世所谓"有勇无谋"者，虎是也。予究其所以然之故，则以舍肉之外，不食他物，脂腻填胸，不能生智故。然则"肉食者鄙，未能远谋"，其说不既有征乎？吾今虽为肉食作俑，然望天下之人，多食不如少食。无虎之威猛而益其愚，与有虎之威猛而自昏其智，均非养生善后之道也。

猪

食以人传者，"东坡肉"是也。卒急听之，似非豕之肉，而为东坡之肉矣。东坡何罪？而割其肉以实千古馋人之腹哉？甚矣，名士不可为，而名士游戏之小术，尤不可不慎也。至数百载而下，糕、布等物，又以眉公得名。取"眉公糕""眉公布"之名，以较"东坡肉"三字，似觉彼善于此矣。而其最不幸者，则有溷厕中之一物，俗人呼为"眉公马桶"。噫！马桶何物，而可冠以雅人高士之名乎？予非不知肉味，而于豕之一物，不敢浪措一词者，虑为东坡之续也。即溷厕中之一物，予未尝不新其制，但蓄之家，而不敢取以示人，尤不敢笔之于书者，亦虑为眉公之续也。

羊

物之折耗最重者，羊肉是也。谚有之曰："羊几贯，帐难算，生折对半熟对半，百斤止剩念余斤，缩到后来只一段。"

大率羊肉百斤，宰而割之，止得五十斤，迨烹而熟之，又止得二十五斤，此一定不易之数也。但生羊易消，人则知之；熟羊易长①，人则未之知也。羊肉之为物，最能饱人，初食不饱，食后渐觉其饱，此易长之验也。凡行远路及出门作事，卒急不能得食者，啖此最宜。秦之西鄙，产羊极繁，土人日食止一餐，其能不枵腹②者，羊之力也。《本草》载，羊肉比人参③、黄芪④。参芪补气，羊肉补形。予谓补人者羊，害人者亦羊。凡食羊肉者，当留腹中余地以俟其长。倘初食不节而果其腹，饭后必有胀而欲裂之形，伤脾坏腹，皆由于此，葆生⑤者不可不知。

牛　犬

猪、羊之后，当及牛、犬。以二物有功于世，方劝人戒之之不暇，尚忍为制酷刑乎？略此二物，遂及家禽，是亦以羊易

---

① 熟羊易长：吃熟羊肉容易饱胀。
② 枵（xiāo）腹：空腹，饥饿。枵，树大而中空，引申为空虚。
③ 人参：多年生草本。中医学上以加工后的干燥根部入药，生者性微寒，制后性温、味甘微苦，功能大补元气、补脾益肺、生津、安神。
④ 黄芪（qí）：多年生草本。根可入药，性温、味甘，功能补气固表，利水托疮。
⑤ 葆生：养生。

牛①之遗意也。

鸡

鸡亦有功之物，而不讳其死者，以功较牛、犬为稍杀②。天之晓也，报亦明，不报亦明、不似畎亩③、盗贼，非牛不耕，非犬之吠则不觉也。然较鹅、鸭二物，则淮阴羞伍绛、灌④矣。烹饪之刑，似宜稍宽于鹅、鸭。卵之有雄者弗食，重不至斤外者弗食，即不能寿之，亦不当过天之耳。

鹅

鶂鶂⑤之肉无他长，取其肥且甘而已矣。肥始能甘，不肥则同于嚼蜡。鹅以固始⑥为最，讯其土人，则曰："豢之之物⑦，亦同于人。食人之食，斯其肉之肥腻亦同于人也。"犹之豕肉以金

---

① 以羊易牛：语出《孟子·梁惠王上》。齐宣王曾吩咐用羊代替牛宰杀后祭祀。易，交换。
② 杀：减小。
③ 畎（quǎn）亩：田间；田地。
④ 淮阴羞伍绛、灌：韩信"居常鞅鞅，羞与绛、灌等列"。语出《史记·淮阴侯列传》。羞伍，羞与为伍。绛，绛侯周勃。灌，灌婴。
⑤ 鶂（yì）鶂：形容鹅叫的声音。此处指鹅。
⑥ 固始：县名，属河南信阳市。
⑦ 豢之之物：喂养鹅的饲料。

华为最，婺人①豢豕，非饭即粥，故其为肉也甜而腻。然则固始之鹅、金华之豕，均非鹅、豕之美，食美之也。食能美物，奚俟人言？归而求之，有余师矣。但授家人以法，彼虽饲以美食，终觉饥饱不时，不似固始、金华之有节，故其为肉也，犹有一间之殊。盖终以禽兽畜之，未尝稍同于人耳。"继子得食，肥而不泽。"其斯之谓欤？

有告予食鹅之法者，曰："昔有一人，善制鹅掌。每豢肥鹅将杀，先熬沸油一盂，投以鹅足，鹅痛欲绝，则纵之池中，任其跳跃。已而复擒复纵，炮②瀹③如初。若是者数四，则其为掌也，丰美甘甜，厚可径寸，是食中异品也。"予曰：惨哉斯言！予不愿听之矣！物不幸而为人所畜，食人之食，死人之事。偿之以死亦足矣，奈何未死之先，又加若是之惨刑乎？二掌虽美，入口即消，其受痛楚之时，则有百倍于此者。以生物多时之痛楚，易我片刻之甘甜，忍人不为，况稍具婆心者乎？地狱之设，正为此人，其死后炮烙④之刑，必有过于此者。

---

① 婺（wù）人：浙江金华人。
② 炮：烹饪法的一种，把鱼、肉等物用油在旺火上急炒。
③ 瀹（yuè）：浸渍。
④ 炮烙：相传是殷代所用的一种酷刑。用炭烧铜柱使热，令有罪者爬行其上。人堕入火炭中即被烧死。

鸭

禽属之善养生者，雄鸭是也。何以知之？知之于人之好尚。诸禽尚雌，而鸭独尚雄；诸禽贵幼，而鸭独贵长。故养生家有言："烂蒸老雄鸭，功效比参芪。"使物不善养生，则精气必为雌者所夺，诸禽尚雌者，以为精气之所聚也。使物不善养生，则情窍一开，日长而日瘠矣，诸禽贵幼者，以其泄少而存多也。雄鸭能愈长愈肥，皮肉至老不变，且食之与参、芪比功，则雄鸭之善于养生，不待考核而知之矣。然必俟考核，则前此未之闻也。

鱼

鱼藏水底，各自为天，自谓与世无求，可保戈矛之不及矣。乌知网罟①之奏功，较弓矢罝罦②为更捷。无事竭泽而渔，自有吞舟不漏③之法。然鱼与禽兽之生死，同是一命，觉鱼之供人刀俎，似较他物为稍宜。何也？水族难竭而易繁。胎生、卵生之物，少则一母数子，多亦数十子而止矣。鱼之为种也似

---

① 罟（gǔ）：网的总名。
② 罝罦（jiē fú）：捕兽的网。
③ 吞舟不漏：不让大鱼逃掉。

粟，千斯仓而万斯箱^①，皆于一腹焉寄子。苟无沙汰之人，则此千斯仓而万斯箱者生生不已，又变而为恒河沙数^②。至恒河沙数之一变再变，以至千百变，竟无一物可以喻之，不几充塞江河而为陆地，舟楫之往来能无恙乎？故渔人之取鱼虾，与樵人之伐草木，皆取所当服，伐所不得不伐者也。我辈食鱼虾之罪，较食他物为稍轻。兹为约法数章，虽难比乎祥刑^③，亦稍差于酷吏。

食鱼者首重在鲜，次则及肥，肥而且鲜，鱼之能事毕矣。然二美虽兼，又有所重在一者。如鲟、如鳜^④、如鲫、如鲤，皆以鲜胜者也，鲜宜清煮作汤；如鳊^⑤、如白^⑥，如鲥^⑦、如鲢，皆以肥胜者也，肥宜厚烹作脍。烹煮之法，全在火候得宜。先期^⑧而食者肉生，生则不松；过期而食者肉死，死则无味。迟客^⑨之家，他馔或可先设以待，鱼则必须活养，候客至旋烹。鱼之至味在鲜，而鲜之至味又只在初熟离釜之片刻，若先烹以待，是使鱼

---

① 千斯仓而万斯箱：表示数量非常多。
② 恒河沙数：形容数量多到无法计算。恒河，南亚有名的大河。
③ 祥刑：慎用刑罚；决狱审慎。同"详刑"。
④ 鳜（jì）：鳜鱼，俗称"鳜花鱼"。为我国名贵淡水食用鱼之一。
⑤ 鳊（biān）：亦称"长春鳊"。栖息于淡水中下层，草食性。肉味鲜美，为重要经济鱼类。
⑥ 白：鲦（tiáo）鱼，亦称"白鲦"。
⑦ 鲥（shí）：体侧扁，银白色，为名贵鱼类。
⑧ 先期：未到火候，与下文"过期"，即烧过了头相对。
⑨ 迟客：等待客人。

之至美发泄于空虚无人之境；待客至而再经火气，犹冷饭之复炊、残酒之再热，有其形而无其质矣。

煮鱼之水忌多，仅足伴鱼而止，水多一口，则鱼淡一分。司厨婢子，所利在汤，常有增而复增，以致鲜味减而又减者，志在厚客①，不能不薄待庖人耳。更有制鱼良法，能使鲜肥迸出，不失天真，迟速咸宜，不虞②火候者，则莫妙于蒸。置之旋③内，入陈酒、酱油各数盏，覆以瓜、姜及蕈、笋诸鲜物，紧火蒸之极熟。此则随时早暮，供客咸宜，以鲜味尽在鱼中，并无一物能侵，亦无一气可泄，真上着也。

虾

笋为蔬食之必需，虾为荤食之必需，皆犹甘草之于药也。善治荤食者，以焯虾之汤和入诸品，则物物皆鲜，亦犹笋汤之利于群蔬。笋可孤行，亦可并用；虾则不能自主，必借他物为君。若以煮熟之虾单盛一簋，非特华筵必无是事，亦且令食者索然。惟醉者、糟者，可供匕箸。是虾也者，因人成事之物，然又必不可无之物也。"治国若烹小鲜④"，此小鲜之有裨于国者。

---

① 厚客：厚待客人。
② 虞：忧虑；忧患。
③ 旋：旋子，温酒的器具。这里是指蒸笼、蒸馍之类的器具。
④ 治国若烹小鲜：语出《道德经》第六十章。

鳖

"新粟米炊鱼子饭①，嫩芦笋煮鳖裙羹。"林居之人述此以鸣得意，其味之鲜美可知矣。予性于水族无一不嗜，独与鳖不相能，食多则觉口燥，殊不可解。一日，邻人网得巨鳖，召众食之，死者接踵，染指其汁者，亦病数月始痊。予以不喜食此，得免于召，遂得免于死。岂性之所在，即命之所在耶？予一生侥幸之事难更仆数②，乙未③居武林，邻家失火，三面皆焚，而予居无恙；己卯④之夏，遇大盗于虎爪山，贿以重资者得免，不则立毙。予囊无一钱，自分必死，延颈受诛，而盗不杀；至于甲申、乙酉之变⑤，予虽避兵山中，然亦有时入郭，其至幸者，才徙家而家焚，甫⑥出城而城陷，其出生于死，皆在斯须⑦倏忽之间。噫！予何修而得此于天哉？报施无地，有强为善而已矣。

---

① 鱼子饭：新收割的小米，黄而香糯，似鱼子，故称"鱼子饭"。

② 难更仆数：形容人或事物很多，数也数不过来。

③ 乙未：清顺治十二年（1655）。

④ 己卯：明崇祯十二年（1639）。

⑤ 甲申、乙酉之变：甲申、明崇祯十七年（1644），清军入关。乙酉，清顺治二年（1645），清军破南京。

⑥ 甫：才；方。

⑦ 斯须：须臾；一会儿。

蟹

　　予于饮食之美，无一物不能言之，且无一物不穷其想象、竭其幽渺而言之；独于蟹螯一物，心能嗜之，口能甘之，无论终身一日皆不能忘之，至其可嗜、可甘与不可忘之故，则绝口不能形容之。此一事一物也者，在我则为饮食中之痴情，在彼则为天地间之怪物矣。予嗜此一生。每岁于蟹之未出时，即储钱以待；因家人笑予以蟹为命，即自呼其钱为"买命钱"。自初出之日始，至告竣①之日止，未尝虚负一夕，缺陷一时。同人知予癖蟹，召者饷者，皆于此日，予因呼九月、十月为"蟹秋"。虑其易尽而难继，又命家人涤瓮酿酒以备糟之醉之之用。糟名"蟹糟"，酒名"蟹酿"，瓮名"蟹瓮"。向有一婢勤于事蟹，即易其名为"蟹奴"，今亡之矣。蟹乎！蟹乎！汝于吾之一生，殆相终始者乎！所不能为汝生色者，未尝于有螃蟹无监州处作郡，出俸钱以供大嚼，仅以悭囊②易汝。即使日购百筐，除供客外，与五十口家人分食，然则入予腹者有几何哉？蟹乎！蟹乎！吾终有愧于汝矣。

　　蟹之为物至美，而其味坏于食之之人。以之为羹者，鲜则鲜矣。而蟹之美质何地？以之为脍者，腻则腻矣，而蟹之真味不存。更可厌者，断为两截，和以油、盐、豆粉而煎之，使蟹

---

① 告竣：宣告完成。
② 悭囊：聚钱器。即扑满。口小，钱易入不易出，故称。喻悭吝者的钱袋。

之色、蟹之香与蟹之真味全失。此皆似嫉蟹之多味，忌蟹之美观，而多方蹂躏①，使之泄气而变形者也。世间好物，利在孤行。蟹之鲜而肥，甘而腻，白似玉而黄似金，已造色香味三者之至极，更无一物可以上之。和以他味者，犹之以爝火助日②，掬水益河，冀其有裨也，不亦难乎？

凡食蟹者，只合全其故体，蒸而熟之，贮以冰盘，列之几上，听客自取自食。剖一筐，食一筐，断一螯，食一螯，则气与味纤毫不漏。出于蟹之躯壳者，即入于人之口腹，饮食之三昧，再有深入于此者哉？凡治他具，皆可人任其劳，我享其逸，独蟹与瓜子、菱角三种，必须自任其劳。旋剥旋食则有味，人剥而我食之，不特味同嚼蜡，且似不成其为蟹与瓜子、菱角，而别是一物者。此与好香必须自焚，好茶必须自斟，僮仆虽多，不能任其力者，同出一理。讲饮食清供之道者，皆不可不知也。宴上客③者势难全体④，不得已而羹之，亦不当和以他物，惟以煮鸡鹅之汁为汤，去其油腻可也。

瓮中取醉蟹，最忌用灯，灯光一照，则满瓮俱沙，此人人知忌者也。有法处之，则可任照不忌。初醉之时，不论昼夜，俱点油灯一盏，照之入瓮，则与灯光相习，不相忌而相能，任凭照取，永无变沙之患矣。（此法都门有用之者。）

---

① 蹂躏：践踏。
② 爝火助日：用小火把增加太阳的光亮。爝火，小火把。
③ 上客：尊贵的客人。
④ 全体：此处指整只蟹。

零星水族

予担簦^①二十年，履迹几遍天下。四海历其三，三江五湖则俱未尝遗一，惟九河^②未能环绕，以其迂僻^③者多，不尽在舟车可抵之境也。历水既多，则水族之经食者，自必不少，因知天下万物之繁，未有繁于水族者，载籍所列诸鱼名，不过十之六七耳。常有奇形异状，味亦不群，渔人竟日取之，土人终年食之，咨询其名，皆不知为何物者。无论其他，即吴门、京口^④诸地所产水族之中，有一种似鱼非鱼，状类河豚而极小者，俗名"斑子鱼"，味之甘美，几同乳酪，又柔滑无骨，真至味也，而《本草》《食物》诸书，皆所不载。近地且然，况寥廓^⑤而迂僻者乎？海错之至美，人所艳羡而不得食者，为闽之"西施舌^⑥""江瑶柱^⑦"二种。"西施舌"予既食之，独

---

① 担簦（dēng）：背着伞。谓奔走，跋涉。簦，古代有长柄的笠，类似后世的雨伞。

② 九河：《书·禹贡》记载当时黄河流至河北平原中部后"又北播为九河"，据《尔雅·释水》说是徒骇、太史、马颊、覆鬴、胡苏、简、絜、钩盘、鬲津等九条河，汉时人已不能确指。近人多主张九河不一定是九条河，而是古代黄河下游许多支派的总称。

③ 迂僻：偏僻。

④ 京口：古城名。故址在今江苏镇江市。

⑤ 寥廓：空阔，此处指偏远之地。

⑥ 西施舌：双壳纲，蛤蜊科。肉可食，味极鲜美。

⑦ 江瑶柱：江瑶，也称"江珧"。壳大而薄，前尖后广，呈楔形。肉可食；闭壳肌干制品称"江瑶柱"，是海味珍品。

"江瑶柱"未获一尝，为入闽恨事。所谓"西施舌"者，状其形也。白而洁，光而滑，入口咂之，俨然美妇之舌，但少朱唇皓齿牵制其根，使之不留而即下耳。此所谓状其形也。若论鲜味，则海错中尽有过之者，未甚奇特，朵颐此味之人，但索美舌而咂之，即当屠门大嚼[1]矣。其不甚著名而有异味者，则北海之鲜鳓[2]，味并鲥鱼，其腹中有肋，甘美绝伦。世人以在鲟[3]、鳇腹中者为"西施乳"，若与此肋较短长，恐又有东家、西家之别耳。

河豚为江南最尚之物，予亦食而甘之。但询其烹饪之法，则所需之作料甚繁，合而计之，不下十余种，且又不可缺一，缺一则腥而寡味。然则河豚无奇，乃假众美成奇者也。有如许调和之料施之他物，何一不可擅长，奚必假杀人之物以示异乎？食之可，不食亦可。若江南之鲚[4]，则为春馔中妙物。食鲥鱼及鲟、鳇有厌时，鲚则愈嚼愈甘，至果腹而犹不能释手者也。

---

① 屠门大嚼：比喻欣羡而不能得，姑凭设想以自慰。

② 鳓（lè）：鱼名。中国北方称"鲙鱼""白鳞鱼"，南方称"曹白鱼""鳖鱼"。

③ 鲟（xún）：体呈亚圆筒形，长达三米余。背青黄色，腹白色。产于我国的有中华鲟等。

④ 鲚（jì）：鱼名。体侧扁，尾部延长，银白色。

不载果食茶酒说

　　果者酒之仇，茶者酒之敌，嗜酒之人必不嗜茶与果，此定数也。凡有新客入座，平时未经共饮，不知其酒量浅深者，但以果饼及糖食验之：取到即食，食而似有踊跃之情者，此即茗客，非酒客也；取而不食，及食不数四而即有倦色者，此必巨量之客，以酒为生者也。以此法验嘉宾，百不失一。予系茗客而非酒人，性似猿猴，以果代食，天下皆知之矣；讯以酒味则茫然，与谈食果饮茶之，则觉井井有条，滋滋多味。兹既备述饮馔之事，则当于二者加详，胡以①缺而不备？曰：惧其略也。性既嗜此，则必大书特书，而且为罄竹之书②，若以寥寥数纸终其崖略，则恐笔欲停而心未许，不觉其言之汗漫③而难收也。且果可略而茶不可略，茗战④之兵法，富于《三略》《六韬》⑤，岂《孙子》十三篇⑥所能尽其灵秘者哉！是用专辑

---

① 胡以：何以。

② 罄竹之书：这里指充分叙述。罄，用尽。竹，竹简。

③ 汗漫：漫无边际；漫无标准。

④ 茗战：斗茶。

⑤ 《三略》《六韬》：均为古代兵书。《三略》，又名《黄石公三略》，为《武经七书》之一。旧题黄石公撰。据考证，作者可能为西汉末（一说东汉末）隐士。《六韬》，旧题姜太公撰。经后人考证，约成书于战国时期。分文韬、武韬、龙韬、虎韬、豹韬、犬韬。

⑥ 《孙子》十三篇：《孙子》，亦称《孙子兵法》。中国古代兵书。世界现存最古老的军事理论著作。春秋末孙武著，共十三篇。

一编，名为《茶果志》，孤行可，尾于是集之后亦可。至于曲蘖^①一事，予既自谓茫然，如复强为置吻，则假口他人乎？抑强不知为知，以欺天下乎？假口则仍犯剿袭之戒；将欲欺人，则茗客可欺，酒人不可欺也。倘执其所短而兴问罪之师，吾能以茗战战之乎？不若绝口不谈之为愈耳。

---

① 曲蘖（niè）：酒母，亦指酒。

卷七
：

种植部

木本第一

　　草木之种类极杂，而别其大较有三，木本、藤本、草本是也。木本坚而难瘘①，其岁较长者，根深故也；藤本之为根略浅，故弱而待扶，其岁犹以年纪；草本之根愈浅，故经霜辄坏，为寿止能及岁。是根也者，万物短长之数也，欲丰其得，先固其根，吾于老农老圃②之事，而得养生处世之方焉。人能虑后计长，事事求为木本，则见雨露不喜，而睹霜雪不惊。其为身也，挺然独立，至于斧斤之来，则天数也，岂灵椿③古柏之所能避哉？如其植德④不力而务为苟且，则是藤本其身，止可因人成事，人立而我立，人仆而我亦仆矣。至于木槿⑤其生，不为明日计者，彼且不知根为何物，遑计⑥入土之浅深，藏荄⑦之厚薄哉！是即草木之流亚也。噫！世岂乏草木之行，而反木

---

① 瘘：同"萎"，枯萎。

② 老圃：老园艺师。

③ 灵椿：传说中的神树。

④ 植德：培养德行。

⑤ 木槿：锦葵科。落叶灌木。夏秋开花，花冠淡紫红或白色。茎皮或根皮入药，称"木槿皮"；花入药称"木槿花"。

⑥ 遑（huáng）计：哪里顾得上考虑。遑，何暇；怎能。常用于反诘句。

⑦ 荄（gāi）：草根。

其天年、藤其后裔者哉？此造物偶然之失，非天地处人待物之常也。

牡丹

　　牡丹得王于群花，予初不服是论，谓其色其香，去芍药①有几？择其绝胜者与角雌雄，正未知鹿死谁手。及睹《事物纪原》②，谓武后冬月游后苑，花俱开而牡丹独迟，遂贬洛阳，因大悟曰："强项③若此，得贬固宜，然不加九五之尊④，奚洗八千之辱⑤乎？"（韩诗"夕贬潮阳路八千"。）物生有候，莛动⑥以时，苟非其时，虽十尧不能冬生一穗；后系人主，可强鸡人使昼鸣乎？如其有识，当尽贬诸卉而独崇牡丹。花王之封，允宜肇于此日，惜其所见不逮，而且倒行逆施。诚哉！其为武后也。予自秦之巩昌⑦，载牡丹十数本而归，同人嘲予以

---

① 芍药：多年生草本。初夏开花，与牡丹相似，大型，有白、红等色。
② 《事物纪原》：书名。作者佚名，或谓宋代高承撰。搜罗古籍，探索天文、历数、典章等事物的起源，虽有不确之处，但内容广泛。
③ 强项：刚强，不肯低头。形容刚直不屈。
④ 九五之尊：《易经》中的卦爻位名。《易·乾》："九五，飞龙在天，利见大人。"故以"九五之尊"指帝位。
⑤ 八千之辱：指牡丹被武后贬洛阳事。
⑥ 莛（jiā）动：古代为测节气，将苇膜烧成灰，放在律管内，到某一节候，相应律管内的莛灰就会自行飞出来。莛，初生的芦苇。
⑦ 巩昌：府名。金正大中改巩州置。治陇西（今县）。

诗，有"群芳应怪人情热，千里趋迎富贵花"之句。予曰："彼以守拙得贬，予载之归，是趋冷非趋热也。"兹得此论，更发明矣。艺植①之法，载于名人谱帙②者，纤发无遗，予倘及之，又是拾人牙后矣。但有吃紧一着，花谱偶载而未之悉者，请畅言之。

　　是花皆有正面，有反面，有侧面；正面宜向阳，此种花通义③也。然他种犹能委曲，独牡丹不肯通融，处以南面则生，俾之他向则死，此其肮脏不回之本性，人主不能屈之，谁能屈之？予尝执此语同人，有迂其说者。予曰："匪特士民之家，即以帝王之尊，欲植此花，亦不能不循此例。"同人诘予曰："有所本乎？"予曰："有本。吾家太白诗云：'名花倾国两相欢，常得君王带笑看。解释春风无限恨，沉香亭北倚栏杆。④'倚栏杆者向北，则花非南面而何？"同人笑而是之。斯言得无定论？

---

① 艺植：耕种；栽植。
② 谱帙（zhì）：指花谱一类的著作。谱，作示范或供寻检的图书、样本。帙，用布帛制成的包书的套子，因称一套书为一帙。
③ 通义：适用于一般情况的道理与法则。
④ 名花倾国两相欢，常得君王带笑看。解释春风无限恨，沉香亭北倚栏杆：语出李白《清平调·其三》。

梅

　　花之最先者梅，果之最先者樱桃。若以次序定尊卑，则梅当王于花，樱桃王于果，犹瓜之最先者曰王瓜，于义理未尝不合，奈何别置品题，使后来居上。首出者不得为圣人，则辟草昧致文明者，谁之力欤？虽然，以梅冠群芳，料舆情①必协②；但以樱桃冠群果，吾恐主持公道者，又不免为荔枝号屈矣。姑仍旧贯，以免抵牾。种梅之法，亦备群书，无庸置吻，但言领略之法而已。花时苦寒，即有妻梅③之心，当筹寝处之法。否则衾枕不备，露宿为难，乘兴而来者，无不尽兴而返，即求为驴背浩然，不数得也。观梅之具有二：山游者必带帐房，实三面而虚其前，制同汤网④，其中多设炉炭，既可致温，复备暖酒之用。此一法也。园居者设纸屏数扇，覆以平顶，四面设窗，尽可开闭，随花所在，撑而就之。此屏不止观梅，是花皆然，可备终岁之用。立一小匾，名曰"就花居"。花间竖一旗帜，不论何花，概以总名曰"缩地花"。此一法也。若家居种植者，近在身

---

① 舆情：众人的意愿和态度。

② 协：附和，赞同。

③ 妻梅：种养梅花，与梅相伴。北宋林逋隐居杭州西湖孤山，无妻无子，以种梅养鹤自娱，而有"梅妻鹤子"的佳话。

④ 汤网：《史记·殷本纪》说，商汤施仁政，让捕鸟人网开三面，留一面捕获那些不听教命的鸟。

畔，远亦不出眼前，是花能就人，无俟人为蜂蝶矣。然而爱梅之人，缺陷有二：凡到梅开之时，人之好恶不齐，天之功过亦不等，风送香来，香来而寒亦至，令人开户不得，闭户不得，是可爱者风，而可憎者亦风也；雪助花妍，雪冻而花亦冻，令人去之不可，留之不可，是有功者雪，有过者亦雪也。其有功无过，可爱而不可憎者惟日，既可养花，又堪曝背，是诚天之循吏①也。使止有日而无风雪，则无时无日不在花间，布帐纸屏皆可不设，岂非梅花之至幸，而生人之极乐也哉！然而为之天者，则甚难矣。

蜡梅者，梅之别种，殆亦共姓而通谱②者欤？然而有此令德，亦乐与联宗。吾又谓别有一花，当为蜡梅之异姓兄弟，玫瑰是也。气味相孚③，皆造浓艳之极致，殆不留余地待人者矣。人谓过犹不及④，当务适中，然资性所在，一往而深，求为适中，不可得也。

桃

凡言草木之花，矢口⑤即称桃李，是桃李二物，领袖群芳者也。其所以领袖群芳者，以色之大都不出红白二种，桃色

---

① 循吏：奉职守法的官吏。
② 通谱：古代同姓之人互认为同族叫通谱。此处指蜡梅属于梅一类。
③ 相孚：相近。
④ 过犹不及：过分和不及同样不得其正。谓做事须恰到好处。
⑤ 矢口：出口。

为红之级纯，李色为白之至洁，"桃花能红李能白"一语，足尽二物之能事。然今人所重之桃，非古人所爱之桃；今人所重者为口腹计，未尝究及观览。大率桃之为物，可目者未尝可口，不能执两端事人。凡欲桃实之佳者，必以他树接之，不知桃实之佳，佳于接，桃色之坏，亦坏于接。桃之未经接者，其色极娇，酷似美人之面，所谓"桃腮""桃靥"者，皆指天然未接之桃，非今时所谓碧桃、绛桃、金桃、银桃之类也。即今诗人所咏，画图所绘者，亦是此种。此种不得于名园，不得于胜地，惟乡村篱落之间，牧童樵叟所居之地，能富有之。欲看桃花者，必策蹇①郊行，听其所至，如武陵人之偶入桃源②，始能复有其乐。如仅载酒园亭，携姬院落，为当春行乐计者，谓赏他卉则可，谓看桃花而能得其真趣，吾不信也。噫！色之极媚者莫过于桃，而寿之极短者亦莫过于桃，"红颜薄命"之说单为此种。凡见妇人面与相似而色泽不分者，即当以花魂视之，谓别形体③不久也。然勿明言，至生涕泣。

---

① 策蹇（jiǎn）：骑着驴子或马儿。策，鞭、打。蹇，跛足，引申指蹇驴或驽马。

② 武陵人之偶入桃源：语出晋陶渊明《桃花源记》。

③ 别形体：（魂）离躯体，即死亡。

李

　　李是吾家果，花亦吾家花，当以私爱嬖^①之，然不敢也。唐有天下，此树未闻得封。天子未尝私庇，况庶人乎？以公道论之可已。与桃齐名，同作花中领袖，然而桃色可变，李色不可变也。"邦有道，不变塞焉，强哉矫！邦无道，至死不变，强哉矫！^②"自有此花以来，未闻稍易其色，始终一操，涅而不淄^③，是诚吾家物也。至有稍变其色，冒为一宗，而此类不收，仍加一字以示别者，则郁李^④是也。李树较桃为耐久，逾三十年始老，枝虽枯而子仍不细，以得于天者独厚，又能甘淡守素，未尝以色媚人也。若仙李之盘根，则又与灵椿比寿。

　　我欲绳武^⑤而不能，以著述永年而已矣。

---

① 嬖（bì）：宠爱。

② "邦有道"六句：语出《礼记·中庸》。这里用以比喻无论环境、气候适宜还是恶劣，李花终不改其本色。

③ 涅（niè）而不淄：用涅染也染不黑，比喻不受环境的影响。语出《论语·阳货》。涅，可做黑色染料的一种矿石。淄，通"缁"，黑色。

④ 郁李：落叶小灌木。春季开花，花两朵或三朵簇生，粉红色或近白色，稍先于叶或与叶同时开放。

⑤ 绳武：《诗经·大雅·下武》："昭兹来许，绳其祖武。"绳，继续。武，足迹。

杏

种杏不实者，以处子常系之裙系树上，便结子累累。予初不信而试之，果然。是树性喜淫者，莫过于杏，予尝名为"风流树"。噫！树木何取于人，人何亲于树木，而契①爱若此，动乎情也？情能动物，况于人乎？其必宜于处子之裙者，以情贵乎专；已字人者，情有所分而不聚也。予谓此法既验于杏，亦可推而广之。凡树木之不实者，皆当系以美女之裳；即男子之不能诞育者，亦当衣以佳人之裤。盖世间慕女色而爱处子，可以情感而使之动者，岂止一杏而已哉！

梨

予播迁四方，所止之地，惟荔枝、龙眼、佛手诸卉，为吴越诸邦不产者，未经种植，其余一切花果竹木，无一不经葺理②。独梨花一本，为眼前易得之物，独不能身有其树为楂梨主人，可与少陵不咏海棠，同作一等欠事。然性爱此花，甚于爱食其果。果之种类不一，中食③者少，而花之耐观，则无一不然。雪为天上之雪，此是人间之雪；雪之所少者香，

---

① 契：意气相合；投合。
② 葺理：修理。此处指栽种。
③ 中食：好吃，中吃。

此能兼擅其美。唐人诗云："梅虽逊雪三分白，雪却输梅一段香。"此言天上之雪。料其输赢不决，请以人间之雪为天上解围。

海棠

"海棠有色而无香"，此《春秋》责备贤者之法。否则无香者众，胡尽恕之，而独于海棠是咎？然吾又谓海棠不尽无香，香在隐跃之间，又不幸而为色掩。如人生有二技，一技稍粗，则为精者所隐；一术太长，则六艺皆通，悉为人所不道。王羲之善书，吴道子善画，此二人者，岂仅工书善画者哉？苏长公①不善棋酒，岂遂一子不拈、一卮不设者哉？诗文过高，棋酒不足称耳。吾欲证前人有色无香之说，执海棠之初放者嗅之，另有一种清芬，利于缓咀，而不宜于猛嗅。使尽无香，则蜂蝶过门不入矣，何以郑谷②《咏海棠》诗云："朝醉暮吟看不足，羡他蝴蝶宿深枝"？有香无香，当以蝶之去留为证。且香之与臭，敌国也。花谱云："海棠无香而畏臭，不宜灌粪。"去此者必即彼，若是，则海棠无香之说，亦可备证于前，而稍白于后矣。噫！"大音希声"，"大羹不和③"，奚必如兰如麝，扑鼻薰人，

---

① 苏长公：苏轼。
② 郑谷：唐诗人。字守愚，宜春（今属江西）人。
③ 大羹不和：语出《礼记·礼器》。大羹，不和五味的肉汁，古代祭祀时用。不和，不调以杂味。

而后谓之有香气乎？

　　王禹偁[1]《诗话》云："杜子美避地蜀中，未尝有一诗及海棠，以其生母名海棠也。"生母名海棠，予空疏未得其考；然恐子美即善吟，亦不能物物咏到。一诗偶遗，即使后人议及父母。甚矣，才子之难为也。鼎革以前，吾乡杜姓者，其家海棠绝胜，予岁岁纵览，未尝或遗。尝赠以诗云："此花不比别花来，题破东君着意培。不怪少陵无赠句，多情偏向杜家开。"似可为少陵解嘲。

　　秋海棠一种，较春花更媚。春花肖美人，秋花更肖美人；春花肖美人之已嫁者，秋花肖美人之待年者；春花肖美人之绰约可爱者，秋花肖美人之纤弱可怜者。处子之可怜，少妇之可爱，二者不可得兼，必将娶怜而割爱矣。相传秋海棠初无是花，因女子怀人不至，涕泣洒地，遂生此花，可为"断肠花"。噫！同一泪也，洒之林中，即成斑竹[2]，洒之地上，即生海棠，泪之为物神矣哉！

　　春海棠颜色极佳，凡有园亭者不可不备，然贫士之家不能必有，当以秋海棠补之。此花便于贫士者有二：移根即是，不须钱买，一也；为地不多，墙间壁上，皆可植之。性复喜阴，秋海棠所取之地，皆群花所弃之地也。

---

① 王禹偁（chēng）（954—1001）：北宋文学家。字元之，济州巨野（今属山东）人。
② 斑竹：一种有斑纹的竹子。

玉兰

世无玉树，请以此花当之。花之白者尽多，皆有叶色相乱，此则不叶而花，与梅同致。千干万蕊，尽放一时，殊盛事也。但绝盛之事，有时变为恨事。众花之开，无不忌雨，而此花尤甚。一树好花，止须一宿微雨，尽皆变色，又觉腐烂可憎，较之无花，更为乏趣。群花开谢以时，谢者既谢，开者犹开，此则一败俱败，半瓣不留。语云："弄花一年，看花十日。"为玉兰主人者，常有延伫①经年，不得一朝盼望②者，讵非香国中绝大恨事？故值此花一开，便宜急急玩赏，玩得一日是一日，赏得一时是一时。若初开不玩而俟全开，全开不玩而俟盛开，则恐好事未行，而杀风景者③至矣。噫！天何仇于玉兰，而往往三岁之中，定有一二岁与之为难哉！

辛夷④

辛夷，木笔，望春花，一卉而数异其名，又无甚新奇可取，名有余而实不足者，此类是也。园亭极广，无一不备者方可

① 延伫：久立；引颈而望。

② 盼望：观赏。

③ 杀风景者：有损景物或败人兴致者，此处指摧花之雨。

④ 辛夷：亦称"木兰""木笔"。落叶小乔木或灌木。早春先叶开花，花大，外面紫色，内面近白色，微香。

植之，不则当为此花藏拙。

山茶^①

花之最不耐开、一开辄尽者，桂与玉兰是也；花之最能持久，愈开愈盛者，山茶、石榴是也。然石榴之久，犹不及山茶；榴叶经霜即脱，山茶戴雪而荣。则是此花也者，具松柏之骨，挟桃李之姿，历春夏秋冬如一日，殆草木而神仙者乎？又况种类极多，由浅红以至深红，无一不备。其浅也，如粉如脂，如美人之腮，如酒客之面；其深也，如朱如火，如猩猩之血，如鹤顶之朱。可谓极浅、深、浓、淡之致，而无一毫遗憾者矣。得此花一二本，可抵群花数十本。惜乎予园仅同芥子，诸卉种就，不能再纳须弥，仅取盆中小树，植于怪石之旁。噫！善善^②而不能用，恶恶^③而不能去，予其郭公^④也夫？

---

① 山茶：常绿灌木或小乔木。冬春开花，单花顶生或腋生，大型，常大红色，花瓣先端微凹。久经栽培，为著名观赏植物。
② 善善：喜欢好的。
③ 恶恶：厌恶坏的。
④ 郭公：北齐后主高纬好傀儡，谓之"郭公"，因此以"郭公"喻傀儡。此处指不能主宰自己的意志，顺自己好恶行事。

紫薇[①]

人谓禽兽有知，草木无知。予曰：不然。禽兽草木尽是有知之物，但禽兽之知稍异于人，草木之知，又稍异于禽兽，渐蠢则渐愚耳。何以知之？知之于紫薇树之怕痒。知痒则知痛，知痛痒则知荣辱利害，是去禽兽不远，犹禽兽之去人不远也。人谓树之怕痒者，只有紫薇一种，余则不然。予曰：草木同性，但观此树怕痒，即知无草无木不知痛痒，但紫薇能动，他树不能动耳。人又问：既然不动，何以知其识痛痒？予曰：就人喻之，怕痒之人，搔之即动，亦有不怕痒之人，听人搔扒而不动者，岂人亦不知痛痒乎？由是观之，草木之受诛锄，犹禽兽之被宰杀，其苦其痛，俱有不忍言者。人能以待紫薇者待一切草木，待一切草木者待禽兽与人，则斩伐不敢妄施，而有疾痛相关之义矣。

绣球[②]

天工之巧，至开绣球一花而止矣。他种之巧，纯用天工，

---

① 紫薇：亦称"百日红"。落叶小乔木，树干光滑，褐色。夏季开花，顶生圆锥花序。花瓣淡红色、紫色或白色。

② 绣球：亦称"粉团""八仙花"。夏季开花，球形伞房花序，萼片初为淡红色，后变蓝色，呈花瓣状。

此则诈施人力，似肖尘世所为而为者。剪春罗[1]、剪秋罗[2]诸花亦然。天工于此，似非无意，盖曰："汝所能者，我亦能之；我所能者，汝实不能为也。"若是，则当再生一二蹴球[3]之人，立于树上，则天工之斗巧者全矣。其不屑为此者，岂以物为肖，而人不足肖乎？

紫荆[4]

紫荆一种，花之可已者也。但春季所开，多红少紫，欲备其色，故间植之。然少枝无叶，贴树生花，虽若紫衣少年，亭亭独立，但觉窄袍紧袂，衣瘦身肥，立于翩翩舞袖之中，不免代为跼蹐[5]。

---

[1] 剪春罗：亦称"剪红罗""剪夏罗"。夏季开花，花生茎顶或叶腋，橘黄色或朱砂色。

[2] 剪秋罗：亦称"剪秋纱""汉宫秋"。多年生草本，全株被细毛。夏秋开花，花疏生茎端和上部叶腋，深红色，稀白色。

[3] 蹴（cù）球：踢球。

[4] 紫荆：落叶灌木。叶互生，近圆形，基部心形。早春先叶开花，花紫红色，簇生。

[5] 跼蹐（cù jí）：恭敬而局促不安的样子。

栀子[1]

栀子花无甚奇特，予取其仿佛玉兰。玉兰忌雨，而此不忌；玉兰齐放齐凋，而此则开以次第。惜其树小而不能出檐，如能出檐，即以之权当玉兰，而补三春恨事，谁曰不可？

杜鹃[2] 樱桃[3]

杜鹃、樱桃二种，花之可有可无者也。所重于樱桃者，在实不在花；所重于杜鹃者，在西蜀之异种，不在四方之恒种[4]。如名花俱备，则二种开时，尽有快心而夺目者，欲览余芳，亦愁少暇。

---

[1] 栀（zhī）子：常绿灌木。叶对生，革质，春夏开白花，顶生或腋生，有短梗，极香。

[2] 杜鹃：亦称"映山红"。杜鹃花科。半常绿或落叶灌木，分枝多。叶互生，春季开花，花冠阔漏斗形。

[3] 樱桃：亦称"莺桃""中国樱桃"。蔷薇科。落叶灌木或小乔木。果实小，球形，鲜红色，稍甜带酸。

[4] 恒种：一般品种。

石榴①

芥子园之地不及三亩，而屋居其一，石居其一，乃榴之大者，复有四五株。是点缀吾居，使不落寞者，榴也；盘踞吾地，使不得尽栽他卉者，亦榴也。榴之功罪，不几半乎？然赖主人善用，榴虽多，不为赘也。榴性喜压，就其根之宜石者，从而山之，是榴之根即山之麓也；榴性喜日，就其阴之可庇者，从而屋之，是榴之地即屋之天也；榴之性又复喜高而直上，就其枝柯之可傍，而又借为天际真人②者，从而楼之，是榴之花即吾倚栏守户之人也。此芥子园主人区处③石榴之法，请以公之树木者④。

木槿

木槿朝开而暮落，其为生也良苦。与其易落，何如弗开？造物生此，亦可谓不惮烦矣。有人曰：不然。木槿者，花之现身说法以儆愚蒙者也。花之一日，犹人之百年。人视人之百年，则自觉其久，视花之一日，则谓极少而极暂矣。不知人之视人，犹

---

① 石榴：亦称"安石榴"。落叶灌木或小乔木。叶对生，夏季开花，花有结实花和不结实花两种，常呈橙红色，亦有黄色或白色。
② 天际真人：天上神仙。语出《世说新语·容止》。
③ 区处：分别处置；处理。
④ 树木者：种树的人。

花之视花，人以百年为久，花岂不以一日为久乎？无一日不落之花，则无百年不死之人可知矣。此人之似花者也。乃花开花落之期虽少而暂，犹有一定不移之数，朝开暮落者，必不幻而为朝开午落、午开暮落；乃人之生死，则无一定不移之数，有不及百年而死者，有不及百年之半与百年之二三而死者；则是花之落也必焉，人之死也忽焉。使人亦知木槿之为生，至暮必落，则生前死后之事，皆可自为政矣，无如其不能也。此人之不能似花者也。人能作如是观，则木槿一花，当与萱草并树。睹萱草则能忘忧，睹木槿则能知戒。

桂

秋花之香者，莫能如桂。树乃月中之树，香亦天上之香也。但其缺陷处，则在满树齐开，不留余地。予有《惜桂》诗云："万斛黄金碾作灰，西风一阵总吹来。早知三日都狼藉，何不留将次第开？"盛极必衰，乃盈虚①一定之理，凡有富贵荣华一蹴而至者，皆玉兰之为春光，丹桂之为秋色。

---

① 盈虚：满盈与亏缺，盛与衰。

合欢①

"合欢蠲忿，萱草忘忧"②，皆益人情性之物，无地不宜种之。然睹萱草而忘忧，吾闻其语矣，未见其人也；对合欢而蠲忿，则不必讯之他人，凡见此花者，无不解愠成欢，破涕为笑。是萱草可以不树，而合欢则不可不栽。栽之之法，花谱不详，非不详也，以作谱之人非真能合欢之人也。渔人谈稼事，农父著樵经，有约略其词而已。凡植此花，不宜出之庭外，深闺曲房是其所也。此树朝开暮合，每至昏黄，枝叶互相交结，是名"合欢"。植之闺房者，合欢之花宜置合欢之地，如椿、萱宜在承欢③之所，荆④、棣宜在友于之场，欲其称也。此树栽于内室，则人开而树亦开，树合而人亦合。人既为之增愉，树亦因而加茂，所谓人地相宜者也。使居寂寞之境，不亦虚负此花哉？灌勿太肥，常以男女同浴之水，隔一宿而浇其根，则花之芳妍，较常加倍。此予既验之法，以无心偶试而得之。如其不信，请同觅二本，一植庭外，一植闺中，一浇肥水，一浇浴汤，验其孰盛孰衰，即知予言谬不谬矣。

---

① 合欢：豆科。落叶乔木。夏季开花，头状花序多个，呈伞房状排列，花粉红色。

② 合欢蠲（juān）忿，萱草忘忧：语出嵇康《养生论》。蠲忿，消除忿恨。

③ 承欢：指侍奉孝、敬父母。

④ 荆：灌木名。种类很多，多丛生原野，花小，蓝紫色。

木芙蓉①

水芙蓉②之于夏，木芙蓉之于秋，可谓二季功臣矣。然水芙蓉必须池沼，"所谓伊人，在水一方"③者，不可数得。茂叔④之好，徒有其心而已。木则随地可植。况二花之艳，相距不远。虽居岸上，如在水中，谓之秋莲可，谓之夏莲亦可，即自认为三春之花，东皇⑤未去也亦可。凡有篱落之家，此种必不可少。如或傍水而居，隔岸不见此花者，非至俗之人，即薄福不能消受之人也。

夹竹桃⑥

夹竹桃一种，花则可取，而命名不善。以竹乃有道之士，桃则佳丽之人，道不同不相为谋，合而一之，殊觉矛盾。请易其名为"生花竹"，去一"桃"字，便觉相安。且松、竹、梅素称

---

① 木芙蓉：落叶灌木，被毛。秋季开花，花腋生，至枝梢簇集一处，花冠白色或淡红色。
② 水芙蓉：指莲花，荷花。
③ 所谓伊人，在水一方：语出《诗经·秦风·蒹葭》。
④ 茂叔：周敦颐（1017—1073），北宋理学家，字茂叔。道州营道（今湖南道县）人。
⑤ 东皇：司春之神。
⑥ 夹竹桃：常绿灌木，全株无毛。夏季开花，花紫红、粉红、橙红、黄或白色，单瓣或重瓣，顶生聚伞花序。

三友，松有花，梅有花，惟竹无花，可称缺典。得此补之，岂不天然凑合？亦女娲氏之五色石也。

瑞香①

茂叔以莲为花之君子，予为增一敌国，曰：瑞香乃花之小人。何也？谱载此花"一名麝囊，能损花，宜另植"。予初不信，取而嗅之，果带麝味，麝则未有不损群花者也。同列众芳之中，即有朋侪②之义，不能相资相益，而反祟之，非小人而何？幸造物处之得宜，予以不能为患之势。其开也，必于冬春之交，是时群花摇落，诸卉未荣，及见此花者，仅有梅花、水仙二种，又在成功将退之候，当其锋也未久，故罹其毒也亦不深，此造物之善用小人也。使易冬春之交而为春夏之交，则花王亦几被篡，矧下此者乎？唐宋诸名流，无不怜香嗜色，赞以诗词者，皆以蚤③春无花，得此可搔目痒，又但见其佳，而未逢其虐耳。予僭为香国平章④，焉得不秉公持正？宁使一小人怒而欲杀，不敢不为众君子密提防也。

---

① 瑞香：常绿灌木。叶常簇生，椭圆状长圆形。春季开花，花集生顶端，呈头状，无花冠，芳香，外面红紫色，内面肉红色。
② 朋侪：朋友，朋辈。
③ 蚤：通"早"。
④ 香国平章：指品评褒贬花卉者。平章，评说，品评。

茉莉

茉莉一花，单为助妆而设，其天生以媚妇人者乎？是花皆晓开，此独暮开。暮开者，使人不得把玩，秘之以待晓妆也。是花蒂上皆无孔，此独有孔。有孔者，非此不能受簪，天生以为立脚之地也。若是，则妇人之妆，乃天造地设之事耳。植他树皆为男子，种此花独为妇人。既为妇人，则当眷属视之矣。妻梅者止一林逋，妻茉莉者当遍天下而是也。

欲艺此花，必求木本。藤本一样看花，但苦经年即死，视其死而莫之救，亦仁人君子所不乐为也。木本最难为冬，予尝历验收藏之法。此花痿于寒者什一，毙于干者什九，人皆畏冻而滴水不浇，是以枯死。此见噎废食之法，有避呕逆而经时绝粒①，其人尚存者乎？稍暖微浇，大寒即止，此不易之法。但收藏必于暖处，篾罩必不可无，浇不用水而用冷茶，如斯而已。予艺此花三十年，皆为燥误，如今识花，以告世人，亦其否极泰来②之会也。

---

① 避呕逆而经时绝粒：因噎废食之意，比喻因小而废大，或怕做错事而索性不干。

② 否（pǐ）极泰来：形容情况从坏转好。

藤本第二

藤本之花，必须扶植。扶植之具，莫妙于从前成法之用竹屏。或方其眼，或斜其楄，因作葳蕤①柱石，遂成锦绣②墙垣，使内外之人隔花阻叶，碍紫间红，可望而不可亲，此善制也。无奈近日茶坊酒肆，无一不然，有花即以植花，无花则以代壁。此习始于维扬，今日渐近他处矣。市井若此，高人韵士之居，断断不应若此。避市井者，非避市井，避其劳劳攘攘③之情，锱铢必较④之陋习也。见市井所有之物，如在市井之中，居处习见⑤，能移性情，此其所以当避也。即如前人之取别号，每用"川""泉""湖""宇"等字，其初未尝不新，未尝不雅，迨后商贾者流，家效而户则之，以致市肆标榜⑥之上，所书姓名非川即泉，非湖即宇，是以避俗之人，不得不去之若浼⑦。迩来缙绅先生悉用"斋""庵"二字，极宜；但恐用者过多，则而效之

---

① 葳蕤（wēi ruí）：草木茂盛枝叶下垂貌。

② 锦绣：指鲜艳的花卉。

③ 劳劳攘攘：形容人来人往，非常拥挤热闹。

④ 锱铢必较：极小的利益也要计较。

⑤ 居处习见：平时常见。

⑥ 标榜：题额，书写榜文。这里指街市、商店的招牌、标识。

⑦ 浼（měi）：玷污；污染。

者又入从前标榜，是今日之斋、庵，未必不是前日之川、泉、湖、宇。虽曰名以人重，人不以名重，然亦实之宾也。已噪寰中者仍之继起，诸公似应稍变。人问植花既不用屏，岂遂听其滋蔓于地乎？曰：不然。屏仍其故，制略新之。虽不能保后日之市廛，不又变为今日之园圃，然新得一日是一日，异得一时是一时，但愿贸易之人，并性情风俗而变之。变亦不求尽变，市井之念不可无，垄断之心不可有。觅应得之利，谋有道之生，即是人间大隐。若是，则高人韵士，皆乐得与之游矣，复何劳扰锱铢之足避哉？花屏之制有三，列于《藤本》之末。

蔷薇①

结屏之花，蔷薇居首。其可爱者，则在富于种而不一其色。大约屏间之花，贵在五彩缤纷，若上下四旁皆一其色，则是佳人忌作之绣、庸工不绘之图，列于亭斋，有何意致？他种屏花，若木香②、酴醿③、月月红④诸本，族类有限，为色不

① 蔷薇：蔷薇科，蔷薇属中某些观赏种类的泛称。攀附于岩壁、墙垣等处，可构成美丽的屏式景观。
② 木香：常绿或半常绿攀缘灌木。初夏开花，花白或黄色，单瓣或重瓣，芳香，成伞形的伞房花序。
③ 酴醿（tú mí）：亦作"荼蘼"，亦称"佛见笑"。茎绿色，有棱，生刺。初夏开花，白色。栽培供观赏。
④ 月月红：亦称"月季花""长春花"。蔷薇科。常绿或半常绿灌木，稀藤本。花单生或数朵簇生，有粉红、浅黄、大红等色。

多，欲其相间，势必旁求他种。蔷薇之苗裔①极繁，其色有赤，有红，有黄，有紫，甚至有黑；即红之一色，又判数等，有大红、深红、浅红、肉红、粉红之异。屏之宽者，尽其种类所有而植之，使条梗蔓延相错，花时斗丽，可傲步障②于石崇。然征名考实，则皆蔷薇也。是屏花之富者，莫过于蔷薇。他种衣色虽妍，终不免于捉襟露肘③。

木香

木香花密而香浓，此其稍胜蔷薇者也。然结屏单靠此种，未免冷落，势必依傍蔷薇。蔷薇宜架，木香宜棚者，以蔷薇条干之所及，不及木香之远也。木香作屋，蔷薇作垣，二者各尽其长，主人亦均收其利矣。

酴醾

酴醾之品，亚于蔷薇、木香，然亦屏间必须之物，以其花候稍迟，可续二种之不继也。"开到酴醾花事了"，每忆此句，情兴为之索然。

---

① 苗裔：后代子孙。
② 步障：用以遮蔽风尘或视线的屏幕。
③ 捉襟露肘：语出《庄子·杂篇·让王》。

月月红

俗云："人无千日好，花难四季红。"四季能红者，现有此花，是欲矫俗言之失也。花能矫俗言之失，何人情反听其验乎？缀屏之花，此为第一。所苦者树不能高，故此花一名"瘦客"。然予复有用短之法，乃为市井之人强迫而成者也。法在屏制之第三幅。此花有红、白及淡红三本，结屏必须同植。

此花又名"长春"，又名"斗雪"，又名"胜春"，又名"月季"。予于种种之外，复增一名，曰"断续花"。花之断而能续，续而复能断者，只有此种。因其所开不繁，留为可继，故能绵邈①若此；其余一切之不能续者，非不能续，正以其不能断耳。

姊妹花②

花之命名，莫善于此。一蓓七花者曰"七姊妹"，一蓓十花者曰"十姊妹"。观其浅深红白，确有兄长娣③幼之分，殆杨家姊妹现身乎？余极喜此花，二种并植，汇其名为"十七

---

① 绵邈：久远。
② 姊妹花：为野蔷薇的变种。
③ 娣：妹妹。

姊妹"。但怪其蔓延太甚，溢出屏外，虽日刈月除，其势犹不可遏。岂党与过多，酿成不戢[1]之势欤？此无他，皆同心不妒之过也，妒则必无是患矣。故善御[2]女戎[3]者，妙在使之能妒。

玫瑰

花之有利于人，而无一不为我用者，芰荷[4]是也；花之有利于人，而我无一不为所奉者，玫瑰是也。芰荷利人之说见于本传；玫瑰之利同于芰荷，而令人可亲可溺[5]，不忍暂离，则又过之。群花止能娱目，此则口、眼、鼻、舌以至肌体毛发，无一不在所奉之中。可囊[6]可食，可嗅可观，可插可戴，是能忠臣其身，而又能媚子[7]其术者也。花之能事，毕于此矣。

---

① 戢（jí）：止息；约束。

② 御：治理。

③ 女戎：戎，兵也。《国语·晋语》："史苏告大夫曰，有男戎必有女戎。若晋以男戎胜戎，而戎亦必以女戎胜晋，其若之何？"

④ 芰（jì）荷：荷花。

⑤ 溺：沉酒无节制；过分。

⑥ 可囊：可以制成香囊。

⑦ 媚子：指惹人爱怜。

素馨[①]

素馨一种，花之最弱者也，无一枝一茎不需扶植，予尝谓之"可怜花"。

凌霄[②]

藤花之可敬者，莫若凌霄。然望之如天际真人，卒急不能招致，是可敬亦可恨也。欲得此花，必先蓄奇石古木以待，不则无所依附而不生，生亦不大。予年有几，能为奇石古木之先辈而蓄之乎？欲有此花，非入深山不可。行当即之，以舒此恨。

真珠兰[③]

此花与叶，并不似兰，而以兰名者，肖其香也。即香味亦稍别，独有一节似之：兰花之香，与之习处者不觉，骤遇始闻

---

① 素馨：植物名。又称"耶悉茗"。木樨科植物，其花五出，白色，不结子。花若开时，遍野皆香。

② 凌霄：落叶木质藤木，茎上生攀缘的气生根，顶生聚伞圆锥花序，花大，花冠唇状漏斗形，红色或橘红色。

③ 真珠兰：亦称"金粟兰""珠兰"。常绿灌木。叶对生，椭圆形，初夏开花，穗状花序，呈圆锥形，花小，黄绿色，极芳香。

之，疏而复亲始闻之，是花亦然。此其所以名兰也。闽、粤有木兰^①，树大如桂，花亦似之，名不附桂而附兰者，亦以其香隐而不露，耐久闻而不耐急嗅故耳。凡人骤见而即觉其可亲者，乃人中之玫瑰，非友中之芝兰也。

---

① 木兰：亦称"紫玉兰""木笔"。早春先叶开花，花大，外面紫色，内面近白色，微香。

草本第三

草本之花，经霜必死；其能死而不死，交春复发者，根在故也。常闻有花不待时，先期使开之法，或用沸水浇根，或以硫磺代工，开则开矣，花一败而树随之，根亡故也。然则人之荣枯显晦，成败利钝，皆不足据，但询其根之无恙否耳。根在，则虽处厄运，犹如霜后之花，其复发也，可坐而待也；如其根之或亡，则虽处荣膴显耀之境，犹之奇葩烂目[①]，总非自开之花，其复发也，恐不能坐而待矣。予谈草木，辄以人喻。岂好为是哓哓者哉！世间万物，皆为人设。观感一理，备人观者，即备人感。天之生此，岂仅供耳目之玩，情性之适而已哉？

芍药

芍药与牡丹媲美，前人署牡丹以"花王"，署芍药以"花相"，冤哉！予以公道之：天无二日，民无二王，牡丹正位于香国，芍药自难并驱。虽别尊卑，亦当在五等诸侯之列，岂王之下，相之上，遂无一位一座，可备酬功之用者哉？历翻种植之

---

① 奇葩烂目：奇花耀人眼目。

书，非云"花似牡丹而狭"，则曰"子似牡丹而小"。由是观之，前人评品之法，或由皮相而得之。噫！人之贵贱美恶，可以长短肥瘦论乎？每于花时奠酒，必作温言慰之曰："汝非相材也，前人无识，谬署此名，花神有灵，付之勿较，呼牛呼马，听之而已。"予于秦之巩昌，携牡丹、芍药各数十种而归，牡丹活者颇少，幸此花无恙，不虚负戴之劳。岂人为知己死者，花反为知己生乎？

兰[①]

"兰生幽谷，无人自芳"[②]，是已。然使幽谷无人，兰之芳也，谁得而知之？谁得而传之？其为兰也，亦与萧艾[③]同腐而已矣。"如入芝兰之室，久而不闻其香"[④]，是已。然既不闻其香，与无兰之室何异？虽有虽无，非兰之所以自处，亦非人之所以处兰也。吾谓芝兰之性，毕竟喜人相俱，毕竟以人闻香气为乐。文人之言，只顾赞扬其美，而不顾其性之所安，强半皆若是也。然相俱贵乎有情，有情务在得法；有情而得法，则坐芝兰之室，久而愈闻其香。兰生幽谷与处曲房，其幸不幸相去远矣。兰之初着花时，自应易其座位，外者内之，远者

---

① 兰：兰草。多年生草本。全草供药用。
② 兰生幽谷，无人自芳：语出《淮南子·说山训》："兰生幽谷，不为莫服而不芳。"
③ 萧艾：艾蒿与臭草。
④ 如入芝兰之室，久而不闻其香：语出《孔子家语》。芝兰，香草芷和兰。

近之，卑者尊之；非前倨而后恭^①，人之重兰非重兰也，重其花也，叶则花之舆从^②而已矣。居处一室，则当美其供设，书画炉瓶，种种器玩，皆宜森列^③其旁。但勿焚香，香薰即谢，匪妒也，此花性类神仙，怕亲烟火，非忌香也，忌烟火耳。若是，则位置提防之道得矣。然皆情也，非法也，法则专为闻香。"如入芝兰之室，久而不闻其香"者，以其知入而不知出也，出而再入，若倩女之魂。是法也，而情在其中矣。如止有此室，则后来之香倍乎前矣。故有兰之室不应久坐，另设无兰者一间以作退步，时退时进，进多退少，则刻刻有香，虽坐无兰之室，若倩女之魂。是法也，而情在其中矣。如止有此室，则以门外作退步，或往行他事，事毕而入，以无意得之者，其香更甚。此予消受兰香之诀，秘之终身，而泄于一旦，殊可惜也。

此法不止消受兰香，凡属有花房舍，皆应若是。即焚香之室亦然，久坐其间，与未尝焚香者等也。门人布帘必不可少，护持香气，全赖乎此。若止靠门扇开闭，则门开尽泄，无复一线之留矣。

---

① 非前倨而后恭：语出《战国策·秦策一》。先傲慢而后谦恭，前后态度截然相反。

② 舆从：车马随从。

③ 森列：整齐地陈列。

蕙①

　　蕙之与兰，犹芍药之与牡丹，相去皆止一间耳。而世之贵兰者必贱蕙，皆执成见，泥成心也。人谓蕙之花不如兰，其香亦逊。吾谓蕙诚逊兰，但其所以逊兰者，不在花与香而在叶，犹芍药之逊牡丹者，亦不在花与香而在梗。牡丹系木本之花，其开也，高悬枝梗之上，得其势则能壮其威仪，是花王之尊，尊于势也；芍药出于草本，仅有叶而无枝，不得一物相扶，则委而仆于地矣，官无舆从，能自壮其威乎？蕙兰之不相敌也反是。芍药之叶苦其短，蕙之叶偏苦其长；芍药之叶病其太瘦，蕙之叶翻病其太肥。当强者弱，而当弱者强，此其所以不相称，而大逊于兰也。兰蕙之开，时分先后。兰终蕙继，犹芍药之嗣②牡丹，皆所谓兄终弟及，欲废不能者也。善用蕙者，全在留花去叶，痛加剪除，择其稍狭而近弱者，十存二三；又皆截之使短，去两角而尖之，使与兰叶相若，则是变蕙成兰，而与"强干弱枝③"之道合矣。

---

① 蕙：兰科。多年生常绿草本。叶丛生，直立性强。四五月开花，花浅黄绿色，有香气。

② 嗣（sì）：继承；接续。

③ 强干弱枝：亦作"强本弱枝"，语出《史记·汉兴以来诸侯王年表序》。干，树干。枝，枝叶。

水仙

　　水仙一花，予之命也。予有四命，各司一时：春以水仙、兰花为命，夏以莲为命，秋以秋海棠为命，冬以蜡梅为命。无此四花，是无命也；一季缺予一花，是夺予一季之命也。水仙以秣陵①为最，予之家于秣陵，非家秣陵，家于水仙之乡也。记丙午②之春，先以度岁无资，衣囊质尽，迨水仙开时，则为强弩之末③，索一钱不得矣。欲购无资，家人曰："请已之。一年不看此花，亦非怪事。"予曰："汝欲夺吾命乎？宁短一岁之寿，勿减一岁之花。且予自他乡冒雪而归，就水仙也，不看水仙，是何异于不返金陵，仍在他乡卒岁④乎？"家人不能止，听予质簪珥购之。予之钟爱此花，非痂癖也。其色其香，其茎其叶，无一不异群葩，而予更取其善媚。妇人中之面似桃，腰似柳，丰如牡丹、芍药，而瘦比秋菊、海棠者，在在有之；若如水仙之淡而多姿，不动不摇，而能作态者，吾实未之见也。以"水仙"二字呼之，可谓摹写殆尽。使吾得见命名者，必颓然下拜。

　　不特金陵水仙为天下第一，其植此花而售于人者，亦能司

---

① 秣（mò）陵：古县名。治今江苏南京市江宁区南秣陵关。
② 丙午：康熙五年（1666）为丙午年，是年李渔五十六岁。
③ 强弩（nǔ）之末：强弩所发之矢飞行已达末程。比喻势力已衰，不能再起作用。
④ 卒岁：度过年；年终。

造物之权，欲其早则早，命之迟则迟，购者欲于某日开，则某日必开，未尝先后一日；及此花将谢，又以迟者继之，盖以下种之先后为先后也。至买就之时，给盆与石而使之种，又能随手布置，即成画图，皆风雅文人所不及也。岂此等末技，亦由天授，非人力①邪？

芙蕖②

芙蕖与草本诸花，似觉稍异；然有根无树，一岁一生，其性同也。谱云："产于水者曰草芙蓉，产于陆者曰旱莲。"则谓非草本不得矣。予夏季倚此为命者，非故效颦于茂叔，而袭成说于前人也；以芙蕖之可人，其事不一而足。请备述之：群葩当令时，只在花开之数日，前此后此皆属过而不问之秋矣。芙蕖则不然。自荷钱③出水之日，便为点缀绿波。及其劲④叶既生，则又日高一日，日上日妍，有风既作飘飘之态，无风亦呈袅娜之姿，是我于花之未开，先享无穷逸致矣。迨至菡萏⑤成花，娇姿欲滴，后先相继，自夏徂秋，此时在花为分内之事，在人为应得之资者也。及花之既谢，亦可告无罪于主人矣，乃夏蒂下生蓬，蓬中结实，亭亭独立，犹似未开之花，与翠叶并擎，不至白

---

① 由天授，非人力：语出《史记·淮阴侯列传》。

② 芙蕖（qú）：荷花。

③ 荷钱：指初生的小荷叶，言其形小如钱。

④ 劲：此处指盛、大。

⑤ 菡萏（hàn dàn）：荷花的别称。

露为霜，而能事不已。此皆言其可目者也。可鼻则有荷叶之清香，荷花之异馥，避暑而暑为之退，纳凉而凉逐之生。至其可人之口者，则莲实与藕，皆并列盘餐，而互芬齿颊者也。只有霜中败叶，零落难堪，似成弃物矣，乃摘而藏之，又备经年裹物之用。是芙蕖也者，无一时一刻，不适耳目之观；无一物一丝，不备家常之用者也。有五谷之实，而不有其名；兼百花之长，而各去其短。种植之利，有大于此者乎？予四命之中，此命为最。无如酷好一生，竟不得半亩方塘，为安身立命之地；仅凿斗大一池，植数茎以塞责，又时病其漏，望天乞水以救之。殆所谓不善养生，而草菅其命①者哉。

罂粟②

花之善变者，莫如罂粟，次则数葵，余皆守故不迁者矣。艺此花如蓄豹，观其变也。牡丹谢而芍药继之，芍药谢而罂粟继之，皆繁之极、盛之至者也。欲续三葩，难乎其为继矣。

---

① 草菅（jiān）其命：将它的命看得如同野草一般。
② 罂粟：一二年生草本，全株无毛，被白粉。夏季开花，花大，单生枝顶；花红、紫或白色。

葵①

花之易栽易盛，而又能变化不穷者，止有一葵。是事半于罂粟，而数倍其功者也。但叶之肥大可憎，更甚于蕙。俗云："牡丹虽好，绿叶扶持。"人谓树之难好者在花，而不知难者反易。古今来不乏明君，所不可必得者，忠良之佐耳。

萱

萱花一无可取，植此同于种菜，为口腹计则可耳。至云对此可以忘忧，佩此可以宜男，则千万人试之，无一验者。书之不可尽信②，类如此矣。

鸡冠③

予有《收鸡冠花子》一绝云："指甲搔花碎紫雯④，虽非异卉也芳芬。时防撒却还珍惜，一粒明年一朵云。"此非溢美

---

① 葵：指向日葵、蜀葵等。
② 书之不可尽信：《孟子·尽心下》："尽信书，则不如无书。"
③ 鸡冠：鸡冠花，一年生草本。夏秋开花，穗状花序由于带化现象而成扁平鸡冠状，有时羽毛状，一个大花序下面有数个较小分支；花被片红色、紫色、黄色、橙色或红色黄色相间。
④ 雯：云彩。

之词，道其实也。花之肖形者尽多，如绣球、玉簪^①、金钱、蝴蝶、剪春罗之属，皆能酷似，然皆尘世中物也；能肖天上之形者，独有鸡冠花一种。氤氲其象而叆叇^②其文，就上观之，俨然庆云^③一朵。乃当日命名者，舍天上极美之物，而搜索人间。鸡冠虽肖，然而贱视花容矣，请易其字，曰"一朵云"。此花有红、紫、黄、白四色，红者为红云，紫者为紫云，黄者为黄云，白者为白云。又有一种五色者，即名为"五色云^④"。以上数者，较之"鸡冠"，谁荣谁辱？花如有知，必将德我。

玉簪

花之极贱而可贵者，玉簪是也。插入妇人髻中，孰真孰假，几不能辨，乃闺阁中必需之物。然留之弗摘，点缀篱间，亦似美人之遗。呼作"江皋玉佩"，谁曰不可？

---

① 玉簪：多年生草本。秋季开花，花白色，芳香。
② 叆叇（ài dài）：云盛貌。
③ 庆云：一种彩云，古人以为祥瑞之气。
④ 五色云：云呈五种彩色，古人以为祥瑞。

凤仙①

凤仙，极贱之花，此宜点缀篱落，若云备染指甲之用，则大谬矣。纤纤玉指，妙在无瑕，一染猩红，便称俗物。况所染之红，又不能尽在指甲，势必连肌带肉而丹之。迨肌肉褪清之后，指甲又不能全红，渐长渐退，而成欲谢之花矣。始作俑者，其俗物乎？

金钱②

金钱、金盏③、剪春罗、剪秋罗诸种，皆化工④所作之小巧文字。因牡丹、芍药一开，造物之精华已竭，欲续不能，欲断不可，故作轻描淡写之文，以延其脉。吾观于此，而识造物纵横之才力亦有穷时，不能似源泉混混⑤，愈涌而愈出也。合一岁所开之花，可作天工一部全稿。梅花、水仙，试笔之文也，其气虽雄，其机尚涩，故花不甚大，而色亦不甚浓。开至桃、李、

---

① 凤仙：亦称"指甲花"。一年生草本。夏季开花，花三四朵同生叶腋，不整齐，萼有一距，呈角状，向下弯曲，花色不一。

② 金钱：金钱花，又名"子午花""夜落金钱花"。因其正午开花，子夜落花，花似金钱，故名。

③ 金盏：金盏花，亦称"金盏菊"。

④ 化工：天工。指大自然创造或生长万物的功能。

⑤ 混（gǔn）混：同"滚滚"，水流不绝貌。

棠、杏等花，则文心怒发，兴致淋漓，似有不可阻遏之势矣；然其花之大犹未甚，浓犹未至者，以其思路纷驰而不聚，笔机过纵而难收，其势之不可阻遏者，横肆①也，非纯熟也。迨牡丹、芍药一开，则文心笔致俱臻化境，收横肆而归纯熟，舒蓄积而馨②光华，造物于此，可谓使才务尽，不留丝发之余矣。然自识者观之，不待终篇而知其难继。何也？世岂有开至树不能载、叶不能覆之花，而尚有一物焉高出其上、大出其外者乎？有开至众彩俱齐、一色不漏之花，而尚有一物焉红过于朱、白过于雪者乎？斯时也，使我为造物，则必善刀而藏③矣。乃天则未肯告乏也，夏欲试其技，则从而荷之；秋欲试其技，则从而菊之；冬则计穷其竭，尽可不花，而犹作蜡梅一种以塞责之。数卉者，可不谓之芳妍尽致，足殿④群芳者乎？然较之春末夏初，则皆强弩之末矣。至于金钱、金盏、剪春罗、剪秋罗、滴滴金⑤、石竹⑥诸花，则明知精力不继，篇帙寥寥，作此以塞纸尾，犹人诗文既尽，附以零星杂著者是也。由是观之，造物者极欲骋才，不肯自惜其力之

---

① 横肆：纵放恣肆。

② 馨：显现。

③ 善刀而藏：语出《庄子·养生主》。善，拭；善刀，把刀擦干净。将刀擦净，收藏起来。比喻适可而止，自敛其才。

④ 殿：行军时走在最后。引申为最后、最下。

⑤ 滴滴金：旋覆花的别名。多年生草本。头状花序少数，形较大，生于顶枝，夏秋开花，金黄色。

⑥ 石竹：亦称"洛阳花"。石竹科，多年生草本。全株无毛，粉绿色。叶对生，线状披针形。夏季开花，花瓣淡红色或白色。

人也；造物之才，不可竭而可竭，可竭而终不可竟竭者也。究竟一部全文，终病其后来稍弱。其不能弱始劲终者，气使之然，作者欲留余地而不得也。吾谓人才著书，不应取法于造物，当秋冬其始。而春夏其终，则是能以蔗境①行文，而免于江淹才尽②之诮矣。

蝴蝶花③

此花巧甚。蝴蝶，花间物也，此即以蝴蝶为花。是一是二，不知周之梦为蝴蝶欤？蝴蝶之梦为周欤？非蝶非花，恰合庄周梦境。

菊

菊花者，秋季之牡丹、芍药也。种类之繁衍同，花色之全备同，而性能持久复过之。从来种植之书，是花皆略，而叙牡丹、芍药与菊者独详。人皆谓三种奇葩，可以齐观等视，而予独判为两截，谓有天工、人力之分。何也？牡丹、芍药之美，全仗

---

① 蔗境：语出《世说新语·排调》。比喻老来幸福或处境逐渐好转。此处指为文由始至终，越来越佳。

② 江淹才尽：江淹（444—505），字文通，济阳考城（今河南民权东北）人。早年即以文才著称，晚年所作诗文不如前期，时人谓之"江郎才尽"。

③ 蝴蝶花：亦称"三色堇"。草本，春夏开花，花不整齐，通常每花有蓝、白、黄三色；花瓣近圆形，距短而钝。

天工，非由人力。植此二花者，不过冬溉以肥，夏浇为湿，如是焉止矣。其开也，烂漫芬芳，未尝以人力不勤，略减其姿而稍俭其色。菊花之美，则全仗人力，微假天工。艺菊之家，当其未入土也，则有治地酿土之苏；既入土也，则有插标记种①之事。是萌芽未发之先，已费人力几许矣。迨分秧植定②之后，劳瘁③万端，复从此始。防燥也，虑湿也，摘头也，掐叶也，芟④蕊也，接枝也，捕虫掘蚓以防害也，此皆花事未成之日，竭尽人力以俟天工者也。即花之既开，亦有防雨避霜之患，缚枝系蕊之勤，置盎引水之烦，染色变容之苦，又皆以人力之有余，补天工之不足者也。为此一花，自春徂秋，自朝迄暮，总无一刻之暇。必如是，其为花也，始能丰丽而美观，否则同于婆娑⑤野菊，仅堪点缀疏篱而已。若是，则菊花之美，非天美之，人美之也。人美之而归功于天，使与不费辛勤之牡丹、芍药齐观等视，不几恩怨不分，而公私少辨乎？吾知敛翠凝红，而为沙中偶语⑥者，必花神也。

　　自有菊以来，高人逸士无不尽吻揄扬⑦，而予独反其说者，非与渊明作敌国。艺菊之人终岁勤动，而不以胜天之力予之，是但知花好，而昧所从来。饮水忘源，并置汲者于不问，其心安乎？是前题咏诸公，皆若是也。予创是说，为秋花报本，乃深于爱菊，非薄之也。

予尝观老圃之种菊，而慨然于修士^①之立身与儒者之治业。使能以种菊之无逸^②者砺^③其身心，则焉往而不为圣贤？使能以种菊之有恒者攻吾举业，则何虑其不掇^④青紫^⑤？乃士人爱身爱名之心，终不能如老圃之爱菊，奈何！

菜

菜为至贱之物，又非众花之等伦^⑥，乃《草本》《藤本》中反有缺遗，而独取此花殿后，无乃贱群芳而轻花事乎？曰：不然。菜果至贱之物，花亦卑卑不数^⑦之花，无如积至贱至卑者而至盈千累万，则贱者贵而卑者尊矣。"民为贵，社稷次之，君为轻"^⑧者，非民之果贵，民之至多至盛为可贵也。园圃种植之花，自数朵以至数十百朵而止矣，有至盈阡溢亩，

---

① 修士：品行高尚之人。

② 无逸：不耽于享乐安逸，勤劳不倦。

③ 砺：磨。

④ 掇（duō）：拾取。

⑤ 青紫：本为古时公卿服饰，因借指高官显爵。

⑥ 等伦：同列的人；同辈。

⑦ 卑卑不数：平平常常，排不上号。

⑧ 民为贵，社稷次之，君为轻：语出《孟子·尽心下》。社稷，古代帝王、诸侯所祭的土神和谷神。亦用作国家的代称。

令人一望无际者哉？曰：无之。无则当推菜花为盛矣。一气初盈，万花齐发，青畴①白壤，悉变黄金，不诚洋洋乎大观也哉！当是时也，呼朋拉友，散步芳塍，香风导酒客寻帘，锦蝶是游人争路，郊畦之乐，什佰园亭，惟菜花之开，是其候也。

---

① 青畴（chóu）：绿色的田野。

众卉第四

　　草木之类，各有所长，有以花胜者，有以叶胜者。花胜则叶无足取，且若赘疣，如葵花、蕙草之属是也。叶胜则可以无花，非无花也，叶即花也，天以花之丰神色泽归并于叶而生之者也。不然，绿者叶之本色，如其叶之，则亦绿之而已矣，胡以为红，为紫，为黄，为碧，如老少年①、美人蕉②、天竹③、翠云草④诸种，备五色之陆离，以娱观者之目乎？即有青之绿之，亦不同于有花之叶，另具一种芳姿。是知树木之美，不定在花，犹之丈夫之美者，不专主于有才，而妇人之丑者，亦不尽在无色也。观群花令人修容，观诸卉则所饰者不仅在貌。

---

① 老少年：植物名。又名"雁来红"。一年生草本。近顶上的叶有红、黄、紫等色。秋季开花，花小，簇生于叶腋及茎梢。
② 美人蕉：多年生草本。叶互生，质厚，叶片卵状长椭圆形，绿色。四季开花，花鲜红色。
③ 天竹：南天竹。常绿灌木，羽状复叶，小叶椭圆状披针形，冬季常变红色。春夏开白花。
④ 翠云草：亦称"蓝地柏"，蕨类植物门。草本。茎匍匐，能随处生根。

芭蕉①

幽斋但有隙地，即宜种蕉。蕉能韵人而免于俗，与竹同功，王子猷偏厚此君，未免挂一漏一。蕉之易栽，十倍于竹，一二月即可成荫。坐其下者，男女皆入画图，且能使台榭轩窗尽染碧色，"绿天"之号②，洵不诬③也。竹可镌诗，蕉可作字，皆文士近身之简牍。乃竹上止可一书，不能削去再刻；蕉叶则随书随换，可以日变数题。尚有时不烦自洗，雨师代拭者，此天授名笺，不当供怀素④一人之用。予有题蕉绝句云："万花题遍示无私，费尽春来笔墨资。独喜芭蕉容我俭，自舒晴叶待题诗。"此芭蕉实录也。

翠云

草色之最蒨⑤者，至翠云而止。非特草木为然，尽世间苍翠之色，总无一物可以喻之，惟天上彩云，偶一幻此。是知善着色

---

① 芭蕉：多年生丛生草本。叶片长圆形，长达三米，穗状花序下垂，苞片红褐或紫色。

② "绿天"之号：据说，唐代僧人怀素种植芭蕉万株，以蕉叶写字，名其居所为"绿天庵"。

③ 诬：欺骗。

④ 怀素（725—785，一作737—799）：唐书法家。僧人。字藏真，本姓钱，长沙（今属湖南）人。精勤学书，以善"狂草"闻名。

⑤ 蒨（qiàn）：同"茜"，绛色。

者惟有化工，即与倾国佳人眉上之色并较浅深，觉彼犹是画工之笔，非化工之笔也。

虞美人①

虞美人花叶并娇，且动而善舞，故又名"舞草"。谱云："人或抵掌歌《虞美人》曲②，即叶动如舞。"予曰：舞则有之，必歌《虞美人》曲，恐未必尽然。盖歌舞并行之事，一姬试舞，众姬必歌以助之，闻歌即舞，势使然也。若谓必歌《虞美人》曲，则此曲能歌者几？歌稀则和寡，此草亦得借口藏其拙矣。

书带草③

书带草其名极佳，苦不得见。谱载出淄川④城北郑康成读书处，名"康成书带草"。噫！康成雅人，岂作王戎钻核故事，不使种传别地耶？康成婢子知书，使天下婢子皆不知书，则此草不

---

① 虞美人：亦称"丽春花"。一年生草本，具粗毛。叶互生，羽状分裂。夏季开花，花未开前下垂，花瓣四片，朱红、紫红、深紫或白色。

② 《虞美人》曲：曲牌名。南曲南吕宫、北曲正宫均有同名曲牌。南曲较常见，字句格律与词牌半阕同，用作引子。

③ 书带草：亦称"麦冬""沿阶草"。叶丛生，线形草质。夏季开淡蓝紫色或白色花。

④ 淄川：旧县名。在山东省中部。隋由贝丘县改称。1955年改设淄博市淄川区。

可移，否则处处堪栽也。

老少年

此草一名"雁来红"，一名"秋色"，一名"老少年"，皆欠妥切。雁来红者，尚有蓼花①一种，经秋弄色者又不一而足，皆属泛称；惟"老少年"三字相宜，而又病其俗。予尝易其名曰"还童草"，似觉差胜。此草中仙品也，秋阶得此，群花可废。此草植之者繁，观之者众，然但知其一，未知其二，予尝细玩而得之。盖此草不特于一岁之中经秋更媚，即一日之中亦到晚更媚，总之后胜于前，是其性也。此意向矜独得，及阅徐竹隐②诗，有"叶从秋后变，色向晚来红"一联，不知确有所见如予，知其晚来更媚乎？抑下句仍同上句，其晚亦指秋乎？难起九原而问之，即谓先予一着可也。

天竹

竹无花，而以夹竹桃代之；竹不实，而以天竹补之。皆是可以不必然，而强为蛇足之事③。然蛇足之形自天生之，人亦不

---

① 蓼（liǎo）花：草本，种类较多，有水蓼、马蓼、辣蓼等。叶味辛香，花淡红或白色。
② 徐竹隐：宋徐似道，号竹隐。有《竹隐集》，已佚。
③ 蛇足之事：画蛇添足。出自《国策·齐策二》。比喻做事节外生枝，不但多余无益，反而害事。

尽任咎也。

虎刺①

"长盆栽虎否，宣石作峰峦。"布置得宜，是一幅案头山水。此虎丘②卖花人长技也，不可谓非化工手笔。然购者于此，必熟视其为原盆与否。是卉皆可新移，独虎刺必须久植，新移旋踵③者百无一活，不可不知。

苔

苔者，至贱易生之物，然亦有时作难：遇阶砌新筑，冀其速生者，彼必故意迟之，以示难得。予有《养苔》诗云："汲水培苔浅却池，邻翁尽日笑人痴。未成斑薛④浑难待，绕砌频呼绿拗儿⑤。"然一生之后，又令人无可奈何矣。

---

① 虎刺：一名"寿庭木"，又名"伏牛花"。茎有刺，花淡黄色，根叶可入药。
② 虎丘：在江苏省苏州市区西北。气势雄奇，风景秀丽，向有"吴中第一名胜"之称。
③ 旋踵：比喻时间短暂，迅速。
④ 薛（xiǎn）：植物名。指苔藓植物门的一类。
⑤ 绿拗儿：指青苔。拗，违拗，不顺从。

萍[1]

　　杨入水为萍，是花中第一怪事。花已谢而辞树，其命绝矣，乃又变为一物，其生方始，殆一物而两现其身者乎？人以杨花喻命薄之人，不知其命之厚也，较天下万物为独甚。吾安能身作杨花，而居水陆二地之胜乎？

　　水上生萍，极多雅趣；但怪其弥漫太甚，充塞池沼，使水居有如陆地，亦恨事也。有功者不能无过，天下事其尽然哉？

---

[1] 萍：浮萍，亦称"青萍"。浮水小草本。夏季开花，花白色，着生在叶状体侧面。

竹木第五

竹木者何？树之不花者也。非尽不花，其见用于世者，在此不在彼，虽花而犹之弗花也。花者，媚人之物，媚人者损己，故善花之树多不永年[1]，不若椅、桐、梓、漆[2]之朴而能久。然则树即树耳，焉如花为？善花者曰："彼能无求于世则可耳，我则不然。雨露所同也，灌溉所独也；土壤所同也，肥泽所独也。子不见尧之水、汤之旱乎？如其雨露或竭，而土不能滋，则奈何？盍舍汝所行而就我？"不花者曰："是则不能，甘为竹木而已矣。"

竹

俗云："早间种树，晚上乘凉。"喻词也。予于树木中求一物以实之，其惟竹乎？种树欲其成阴，非十年不可，最易活者莫如杨柳，求其荫可蔽日，亦须数年。惟竹不然，移入庭中，即

---

① 永年：长寿。
② 椅、桐、梓、漆：均为树木名。椅，又称"山桐子"。初夏开黄绿色花。浆果球形，红色。桐，古书多指梧桐。梓，落叶树，木质轻而易于割裁加工，古时常用作琴瑟及建筑用料。漆，漆树，落叶乔木，其树汁可作涂料。

成高树，能令俗人不舍，不转盼①而成高士之庐。神哉此君，真医国手也！种竹之方，旧传有诀云："种竹无时，雨过便移，多留宿土，记取南枝。"予悉试之，乃不可尽信之书也。三者之内，惟一可遵，"多留宿土"是也。移树最忌伤根，土多则根之盘曲如故，是移地而未尝移土，犹迁人者并其卧榻而迁之，其人醒后尚不自知其迁也。若俟雨过方移，则沾泥带水，有几许未便。泥湿则松，水沾则濡，我欲留土，其如土湿而苏，随锄随散之，不可留何？且雨过必晴，新移之竹，晒则叶卷，一卷即非活兆矣。予易其词曰"未雨先移。"天甫阴而雨犹未下，乘此急移，则宿土未湿，又复带潮，有如胶似漆之势，我欲多留，而土能随我，先据一筹之胜矣。且栽移甫定而雨至，是雨为我下，坐而受之，枝叶根本，无一不沾滋润之利。最忌者日，而日不至；最喜者雨，而雨即来；无所忌而投以喜，未有不欣欣向荣者。此法不止种竹，是花是木皆然。至于"记取南枝"一语，尤难遵奉。移竹移花，不易其向，向南者仍使向南，自是草木之幸。然移草木就人，当随人便，不能尽随草木之便。无论是花是竹，皆有正面，有反面，正面向人，反面向空隙，理也。使记南枝而与人相左，犹娶新妇进门，而听其终年背立，有是理乎？故此语只当不说，切勿泥之。总之，移花种竹，只有四字当记，"宜阴忌日"是也。琐琐繁言，徒滋疑扰。

---

① 不转盼：很快，瞬间。盼，望。

松 柏

"苍松古柏"，美其老也。一切花竹皆贵少年，独松、柏与梅三物，则贵老而贱幼。欲受三老之益者，必买旧宅而居。若俟手栽，为儿孙计则可，身则不能观其成也。求其可移而能就我者，纵使极大，亦是五更，非三老矣[1]。予尝戏谓诸后生曰："欲作画图中人，非老不可。三五少年，皆贱物也。"后生询其故。予曰："不见画山水者，每及人物，必作扶筇曳杖[2]之形，即坐而观山临水，亦是老人矍铄[3]之状。从来未有俊美少年厕于其间者。少年亦有，非携琴捧画之流，即挈[4]盒持樽之辈，皆奴隶于画中者也。"后生辈欲反证予言，卒无其据。引此以喻松、柏，可谓合伦。如一座园亭，所有者皆时花弱卉，无十数本老成树木主宰其间，是终日与儿女子习处，无从师会友时矣。名流作画，肯若是乎？噫！予持此说一生，终不得与老成为伍，乃今年已入画，犹日坐儿女丛中。殆以花木为我，而我为松、柏者乎？

---

① 亦是五更，非三老矣：五更、三老，古代设三老五更，以尊养老人。

② 扶筇（qióng）曳杖：拄着拐杖。筇，杖。筇竹可以作杖，因即称杖为"筇"。

③ 矍铄（jué shuò）：形容老年人精神健旺。

④ 挈（qiè）：提起。

梧桐①

　　梧桐一树，是草木中一部编年史也，举世习焉不察，予特表②而出之。花木种自何年？为寿几何岁？询之主人，主人不知，询之花木，花木不答。谓之"忘年交"则可，予以"知时达务"，则不可也。梧桐不然，有节可纪，生一年，纪一年。树有树之年，人即纪人之年，树小而人与之小，树大而人随之大，观树即所以观身。《易》曰："观我生进退。"欲观我生，此其资也。予垂髫③种此，即于树上刻诗以纪年，每岁一节，即刻一诗，惜为兵燹④所坏，不克⑤有终。犹记十五岁刻桐诗云："小时种梧桐，桐叶小于艾。簪头刻小诗，字瘦皮不坏。刹那三五年，桐大字亦大。桐字已如许，人大复何怪。还将感叹词，刻向前诗外。新字日相催，旧字不相待。顾此新旧痕，而为悠忽⑥戒。"此予婴年著作，因说梧桐，偶尔记及，不则竟忘之矣。即此一事，便受梧桐之益。然则编年之说，岂欺人语乎？

---

① 梧桐：亦称"青桐"。落叶乔木。夏季开花，雌雄同株，花小，淡黄绿色，圆锥花序顶生。

② 表：表彰。

③ 垂髫（tiáo）：古时童子未冠者头发下垂，因以"垂髫"指童年或儿童。

④ 兵燹（xiǎn）：因战争而造成的焚烧破坏等灾害。

⑤ 克：能够。

⑥ 悠忽：放荡轻忽。

槐 榆

树之能为荫者，非槐即榆。《诗》云："於我乎，夏屋渠渠①。"此二树者，可以呼为"夏屋"，植于宅旁，与肯堂肯构②无别。人谓夏者，大也，非时之所谓夏也。予曰：古人以厦为大者，非无取义。夏日之至，非大不凉，与三时有别，故名厦为屋。训夏以大，予特未之详耳。

柳

柳贵于垂，不垂则可无柳。柳条贵长，不长则无袅娜之致，徒垂无益也。此树为纳蝉之所，诸鸟亦集。长夏不寂寞，得时闻鼓吹③者，是树皆有功，而高柳为最。总之，种树非止娱目，兼为悦耳。目有时而不娱，以在卧榻之上也；耳则无时不悦。鸟声之最可爱者，不在人之坐时，而偏在睡时。鸟音宜晓听，人皆知之；而其独宜于晓之故，人则未之察也。鸟之防弋，无时不然。卯辰以后④，是人皆起，人起而鸟不自安矣。

---

① 渠渠：殷勤貌。
② 肯堂肯构：堂，立堂基；构，盖屋。后以"肯堂肯构"比喻能继承父业。
③ 鼓吹：此处指蝉与鸟儿的鸣叫。
④ 卯辰以后：谓早晨五点到九点以后。卯辰，旧时计时法以早晨五点至七点为卯时，七点至九点为辰时。

虑患之念一生，虽欲鸣而不得，鸣亦必无好音，此其不宜于昼也。晓则是人未起，即有起者，数亦寥寥，鸟无防患之心，自能毕①其能事。且扪舌②一夜，技痒于心，至此皆思调弄，所谓"不鸣则已，一鸣惊人"者是也，此其独宜于晓也。庄子非鱼，能知鱼之乐；笠翁非鸟，能识鸟之情。凡属鸣禽，皆当呼予为知己。种树之乐多端，而其不便于雅人者亦有一节：枝叶繁冗，不漏月光。隔婵娟③而不使见者，此其无心之过，不足责也。然匪树木无心，人无心耳。使于种植之初，预防及此，留一线之余天，以待月轮出没，则昼夜均受其利矣。

黄杨④

黄杨每岁长一寸，不溢分毫，至闰年反缩一寸，是天限之木也。植此宜生怜悯之心。予新授一名曰"知命树"。天不使高，强争无益，故守困厄⑤为当然。冬不改柯，夏不易叶，其素行原如是也。使以他木处此，即不能高，亦将横生而至大矣；再不然，则以才不得展而至瘁⑥，弗复自永其年矣。困于天而能自

---

① 毕：尽；全。
② 扪舌：谓按其舌不使言语。
③ 婵娟：指月亮。
④ 黄杨：常绿小乔木或灌木状。春季开花，单性，雌雄同株，花小，腋生。木材坚韧致密，可供雕刻和制木梳等。
⑤ 困厄：困苦危难。
⑥ 瘁：枯萎。

全其天，非知命君子能若是哉？最可悯者，岁长一寸是已；至闰年反缩一寸，其义何居？岁闰而我不闰，人闰而己不闰，已见天地之私；乃非止不闰，又复从而刻之，是天地之待黄杨，可谓不仁之至、不义之甚者矣。乃黄杨不憾天地，枝叶较他木加荣，反似德之者，是知命之中又知命焉。莲为花之君子，此树当为木之君子。莲为花之君子，茂叔知之；黄杨为木之君子，非稍能格物之笠翁，孰知之哉？

棕榈[①]

树直上而无枝者，棕榈是也。予不奇其无枝，奇其无枝而能有叶。植于众芳之中而下不侵其地，上不蔽其天者，此木是也。较之芭蕉，大有克己妨人之别。

枫[②] 桕[③]

草之以叶为花者，翠云、老少年是也；木之以叶为花者，枫与桕是也。枫之丹，桕之赤，皆为秋色之最浓。而其所以得此者，则非雨露之功，霜之力也。霜于草木，亦有有功之时，其不

---

① 棕榈：常绿乔木。叶大，集生干顶。掌状深裂，叶柄有细刺。夏初开花，肉穗花序生于叶间，具佛焰苞，黄色。

② 枫：植物名。据《植物名实图考》记载，即枫香。

③ 桕（jiù）：桕：乌桕树，落叶乔木，叶呈菱状卵形，秋天变红。

肯数数见者，虑人之狎之也。枯众木独荣二木，欲示德威之一斑耳。

冬青①

冬青一树，有松柏之实而不居其名，有梅竹之风而不矜其节，殆"身隐焉文"之流亚欤？然谈傲霜砺雪之姿者，从未闻一人齿及。是之推不言禄，而禄亦不及。予窃忿之，当易其名为"不求人知树"。

---

① 冬青：常绿乔木。叶革质，长椭圆形，有浅圆齿。夏季开花，雌雄异株，花小，淡紫红色，聚伞花序。木材坚韧，供细木工用。

卷八：

颐养部

行乐第一

伤哉！造物生人一场，为时不满百岁。彼夭折之辈无论矣，姑就永年者道之，即使三万六千日，尽是追欢取乐时，亦非无限光阴，终有报罢之日。况此百年以内，有无数忧愁困苦、疾病颠连^①、名缰利锁、惊风骇浪阻人燕游^②，使徒有百岁之虚名，并无一岁二岁享生人应有之福之实际乎！又况此百年以内，日日死亡相告，谓先我而生者死矣，后我而生者亦死矣，与我同庚^③比算、互称弟兄者又死矣。

噫！死是何物，而可知凶不讳，日令不能无死者惊见于目而怛^④闻于耳乎！是千古不仁，未有甚于造物者矣。虽然，殆有说焉。不仁者，仁之至也。知我不能无死，而日以死亡相告，是恐我也。恐我者，欲使及时为乐，当视此辈为前车^⑤也。康对山构一园亭，其地在北邙山^⑥麓，所见无非丘陇^⑦。客讯之曰：

----

① 颠连：困顿不堪。
② 燕游：宴饮游乐。
③ 同庚：年龄相同。
④ 怛（dá）：畏惧。
⑤ 前车：前车之鉴。比喻前人的失败，后人可引为教训。
⑥ 北邙（máng）山：邙山，在河南省西部、陇海铁路北。东西走向。东段亦称"北邙山"，多古代帝王陵墓。
⑦ 丘陇：坟墓。

"日对此景，令人何以为乐？"对山曰："日对此景，乃令人不敢不乐。"达哉斯言！予尝以铭座右。兹论养生之法，而以行乐先之；劝人行乐，而以死亡怵①之，即祖是意。欲体天地至仁之心，不能不蹈造物不仁之迹。

养生家授受之方，外借药石②，内凭导引③，其借口颐生④而流为放辟邪侈⑤者，则曰"比家"。三者无论邪正，皆术士之言也。予系儒生，并非术士。术士所言者术，儒家所凭者理。《鲁论·乡党》一篇，半属养生之法。予虽不敏，窃附于圣人之徒，不敢为诞妄不经⑥之言以误世。有怪此卷以《颐养》命名，而觅一丹方不得者，予以空疏谢之。又有怪予著《饮馔》一篇，而未及烹饪之法，不知酱用几何，醋用几何，醝⑦椒香辣用几何者。予曰：果若是，是一庖人而已矣，乌足重哉！人曰：若是，则《食物志》《尊生笺》《卫生录》等书，何以备列此等？予曰：是诚庖人之书也。士各明志，人有弗为。

---

① 怵（chù）：害怕；恐惧。

② 药石：泛指药物。

③ 导引：亦称"道引"。古代一种强身除病的养生方法。后也为医家、道家所用。

④ 颐生：养生。

⑤ 放辟邪侈：偏颇过分，乖戾不正。

⑥ 诞妄不经：荒诞虚妄，没有根据。

⑦ 醝（cuō）：白色的酒。

贵人行乐之法

人间至乐之境，惟帝王得以有之；下此则公卿将相，以及群辅百僚，皆可以行乐之人也。然有万几①在念，百务萦心，一日之内，除视朝听政、放衙理事、治人事神、反躬修己之外，其为行乐之时有几？曰：不然。乐不在外而在心。心以为乐，则是境皆乐，心以为苦，则无境不苦。身为帝王，则当以帝王之境为乐境；身为公卿，则当以公卿之境为乐境。凡我分所当行，推诿②不去者，即当摈弃③一切悉视为苦，而专以此事为乐。谓我为帝王，日有万几之冗，其心则诚劳矣，然世之艳慕帝王者，求为片刻而不能，我之至劳，人之所谓至逸也。为公卿将相、群辅百僚者，居心亦复如是。则不必于视朝听政、放衙理事、治人事神、反躬修己之外，别寻乐境，即此得为之地，便是行乐之场。一举笔而安天下，一矢口而遂群生④，以天下群生之乐为乐，何快如之？若于此外稍得清闲，再享一切应有之福，则人皇可比玉皇，俗吏竟成仙吏，何蓬莱三岛⑤之足羡哉？

---

① 万几：朝廷、国家日常纷繁的政务。
② 推诿（wěi）：把责任推给别人，或托故推卸责任。
③ 摈弃：抛弃。
④ 遂群生：使百姓大众安居乐业，正常生活。
⑤ 蓬莱三岛：古代传说中海上神仙所居的蓬莱、方丈、瀛洲三座神山。

此术非他，盖用吾家老子①"退一步"法。以不如己者视己，则日见可乐；以胜于己者视己，则时觉可忧。从来人君之善行乐者，莫过于汉之文、景②；其不善行乐者，莫过于武帝③。以文、景于帝王应行之外，不多一事，故觉其逸；武帝则好大喜功，且薄帝王而慕神仙，是以徒见其劳。人臣之善行乐者，莫过于唐之郭子仪④；而不善行乐者，则莫如李广⑤。子仪既拜汾阳王，志愿已足，不复他求，故能极欲穷奢，备享人臣之福；李广则耻不如人，必欲封侯而后已，是以独当单于，卒致失道后期而自刭。故善行乐者，必先知足。二疏⑥云："知足不辱，知止不殆。"不辱不殆，至乐在其中矣。

---

① 吾家老子：老子，春秋时思想家，道家的创始人。一说即老聃，姓李名耳，字聃，故李渔称"吾家老子"。

② 汉之文、景：指汉文帝刘恒（前202—前157）和汉景帝刘启（前188—前141）。汉兴，扫除烦苛，与民休息。文帝节俭，务在养民，景帝遵从，出现了"文景之治"的局面。

③ 武帝：汉武帝刘彻（前156—前87）。他雄才大略，治国多有建树，但由于举行封禅，祀神求仙，挥霍无度，加以徭役繁重，致使农民大量破产流亡。

④ 郭子仪（697—781）：唐大将。华州郑县（今陕西渭南市华州区）人。以武举累官至天德军史兼九原太守。安禄山叛乱时，任朔方节度使，出河北击败史思明。德宗即位，尊为尚父。

⑤ 李广（？—前119）：西汉名将。陇西成纪（今甘肃静宁西南）人。善骑射。前后与匈奴作战七十余次，以勇敢善战、与士卒共甘苦著称。

⑥ 二疏：汉宣帝时名臣疏广与侄子疏受。皆博通经史，疏广为太子太傅，疏受为少傅。在任五年，皆称病还乡。后世合称为"二疏"。

富人行乐之法

劝贵人行乐易，劝富人行乐难。何也？财为行乐之资，然势不宜多，多则反为累人之具。华封人祝帝尧富、寿、多男，尧曰："富则多事。"华封人曰："富而使人分之，何事之有？"由是观之，财多不分，即以唐尧之圣、帝王之尊，犹不能免多事之累，况德非圣人而位非帝王者乎？陶朱公[①]屡致千金，屡散千金，其致而必散，散而复致者，亦学帝尧之防多事也。兹欲劝富人行乐，必先劝之分财；劝富人分财，其势同于拔山超海，此必不得之数也。财多则思运，不运则生息不繁[②]。然不运则已，一运则经营惨淡，坐起不宁，其累有不可胜言者。财多必善防，不防则为盗贼所有，而且以身殉之。然不防则已，一防则惊魂四绕，风鹤皆兵[③]，其恐惧觳觫[④]之状，有不堪目睹者。且财多必招忌。语云："温饱之家，众怨所归。"以一身而为众射之的，方且忧伤虑死之不暇，尚可与言行乐乎哉？甚矣！财不可多，多之为累亦至此也。

然则富人行乐，其终不可冀乎？曰：不然。多分则难，少

---

① 陶朱公：范蠡，春秋末越国大夫。字少伯，楚国宛（今河南南阳市）人。传后游齐国，称"鸱夷子皮"。到陶（今山东肥城西北陶山，一说山东菏泽市定陶区西北），改名"陶朱公"，以经商致富。
② 财多则思运，不运则生息不繁：资本应该流动运作，方能增值生财。
③ 风鹤皆兵：风声鹤唳，草木皆兵。
④ 觳觫（hú sù）：恐惧颤抖貌。

敛①则易。处比户可封②之世，难于售恩；当民穷财尽之秋，易于见德。少课③锱铢之利，穷民即起颂扬；略蠲升斗之租，贫佃即生歌舞。本偿而子息未偿，因其贫也而贳之，一券才焚，即噪冯驩④之令誉；赋足而国用不足，因其匮也而助之，急公偶试，即来卜式⑤之美名。果如是，则大异于今日之富民，而又无损于本来之故我。觊觎⑥者息而仇怨者稀，是则可言行乐矣。其为乐也，亦同贵人，不必于持筹握算之外别寻乐境，即此宽租减息、仗义急公之日，听贫民之欢欣赞颂，即当两部鼓吹⑦；受官司之奖励称扬，便是百年华衮⑧。荣莫荣于此，乐亦莫乐于此矣。至于悦色娱声、眠花藉柳、构堂建厦、啸月嘲风诸乐事，他人欲得，所患无资，业有其资，何求弗遂？是同一富也，昔为最难行乐之人，今为最易行乐之人。即使帝尧不死，陶朱现在，彼丈夫也，我丈夫也，吾何畏彼哉？去其一念之刻而已矣。

---

① 敛：积敛，敛财。

② 比户可封：比屋可封。意谓唐虞之时，尽人皆贤，家家都有可受封爵之德行。后泛指到处都有，形容众多。

③ 课：国家规定数额征收赋税。

④ 冯驩（huān）：亦作"冯煖"。战国时期齐国游士。家贫，为孟尝君门下食客。曾为孟尝君到封邑薛（今山东滕州）收债，得息钱十万，并以孟尝君名义焚贫寒无力还息者的债券，使孟尝君获称誉。

⑤ 卜式：西汉河南（治今河南洛阳）人。以畜牧致富。屡以家财捐助朝廷，武帝任为中郎，后封关内侯，官御史大夫。

⑥ 觊觎（jì yú）：非分的希望或企图。

⑦ 两部鼓吹：语出《南齐书·孔稚珪传》，言稚珪以门庭内蛙鸣声当两部鼓吹。鼓吹，乐队所奏乐曲。

⑧ 华衮（gǔn）：古代王公贵族的礼服。

贫贱行乐之法

穷人行乐之方，无他秘巧，亦止有退一步法。我以为贫，更有贫于我者；我以为贱，更有贱于我者；我以妻子为累，尚有鳏寡孤独①之民，求为妻子之累而不能者；我以胼胝②为劳，尚有身系狱廷，荒芜田地，求安耕凿之生而不可得者。以此居心，则苦海尽成乐地。如或向前一算，以胜己者相衡，则片刻难安，种种桎梏幽囚之境出矣。

一显者旅宿邮亭，时方溽暑③，帐内多蚊，驱之不出。因忆家居时堂宽似宇，簟冷如冰，又有群姬握扇而挥，不复知其为夏，何遽困厄至此！因怀至乐，愈觉心烦，遂致终夕不寐。一亭长露宿阶下，为众蚊所啮，几至露筋，不得已而奔走庭中，俾四体动而弗停，则啮人者无由厕足④；乃形则往来仆仆，口则赞叹嚣嚣，一似苦中有乐者。显者不解，呼而讯之，谓："汝之受困，什伯于我，我以为苦，而汝以为乐，其故维何？"亭长曰："偶忆某年，为仇家所陷，身系狱中。维时亦当暑月，狱卒

---

① 鳏（guān）寡孤独：《孟子·梁惠王下》："老而无妻曰鳏，老而无夫曰寡，老而无子曰独，幼而无父曰孤。"

② 胼胝（pián zhī）：老茧。

③ 溽（rù）暑：又湿又热。指盛夏气候。

④ 厕足：亦作"侧足"。倾斜其足。后用指插足、置身于其间。

防予私逸①，每夜拘挛手足，使不得动摇，时蚊蚋②之繁，倍于今夕，听其自啮，欲稍稍规避而不能，以视今夕之奔走不息，四体得以自如者，奚啻仙凡人鬼之别乎！以昔较今，是以但见其乐，不知其苦。"显者听之，不觉爽然自失。此即穷人行乐之秘诀也。

不独居心为然，即铸体炼形亦当如是。譬如夏月苦炎，明知为室庐卑小所致，偏向骄阳之下来往片时，然后步入室中，则觉暑气渐消，不似从前酷烈；若畏其湫隘③而投宽处纳凉，及至归来，炎蒸又加十倍矣。冬月苦冷，明知为墙垣单薄所致，故向风雪之中行走一次，然后归庐返舍，则觉寒威顿减，不复凛冽如初；若避此荒凉而向深居就燠，及其再入，战栗又作何状矣。由此类推，则所谓退步者，无地不有，无人不有，想至退步，乐境自生。

予为两间第一困人，其能免死于忧，不枯槁于迍邅蹭蹬④者，皆用此法。又得管城⑤一物，相伴终身，以扫千军则不足，以除万虑则有余。然非善作退步，即楮墨亦能困人。想虞卿⑥著书，亦用此法，我能公世，彼特秘而未传耳。

---

① 私逸：私自逃跑。
② 蚊蚋（ruì）：蚊虫。蚋，昆虫名，嗜吸人畜之血，叮咬后奇痒。
③ 湫隘（jiǎo ài）：低洼狭小。
④ 蹭蹬（cèng dèng）：失意、潦倒的样子。
⑤ 管城：管城子。韩愈作寓言《毛颖传》，称笔为"管城子"。后用为笔的别称。
⑥ 虞卿：战国时游士。曾因进说赵王，为上卿，故称"虞卿"。后离赵入魏，不得意而著书。世传为《虞氏春秋》，已佚。

由亭长之说推之，则凡行乐者，不必远引他人为退步，即此一身，谁无过来之逆境？大则灾凶祸患，小则疾病忧伤。"执柯伐柯，其则不远。"取而较之，更为亲切。

凡人一生，奇祸大难非特不可遗忘，还宜大书特书，高悬座右。其裨益于身者有三：孽由己作，则可知非痛改，视作前车[1]；祸自天来，则可止怨释尤，以弭后患；至于忆苦追烦，引出无穷乐境，则又警心惕目之余事矣。如曰省躬[2]罪己，原属隐情，难使他人共睹，若是则有包含韫藉[3]之法：或止书罹患之年月，而不及其事；或别书隐射[4]之数语，而不露其详；或撰作一联一诗，悬挂起居亲密之处，微寓己意，不使人知，亦淑慎[5]其身之妙法也。此皆湖上笠翁瞒人独做之事，笔机所到，欲讳不能，俗语所谓"不打自招"者，非乎？

家庭行乐之法

世间第一乐地，无过家庭。"父母俱存，兄弟无故，一乐也。[6]"是圣贤行乐之方，不过如此。而后世人情之好向，往往与圣贤相左。圣贤所乐者，彼则苦之；圣贤所苦者，彼反视为至

---

① 前车：可引以为戒的往事。

② 省躬：自我反省。

③ 韫藉：含蓄而不显露。

④ 隐射：影射。

⑤ 淑慎：贤良谨慎。语出《诗经·邶风·燕燕》。

⑥ 父母俱存，兄弟无故，一乐也：语出《孟子·尽心上》。

乐而沉溺其中。如弃现在之天亲①而拜他人为父，撇同胞之手足而与陌路结盟，避女色而就娈童，舍家鸡而寻野鹜，是皆情理之至悖，而举世习而安之。其故无他，总由一念之恶旧喜新、厌常趋异所致。若是，则生而所有之形骸亦觉陈腐可厌，胡不并易而新之，使今日魂附一体，明日又附一体，觉愈变愈新之可爱乎？

其不能变而新之者，以生定故也。然欲变而新之，亦自有法。时易冠裳，迭更帏座，而照之以镜，则似换一规模矣。即以此法而施之父母兄弟、骨肉妻孥，以结交滥费之资而鲜其衣饰，美其供奉，则"居移气，养移体"②，一岁而数变其形，岂不犹之谓他人父、谓他人母，而与同学少年互称兄弟、各家美丽共缔姻盟③者哉？

有好游狭斜④者，荡尽家资而不顾，其妻迫于饥寒而求去。临去之日，别换新衣而佐以美饰，居然绝世佳人。其夫抱而泣曰："吾走尽章台⑤，未尝遇此娇丽。由是观之，匪人之美，衣饰美之也。倘能复留，当为勤俭克家⑥，而置汝金屋。"妻善其言而止。后改荡从善，卒如所云。又有人子不孝而为亲所逐

---

① 天亲：指父母、兄弟、子女等血亲。
② 居移气，养移体：语出《孟子·尽心上》，意为居住环境改变气度，日常奉养改变体质。
③ 共缔姻盟：缔结婚约，结为亲家。
④ 狭斜：古乐府有《长安有狭斜行》，述少年冶游之事，后因称娼妓所居为"狭斜"。
⑤ 章台：旧时用为妓院等地的代称。
⑥ 克家：原谓能担当家事。后亦称能继承祖先家业的子弟为"克家子"。

者，鞠①于他人，越数年而复返，定省承欢，大异畴昔②。其父讯之，则曰："非予不爱其亲，习久而生厌也；兹复厌所习见，而以久不睹者为可亲矣。"众人笑之，而有识者怜之。何也？习久而厌其亲者，天下皆然，而不能自明其故。此人知之，又能直言无讳，盖可以为善之人也。

此等罕譬曲喻，皆为劝导愚蒙。谁无至性，谁乏良知，而俟予为木铎？但观孺子离家，即生哭泣，岂无至乐之境十倍其家者哉？性在此而不在彼也。人能以孩提之乐境为乐境，则去圣人不远矣。

道途行乐之法

"逆旅③"二字，足概远行，旅境皆逆境也。然不受行路之苦，不知居家之乐，此等况味，正须一一尝之。予游绝塞而归，乡人讯曰："边陲之游乐乎？"曰："乐。"有经其地而惮焉者曰："地则不毛，人皆异类，睹沙场而气索，闻钲鼓④而魂摇，何乐之有？"予曰："向未离家，谬谓四方一致，其饮馔服饰皆同于我，及历四方，知有大谬不然者。然止游通邑大都，未至穷边极塞，又谓远近一理，不过稍变其制而已矣。及抵边

---

① 鞠：养育；抚养。

② 畴昔：往昔。

③ 逆旅：客舍。逆，迎；迎止宾客之处。古时的旅馆。此处意含双关，兼顺逆之"逆"义。

④ 钲鼓：钲和鼓。古代行军时用以指挥行动的乐器。

陲，始知地狱即在人间，罗刹①原非异物；而今而后，方知人之异于禽兽者几希，而近地之民，其去绝塞之民者，反有霄壤幽明②之大异也。不入其地，不睹其情，乌知生于东南、游于都会、衣轻席暖、饭稻羹鱼之足乐哉！"此言出路之人，视居家之乐为乐也；然未至还家，则终觉其苦。

又有视家为苦，借道途行乐之法，可以暂娱目前，不为风霜车马所困者，又一方便法门也。向平③欲俟婚嫁既毕，遨游五岳；李固④与弟书，谓周观⑤天下，独未见益州⑥，似有遗憾；太史公因游名山大川，得以史笔妙千古。是游也者，男子生而欲得，不得即以为恨者也。有道之士，尚欲挟资裹粮，专行其志，而我以糊口资生之便，为益闻广见之资，过一地即览一地之人情，经一方则睹一方之胜概，而且食所未食，尝所欲尝，蓄所余者而归遗细君⑦，似得五侯之鲭⑧以果一家之腹，

---

① 罗刹：印度神话中的恶魔。后在佛教为恶鬼。

② 霄壤幽明：极言差异之大。霄壤，天与地。幽明，阴与阳，死与生。

③ 向平：东汉向长，字子平，隐居不仕，待子女婚嫁已毕，即恣游五岳名山，不知所终。

④ 李固（94—147）：东汉汉中南郑（今陕西汉中）人，字子坚。

⑤ 周观：遍观。

⑥ 益州：州名。东汉初治雒县（今四川广汉北），中平中移治绵竹（今德阳东北），兴平中又移成都（今成都市）。

⑦ 归遗细君：事见《汉书·东方朔传》。言武帝赐从官肉，东方朔不等长官到来，便先拔剑割肉而去，以遗细君的事。细君，东方朔妻子之名，后以"细君"为妻的代称。

⑧ 五侯之鲭：指汉代娄护合汉成帝母舅王谭、王根等五侯所馈珍膳而烹饪的杂烩，世称"五侯鲭"。后以称美味佳肴。鲭，鱼和肉的杂烩。

是人生最乐之事也，奚事哭泣阮途①，而为乘槎②驭骏者所窃笑哉？

春季行乐之法

人有喜怒哀乐，天有春夏秋冬。春之为令，即天地交欢之候，阴阳肆乐之时也。人心至此，不求畅而自畅，犹父母相亲相爱，则儿女嬉笑自如，睹满堂之欢欣，即欲向隅而泣，泣不出也。然当春行乐，每易过情，必留一线之余春，以度将来之酷夏。盖一岁难过之关，惟有三伏，精神之耗，疾病之生，死亡之至，皆由于此。故俗话云"过得七月半，便是铁罗法"，非虚语也。思患预防，当在三春行乐之时，不得纵欲过度，而先埋伏病根。花可熟观，鸟可倾听，山川云物之胜可以纵游，而独于房欲之事略存余地。盖人当此际，满体皆春。春者，泄尽无遗之谓也。草木之春，泄尽无遗而不坏者，以三时皆蓄，而止候泄于一春，过此一春，又皆蓄精养神之候矣。人之一身，能保一时尽泄而三时皆不泄乎？尽泄于春而又不能不泄于夏，虽草木不能不枯，况人身之浮脆者乎？欲留枕席之余欢，当使游观之尽致。何也？分心花鸟，便觉体有余闲；并力闺帏，易致身无宁刻。然予所言，皆防已甚之词也。若使杜情而

---

① 哭泣阮途：阮籍，字嗣宗，"竹林七贤"之一。每至穷途，辄恸哭而返。
② 乘槎（chá）：神话谓乘木筏上天。

绝欲，是天地皆春而我独秋，焉用此不情①之物，而作人中灾异乎？

夏季行乐之法

酷夏之可畏，前幅虽露其端，然未尽暑毒之什一也。使天只有三时而无夏，则人之死也必稀，巫医僧道之流皆苦饥寒而莫救矣。止因多此一时，遂觉人身叵测，常有朝人而夕鬼者。《戴记》云："是月也，阴阳争，死生分。"危哉斯言！令人不寒而栗矣。凡人身处此候，皆当时时防病，日日忧死。防病忧死，则当刻刻偷闲以行乐。从来行乐之事，人皆选暇②于三春，予独息机③于九夏。以三春神旺，即使不乐，无损于身；九夏则神耗气索，力难支体，如其不乐，则劳神役形，如火益热，是与性命为仇矣。《月令》④以仲冬为闭藏；予谓天地之气闭藏于冬，人身之气当令闭藏于夏。试观隆冬之月，人之精神愈寒愈健，较之暑气铄人，有不可同年而语者。凡人苟非民社系身、饥寒迫体，稍堪自逸者，则当以三时行事，一夏养生。过此危关，然后出而应酬世故，未为晚也。

---

① 不情：不合情理。

② 选暇：挑选空闲时间。

③ 息机：摆脱事务，停止活动。

④ 《月令》：《礼记》篇名。传为周公所作，实由秦汉间人将《吕氏春秋》十二纪的首章汇集而成。记述每年夏历十二个月的时令及其相关事物。

追忆明朝失政以后，大清革命之先，予绝意浮名，不干①寸禄，山居避乱，反以无事为荣。夏不谒客，亦无客至，匪止②头巾③不设，并衫履而废之。或裸处乱荷之中，妻孥觅之不得；或偃④卧长松之下，猿鹤过而不知。洗砚石于飞泉，试茗奴以积雪；欲食瓜而瓜生户外，思啖果而果落树头，可谓极人世之奇闻，擅有生之至乐者矣。后此则徙居城市，酬应日纷，虽无利欲薰人，亦觉浮名致累。计我一生，得享列仙之福者，仅有三年。今欲续之，求为闰余而不可得矣。伤哉！人非铁石，奚堪⑤磨杵作针；寿岂泥沙，不禁委尘入土。予以劝人行乐，而深悔自役其形。噫！天何惜于一闲，以补富贵荣膴之不足哉？

秋季行乐之法

过夏徂秋，此身无恙，是当与妻孥庆贺重生，交相为寿者矣。又值炎蒸初退，秋爽媚人，四体得以自如，衣衫不为桎梏，此时不乐，将待何时？况有阻人行乐之二物，非久即至。二物维何？霜也，雪也。霜、雪一至，则诸物变形，非特无花，亦且少叶；亦时有月，难保无风。若谓"春宵一刻值千金"，则秋

---

① 干：求取。

② 匪止：不仅。

③ 头巾：明清时规定给读书人戴的儒巾。

④ 偃（yǎn）：仰卧。

⑤ 奚堪：何堪。

价之昂，宜增十倍。

有山水之胜者，乘此时蜡屐[①]而游，不则当面错过。何也？前此欲登而不可，后此欲眺而不能，则是又有一年之别矣。有金石之交者，及此时朝夕过从，不则交臂而失。何也？褦襶[②]阻人于前，咫尺有同千里；风雪欺人于后，访戴何异登天？则是又负一年之约矣。至于姬妾之在家，一到此时，有如久别乍逢，为欢特异。何也？暑月汗流，求为盛妆而不得，十分娇艳，惟四五之仅存；此则全副精神，皆可用于青鬟翠黛之上。久不睹而今忽睹，有不与远归新娶同其燕好者哉？为欢即欲，视其精力短长，总留一线之余地。能行百里者，至九十而思休；善登浮屠者，至六级而即下。

冬季行乐之法

冬天行乐，必须设身处地，幻为路上行人，备受风雪之苦，然后回想在家，则无论寒燠晦明，皆有胜人百倍之乐矣。尝有画雪景山水，人持破伞，或策蹇驴，独行古道之中，经过悬崖之下，石作狰狞之状，人有颠蹶[③]之形者。此等险画，隆冬之月，正宜县挂中堂。主人对之，即是御风障雪之屏，暖胃和衷之

---

① 蜡屐：涂蜡的木屐。
② 褦襶（nài dài）：遮日笠帽。用竹片做胎，蒙以布帛。
③ 颠蹶（jué）：跌倒，倾覆。

药。若杨国忠之肉阵①、党太尉②之羊羔美酒，初试和温，稍停则奇寒至矣。善行乐者，必先作如是观，而后继之以乐，则一分乐境，可抵二三分；五七分乐境，便可抵十分十二分矣。然一到乐极忘忧之际，其乐自能渐减，十分乐境，只作得五七分；二三分乐境，又只作得一分矣。须将一切苦境，又复从头想起，其乐之渐增不减，又复如初。此善讨便宜之第一法也。譬之行路之人，计程共有百里，行过七八十里，所剩无多，然无奈望到心坚，急切难待，种种畏难怨苦之心出矣。但一回头，计其行过之路数，则七八十里之远者可到，况其少而近者乎？譬如此际止行二三十里，尚余七八十里，则苦多乐少，其境又当何如？此种相念，非但可为行乐之方，凡居官者之理繁治剧，学道者之读书穷理，农工商贾之任劳即勤，无一不可倚之为法。噫！人之行乐，何与于我，而我为之嗓敝舌焦③、手腕几脱。是殆有媚人之癖，而以楮墨代脂韦者乎？

---

① 肉阵：唐玄宗时，杨国忠生活豪奢荒淫。冬月选体肥婢妾列前以遮风，号肉阵，又称肉屏风。
② 党太尉：宋初将领党进。
③ 嗓敝舌焦：喉咙发干，口焦舌燥。

随时即景就事行乐之法

行乐之事多端，未可执一而论。如睡有睡之乐，坐有坐之乐，行有行之乐，立有立之乐，饮食有饮食之乐，盥栉有盥栉之乐，即袒裼①裸裎②、如厕便溺，种种秽亵之事，处之得宜，亦各有其乐。苟能见景生情，逢场作戏，即可悲可涕之事，亦变欢娱。如其应事寡才，养生无术，即征歌选舞之场，亦生悲戚。兹以家常受用，起居安乐之事，因便制宜，各存其说于左。

睡

有专言法术③之人，遍授养生之诀，欲予北面事之。予讯益寿之功，何物称最？颐生之地，谁处居多？如其不谋而合，则奉为师，不则友之可耳。其人曰："益寿之方，全凭导引；安生之计，惟赖坐功④。"予曰："若是，则汝法最苦，惟修苦行者能之。予懒而好动，且事事求乐，未可以语此也。"其人曰："然则汝意云何？试言之，不妨互为印政。"予曰："天地生人以时，动之者半，息之者半。动则旦，而息则暮也。苟劳之以

---

① 袒裼（tǎn xī）：脱衣露体。
② 裸裎（chéng）：裸体。
③ 法术：此处指养生之术。
④ 坐功：静坐。

日，而不息之以夜，则旦旦而伐之，其死也，可立而待矣。吾人养生亦以时，扰之以半，静之以半，扰则行起坐立，而静则睡也。如其劳我以经营，而不逸我以寝处，则岌岌乎殆哉[1]！其年也，不堪指屈矣。若是，则养生之诀，当以善睡居先。睡能还精，睡能养气，睡能健脾益胃，睡能坚骨壮筋。如其不信，试以无疾之人与有疾之人合而验之。人本无疾而劳之以夜，使累夕不得安眠，则眼眶渐落而精气日颓，虽未即病，而病之情形出矣。患疾之人，久而不寐，则病势日增；偶一沉酣，则其醒也必有油然勃然[2]之势。是睡非睡也，药也；非疗一疾之药，及治百病、救万民、无试不验之神药也。兹欲从事导引，并力坐功，势必先遣睡魔，使无倦态而后可。予忍弃生平最效之药，而试未必果验之方哉？"其人艴然而去，以予不足教也。

予诚不足教哉！但自陈所得，实为有见而然，与强辩饰非者稍别。前人睡诗云："花竹幽窗午梦长，此中与世暂相忘。华山处士如容见，不觅仙方觅睡方。[3]"近人睡诀云："先睡心，后睡眼。"此皆书本唾余，请置弗道，道其未经发明者而已。睡有睡之时，睡有睡之地，睡又有可睡可不睡之人，请条晰言[4]

---

① 岌岌乎殆哉：语出《孟子·万章上》，形容情况十分危险。
② 油然勃然：指有精神，有生气。
③ "花竹幽窗午梦长"四句：语出陆游《午梦》。华山处士，指陈抟。字图南，自号扶摇子。生于唐末。隐居武当山，服气辟谷二十余年（或说三五年）。后移居华山。著有《无极图》和《先天图》。
④ 请条晰言：逐条讲清楚。

之。由戌至卯①，睡之时也。未戌而睡，谓之先时，先时者不详，谓与疾作②思卧者无异也。过卯而睡，谓之后时，后时者犯忌，谓与长夜不醒者无异也。且人生百年，夜居其半，穷日行乐，犹苦不多，况以睡梦之有余，而损宴游之不足乎？

有一名士善睡，起必过午，先时而访，未有能晤之者，予每过其居，必俟良久而后见。一日闷坐无聊，笔墨具在，乃取旧诗一首，更易数字而嘲之曰："吾在此静睡，起来常过午。便活七十年，止当三十五。"同人见之，无不绝倒。此虽谑浪，颇关至理。是当睡之时，止有黑夜，舍此皆非其候矣。然而午睡之乐，倍于黄昏，三时皆所不宜，而独宜于长夏。非私之也，长夏之一日，可抵残冬之二日；长夏之一夜，不敌残冬之半夜，使止息于夜，而不息于昼，是以一分之逸，敌四分之劳，精力几何，其能堪此？况暑气铄金，当之未有不倦者。倦极而眠，犹饥之得食，渴之得饮，养生之计，未有善于此者。午餐之后，略逾寸晷，俟所食既消，而后徘徊近榻。又勿有心觅睡，觅睡得睡，其为睡也不甜。必先处于有事，事未毕而忽倦，睡乡之民自来招我。桃源、天台诸妙境，原非有意造之，皆莫知其然而然者。予最爱旧诗中有"手倦抛书午梦长③"一句。手书而眠，意不在睡；抛书而寝，则又意不在书，所谓莫知其然而然也。睡中三昧，惟此得之。此论睡之时也。

---

① 由戌至卯：旧式计时法，指晚上七至九点钟到早晨五至七点钟的时间段。

② 疾作：发病。

③ 手倦抛书午梦长：语出宋蔡确《夏日登车盖亭》。

睡又必先择地。地之善者有二：曰静，曰凉。不静之地，止能睡目，不能睡耳，耳目两岐^①，岂安身之善策乎？不凉之地，止能睡魂，不能睡身，身魂不附，乃养生之至忌也。

至于可睡可不睡之人，则分别于"忙闲"二字。就常理而论之，则忙人宜睡，闲人可以不必睡。然使忙人假寐，止能睡眼不能睡心，心不睡而眼睡，犹之未尝睡也。其最不受用者，在将觉未觉之一时，忽然想起某事未行、某人未见，皆万万不可已者，睡此一觉，未免失事妨时，想到此处，便觉魂趋梦绕，胆怯心惊，较之未睡之前，更加烦躁，此忙人之不宜睡也。闲则眼未阖而心先阖，心已开而眼未开；已睡较未睡为乐，已醒较未醒更乐，此闲人之宜睡也。然天地之间，能有几个闲人？必欲闲而始睡，是无可睡之时矣。有暂逸其心以妥梦魂之法：凡一日之中，急切当行之事，俱当于上半日告竣，有未竣者，则分遣家人代之，使事事皆有着落，然后寻床觅枕以赴黑甜^②，则与闲人无别矣。此言可睡之人也。而尤有吃紧一关未经道破者，则在莫行歹事。"半夜敲门不吃惊"，始可于日间睡觉，不则一闻剥啄^③，即是逻倅^④到门矣。

---

① 岐：分歧；不相同。

② 黑甜：酣睡。

③ 剥啄：拟声。指敲门声。

④ 逻倅（cuì）：巡逻的士兵。

坐

　　从来善养生者，莫过于孔子。何以知之？知之于"寝不尸，居不容"①二语。使其好饰观瞻，务修边幅，时时求肖君子，处处欲为圣人，则其寝也，居也，不求尸而自尸，不求容而自容。则五官四体，不复有舒展之刻。岂有泥塑木雕其形，而能久长于世者哉？"不尸""不容"四字，绘出一幅时哉圣人②，宜乎崇祀③千秋，而为风雅斯文之鼻祖也！

　　吾人燕居④坐法，当以孔子为师，勿务端庄而必正襟危坐，勿同束缚而为胶柱难移。抱膝⑤长吟，虽坐也，而不妨同于箕踞⑥。支颐丧我⑦，行乐也，而何必名为坐忘？但见面与身齐，久而不动者，其人必死。此图画真容⑧之先兆也。

---

① 寝不尸，居不容：语出《论语·乡党》。容，一本作"客"。意为孔子睡觉时不像死尸一样直躺着，平时居家也不像会客或做客时那样讲究仪容仪表。

② 时哉圣人：语出《孟子·万章下》："孔子，圣之时者也。"时，应时，合时。

③ 崇祀：恭敬奉祀。

④ 燕居：闲居。

⑤ 抱膝：以手抱膝而坐。

⑥ 箕（jī）踞：坐时两腿伸直张开，形似簸箕。为一种轻慢姿态。

⑦ 丧我：语出《庄子·齐物论》，指抛弃我见，达到忘我的境界。

⑧ 图画真容：画肖像以留作纪念，此处代指死亡。

行

　　贵人之出，必乘车马。逸则逸矣，然于造物赋形之义，略欠周全。有足而不用，与无足等耳，反不若安步当车[①]之人，五官四体皆能适用。此贫士骄人语。乘车策马，曳履搴裳[②]，一般同是行人，止有动静之别。使乘车策马之人，能以步趋为乐，或经山水之胜，或逢花柳之妍，或遇戴笠[③]之贫交，或见负薪[④]之高士，欣然止驭，徒步为欢，有时安车而待步，有时安步以当车，其能用足也，又胜贫士一筹矣。至于贫士骄人，不在有足能行，而在缓急出门之可恃。事属可缓，则以安步当车；如其急也，则以疾行当马。有人亦出，无人亦出；结伴可行，无伴亦可行。不似富贵者假足于人，人或不来，则我不能即出，此则有足若无，大悖谬[⑤]于造物赋形之义耳。兴言及此，行殊可乐！

---

① 安步当车：缓缓步行。
② 曳履搴裳：拖着鞋子，撩起衣裳。
③ 戴笠：头戴笠帽，指贫者。
④ 负薪：背柴。引申指地位低微的人。
⑤ 悖谬：荒谬；不合情理。

立

立分久暂，暂可无依，久当思傍。亭亭独立之事，但可偶一为之，旦旦如是，则筋骨皆悬而脚跟如砥[1]，有血脉胶凝[2]之患矣。或倚长松，或凭怪石，或靠危栏作轼，或扶瘦竹为筇。既作羲皇上人，又作画图中物，何乐如之！但不可以美人作柱，虑其础石太纤，而致栋梁皆仆也。

饮

宴集之事，其可贵者有五：饮量无论宽窄，贵在能好；饮伴无论多寡，贵在善谈；饮具无论丰啬[3]，贵在可继；饮政[4]无论宽猛，贵在可行；饮候无论短长，贵在能止。备此五贵，始可与言饮酒之乐；不则曲蘖宾朋，皆凿性斧身[5]之具也。

予生平有五好，又有五不好，事则相反，乃其势又可并行而不悖。五好、五不好维何？不好酒而好客；不好食而好谈；不好长夜之欢，而好与明月相随而不忍别；不好为苛刻之令，

---

① 砥：磨刀石。
② 血脉胶凝：血脉流动不畅。
③ 丰啬：丰富与贫乏。
④ 饮政：饮酒时的规矩、法则。古人饮酒常行酒令，推一人为令官，约定某种游戏规则，违者受罚。
⑤ 凿性斧身：戕害身心。

而好受罚者欲辩无辞；不好使酒骂坐之人，而好其于酒后尽露肝膈①。坐此五好、五不好，是以饮量不胜蕉叶②，而日与酒人为徒。

近日又增一种癖好、癖恶：癖好音乐，每听必至忘归；而又癖恶座客多言，与竹肉之音相乱。饮酒之乐，备于五贵、五好之中，此皆为宴集宾朋而设。若夫家庭小饮与燕闲独酌，其为乐也，全在天机逗露之中、形迹消忘之内。有饮宴之实事，无酬酢③之虚文。睹儿女笑啼，认作斑斓之舞④；听妻孥劝诫，若闻《金缕》之歌。苟能作如是观，则虽谓朝朝岁旦、夜夜无宵可也。又何必座客常满、樽酒不空，日借豪举以为乐哉？

谈

读书，最乐之事，而懒人常以为苦；清闲，最乐之事，而有人病其寂寞。就乐去苦，避寂寞而享安闲，莫若与高士盘桓⑤、文人讲论。何也？"与君一夕话，胜读十年书。"既受一夕之乐，又省十年之苦，便宜不亦多乎？"因过竹院逢僧话，又

---

① 尽露肝膈（gé）：吐露肺腑心声。
② 蕉叶：浅酒杯，以形似蕉叶得名。
③ 酬酢（zuò）：饮酒时主客互相敬酒。
④ 斑斓之舞：《北堂书钞》卷一百二十九载《孝子传》，有老莱子着五色彩衣娱亲故事。
⑤ 盘桓：原意为徘徊、逗留。此处措指与人交往。

得浮生半日闲。①"既得半日之闲，又免多时之寂，快乐可胜道乎？善养生者，不可不交有道之士；而有道之士，多有不善谈者。有道而善谈者，人生希觏②，是当时就日招，以备开聋启瞆③之用者也。即云我能挥麈④，无假于人，亦须借朋侪起发，岂能若西域之钟簴⑤，不叩自鸣者哉？

沐浴

盛暑之月，求乐事于黑甜之外，其惟沐浴乎？潮垢非此不除，浊污非此不净，炎蒸暑毒之气亦非此不解。此事非独宜于盛夏，自严冬避冷，不宜频浴外，凡遇春温秋爽，皆可借此为乐。

而养生之家则往往忌之，谓其损耗元神也。吾谓沐浴既能损身，则雨露亦当损物，岂人与草木有二性乎？然沐浴损身之说，亦非无据而云然。予尝试之。试于初下浴盆时，以未经浇灌之身，忽遇澎湃奔腾⑥之势，以热投冷，以湿犯燥，几类水攻。此一激也，实足以冲散元神，耗除精气。而我有法以处之：虑

---

① 因过竹院逢僧话，又得浮生半日闲：语出唐李涉《题鹤林寺僧舍》。
② 希觏（gòu）：罕见。
③ 瞆：眼瞎。
④ 挥麈（zhǔ）：挥麈尾以为谈助。因借指谈论。
⑤ 钟簴（jù）：自鸣座钟。
⑥ 澎湃奔腾：此处指热气蒸腾。

其太激，则势在尚缓；避其太势，则利于用温。解衣①磅礴②
之秋③，先调水性，使之略带温和，由腹及胸，由胸及背，惟
其温而缓也，则有水似乎无水，已浴同于未浴。俟与水性相习
之后，始以热者投之，频浴频投，频投频搅，使水乳交融而不
觉，渐入佳境而莫知，然后纵横其势，反侧其身，逆灌顺浇，必
至痛快其身而后已。此盆中取乐之法也。至于富室大家，扩盆为
屋，注水为池者，冷则加薪，热则去火，自有以逸待劳之法，想
无俟贫人置喙④也。

听琴观棋

弈棋尽可消闲，似难借以行乐；弹琴实堪养性，未易执
此求欢。以琴必正襟危坐而弹，棋必整槊横戈⑤以待。百骸
尽放之时，何必再期整肃？万念俱忘之际，岂宜复较输赢？
常有贵禄荣名付之一掷，而与人围棋赌胜，不肯以一着相绕
者，是与让千乘之国⑥，而争箪食豆羹⑦者何异哉？故喜弹不
若喜听，善弈不如善观。人胜而我为之喜，人败而我不必为

① 解衣：脱衣露体。
② 磅礴：箕坐，即两腿伸直张开坐着。此处指脱衣沐浴。
③ 秋：时候。
④ 置喙（huì）：插嘴。
⑤ 整槊横戈：谓严阵以待。
⑥ 千乘之国：战国时期，小国称千乘，大国称万乘。乘，兵车，古以一车四
马为一乘。
⑦ 箪（dān）食豆羹：形容食物很少。箪，竹制或苇制的盛器。

之忧，则是常居胜地也；人弹和缓之音而我为之吉，人弹噍杀之音而我不必为之凶，则是长为吉人也。或观听之余，不无技痒，何妨偶一为之，但不寝食其中而莫之或出，则为善弹善弈者耳。

看花听鸟

花鸟二物，造物生之以媚人者也。既产娇花嫩蕊以代美人，又病其不能解语，复生群鸟以佐之。此段心机，竟与购觅红妆，习成歌舞，饮之食之，教之诲之以媚人者，同一周旋①之至也。而世人不知，目为蠢然一物，常有奇花过目而莫之睹、鸣禽悦耳而莫之闻者。至其捐资所购之姬妾，色不及花之万一，声仅窃鸟之余绪，然而睹貌即惊，闻歌辄喜，为其貌似花而声似鸟也。噫！贵似贱真，与叶公之好龙何异？予则不然。每值花柳争妍之日，飞鸣斗巧之时，必致谢洪钧②，归功造物。无饮不奠，有食必陈③，若善士信妪之侫佛者。夜则后花而眠，朝则先鸟而起，惟恐一声一色之偶遗也。及至莺老花残，辄怏怏如有所失。是我之一生，可谓不负花鸟；而花鸟得予，亦所称"一人知己，死可无恨"者乎！

---

① 周旋：周全；周到。
② 洪钧：指天。钧，制作陶器的转轮。
③ 陈：陈列供品。

蓄养禽鱼

　　鸟之悦人以声者，画眉、鹦鹉二种。而鹦鹉之声价，高出画眉上，人多癖之，以其能作人言耳。予则大违是论，谓鹦鹉所长止在羽毛，其声则一无可取。鸟声之可听者，以其异于人声也。鸟声异于人声之可听者，以出于人者为人籁，出于鸟者为天籁也。使我欲听人言，则盈耳皆是，何必假口笼中？况最善说话之鹦鹉，其舌本之强，犹甚于不善说话之人，而所言者又不过口头数语。是鹦鹉之见重于人，与人之所以重鹦鹉者，皆不可诠解之事。至于画眉之巧，以一口而代众舌，每效一种，无不酷似，而复纤婉过之，诚鸟中慧物也。予好与此物作缘，而独怪其易死。既善病而复招尤，非殁①于已，即伤于物，总无三年不坏者。殆亦多技多能所致欤？

　　鹤、鹿二种之当蓄，以其有仙风道骨也。然所耗不赀，而所居必广，无其资与地者，皆不能蓄。且种鱼养鹤，二事不可兼行，利此则害彼也。然鹤之善唳②善舞，与鹿之难扰易驯，皆品之极高贵者，麟凤③龟龙而外，不得不推二物居先矣。乃世人好此二物，又以分轻重于其间，二者不可得兼，必将舍鹿而求鹤

---

①　殁：死亡。

②　唳（lì）：鹤、鸿雁等高亢地鸣叫。

③　麟凤：麒麟和凤凰。麒麟，古代传说中的一种动物。其状如鹿，独角，全身生鳞甲，尾像牛。多作为吉祥的象征。凤凰，古代传说中的百鸟之王。常用来象征祥瑞。

矣。显贵之家，匪特深藏苑囿，近置衙斋，即倩人写真绘像，必以此物相随。予尝推原其故，皆自一人始之，赵清献公^①是也。琴之与鹤，声价倍增，讵非贤相提携之力欤？

家常所蓄之物，鸡犬而外，又复有猫。鸡司晨，犬守夜，猫捕鼠，皆有功于人而自食其力者也。乃猫为主人所亲昵，每食与俱，尚有听其搴帷入室、伴寝随眠者。鸡栖于埘^②，犬宿于外，居处饮食皆不及焉。而从来叙禽兽之功，谈治平之象^③者，则止言鸡犬而并不及猫。亲之者是，则略之者非；亲之者非，则略之者是。不能不惑于二者之间矣！曰：有说焉。昵猫而贱鸡犬者，犹癖谐臣媚子，以其不呼能来，闻叱不去；因其亲而亲之，非有可亲之道也。鸡犬二物，则以职业为心，一到司晨守夜之时，则各司其事，虽豢以美食，处以曲房，使不即彼而就此，二物亦守死弗至。人之处此，亦因其远而远之，非有可远之道也。即其司晨守夜之功，与捕鼠之功亦有间焉。鸡之司晨，犬之守夜，忍饥寒而尽瘁，无所利而为之，纯公无私者也；猫之捕鼠，因去害而得食，有所利而为之，公私相半者也。清勤自处，不屑媚人者，远身之道；假公自为，密迩其君者，固宠之方。是三物之亲疏，皆自取之也。然以我司职业于人间，亦必效

---

① 赵清献公：赵抃（1008—1084），北宋衢州西安（今浙江衢州）人，字阅道，号知非子。为殿中侍御史，弹劾不避权贵，人称"铁面御史"。
② 鸡栖于埘（shí）：语出《诗经·王风·君子于役》。埘，墙壁上挖洞制成的鸡窠。
③ 治平之象：政治修明、社会安定的景象。治平，语出《大学》："国治而后天下平"。

鸡犬之行，而以猫之举动为戒。噫，亲疏可言也，祸福不可言也。猫得自终其天年，而鸡犬之死，皆不免于刀锯鼎镬①之罚。观于三者之得失，而悟居官守职之难。其不冠进贤②，而脱然于宦海浮沉之累者，幸也。

浇灌竹木

"筑成小圃近方塘，果易生成菜易长。抱瓮太痴机太巧，从中酌取灌园方。③"此予山居行乐之诗也。能以草木之生死为生死，始可与言灌园之乐，不则一灌再灌之后，无不畏途视之矣。殊不知草木欣欣向荣，非止耳目堪娱，亦可为艺草植木之家助祥光而生瑞气。不见生财之地万物皆荣，退运之家群生不遂？气之旺与不旺，皆于动植验之。若是，则汲水浇花，与听信堪舆、修门改向者无异也。不视为苦，则乐在其中。督率家人灌溉，而以身任微勤，节其劳逸，亦颐养性情之一助也。

---

① 鼎镬：古代烹饪器。鼎，古代炊器，多用青铜制成。镬，古时指无足的鼎。

② 不冠进贤：不戴进贤冠。进贤冠，古时原为儒者所戴的一种礼帽，后百官皆戴用。这里用代指做官。

③ 抱瓮太痴机太巧，从中酌取灌园方：出自《庄子·天地》"抱瓮老人"典故。原文记述一灌园老人，宁愿抱瓮取水灌溉，而拒绝借助机械之力提水以提高功效的事。

止忧第二

忧可忘乎？不可忘乎？曰：可忘者非忧，忧实不可忘也。然则忧之未忘，其何能乐？曰：忧不可忘而可止，止即所以忘之也。如人忧贫而劝之使忘，彼非不欲忘也，啼饥号寒者迫于内，课赋索逋①者攻于外，忧能忘乎？欲使贫者忘忧，必先使饥者忘啼、寒者忘号、征且索者忘其逋赋而后可，此必不得之数也。若是则"忘忧"二字徒虚语耳。犹慰下第者以来科必发，慰老而无嗣者以日后必生，迨其不发不生，亦止听之而已，能归咎慰我者而责之使偿乎？语云："临渊羡鱼，不如退而结网。"慰人忧贫者，必当授以生财之法；慰人下第者，必先予以必售之方②；慰人老而无嗣者，当令蓄姬买妾，止妒息争，以为多男从出之地。若是，则为有裨之言，不负一番劝谕。止忧之法，亦若是也。忧之途径虽繁，总不出可备、难防之二种，姑为汗竹③，以代树萱④。

---

① 课赋索逋（bū）：征收税赋，追索欠款。
② 必售之方：必定能获得成功的办法、秘诀。
③ 汗竹：著述，也叫汗青。
④ 树萱：种植忘忧草。

止眼前可备之忧

拂意①之境，无人不有，但问其易处不易处，可防不可防。如易处而可防，则于未至之先，筹一计以待之。此计一得，即委其事于度外，不必再筹，再筹则惑我者至矣。贼攻于外而民扰于中，其可乎？俟其既至，则以前画之策，取而予之，切勿自动声色。声色动于外，则气馁②于中。此以静待动之法，易知亦易行也。

止身外不测之忧

不测之忧，其未发也，必先有兆。现乎蓍龟③，动乎四体者，犹未必果验。其必验之兆，不在凶信之频来，而反在吉祥之事之太过。乐极悲生④，否伏于泰⑤，此一定不移之数也。命薄之人，有奇福，便有奇祸。即厚德载福⑥之人，极祥之内，

---

① 拂意：不如意。拂，违逆，违背。
② 气馁（něi）：失去勇气。
③ 蓍（shī）龟：蓍草和龟甲。古代用来占卜。
④ 乐极悲生：语出《淮南子·道应训》。
⑤ 否伏于泰：逆境伏于顺境。否、泰，是《周易》中的两个卦名。否，天地不相交通，失利；泰，天地相交，亨通。古人认为否泰、吉凶、祸福是相互转化的，故又有"否极泰来""祸兮福所倚"之说。
⑥ 厚德载福：语出《周易·坤》。德行深厚的人必有厚福。

亦必酿出小灾。盖天道好还①，不敢尽私其人，微示公道于一线耳。达者如此，无不思患预防，谓此非善境，乃造化必忌之数，而鬼神必睍②之秋也。萧墙之变③，其在是乎？止忧之法有五：一曰谦以省过，二曰勤以砺身，三曰俭以储费，四曰恕以息争，五曰宽以弥谤。率此而行，则忧之大者可小，小者可无；非巡环④之数，可以窃逃而幸免也。只因造物予夺之权，不肯为人所测识，料其如此，彼反未必如此，亦造物者颠倒英雄之惯技耳。

① 天道好还：指行善者必得厚报，行恶者必受其殃，这是上天的规律、法则。
② 睍（jiàn）：窥视；侦伺。
③ 萧墙之变：内部发生祸乱。萧墙，门屏。
④ 巡环：循环。

调饮啜第三

《食物本草》①一书，养生家必需之物。然翻阅一过，即当置之。若留匕箸之旁，日备考核，宜食之物则食之，否则相戒勿用，吾恐所好非所食，所食非所好，曾晳睹羊枣而不得咽②，曹刿鄙肉食而偏与谋③，则饮食之事亦太苦矣。尝有性不宜食而口偏嗜之，因惑《本草》之言，遂以疑虑致疾者。弓蛇之为祟④，岂仅在形似之间哉！"食色，性也。"欲借饮食养生，则以不离乎性者近是。

爱食者多食

生平爱食之物，即可养身，不必再查《本草》。春秋之时，并无《本草》，孔子性嗜姜，即不撤姜食，性嗜酱，即

---

① 《食物本草》：明卢和撰，二卷，有《格致丛书》本。

② 曾晳睹羊枣而不得咽：《孟子·尽心下》："曾晳嗜羊枣，而曾子不忍食羊枣。"曾子，即曾参，曾晳之子。父子均为孔门弟子。羊枣，果名。

③ 曹刿鄙肉食而偏与谋：典出《左传》。《左传·庄公十年》："肉食者鄙，未能远谋。"肉食者，指身居高位、享受厚禄的人。

④ 弓蛇之为祟：杯弓蛇影。典出《晋书·乐广传》。比喻因疑惑不解而自相惊恐。

不得其酱不食，皆随性之所好，非有考据而然。孔子于姜、酱二物，每食不离，未闻以多致疾。可见性好之物，多食不为祟也。但亦有调剂君臣之法①，不可不知。"肉虽多，不使胜食气。"此即调剂君臣之法。肉与食较，则食为君而肉为臣；姜、酱与肉较，则又肉为君而姜、酱为臣矣。虽有好不好之分，然君臣之位不可乱也。他物类是。

怕食者少食

凡食一物而凝滞②胸膛，不能克化③者，即是病根，急宜消导④。世间只有瞑眩⑤之药，岂有瞑眩之食乎？喜食之物，必无是患，强半皆所恶也。故性恶之物即当少食，不食更宜。

太饥勿饱

欲调饮食，先匀饥饱。大约饥至七分而得食，斯为酌中⑥之度，先时则早，过时则迟。然七分之饥，亦当予以七分之饱，如

---

① 调剂君臣之法：中医用药时，称起主治作用的药物为君，起辅助作用的药物为臣，讲究君臣佐使的互补与搭配。

② 凝滞：受阻而停留不进。

③ 克化：消化。

④ 消导：消食导滞的一种治法。

⑤ 瞑眩：眩晕。

⑥ 酌中：折中；适中。

田畴之水，务与禾苗相称，所需几何，则灌注几何，太多反能伤稼，此平时养生之火候也。有时迫于繁冗，饥过七分而不得食，遂至九分十分者，是谓太饥。其为食也，宁失之少，勿犯于多。多则饥饱相搏而脾气受伤，数月之调和，不敌一朝之紊乱矣。

太饱勿饥

饥饱之度，不得过于七分是已。然又岂无饕餮①太甚，其腹果然②之时？是则失之太饱。其调饥之法，亦复如前，宁丰勿啬。若谓逾时不久，积食难消，以养鹰之法③处之，故使饥肠欲绝，则似大熟④之后，忽遇奇荒。贫民之饥可耐也，富民之饥不可耐也，疾病之生多由于此。从来善养生者，必不以身为戏。

怒时哀时勿食

喜怒哀乐之始发，均非进食之时。然在喜乐犹可，在哀怒则必不可。怒时食物易下而难消，哀时食物难消亦难下，俱宜暂过一时，候其势之稍杀。饮食无论迟早，总以入肠消化之时为

---

① 饕餮（tāo tiè）：贪于饮食。
② 果然：饱足貌。
③ 养鹰之法：饲养猎鹰的方法。指狩猎之前，要使其饥饿。
④ 大熟：大丰收。

度。早食而不消，不若迟食而即消。不消即为患，消则可免一餐之忧矣。

倦时闷时勿食

倦时勿食，防瞌睡也。瞌睡则食停于中，而不得下。烦闷时勿食，避恶心也。恶心则非特不下，而呕逆随之。食一物，务得一物之用。得其用则受益，不得其用，岂止不受益而已哉！

却病第五

　　病之起也有因，病之伏也有在①。绝其因而破其在，只在一字之和。俗云："家不和，被邻欺。"病有病魔，魔非善物，犹之穿窬②之盗，起讼②构难③之人也。我之家室有备，怨谤不生，则彼无所施其狡猾，一有可乘之隙，则环肆奸欺而祟我矣。然物必先朽而后虫生之，苟能固其根本，荣其枝叶，虫虽多，其奈树何？人身所当和者，有气血、脏腑、脾胃、筋骨之种种，使必逐节调和，则头绪纷然，顾此失彼，穷终日之力，不能防一隙之疏。防病而病生，反为病魔窃笑耳。有务本之法，止在善和其心。心和则百体皆和。即有不和，心能居重驭轻，运筹帷幄④，而治之以法矣。否则，内之不宁，外将奚视？然而和心之法，则难言之。哀不至伤，乐不至淫⑤，怒不至于欲触，忧不至于欲绝。"略带三分拙，兼

---

① 病之伏也有在：疾病的潜伏、病根的存在有其所附着的对象、所依凭的媒介或赖以生存的氛围、契机和条件。

② 起讼：挑起诉讼。

③ 构难：结怨；结仇。

④ 运筹帷幄：语出《史记·高祖本纪》。指在后方决定作战策略。亦泛指筹划决策。

⑤ 哀不至伤，乐不至淫：语出《论语·八佾》。伤，过于哀伤。淫，过分，失当。

存一线痴；微聋与暂哑，均是寿身资。"此和心诀也。三复
斯言，病其可却。

病未至而防之

病未至而防之者，病虽未作，而有可病之机与必病之势，
先以药物投之，使其欲发不得，犹敌欲攻我，而我兵先之，预发
制人者也。如偶以衣薄而致寒，略为食多而伤饱，寒起畏风之
渐，饱生悔食之心，此即病之机与势①也。急饮散风之物而使之
汗，随投化积之剂而速之消。在病之自视如人事，机才动而势未
成，原在可行可止之界，人或止之，则竟止矣。较之戈矛已发而
兵行在途者，其势不大相径庭哉？

病将至而止之

病将至而止之者，病形将见而未见，病态欲支②而难支，与
久疾乍愈之人同一意况。此时所患者切忌猜疑。猜疑者，问其是
病与否也。一作两歧③之念，则治之不力，转盼而疾成矣。即使
非疾，我以是疾处之，寝食戒严，务作深沟高垒④之计；刀圭⑤

---

① 机与势：契机与势头。
② 支：支撑；支持。
③ 两歧：分成两支。指事物向不同方向发展或意见不能统一。
④ 深沟高垒：深挖壕沟，高筑营垒。指加强防御工事。
⑤ 刀圭（guī）：古时量取药末的用具。形状像刀头的圭角，端尖锐，中低洼。

毕备，时为出奇制胜①之谋。以全副精神，料理奸谋未遂之贼，使不得揭竿而起者，岂难行不得之数哉？

病已至而退之

病已至而退之，其法维何？曰：止在一字之静。敌已深矣，恐怖何益？"剪灭此而后朝食②"，谁不欲为？无如不可猝得。宽则或可渐除，急则疾上又生疾矣。此际主持之力，不在卢医扁鹊，而全在病人。何也？召疾使来者，我也，非医也。我由寒得，则当使之并力去寒；我自欲来，则当使之一心治欲。最不解者，病人延医，不肯自述病源，而只使医人按脉。药性易识，脉理难精，善用药者时有，能悉脉理而所言必中者，今世能有几人哉？徒使按脉定方，是以性命试医，而观其中用否也。

所谓主持之力不在卢医扁鹊，而全在病人者，病人之心专一，则医人之心亦专一，病者二三其词，则医人什百其径，径愈宽则药愈杂，药愈杂则病愈繁矣。昔许胤宗③谓人曰："古之上医④，病与脉值，惟用一物攻之。今人不谙脉理，以情度病，多

---

① 出奇制胜：语出《孙子·兵势》。出奇兵以取胜。现亦泛指别出心裁以取得成功。
② 剪灭此而后朝食：语出《左传·成公二年》。剪灭，消灭。
③ 许胤（yìn）宗：唐代名医，义兴（今江苏宜兴）人。善于医治他人不能疗救的患者。
④ 上医：医术高明的医生。

其药物以幸有功，譬之猎人，不知兔之所在，广络①原野以冀其获，术亦昧矣。"此言多药无功，而未及其害。以予论之，药味多者不能愈疾，而反能害之。如一方十药，治风者有之，治食者有之，治痨伤虚损者亦有之。此合则彼离，彼顺则此逆，合者顺者即使相投，而离者逆者又复于中为祟矣。利害相攻，利卒不能胜害，况其多离少合，有逆无顺者哉？故延医服药，危道也。不自为政，而听命于人，又危道中之危道也。慎而又慎，其庶几乎？

---

① 广络：到处布下罗网。

疗病第六

"病不服药，如得中医。"此八字金丹①，救出世间几许危命！进此说于初得病时，未有不怪其迂者，必俟刀圭药石无所不投，人力既穷，沉疴②如故，不得已而从事斯语，是可谓天人交迫，而使就"中医"者也。乃不攻不疗，反致霍然③，始信八字金丹，信乎非谬。

以予论之，天地之间只有贪生怕死之人，并无起死回生之药。"药医不死病，佛度有缘人。"旨④哉斯言！不得以谚语目之矣。然病之不能废医，犹旱之不能废祷。明知雨泽在天，匪求能致，然岂有晏然⑤坐视，听禾苗稼穑⑥之焦枯者乎？自尽其心而已矣。予善病一生，老而勿药。百草尽经尝试，几作神农⑦后

---

① 金丹：古代方士、道士用黄金炼成的"玉液"，或用铅汞等八石烧炼成的黄色药金。此处指灵丹妙方。
② 沉疴（kē）：重病；久治不愈的病。
③ 霍然：突然；忽然。此处指疾病急速痊愈。
④ 旨：味美。引申为赞美之词。
⑤ 晏然：安然，无动于衷。
⑥ 稼穑（sè）：播种曰稼，收获曰穑。泛指农业劳动。此处指庄稼。
⑦ 神农：传说中农业和医药的发明者。相传远古人民过采集渔猎的生活，他制作耒耜，教民耕作。又传他曾尝百草，发现药材，教人治病。一说神农氏即炎帝

身，然于大黄①解结之外，未见有呼应极灵，若此物之随试随验者也。

生平著书立言，无一不由杜撰②，其于疗病之法亦然。每患一症，辄自考其致此之由，得其所由，然后治之以方，疗之以药。所谓方者，非方书所载之方，乃触景生情、就事论事之方也；所谓药者，非《本草》必载之药，乃随心所喜、信手拈来之药也。明知无本之言不可训世，然不妨姑妄言之，以备世人之妄听。凡阅是编者，理有可信则存之，事有可疑则阙之，不以文害辞，不以辞害志，是所望于读笠翁之书者。

药笼应有之物，备载方书。凡天地间一切所有，如草木金石、昆虫鱼鸟，以及人身之便溺、牛马之溲渤③，无一或遗，是可谓两者至备④之书，百代不刊之典。今试以《本草》一书高悬国门，谓有能增一疗病之物，及正一药性之讹者，予以千金。吾知轩岐⑤复出，卢扁再生，亦惟有屏息而退，莫能觊觎者矣。

然使不幸而遇笠翁，则千金必为所攫。何也？药不执方，医无定格。同一病也，同一药也，尽有治彼不效，治此忽效

①　大黄：多年生高大草本。常供药用，根和根茎入药，性寒、味苦，功能攻积导滞、泻火解毒、行瘀通经。
②　杜撰：无根据地编造。
③　溲渤："牛溲马勃"的省语。
④　两者至备：指备列天地间一切所有，包罗万象。
⑤　轩岐：指黄帝轩辕氏和传说中的古代医家岐伯。以轩岐并称，指高明的医家和医术。

者；彼是则此非，彼非则此是，必居一于此矣。又有病是此病，药非此药，万无可用之理，或被庸医误投，或为臧获谬取，食之不死，反以回生者。迹是而观，则《本草》所载诸药性，不几大谬不然乎？

更有奇于此者，常见有人病入膏肓①，危在旦夕，药饵攻之不效，刀圭试之不灵，忽于无心中瞥遇一事，猛见一物，其物并非药饵，其事绝异刀圭，或为喜乐而病消，或为惊慌而疾退。"救得命活，即是良医；医得病痊，便称良药。"由是观之，则此一物与此一事者，即为《本草》所遗，岂得谓之全备乎？

虽然，彼所载者，物性之常；我所言者，事理之变。彼之所师者人，人言如是，彼言亦如是，求其不谬则幸矣；我之所师者心，心觉其然，口亦信其然，依傍于世何为乎？究竟②予言，似创实非创也，原本于方书之一言："医者，意也。"以意为医，十验八九，但非其人不行。吾愿以拆字③射覆者改卜为医，庶几此法可行，而不为一定不移之方书所误耳。

---

① 病入膏肓：病势沉重，无法救治。古代医学把心尖脂肪叫膏，心脏和隔膜之间叫肓，认为病到了"膏肓"部位，药力达不到，就无法医治了。
② 究竟：犹穷尽。
③ 拆字：亦称"测字"。以汉字造形为依托推断吉凶的一种迷信。

本性酷好之药

一曰本性酷好之物，可以当药。

凡人一生，必有偏嗜偏好之一物，如文王^①之嗜菖蒲^②菹^③，曾晳之嗜羊枣，刘伶^④之嗜酒，卢仝^⑤之嗜茶，权长孺之嗜瓜，皆癖嗜也。癖之所在，性命与通，剧病^⑥得此，皆称良药。医士不明此理，必按《本草》而稽查药性，稍与症左^⑦，即鸩毒^⑧视之。予尝以身试之。庚午之岁，疫疠^⑨盛行，一门之内，无不呻吟，而惟予独甚。时当夏五^⑩，应荐杨梅，而予之嗜此，较前人之癖菖蒲、羊枣诸物，殆有甚焉，每食必过一斗。因讯妻孥曰："此果曾入市否？"妻孥知其既有而未敢遽进，使人密讯于医。医者曰："其性极热，适与症反。无论多食，即一二枚亦可

---

① 文王：周文王，商末周族领袖。姬姓，名昌，商纣王时为西伯，亦称"伯昌"。在位五十年。其子武王灭殷，建立周王朝。

② 菖蒲：亦称"白菖蒲"。多年生水生草本，根状茎粗壮。有香气。

③ 菹（zū）：腌菜。此处指用菖蒲腌制而成的酱。

④ 刘伶：西晋沛国（治今安徽濉溪县）人，字伯伦。"竹林七贤"之一。嗜酒，作《酒德颂》，对"礼法"表示蔑视，宣扬老庄思想和纵酒放诞生活。

⑤ 卢仝（约775—835）：唐诗人。自号玉川子，范阳（治今河北涿州）人。生平嗜饮茶，其著名茶诗《走笔谢孟谏议寄新茶》尽写连饮七碗清茶的快感。

⑥ 剧病：重病。

⑦ 左：相反；有出入。

⑧ 鸩（zhèn）毒：毒药。

⑨ 疫疠（yì lì）：亦称"戾气""疫气"。一种特殊的外感病邪。

⑩ 夏五：夏季五月份。

丧命。"家人识其不可，而恐予固索，遂诡词以应，谓此时未得，越数日或可致之。讵料予宅邻街，卖花售果之声时时达于户内，忽有大声疾呼而过予门者，知为杨家果也。予始穷诘①家人，彼以医士之言对。予曰："碌碌巫咸②，彼乌③知此？急为购之！"及其既得，才一沁④齿而满胸之郁结俱开，咽入腹中则五脏皆和，四体尽适，不知前病为何物矣。家人睹此，知医言不验，亦听其食而不禁，病遂以此得痊。

由是观之，无病不可医，无物不可当药。但须以渐尝试，由少而多，视其可进而进之，始不以身为孤注⑤。又有因嗜此物，食之过多因而成疾者，又当别论。不得尽执以酒解酲之说，遂其势而益之。然食之既厌而成疾者，一见此物即避之如仇。不相忌而相能，即为对症之药可知已。

其人急需之药

二曰其人急需之物可以当药。

人无贵贱穷通，皆有激切所需之物。如穷人所需者财，富

---

① 穷诘（jié）：深究问责。
② 巫咸：亦称"巫戊"。商王太戊大臣。相传发明鼓，是以筮占卜的创始者，又是占星家。
③ 乌：何。
④ 沁（qìn）：渗入或透出。
⑤ 孤注：把所有的钱并作一次赌注。

人所需者官，贵人所需者升擢①，老人所需者寿，皆卒急欲致之物也。惟其需之甚急，故一投辄喜，喜即病瘥。如人病入膏肓，匪医可救，则当疗之以此。力能致者致力，力不能致，不妨绐②之以术。家贫不能致者者，或向富人称贷，伪称亲友馈遗③，安置床头，予以可喜，此救贫之第一着也。未得官者，或急为纳粟④，或谬称荐举；已得官者，或真谋铨补⑤，或假报量移⑥。至于老人欲得之遐年⑦，则出在星相巫医之口，予千予百，何足吝哉！是皆"即以其人之道，反治其人之身"者也。

虽然，疗诸病易，疗贫病难。世人忧贫而致疾、疾而不可救药者，几与恒河沙比数。焉能假太仓⑧之粟，贷郭况⑨之金，是人皆予以可喜，而使之霍然尽愈哉？

一心钟爱之药

三曰一心钟爱之人可以当药。

---

① 升擢（zhuó）：指官职的升迁。
② 绐（dài）：欺骗。
③ 馈遗（kuì wèi）：馈赠，赠送。
④ 纳粟：向官府捐献粮食，以换取官爵或减免刑罚。明清时代，富家子弟向官府纳粟，可入国子监肄业，为监生。
⑤ 铨（quán）补：选补官职。
⑥ 量移：多指官吏因罪远谪，遇赦酌情调迁近处任职。
⑦ 遐年：长寿。遐，长久。
⑧ 太仓：古代皇都的国家粮库。
⑨ 郭况：东汉光武帝刘秀郭皇后之弟，以赏赐丰厚，京师号况家为"金窟"。

人心私爱，必有所钟。常有君不得之于臣，父不得之于子，而极疏极远极不足爱之人，反为精神所注、性命以之者，即是钟情之物也。或是娇妻美妾，或为狎客娈童，或系至亲密友，思之弗得或得而弗亲，皆可以致疾。即使致疾之由非关于此，一到疾痛无聊之际，势必念及私爱之人。忽使相亲，如鱼得水，未有不耳清目明，精神陡健，若病魔之辞去者。

此数类之中，惟色为甚，少年之疾，强半犯此。父母不知，谬听医士之言，以色为戒，不知色能害人，言其常也，情堪愈疾，处其变也。人为情死，而不以情药之；岂人为饥死，而仍戒令勿食，以成首阳之志①乎？凡有少年子女，情窦已开，未经婚嫁而至疾，疾而不能遽瘳者，惟此一物可以药之。即使病躯羸弱②，难使相亲，但令往来其前，使知业为我有，亦可慰情思之大半。犹之得药弗食，但嗅其味，亦可内通腠理③，外壮筋骨，同一例也。至若闺门以外之人，致之不难，处之更易。使近卧榻，相昵相亲，非招人与共，乃赎药使尝也。

仁人孝子之养亲，严父慈母之爱子，俱不可不预蓄是方，以防其疾。

① 首阳之志：武王灭商，殷商孤竹君的两个儿子伯夷、叔齐耻食周粟，逃到首阳山，采薇而食，饿死山中。首阳，山名，今山西永济南之雷首山，传为夷、齐饿死之处。
② 羸（léi）弱：瘦弱。
③ 腠（còu）理：人体肌肤之间及脏腑中的空隙纹理。

一生未见之药

四曰一生未见之物可以当药。

欲得未得之物，是人皆有，如文士之于异书，武人之于宝剑，醉翁之于名酒，佳人之于美饰，是皆一往情深，不辞困顿而欲与相俱者也。多方觅得而使之一见，又复艰难其势而后出之，此驾驭病人之术也。然必既得而后留难之，许而不能卒与，是益其疾矣。所谓异书者，不必微言①秘籍，搜藏破壁而后得之。凡属新编，未经目睹者，即是异书，如陈琳之檄②、枚乘之文③，皆前人已试之药也。须知奇文通神，鬼魅遇之无有不辟者。而予所谓文人，亦不必定指才士，凡系识字之人，即可以书当药。传奇野史，最祛病魔，倩人读之，与诵咒④辟邪无异也。他可类推，勿拘一辙。富人以珍宝为异物，贫家以罗绮为异物，猎山之民见海错而称奇，穴处之家入巢居而赞异。物无美恶，希觏为珍；妇少妍媸，乍亲必美。昔未睹而今始睹，一钱所购，足抵千金。如必俟希世之珍，是索此辈于枯鱼之肆矣。

---

① 微言：含义深远精微的言辞。

② 陈琳之檄：陈琳（？—217），字孔璋，广陵（今江苏宝应东北）人，"建安七子"之一。檄，指琳为袁绍作声讨曹操的《为袁绍檄豫州》一文。传说曹操头痛病发，卧读琳所草书檄，翕然而起，头痛立时痊愈。

③ 枚乘之文：指西汉辞赋家枚乘《七发》。《七发》，假托楚太子有疾，吴客向其渲染铺排音乐、饮食、车马、游观、田猎、观涛和论道七事，使楚太子大受感发，为之汗出，其疾霍然而愈。

④ 诵咒：朗诵咒语。

平时契慕[①]之药

五曰平时契慕之人可以当药。

凡人有生平向往，未经谋面者，如其惠然肯来，以此当药，其为效也更捷。昔人传韩非书至秦，秦王见之曰："寡人得见此人与之游，死不恨矣！"汉武帝读相如《子虚赋》而善之曰："朕独不得与此人同时哉！"晋时宋纤有远操，沉静不与世交，隐居酒泉，不应辟命。太守杨宣慕之，画其像于阁上，出入视之。是秦王之于韩非、武帝之于相如、杨宣之于宋纤，可谓心神毕射[②]，寤寐相求者矣。使当秦王、汉帝、杨宣卧疾之日，忽致三人于榻前，则其霍然起舞，执手为欢，不知疾之所从去者，有不待事毕而知之矣。凡此皆言秉彝[③]至好出自中心，故能愉快若此。其因人赞美而随声附和者不与焉。

素常乐为之药

六曰素常乐为之事可以当药。

病人忌劳，理之常也。然有"乐此不疲[④]"一说作转语，则

---

① 契慕：爱慕。

② 心神毕射：指全身心地仰慕、思念。

③ 秉彝（bǐng yí）：遵循常理。

④ 乐此不疲：耽乐其事，不觉疲倦。

劳之适以逸之，亦非拘士所能知耳。予一生疗病，全用是方，无疾不试，无试不验，徙痈①浣肠之奇，不是过也。

予生无他癖，惟好著书，忧借以消，怒借以释，牢骚不平之气借以铲除。因思诸疾之萌蘖②，无不始于七情，我有治情理性之药，彼乌能祟我哉！故于伏枕呻吟之初，即作开卷第一义③。能起能坐，则落毫端，不则但存腹稿。迨沉疴将起之日，即新编告竣之时。一生剞劂，孰使为之？强半出造化小儿之手。此我辈文人之药，"止堪自怡悦，不堪持赠君"者。而天下之人，莫不有乐为之一事，或耽诗癖酒，或慕乐嗜棋，听其欲为，莫加禁止，亦是调理病人之一法。

总之，御疾④之道，贵在能忘；切切在心，则我为疾用，而死生听之矣。知其力乏，而故授以事，非扰之使困，乃迫之使忘也。

生平痛恶之药

七曰生平痛恶之物与切齿之人，忽而去之，亦可当药。

人有偏好，即有偏恶。偏好者致之，既可已疾，岂偏恶者辟之使去，逐之使远，独不可当沉疴之《七发》乎？无病之

---

① 徙痈（xǐ yōng）：移去痈疽。
② 萌蘖（niè）：萌，芽；蘖，木枝砍去后再生的芽。泛指植物的新芽。
③ 第一义：佛家语。指无上至深的妙理。
④ 御疾：治病，控制病情。

人，目中不能容屑，去一可憎之物，如拔眼内之钉。病中睹此，其为累也更甚。故凡遇病人在床，必先计其所仇者何人，憎而欲去者何物，人之来也屏①之，物之存也去之。或诈言所仇之人灾伤病故，暂快一时之心，以缓须臾之死，或竟不死也亦未可知。刲股救亲②，未必能活；割仇家之肉以食亲，锢疾未有不起者。仇家之肉，岂有异味可尝而怪色奇形之可辨乎？暂欺以方，亦未尝不可。此则充类至义之尽也。愈疾之法，岂必尽然，得其意而已矣。

以上诸药，创自笠翁，当呼为《笠翁本草》。其余疗病之药及攻疾之方，效而可用者尽多。但医士能言，方书可考，载之将不胜载。悉留本等之事，以归分内之人，俎不越庖③，非言其可废也。总之，此一书者，事所应有，不得不有；言所当无，不敢不无。"绝无仅有"之号，则不敢居；"虽有若无"之名，亦不任受。殆亦可存而不必尽废者也。

---

① 屏：挡驾，拒斥。
② 刲（kuī）股救亲：割股疗亲，是古代崇扬的一种愚孝行为。刲股，割下自己大腿上的肉。
③ 俎不越庖：尸祝不超越自己的职责范围去帮厨师烧饭。语出《庄子·逍遥游》。庖，厨师。